für Alessandra,
meinen Weg nach Hause

Eins

1.

»Glaub nicht, was sie sagen, mein Junge. Der Anfang ist das Schwierigste. Danach geht es nur noch bergauf.«

Freddy drehte sich genervt zu ihm um und warf ihm einen Blick zu, der in etwa Folgendes bedeutete: *Hör auf, mich so anzustarren, oder wir sind heute Mittag immer noch hier.*

Der große Bernhardinerhund wedelte lässig mit dem Schwanz und hob das Bein, um sich wieder voll auf das zu konzentrieren, was er hatte tun wollen, bevor er unterbrochen wurde: den Bürgersteig in einen Mini-Pollock verwandeln.

2.

Wenn jemand zu ihm gesagt hätte, wie traurig die Vorstellung sei, einzig einen einhundertzehn Kilo schweren Bernhardiner zum Freund zu haben, wäre Tony, amtlich Antonio Carcano oder auch »der Mann, den sie Sophie Kinsella in Lederhosen nannten« (eine Definition, die auf jenen abgrundtiefen Neid schließen ließ, mit dem die Literaturwelt alle vom Erfolg geküssten Unterhaltungsautoren bedenkt), wäre er aus allen Wolken gefallen. Traurig? Er? Warum das denn?

Das Problem war ein ganz anderes: Seit einiger Zeit raunte ihm der Teil seines Gehirns, der auch für seine Schlaflosigkeit zuständig war, in einer Endlosschleife jene Worte zu, die Doktor Huber bei der letzten Untersuchung gesagt hatte. »Du musst dir allmählich darüber klar werden, dass dieses süße kleine Hundebaby ein gewisses Alter erreicht hat. Mach dich also auf die Möglichkeit gefasst, dass ...«

Verdammter Quacksalber. Freddy war nicht alt. Freddy hatte zehn Jahre auf dem Buckel, und Tony hatte von Bernhardinern gehört, die elf oder sogar zwölf Jahre alt geworden waren.

Klar, das Fellknäuel, das beim leisesten Donner draußen vor dem Fenster dermaßen zu zittern anfing, dass man es nur beruhigen konnte, indem man *Another One Bites the Dust* anstimmte, gab es nur noch in der Erinnerung. Genauso wie den Tiger, der sich im Morgengrauen auf sein Bett stürzte, um ihn auf ein dringendes Bedürfnis aufmerksam zu machen (inzwischen beschränkte er sich darauf, ihm ins Gesicht zu hecheln und ihn, wenn er endlich aufgewacht war, anklagend anzuschauen). Aber ... stand er wirklich schon mit einem Bein im Grab? Das sollte wohl ein Witz sein!

Freddy ging es gut. Sehr gut sogar. Er war nur ein bisschen lahm wegen der Hitze.

Wie um seine Ängste zu besänftigen, begann es just in dem Moment unter dem Hinterbein des massigen Hundes zu tröpfeln. Ein Rinnsal zwar und keine Fontäne mehr wie vor ein paar Jahren, aber immer noch ein gesunder Pissstrahl, der Tony aufatmen ließ. Endlich bemerkte er auch das aufdringliche Brummen, das die ländliche Stille unterbrach. Ein Motorrad, nichts Besonderes also. Es kam häufiger vor, dass irgendein Valentino-Rossi-Epigone das Labyrinth an Feldwegen zwischen den Apfelbäumen mit einer Rennstrecke verwechselte, aber weil Tony generell lieber vorsichtig war, nahm er Freddy an die Leine und trat so weit wie möglich vom Straßenrand zurück. Vorsicht war die Mutter der Porzellankiste. Und die Voraussetzung für ein langes, gesundes Leben.

Doch in den paar Sekunden, die er brauchte, um im Morgendunst jenes Junisonntags drei Schritte zur Seite zu gehen, verwandelte sich das aufdringliche Brummen in das Röhren einer weißen Enduro, einer schlammverdreckten Yamaha, die ihre Geschwindigkeit drosselte, sich in die Kurve legte, und nachdem sie einen imposanten schwarzen Streifen auf dem Asphalt hinterlassen hatte, genau vor Tony und Freddy, die sich zwangsläufig noch ein Stück tiefer in die Böschung drückten, zum Stehen kam.

Die Fahrerin der Enduro trug Shorts, die den Blick auf lange schlanke Beine freigaben, und ein T-Shirt mit einem tiefroten Stern auf der Brust. Aber nicht ihr Outfit war es, das Tony so in Alarmbereitschaft versetzte, dass er den Bernhardiner für alle Fälle noch weiter hinter sich zerrte.

Das Messer lugte aus der Gesäßtasche der Shorts hervor, als die Motorradbraut mit einer eleganten Drehung von der Yamaha abstieg, den Helm abnahm und ihm wortlos ihren hasserfüllten Blick zuwandte.

Lange Locken. Blond. Sehr blond. Zierlicher Körperbau. Blaue Augen. Die feinen, fast katzenartigen Gesichtszüge erinnerten ihn an eine Popsängerin, deren samtige Stimme gepaart mit ihrer erotisch-melancholischen Ausstrahlung in den Neunzigern der letzte Schrei war. Er kramte in seinem Gedächtnis nach ihrem Namen, als hinge sein Leben davon ab.

Vergeblich.

Die Arme vor der Brust verschränkt, verzog das Mädchen keine Miene, sondern starrte ihn nur schweigend an. Sie wirkte, als wäre sie derart außer sich vor Zorn, dass er sich unwillkürlich fragte, wie ein so zartes Figürchen ohne zu explodieren dermaßen viel negative Energie in sich aufstauen konnte.

Beunruhigend, fand er. Vielleicht sogar gefährlich. Was absurd war, denn Klappmesser hin oder her: Das junge Mädchen wog nicht mehr als fünfzig Kilo. Im Falle einer Attacke hätte Tony sie mühelos überwältigen und entwaffnen können. Aber warum sollte sie ihn angreifen?

Wie um seine Frage zu beantworten, ließ die Unbekannte ihren Segeltuch-Rucksack von der Schulter gleiten und entnahm ihm einen Briefumschlag, den sie ihm hinstreckte. Tony, dessen Finger plötzlich eiskalt waren, griff danach.

Der Briefumschlag enthielt ein Foto, das lang Verdrängtes aufwühlte. Sinneseindrücke. Den Geruch von Schlamm im Frühling. Den Geruch von jenem Ort, an dem das Foto zwanzig Jahre zuvor aufgenommen worden war: Kreuzwirt. Ein Dorf in einem Tal im Nordosten Südtirols. Geranien vor den Fenstern. Ein Blick, und alles war wieder da.

Inklusive der Angst.

Links auf dem Foto, unscharf, ein Carabiniere, der zu ihm sagte: »Was willst du denn hier, du Vollidiot?« Im Zentrum, auf allen vieren und schlammbesudelt: Tony. Ein zwanzigjähriger Tony, der direkt in die Kamera schaute und lächelte. Neben ihm auf diesem am 22. März 1999 um zehn Uhr morgens aufgenommenen Schnappschuss: ein drittes Subjekt, verdeckt von einem Tuch, unter dem eine Hand, ein Gesicht und eine Flut blonder Locken hervorschauten.

Das Tuch verhüllte mehr schlecht als recht die Leiche einer gerade zwanzigjährigen Frau: Erika. Erika Knapp. Oder, wie sie in Kreuzwirt genannt wurde: »Erika die Narrische«.

Erika Knapp, die aussah wie Fiona Apple, die Popsängerin mit der erotisch-melancholischen Ausstrahlung, deren Name auf einmal mit einer solchen Heftigkeit in Tonys Gedächtnis aufpoppte, dass er Angst hatte, ihm würde gleich der Kopf zerspringen. Erika Knapp, die in der Nacht vom 21. März 1999 ihre Tochter als Waise zurückließ: Sibylle.

Und eben jene Sibylle, die wie ihre Mutter eine blondgelockte Version der inzwischen fast vergessenen Popsängerin war, das Mädchen mit der Yamaha, mit dem Klappmesser in der Gesäßtasche und dem provokanten T-Shirt, stellte hochrot im Gesicht und vor Wut fast platzend eine einfache Frage: »Warum. Hast du. *Gelacht*?«

Tony zuckte zusammen. Er hätte gerne alles erklärt, ihr erzählt, wie die Dinge sich damals zugetragen hatten. Stattdessen erbebte er schon wieder und diesmal, weil das Mädchen näher kam, ihm direkt in die Augen blickte, die blonden Locken schüttelte und ihm dann so heftig ins Gesicht schlug, dass seine Nase zu bluten anfing.

»Du ... du ... *Bastard*!«

Angewidert wandte sie sich von ihm ab, kehrte zurück zu ihrer Enduro, setzte den Helm auf und sprang in den Sattel. Ein Aufheulen des Motors, das Freddy zu einem Winseln veranlasste, und die Yamaha verschwand in einer Staubwolke. Das Röhren des Motors wurde zu einem Brummen, und das Brummen erstarb.

Wie erstarrt blieb Tony stehen. Ein Zittern durchlief seinen Körper, während er zuschaute, wie das Blut aus seiner Nase allmählich langsamer zu Boden tropfte. Er lauschte der ländlichen Stille, bis Freddy, der inzwischen die Geduld verloren hatte und vielleicht auch etwas verängstigt war, ihm einen kleinen Schubs mit der Schnauze gab.

Tony streichelte beruhigend über den mächtigen Schädel

mit den dicken Hautfalten, knickte das Foto in der Mitte zusammen (auf der Rückseite war in weiblicher Handschrift eine Telefonnummer und eine Adresse notiert – in Kreuzwirt, versteht sich), steckte es in die Gesäßtasche seiner Jeans und wischte sich mit einem mit Spucke benetzten Papiertaschentuch das Gesicht ab, wie man es bei einem Kleinkind tut.

Dann machte er sich auf den Weg. Die besorgten Blicke des Bernhardiners ignorierte er.

In weniger als einer halben Stunde erreichte er das Viertel, in dem er geboren und aufgewachsen war. Das die Bozener »Shanghai« nannten, manche voller Zuneigung, andere weniger. Zu Hause füllte er Freddys Trinknapf mit frischem Wasser, warf seine blutbefleckten Kleidungsstücke auf den Boden und stellte sich unter die Dusche.

Anschließend zog er sich in sein Arbeitszimmer zurück, schaltete den Computer ein und suchte nach dem Lied, das Fiona Apple berühmt gemacht hatte: *Criminal*. Kaum gaben Bass und Schlagzeug den Rhythmus vor, spürte er, wie Übelkeit in ihm hochstieg, doch er ließ sich nicht davon überwältigen. Er verbot es sich schlicht. Er wollte Bescheid wissen. Begreifen, wer Sibylle das verdammte Foto gegeben hatte, und warum. Mithilfe der Musik und trotz der Übelkeit, die ihn befallen hatte, beschwor er in seiner Erinnerung Gesichter, Situationen, Worte herauf. Das Klappern der Schreibmaschinentasten. Der Geruch nach abgestandenem Kaffee und Jim Beam.

Il Sole delle Alpi.

Wie lange hatte dieses Abenteuer gedauert? Einen Monat? Zwei? Die Zeitung, nach der Sonne über den Dolomiten benannt, hatte 2001 dichtgemacht, in die Räumlichkeiten war eine Zeitarbeitsagentur eingezogen. Das einzige

Redaktionsmitglied, mit dem Tony in jenen Tagen (wider Willen) näher zu tun hatte, war das Oversize-Großmaul Michele Milani, der offizielle Fotograf der Zeitung. Aber obwohl er der Urheber der verdammten Aufnahme gewesen sein musste, konnte er sie Sibylle nicht gegeben haben. 2008 hatte Tony an Micheles Beerdigung teilgenommen. Er hatte eine Bourbonflasche neben den Grabstein gestellt, überzeugt, dass das alte Lästermaul seine Geste zu schätzen wüsste.

Aber wer konnte Sibylle dann das Foto gegeben haben? Jemand, der richtig hinterhältig war, dachte Tony. Jemand, der so voller Rachsucht und ohne jedes Schamgefühl war, dass er es zwei Jahrzehnte lang aufbewahrt hatte, und ...

Giò!

Giovanna Innocenzi. Hohe Wangenknochen, kinnlanger Bob. Eine Vorliebe für dunkle Kleidung. Ein unverschämtes Grinsen selbst bei den schlimmsten Tragödien. Giò, die Königin der Rubrik »Vermischtes«. Giò, die Prinzessin des Gossip. Oder, wie Michele Milani sie getauft hatte: Giò, die Hohepriesterin über Wahrheit und Lüge.

Giò, die ...

Der Bernhardiner legte den Kopf auf seinen Oberschenkel.

»Du hast recht, Fred, jetzt weiß ich, mit wem ich als Erstes reden muss.«

Zwei

Als Sibylle ihre Schicht beendete, war es fünf Uhr nachmittags, und das Thermometer über der Tür des *Black Hat* zeigte neunundzwanzig Grad. Tante Helga behauptete, der heißeste Sommer sei der von 1981 gewesen, aber Sib konnte das kaum glauben. Fast meinte sie, die Hitze des Asphalts durch ihre Schuhsohlen zu spüren.

Wenn es allerdings in Kreuzwirt auf tausendzweihundert Meter Höhe schon so heiß war, dann musste Tony in Bozen, das in einer Talsohle von höchstens dreihundert Metern über dem Meeresspiegel klebte, in einer stinkenden Brühe aus Schweiß und Luftfeuchtigkeit schwimmen.

Schwacher Trost. Noch dazu von kurzer Dauer. Die schwarz gekleidete Journalistin hatte ihr gesagt, die Bücher von Carcano würden sich gut verkaufen (»Die Welt ist voller frustrierter Hausfrauen, die sich liebend gerne ausnehmen lassen«), sodass er mit großer Wahrscheinlichkeit eine Klimaanlage besaß. Und zwar eine funktionierende. Nicht so wie die von Oskar, die früher oder später ihren Geist aufgeben würde. Oder wie die im Haus von Erika, wo Sib lebte: Da war sie gar nicht erst vorhanden.

Tony ...

Sibylle gelang es einfach nicht, den Ausdruck in Tonys Augen zu vergessen, nachdem sie ihn geohrfeigt hatte. Erstaunen? Schlechtes Gewissen? Sie war fast sicher, dass es Angst gewesen war. Aber wovor? Vor dem Schwanzabschneider, ihrem Klappmesser, das sie gut sichtbar in ihrer

Gesäßtasche mit sich herumtrug? Denn genau dort glotzten die Triebtäter aus dem *Black Hat* immer hin, sobald sie in der Nähe war. Na ja, vielleicht. Ein Schwanzabschneider war schließlich genau dafür gedacht, Angst einzujagen.

Aber Tony wirkte nicht wie ein Weichei. Eher wie eines dieser Werkzeuge, die außen aus Gummi sind und völlig harmlos wirken, aber innen sind sie aus Stahl. Als ob die ausgeblichene Jeans, das billige T-Shirt und der Hund nur Fassade wären, so nichtssagend, dass es schon wieder verdächtig war. Wie eine Art Sichtschutz.

Um sich vor was zu schützen?

Sibylle wusste es nicht, und nach der kleinen Szene am Straßenrand würde sie es wohl nie erfahren. Das machte sie nervös, dazu die Hitze und all das, was seit der Beerdigung von Perkmann vorgefallen war: der anonyme Brief, die durchwachten Nächte zwischen verschwitzten Laken und so weiter.

Denn Sib hatte nicht gut hundert Kilometer Serpentinen von Kreuzwirt bis ins Bozener Umland hinter sich gebracht, bloß um einem Typen eine Watschn zu verpassen (eine ziemlich saftige Watschn allerdings), der seinen Lebensunterhalt mit Schmonzetten verdiente. Bei dem, was die Yamaha schluckte, wäre das nur rausgeschmissenes Geld gewesen. Nein, sie hatte Zeit und Benzin investiert, um mit Tony zu *reden*.

Um ihm die Hand zu reichen, ihm das Foto von Erika am Seeufer zu zeigen, ihm Fragen zu stellen.

Und um ihm zuzuhören.

Aber hatte Sib sich je an ihre Vorsätze gehalten? Niemals, um genau zu sein. Weil sie zu impulsiv war. Weil in den denkbar ungünstigsten Momenten zuverlässig jenes ihrer beiden Ichs zum Vorschein kam, das Tante Helga »Sibby

Langstrumpf« getauft hatte. Und wann immer Sibby Langstrumpf ihre Finger im Spiel hatte, ging alles daneben. Darauf konnte man wetten.

Sibby Langstrumpf hielt ihre Zunge nie im Zaum, musste
ihre Nase immer in Dinge stecken, die sie nichts angingen,
und hatte an jenem Morgen, als sie dem Mann gegenüber-
stand, der zwanzig Jahre zuvor neben Erikas Leiche wie ein
Honigkuchenpferd in die Kamera gegrinst hatte, die brillante Idee, ihm eine Watschn zu verpassen. Weshalb sie
innerhalb von Sekunden die beste aller Chancen vertan
hatte, jemals in Erfahrung zu bringen, was tatsächlich in
der Nacht vom 21. März 1999 passiert war.

Sie musste nur daran denken und war sofort von Neuem
stinksauer. Auf Sibby Langstrumpf. Auf sich selbst. Auf die
ganze Welt. Auf Erika. Vor allem auf Erika.

Erika, die dein Leben zerstört. Erika, die dir Unglück
bringt. »Erika kommt dich holen«, wie die Kinder von
Kreuzwirt grölten, wenn sie dachten, sie könnte sie nicht
hören. Sib war mit diesem Mist groß geworden. Hatte sich
all die Jahre gegen diesen Mist behauptet.

»Verdammte Scheiße!«, rief sie aus.

Und zwar nicht, weil in die Motorradkluft zu steigen, die
sie immer dann trug, wenn sie Lust (oder das dringende
Bedürfnis) hatte, mit der Yamaha die Wälder und Felder
rund um Kreuzwirt zu rocken, dem Gefühl glich, in eine
Badewanne mit siedendem Wasser zu gleiten. Sondern weil
sie bis zum Tag von Friedrich Perkmanns Beerdigung so
dumm gewesen war, all das zu glauben, was man ihr über
die Jahre erzählt hatte: Erika die Arme. Erika das Sensibel-
chen.

Am 8. Juni, während die anderen Dorfbewohner und die
gekrönten Häupter aus der Autonomen Region Südtirol

Friedrich Perkmann die letzte Ehre erwiesen, hatte irgendjemand (Sibylle wusste nicht, wer, und vernünftigerweise hatte sie auch aufgehört, sich darüber den Kopf zu zerbrechen) ein Foto in ihren Briefkasten gesteckt.

Nicht die Aufnahme, die ihr die schwarz gekleidete Journalistin gegeben hatte, mit Erika unter dem Tuch und dem grinsenden Tony daneben. Nein, das andere Foto. Das Foto, das es eigentlich gar nicht geben konnte.

Das mit dem Lächeln des Kolibris.

Das Foto, das besagte: «Hast du den ganzen Quatsch wirklich geglaubt? Vergiss das Wort ›Selbstmord‹. Ersetz es durch ›Mord‹. Und lass dir seinen Klang auf der Zunge zergehen.«

Seit diesem Tag hatte Sib nicht mehr richtig geschlafen und angefangen, Fragen zu stellen. Diskrete Fragen. Auch wenn sie vermutete, dass sie nicht diskret genug waren. Zumindest manchen Blicken zufolge, die sie aufzufangen meinte. Aber vielleicht war sie auch nur paranoid. Noch so ein nettes Erbe von Erika: Sibylle die Paranoide. Denn das Foto mit Erika, dem See und dem Lächeln des Kolibris, das Foto, das sie noch niemandem zu zeigen gewagt hatte (nicht einmal Tante Helga), hatte ihr die Augen geöffnet.

Irgendetwas stimmte nicht mit Erikas Tod. Und je mehr Sib nachbohrte, umso mehr Verbindungen, Widersprüche und Zufälle tauchten auf, die ihr keine Ruhe ließen und sie in der Gewissheit bestätigten, dass sie keineswegs den Verstand verloren hatte. Ganz und gar nicht.

Erika hatte sich nicht umgebracht.

Erika war umgebracht worden.

Noch einmal: »Verdammte Scheiße!«

Sibylle setzte den Helm auf und gab Gas. Die Yamaha heulte auf. Hinter den Fenstern des Tanzsaals vom *Black*

Hat drehten sich ein paar Köpfe in ihre Richtung. Sib zeigte ihnen nur nicht den Stinkefinger, weil sie schon längst über alle Berge war. Sie brauchte Luft. Brauchte den Rausch der Geschwindigkeit. Nur das. Die Geschwindigkeit pustete ihr Gehirn durch. Während das Adrenalin sie beruhigte.

Sibby Langstrumpf konnte nie den Mund halten, nie einen Plan bis zum Ende verfolgen (sofern es überhaupt einen gab) und war ein hoffnungsloser Fall im Umgang mit Schriftstellern und Bernhardinern. Aber ihre Yamaha konnte sie reiten wie der Teufel.

Sie durchquerte Kreuzwirt, fuhr von der asphaltierten Straße ab und weiter auf den unbefestigten Wegen zwischen den Bäumen hindurch, auf denen bis zum Konkurs des Sägewerks mit all den Jeeps und Holzfällern reger Betrieb geherrscht hatte und die auf keiner Karte zu finden waren, ließ den Torfgeruch hinter sich und bog in den Wald ein, steigerte ihr Tempo weiter, wich den herabhängenden Ästen aus, flog über die Buckel, ließ das Geröll unter sich aufspritzen, die Gänge krachen – und lächelte.

Es funktionierte.

Es funktionierte jedes Mal.

Es funktionierte auch an diesem Nachmittag. Bis etwas Großes, Rotes und Böses ihr den Weg abschnitt.

Drei

1.

Giò zu finden, war ein Klacks, ihre Adresse stand im Telefonbuch. Sich aufs Fahrrad zu schwingen und bei neununddreißig Grad, unter denen die ganze Stadt ächzte, bis zu Giò vor die Haustür zu radeln, indessen eine Heldentat. (»Und keine Abkühlung in Sicht!«, hatte seine Nachbarin Signora Marchetti in dem halb triumphierenden, halb bösartigen Ton geflötet, mit dem manche ältere Leute besonders gern schlechte Nachrichten verkündeten.)

Auf den Klingelknopf zu drücken, mit Giò einen Kaffee zu trinken und ihr Geraune über Autoren zu ertragen, die ihr Geschreibsel als hohe Literatur ausgaben, war eine Grausamkeit.

Sich fotografieren zu lassen, während er ein Exemplar von *Der Kuss am Ende des Sonnenuntergangs* signierte, seinen jüngsten Roman, und sich dabei die Kommentare auf Giòs Gossip-Webseite vorzustellen (sie selbst sprach von »alternativen Fakten«, und Tony hatte auch das geschluckt), welche der ehemaligen Chefredakteurin der Rubrik »Vermischtes« von *Il Sole delle Alpi* einen zweiten Frühling bescherte, hatte sein Nervenkostüm endgültig strapaziert. Nachdem er sich endlich verabschiedet hatte, kam ihm die schwüle Luft draußen so erfrischend und regenerierend vor wie eine Frühlingsbrise.

Zusammenfassung des Matchs: *Il Sole delle Alpi* gab es nicht mehr, Michele Milani war tot und begraben, Fiona

Apple aus dem Äther verschwunden, aber Giò, die Blutsaugerin, war noch dieselbe wie in seiner Erinnerung. Vielleicht war sie sogar schlimmer geworden. Und da sollte man nicht zum Misanthropen werden!

Aber wenigstens war es keine verlorene Zeit gewesen.

Während er durch die wegen der Hitze menschenleeren Straßen radelte, der Schweiß ihm aus allen Poren tropfte und er über das nachdachte, was Giò bei ihrem Geraune hatte durchblicken lassen, kam Tony zu dem Schluss, dass es nur einen Weg gab, ob er wollte oder nicht: nach Kreuzwirt zu fahren. Und zwar persönlich. Das war er Erika schuldig. Und Sibylle. Und sich selbst.

Leider wurde ihm auch klar, dass es nur einen einzigen angemessenen Weg gab, um an diesen Ort zurückzukehren.

Und so fanden sich knapp eine halbe Stunde später Herr und Hund in der Tiefgarage unter dem Eurospar in der Via Resia wieder. Freddy, der den versifften Betonfußboden vollsabberte, und Tony, der wie paralysiert auf das Rollgitter der Box starrte und dachte, dass er kurz davor war, ein Gelübde zu brechen, dem er zwölf Jahre lang die Treue gehalten hatte.

Als der Bernhardiner, ungeduldig geworden, ihn mit der Pfote anstupste, lächelte er.

Pinocchio hat eine sprechende Grille, dachte er und wischte sich den Schweiß von der Stirn, und du eben einen übergewichtigen Bernhardiner. Es hätte schlimmer kommen können: Peter Pan hatte Tinker Bell erwischt.

Tony steckte den Schlüssel ins Schloss und rüttelte am Gitter. Die Aufhängefedern quietschten. Das Eisen vibrierte. Ein wenig Rost rieselte zu Boden. Freddy schnupperte kurz und verschwand dann in der Dunkelheit, die nach Schimmel, Staub und Motoröl roch.

Der Lichtschalter war, genau wie er sich erinnerte, links. Die Neonleuchten flackerten. Freddy wedelte fröhlich mit dem Schwanz. Freddy liebte Autos, Tony bevorzugte Fahrräder. Aber auch er musste zugeben: Dieses Auto war eine Wucht. Es war kein normaler Ford Mustang. Es war ein flaschengrüner Fastback, so wie der von Steve McQueen in *Bullitt*. Ein 428er mit dreihundertfünfunddreißig PS. Acht Zylinder – ein Röhren, als wollte man sich geradewegs ins Inferno aufmachen. Originalgetreu, bis auf ein Detail: 1968 hatte es leider noch keine CD-Player gegeben. »Das ist Blasphemie!«, hatte der kalifornische Frickler am Telefon gesagt, als Tony ihn mit dem Einbau beauftragt hatte. »Eine Beleidigung! Warum willst du dieses Juwel zerstören?« Nachdem Tony noch ordentlich was draufgelegt hatte, war auch das geregelt.

Als er sich jetzt hinter das Steuer klemmte, befürchtete er (ein Teil von ihm hoffte es auch), dass die Jahre in der Tiefgarage den Mustang in einen zwar teuren, aber unbrauchbaren Oldtimer verwandelt hatten.

Doch der Motor sprang sofort an. Jetzt hatte er keine Ausrede mehr.

2.

Lass dich beim Sturz nicht einfach fallen, sondern werde aktiv. So hatte Lucky Willy ihr gepredigt, als sie ihn überredet hatte, ihr Fahrstunden zu geben. *Wenn du schon auf die Schnauze fällst, dann mach es richtig.*

Sibylle ließ den Lenker los, kümmerte sich nicht weiter um das Motorrad, warf sich ins Leere und bereitete sich auf die Rolle vorwärts vor. Das war der Trick. Fliegen und abrollen. In dieser Reihenfolge.

Spiralfedern springen von einer Seite zur anderen, sie gehen nicht kaputt, egal, ob sie gegen Mauern prallen oder aus großer Höhe herunterfallen. Diese Federn überlassen sich nicht dem Aufprall, sondern nehmen die Energie des Stoßes auf und nutzen sie. Mach es wie die Feder, und du überlebst. Aber vergiss nicht: Der Trick funktioniert nur, wenn du nicht mit Lichtgeschwindigkeit gegen eine Ziegelmauer prallst. In einem solchen Fall, Feder oder nicht, ist Ende Gelände. Besser, es kommt gar nicht erst so weit, meinst du nicht?

Sib bewegte sich nicht auf eine Mauer aus Ziegelsteinen zu, sie war auch nicht (zu) schnell gefahren und hatte Lucky Willys Ratschlag beherzigt. Fliegen und abrollen.

Nur dass Lucky Willy ihr nicht gesagt hatte, dass es wehtun würde. Und zwar höllisch.

Während die Enduro mit einer Tanne kollidierte und Fetzen von Metall, Plastik und Rinde durch die Gegend spritzten, sah Sibylle die Welt durch das Visier ihres Helms als schwarz-grünes Kaleidoskop: Baumstämme und Blätter wirbelten wild durcheinander. Sie spürte einen heftigen Schmerz an Hüfte und Arm und, noch schlimmer, an der Schulter. Sie schloss die Augen und machte sie erst wieder auf, als die Welt, wie es sich gehörte, nur noch aus Himmel und Tannenzweigen bestand.

Doch gleich darauf wurde das Bild von Himmel und Tannenzweigen verdunkelt, und eine unscharfe Großaufnahme von rot geäderten Augen, einer Zahnlücke und einem Kinn mit einem Grübchen in der Mitte schob sich davor. Das Arschloch aus dem roten Pick-up, dachte sie.

Der Typ, den sie gerade noch aus den Augenwinkeln wahrgenommen hatte, bevor sie Lucky Willys Spiralfeder-Theorie in die Tat umsetzte, hatte sich über sie gebeugt und wiederholte in einer Tour: »Lebst du noch? Geht es dir gut? Lebst du noch? Geht es dir gut?«

Sib ignorierte ihn.

Sie konnte den Kopf bewegen, schon mal gut. Aber den Rest? Sie versuchte es mit den Füßen und den Beinen. Es funktionierte. Auch die Arme taten, was sie wollte.

Ein dreifaches Hoch auf Lucky Willy.

Der Typ quatschte immer noch auf sie ein. Sibylle hob die Hand, um ihn zum Schweigen zu bringen.

»Ich lebe noch«, knurrte sie. »Mir geht es gut. Mir geht es gut, und ich lebe noch. Lass mich erst mal zur Besinnung kommen, okay?«

Sie zwang sich in eine Sitzposition, nahm den Helm ab und öffnete den Reißverschluss ihrer Motorradkluft. Sie atmete den Duft von Tannennadeln ein und schaffte es aufzustehen. Eine ungeheure Anstrengung, hoffentlich klappte sie nicht zusammen.

»Bist du sicher, dass du keinen Arzt brauchst?«

»Mir geht es ...«

Gelogen.

Sib beugte sich vor. Hände auf den Oberschenkeln, Haare im Gesicht, Mund weit aufgerissen. Auch das hatte Lucky Willy nicht erwähnt. Die Panik. Den Schock. Es gab keine Zelle in ihrem Körper, die nicht zitterte.

Einatmen. Ausatmen. Noch einmal. Und noch einmal. Einatmen. Ausatmen.

Allmählich hörte das Zittern auf.

»Das Motorrad«, krächzte sie. Noch immer konnte sie den Kopf nicht heben. »Ist es sehr kaputt?«

Sie hörte, wie der Typ die Enduro einmal umrundete und einen Pfiff ausstieß.

»Ich kenne da jemanden, in Brixen. Ich kann ihn anrufen. Er ist Automechaniker. Und sehr ...«

»Totalschaden?«

Das Klicken eines Feuerzeugs. Zigarettenrauch. Keine Antwort.

Sibylle sprach sich Mut zu. Gegen den Laderaum des Pick-ups gelehnt, konnte sie ihr Gleichgewicht halten. Sie machte ein paar Schritte, als hätte sie gerade erst das Laufen gelernt. Die Augen starr auf den Boden geheftet.

Die Yamaha war ein einziger Haufen Schrott.

Sib wankte auf das Motorradwrack zu. Alle ihre Ersparnisse, die ganze Schufterei. Sie schüttelte den Kopf, zog die Nase hoch. Sie hasste es zu weinen. Vor allem vor anderen.

Sibby Langstrumpf kam ihr zu Hilfe.

Sie unterdrückte die Tränen und trat mit voller Wucht gegen die Überreste der Enduro.

»Scheiße, scheiße, scheiße!«, brüllte sie und drehte sich zu dem Typen um, der ihr den Weg abgeschnitten hatte. »Ist dir klar, dass du mich beinah umgebracht hättest? Wo hast du bloß deine Augen gehabt? Was ...«

Plötzlich setzten sich die Details, die Sib bisher nur einzeln wahrgenommen hatte – die Zahnlücke, die schleppende Stimme, die hohe Stirn, das breite Kreuz – zu einem Ganzen zusammen. Ihre Hand fuhr zur Gesäßtasche der Motorradhose.

»Komm mir bloß nicht zu nahe, verstanden?«

Die Hand griff ins Leere.

Der Schwanzabschneider hatte sich wer weiß wohin verabschiedet.

3.

Freddy sabberte bei offenem Maul, glücklich über den frischen Fahrtwind, der durch das offene Fenster drang. Tony starrte auf die Fahrbahn, die Tachonadel unter Tempolimit.

Er dachte an ein Spiel, das er und sein Vater sonntags nach dem Abendessen immer gespielt hatten, wenn sein Vater mal keine schlechte Laune hatte und auch nicht zum Schichtdienst ins Stahlwerk musste.

Das Spiel ging so: Tony breitete die Landkarte auf dem Esstisch aus, sein Vater schloss die Augen (»Nicht blinzeln, Papa!«), zündete sich eine MS an und wartete darauf, dass sein Sohn den Namen irgendeiner Ortschaft nannte, und sei es ein winziges Kaff, Hauptsache, es befand sich innerhalb der Provinzgrenzen. Mit der freien Hand zog er dann unsichtbare Linien nach und erklärte ihm, wie man dorthin kam.

Er hatte sich nie vertan.

Kreuzwirt? Nichts leichter als das. Das sind hundert bis hundertzwanzig Kilometer. Aber lass uns nicht die A 22 nehmen. Autostradas sind was für Touristen oder Leute, die es eilig haben.

Bozen, Ausfahrt Nord. Strada Statale 12. Vorbei an Brixen und Vahrn. Kurz danach geht's runter von der SS 12 auf die SS 49, die erst zur Strada Provinciale 40 und etwa bei Bruneck zur SP 97 wird, wo sie sich in eine Strada Statale mit drei Ziffern verwandelt, die SS 621, die dich nach Sand in Taufers führt, mit einer hübschen Burg oberhalb vom Ort. Hier fährst du weiter Richtung Osten und bereitest dich darauf vor, von der SS 621 auf die K 621 zu fahren.

Die K ist eine Kreisstraße, die direkt zur neunten und kleinsten Bezirksgemeinschaft Südtirols führt (in der Schwüle der Gegenwart zählte Tony die anderen acht auf: Bozen, Burggrafenamt, Überetsch-Unterland, Salten-Schlern, Eisacktal, Pustertal, Vinschgau, Hohes Eisacktal – schon lustig, wie einem die Dinge im Gedächtnis blieben), *man kann sie leicht übersehen, also Augen auf!*

Bei der K runterfahren, denk dran! Wenn dir dann der Gestank des Torfmoors in die Nase sticht, der Toten Möser ...

Tote Möser. Irgendein Spaßvogel hatte, nachdem das mit Erika passiert war, den Namen verballhornt zu »Tote Möse«.

Tony seufzte.

... bist du schon in Kreuzwirt. Aber sag mal, was zum Teufel hast du dort zu suchen? Das ist das einzige Kaff in ganz Südtirol, in dem es keine Kirche gibt. Sogar das einzige in ganz Italien! Und weißt du nicht, dass da nur Scheißdeutsche und Idioten wohnen?

Jemand hatte auf das Schild, das den Ortseingang der Gemeinde Kreuzwirt anzeigte, einen Sticker geklebt: *»Südtirol ist nicht Italien!«*

Darauf hätte Tony nun wirklich verzichten können.

4.

Der Mann drückte die Zigarette zwischen seinen schwieligen Fingern aus und warf den Stummel von sich.

»Soll ich dich zu Hause absetzen, Kleines?«

»Leck mich.«

Der Typ, der sie um ein Haar ins Jenseits geschickt hatte, war nicht irgendwer. Es war Rudi Brugger. Sibylle hatte ihn ein paarmal im *Black Hat* gesehen. Rudi, der Wachmann der Krötenvilla. Der Krotn Villa. Dem Haus der Perkmanns.

Das Wort »Wachmann« griff allerdings zu kurz, um zu beschreiben, was Rudi für die Familie Perkmann alles tat. Er schnitt Hecken, reparierte Dachrinnen und errichtete Zäune, damit keine Füchse aufs Gelände kamen, aber vor allem *löste er Probleme.* So hatte Lucky Willy es ihr einmal anvertraut.

Lass dich lieber nicht mit ihm ein. Er kann ganz lustig sein, wenn er will. Aber sobald Karin Perkmann mit den Fingern schnippt ...

Nicht, dass die Perkmanns wirklich Probleme gehabt hätten. In Kreuzwirt hätte niemand je schlecht über sie gesprochen und erst recht nichts gegen sie unternommen. Die Perkmanns hatten nämlich das Dorf gerettet, als das Sägewerk geschlossen wurde, indem sie jedem, der an ihre Tür klopfte, halfen, Arbeit zu finden, und das Tal vor dem Ansturm der Touristen schützten. »Anständige Leute«, hieß es allenthalben. «Und so großzügig.«

Die Perkmanns. Seltsam ... Kaum hatte Sibylle angefangen, Fragen über Erikas Tod zu stellen, war Rudi zur Stelle. Kam er womöglich im Auftrag der Perkmanns?

Aber Sibylle würde sich nicht unterkriegen lassen.

Rudi zwinkerte ihr zu. Das sollte wohl so etwas heißen wie: »Du und ich, wir verstehen uns, Kleines.«

Sibylle machte sich bereit zum Gehen.

Mit schweren Schritten und ohne sein ekelhaftes Grinsen aufzugeben, kehrte der Mann zu seinem Pick-up zurück, setzte sich auf den Fahrersitz und legte den Rückwärtsgang ein.

Auftrag erledigt. Botschaft überbracht.

Sie war also ein Problem für die Familie Perkmann. Und ihre Yamaha hatte dran glauben müssen. Ermattet ließ sie sich auf den Boden sinken und gestattete sich einen Aufschrei.

Einen einzigen. Aber der war lang. Sehr lang.

Vier

Als die Sonne begann, hinter der Riesenfernergruppe zu verschwinden, und die kühler werdende Luft zunehmend mit angeregten Lauten erfüllt wurde (Grunzen, Pfiffe, Maunzen, Quaken, Rascheln und Lockrufe aller Art), entdeckte Freddy das junge Menschenweib (dem Geruch ihres Schweißes nach zu urteilen: sehr jung und sehr verängstigt), das am Morgen seine und Tonys tägliche Gassi-Routine empfindlich gestört hatte.

Er beobachtete, wie Tony sich dem Wrack näherte, das das Mädchen mühsam von der Stelle zu bewegen versuchte, wie er Hand anlegte, um ihr zu helfen, und sah auch, wie sie ihn verärgert davon abhielt.

Dann, gerade als der Bernhardiner dachte, dass sich zumindest der Versuch lohnen könnte, eine dieser köstlichen Fledermäuse zu fangen, die begonnen hatten, um seine Nase herumzuflattern, öffnete Sibylle die Haustür, Tony folgte ihr und Freddy war gezwungen hinterherzutrotten.

Die beiden Menschenwesen begannen ein Gespräch. Worüber, das sollte Freddy nie erfahren. Nach nicht einmal zehn Minuten war er eingeschlafen.

Fünf

1.

Erika war zurückgekehrt. Fast, als hätte sie es sich anders überlegt.

Am Abend des Maturaballs hatte Erika die Kleine zum Abschied auf die Stirn geküsst, war aus dem Haus gegangen, dann aber zurückgekehrt. Sie hatte an die Tür geklopft, obwohl sich in ihrem Strasstäschchen die Hausschlüssel befunden hatten.

Dieses Detail erfüllte Helga später immer wieder mit Schuldgefühlen. Wenn ihre Intuition sie doch bloß nicht im Stich gelassen hätte!

Die Handtasche war ein Geschenk von Oskar. Erika hatte darin zwei Fünfzigtausend-Lire-Scheine und eine Karte gefunden: »Wir sind stolz auf dich!« Gerührt hatte sie sich ein paar Tränen aus den Augenwinkeln gewischt und Oskar so fest umarmt, dass sie ihm beinah die Luft abschnürte.

Erika war heilfroh über das Geld. Sibylle war ein Schatz, aber Kinder kosteten ein Vermögen.

So auch das Kleid für den Maturaball, das Tante Helga unbedingt aus ihrer Tasche hatte bezahlen wollen.

Bis zum letzten Moment war Erika unsicher gewesen, ob sie das rote oder das schwarze nehmen sollte. Am Ende hatte sie sich für das rote entschieden, und Tante Helga hatte sie zu ihrer Wahl beglückwünscht. Dieses Kleid war eine Provokation, gewagt, sexy. Mit anderen Worten: Es stand ihr hervorragend. Und obwohl sich Erika am Abend des 21., während Tante Helga ihr dabei half, sich die Haare zu machen, in einem fort beklagt hatte, dass sie in diesem Kleid aussehe wie ein Surfbrett (auch ihre Mutter Helena habe keinen riesigen Vorbau besessen, erklärte ihr Tante Helga, was aber die jungen Männer aus Kreuzwirt trotzdem nicht daran gehindert hatte, ihr den Hof zu machen), wusste Helga, dass Erika hochzufrieden mit ihrem Kleid war. Mit dem Maturaball. Mit dem Leben. Es ging aufwärts. Zumindest hatte sie das geglaubt.

Denn Erika war zurückgekehrt. Sie hatte an die Haustür geklopft und gewartet, dass sie, Helga, vom Sofa aufstand, das Neugeborene in die Wiege legte und ihr aufmachte. Dann, und auch dies sollte Tante Helga noch über Jahre quälen (wenn sie nicht schlafen konnte oder diesen schrecklichen Moment in ihren Albträumen erneut erlebte), hatte Erika gelächelt und ihr über die Wange gestrichen.

»Ich habe vergessen, dir zu sagen, wie lieb ich dich habe.«

»Ich hab dich auch lieb. Bist du sicher, dass du nicht frierst?«

»Nein, nein, alles gut so.«

Und Tante Helga hatte die Tür hinter ihr geschlossen.

2.

Statt am Ende des Kieswegs nach rechts und hinunter zum *Black Hat* zu gehen, um wie verabredet Karin, Elisa und Gabriel zu treffen, hatte Erika sich nach links gewandt. Richtung Wald. Mit den Ballerinas an den Füßen, die während des kurzen Stücks bis zu dem Feldweg ganz matschig geworden waren.

Einer der beiden Schuhe, der linke, wurde am nächsten Tag von einem der Freiwilligen circa einen Kilometer vom

See entfernt gefunden, in einer Pfütze, ungefähr dort, wo der Wald aufhörte und das Torfmoor anfing. Erika hatte ihn verloren und sich nicht die Mühe gemacht, nach ihm zu suchen. Warum auch?

Dort, wohin sie unterwegs war, würde er ihr nichts mehr nützen.

Für die Bewohner von Kreuzwirt hatte der See keinen Namen, sondern war immer nur »der See«. Normalerweise war die Wasseroberfläche Ende März noch von einer dünnen Eisschicht überzogen. Aber der Winter von 1999 war kein richtiger Winter gewesen, viel zu warm. Den ganzen Januar und Februar hatte der Föhn nicht nachgelassen und der Schnee keine Chance. Die Temperatur an jenem Abend hatte bei fünfzehn Grad gelegen. Deutlich über Durchschnitt. Daher war Erika nur mit einer leichten Jacke über der Schulter aus dem Haus gegangen. Daher fand sie auch kein Eis vor, was sie an der Durchführung ihres Planes gehindert hätte.

Erika ging bis zu den Knöcheln in den See. Dann reichte ihr das Wasser bis zu den Waden, schließlich bis zu den Knien.

Kaum ein Bewohner von Kreuzwirt badete im See. Nicht nur wegen der Insekten oder des Torfmoors, das einen wenig einladenden Geruch verströmte, sondern weil alle wussten, dass der See tief und gefährlich war. Wer sich schon hineinbegeben hatte, vielleicht um sich von der Sommerhitze abzukühlen, sprach von einer Art Stufe ein bis anderthalb Meter vom Ufer entfernt. Jenseits dieses Punkts war es, als tauchte man in einen tiefen Brunnen ein.

Erika schwamm in dem eiskalten Wasser in den See hinaus.

3.

Als Doktor Horst am frühen Morgen des 22. auf seiner gewohnten Runde um den See einen menschlichen Körper mit dem Gesicht nach unten auf der Wasseroberfläche treiben sah, ahnte er sofort, dass es sich um eine Leiche handelte.

Trotzdem riss er sich die Jacke vom Leib und stürzte sich ins Wasser. Eine heldenhafte Geste, fanden alle.

Mit einigen Mühen, denn 1999 war Doktor Horst bereits zweiundfünfzig Jahre alt und nicht gerade in guter Form, brachte er Erika ans Ufer, fühlte sicherheitshalber ihren Puls und rief dann von seinem Handy aus die Carabinieri herbei.

Die am nächsten gelegene Kaserne befand sich in Sand in Taufers, ungefähr dreißig Kilometer von Kreuzwirt entfernt. Die Carabinieri brauchten eine Ewigkeit, bis sie endlich da waren, aber Doktor Horst dachte nicht eine Sekunde daran, Erika im Torfmoor allein zu lassen.

Auch der Gedanke, dass er sich wegen seiner nassen Kleider den Tod holen könnte, kam ihm nicht. Er hielt die Arme über der Brust verschränkt, klapperte mit den Zähnen und fragte sich, während er auf und ab ging und das Gesicht der jungen Frau betrachtete, ihre blonden Locken auf dem matschigen Boden, warum zum Teufel ein solches Mädchen, warum ...

Die Carabinieri stießen eine halbe Stunde später dazu.

Der Maturaball hatte offiziell gegen ein Uhr nachts geendet, doch trotz des leichten Nieselregens waren einige Jugendliche noch immer unterwegs, als das Blaulicht der Polizeiautos die Hauptstraße von Kreuzwirt erhellte.

Die Nachricht verbreitete sich schnell. Erika die Narrische war tot.

4.

»Dann kamen die Journalisten.«

Sib fixierte ihn aus ihren großen blauen Augen und tippte auf das Foto, das ihn mit einem Lächeln auf den Lippen neben Erikas Leiche zeigte, und verschränkte die Arme vor der Brust.

Jetzt war er dran mit Reden.

Tony seufzte. Warum länger um den heißen Brei herumreden?

»In der Redaktion hatte ich nicht einmal einen Namen. Außer ...«

Sechs

1.

»He, Greenhorn!«

22. März 1999, acht Uhr morgens.

Milani hatte ein breites Grinsen im Gesicht und sagte: »In Kreuzwirt gibt's eine Leiche. Fahren wir hin?«

»Und Giò?«

Milani hatte sich eine Zigarette angezündet.

»Geht nicht ans Telefon. Wer nicht kommt zur rechten Zeit ...«

Milanis Auto war ein einziges Chaos. Leere Verpackungen, Flaschen, Dosen, alte Zeitungen, Bons, Quittungen, Pornomagazine und überall Asche.

»Bisher weiß man nur, dass sie Erika hieß. Vielleicht hat sie sich umgebracht, aber wenn du Glück hast, war es Mord. Wie alt bist du?«

»Zwanzig im März.«

»Weißt du, was ein echter Hit für deine Karriere wäre? Mord und Vergewaltigung. In der Reihenfolge. Um Auflage zu machen, braucht man einen nekrophilen Bastard. Vielleicht einen Serienkiller. Die Leute sind total scharf auf Serienkiller. Oder auf Terroristen. Was ein und dasselbe ist, findest du nicht? 1988 warst du noch ein Baby und hattest keine Ahnung von nichts, aber ich habe alles mitgekriegt. *Ein Tirol.* Ich habe diese Arschlöcher bewundert. Bomben, Flugblätter und anonyme Anrufe, die Polizei, die so tut, als wäre alles halb so wild, und Politiker, die sich ins Hemd machen, und umgekehrt. Mehrere Terroranschläge. So viele Exemplare wie damals haben wir noch nie verkauft. Und du weißt vielleicht, *Il Sole* wurde 1954 gegründet.«

1988 war Tony neun Jahre alt, aber anders als der Fotograf behauptete, erinnerte er sich durchaus an so einiges. Die Hubschrauber, die Carabinieri-Busse, das Hakenkreuz auf dem Schultor, das seine Lehrerin zum Weinen gebracht hatte. Die Drogensüchtigen. Die geballten Fäuste seines Vaters. Die roten Augen seiner Mutter. Für Tony würde Shanghai immer genau das sein: ein Viertel, in dem die Väter mit geballten Fäusten und die Mütter mit roten Augen herumliefen.

»Sollte nicht besser Giò diesen Artikel schreiben?«

Milani, der den Citroën zwischen zwei am Waldrand parkende Carabinieri-Autos manövriert hatte, machte eine Vollbremsung.

»Kannst du deinen Namen fehlerfrei schreiben? Ja? Wenn du mich fragst, reicht das, um so einen Artikel runterzuschrubben. Oder hast du Schiss?«

»Giò ist ...«

»Mach dir nichts vor, Greenhorn«, krächzte Milani, während er Objektive und Fototasche vom Rücksitz nahm. »Weißt du, warum Giò es immer wieder schafft, der Konkurrenz ein Schnippchen zu schlagen?«

»Weil sie gut ist?«

Milani starrte ihn finster an.

»Oder Antwort Nummer zwei: weil sie mit den richtigen Leuten bumst. Vielleicht einem Staatsanwalt, einem sehr verheirateten und sehr einflussreichen Staatsanwalt, der ihr gegen einen kleinen Fick ab und zu wichtige Informationen steckt. An der kannst du dir die Zähne ausbeißen.«

Sie betraten den Wald und kamen kurz danach zum

Torfmoor. In seiner Jeanstasche steckte das Moleskine-Notizbuch, das er sich gekauft hatte, um professioneller zu wirken. Aus Angst, es könnte nass werden, nahm er es heraus und stellte fest, dass er seinen Stift zu Hause gelassen hatte.

»Wow, schau dir das an!«

Der See funkelte in der frühmorgendlichen Märzsonne, doch der Fotograf meinte nicht den malerischen Anblick. Aus einiger Entfernung sahen Milani und Tony die am Seeufer miteinander diskutierenden Carabinieri, die Kriminaltechniker in ihren weißen Overalls und vor allem das Tuch, unter dem blonde Haare hervorlugten.

Tony hatte noch nie in seinem Leben eine Leiche gesehen.

»Vergewaltigt und getötet. Wetten wir um ein Bier?«

»Ich trinke keinen Alkohol. Und ich wette nie«, erwiderte Tony. »Warum meinst du, dass sie vergewaltigt und getötet wurde?«

»Ich schwöre, früher oder später werde ich einen Mann aus dir machen. Hast du das Transparent gesehen, als wir durchs Dorf gefahren sind? ›Maturaball‹. Du weißt, was ein Maturaball ist, oder?«

Tony wusste es, obwohl er noch nie auf einem solchen Ball gewesen war. Kein Italiener hatte je einen Maturaball besucht.

Der Maturaball war ein Fest, das die deutschen Schulen zur Feier des Gymnasialabschlusses organisierten (die Schulen in Südtirol waren streng in italienische und deutsche unterteilt). Nur dass der Maturaball *vor* der Abiturprüfung gefeiert wurde, was jeder Italiener, der halbwegs bei Verstand war, nicht einmal im Traum getan hätte.

Nein, danke.

»Alkohol und Sex: *Das* ist ein Maturaball. Vielleicht ist

das Klassenflittchen bereit, sich mit einem ihrer Kameraden an einen lauschigen Ort zu begeben, er streckt die Hand
aus, sie ist aber noch nicht so weit ... Schreibst du etwa nicht
mit?«

Tony blickte sich um.

»So lauschig scheint mir dieser Ort hier aber nicht zu
sein.«

»Weißt du denn, wie die *Scheißdeutschen* drauf sind?«
Milani stellte seine Taschen ab und lachte höhnisch. »Du
musst noch viel lernen, Greenhorn. Aber deswegen sind wir
ja hier. Weißt du, wie ein Weichei wie du zu einem knallhar-
ten Journalisten wird? Einem echten Kerl? Einem Repor-
ter, der keinen Schiss hat, sich ein bisschen schmutzig zu
machen?«

Sie blieben vor dem Absperrband stehen, mit dem die
Polizei den Tatort gesichert hatte.

Unversehens gab der Fotograf Tony einen so heftigen
Stoß, dass dieser das Gleichgewicht verlor und ausrutschte.
Als er sich wieder einigermaßen berappelt hatte, war er von
Kopf bis Fuß mit Schlamm bedeckt, hatte den widerlichen
Geschmack von Torfmoor im Mund und befand sich ein-
deutig auf der falschen Seite des Absperrbands.

Er rutschte erneut aus und fiel wieder der Länge nach
hin – genau neben das Tuch. Neben die Leiche. Auge in
Auge.

Aber was hieß hier schon »Leiche«, wurde ihm mit einem Mal bewusst. Die Leiche war ein *Mädchen*. Eine junge
Frau ... Traurig. Verwundert. Erschreckt. Heiter. Verängstigt. Strahlend. Bestürzt. Geistesabwesend. Glücklich. Verliebt. Wütend.

Lebendig.

Tony hörte Milani rufen. Vollkommen verstört von dem,

was er im Blick der jungen Frau gelesen hatte *(Erika, sie heißt Erika, es ist keine Leiche, es ist eine junge Frau, die Erika heißt, eine junge Frau, die bis vor Kurzem noch genauso war wie ich, die atmete, träumte, lebte)*, schaffte er es, auf alle viere zu kommen und drehte sich zu ihm um.

Die Nikon auf ihn gerichtet, rief der Fotograf: »Cheese, Greenhorn, cheese!«

Im selben Moment sagte einer der Carabinieri zu ihm: »Was hast du denn hier zu suchen, du Vollidiot?«

Und Tony lächelte.

2.

»Weil, wenn jemand dir einen Briefumschlag hinhält, dann nimmst du ihn. Und wenn jemand dir sagt, du sollst lächeln, dann ...«

Sieben

Das Haus, das Sib »Erikas Haus« nannte, befand sich am äußersten Rand von Kreuzwirt. Um dorthin zu kommen, musste man das ganze Dorf durchqueren und einen Kiesweg hochgehen. Es war umgeben von Brombeersträuchern, die Freddy vom ersten Moment an begeistert hatten.

Das Haus war auch das einzige ohne Geranien vor den Fenstern. Vielleicht hatte Sibylle ja keinen grünen Daumen. Oder sie hatte keine Zeit zum Gärtnern. Oder wusste mit Geranien schlicht nichts anzufangen.

Das Haus war einfach eingerichtet. Und es herrschte Chaos. Aber, dachte Tony, es war ein kreatives Chaos. An jeder Ecke stapelten sich Bücher, Zeitschriften, DVDs. Hochglanzmagazine wie *Vanity Fair* oder *Elle* schienen Sib nicht zu interessieren, bemerkte er. Nur Motorradzeitschriften.

Ein Poster von den Black Sabbath und eins mit Jimmy Page, der über seine Les Paul-Gitarre hinweg grinste. Ein paar Fotos. Sibylle als Kind. Sibylle als junges Mädchen. Nicht *ein* Bild von Erika.

Sib ließ ihn auf einem Sessel mit wackeligen Beinen Platz nehmen. Das Wohnzimmer war zugleich Küche, mit einer winzigen Kochecke. An der Wand hing eine Uhr in Form einer Katze namens Felix. Sie hatte den gleichen Gesichtsausdruck wie Jimmy Page.

Tony räusperte sich.

»Wenn du nichts dagegen hast, würde ich gerne erst mal erfahren, wie du mich überhaupt gefunden hast und an das

Foto gekommen bist. Aber eigentlich kenne ich die Antwort schon: Giò. Niemand anders kann dir sowohl dieses Foto als auch einen Tipp gegeben haben, wo und wann du mich antriffst, ohne dass ...«

»... Zeugen zugegen sind?«, bemerkte Sibylle.

»... du Gefahr läufst, mich zu verpassen«, berichtigte er sie mit einem halben Lächeln. »Was im Übrigen keine große Sache ist, ich bin ein Gewohnheitstier.«

»Beim Gassi gehen mit Freddy. Immer derselbe Weg zu immer derselben Zeit, wie ein Schweizer Uhrwerk. Giò hat das Wort ›sterbenslangweilig‹ verwendet.« Sibylle schlug die Beine übereinander. «Eigentlich müsstest du jetzt auch ganz leicht darauf kommen, wie ich Giò aufgetrieben habe.«

»In der Tat: Du hast die Zeitungen von damals durchforstet. Die einzige, die auf den Tod von Erika mit lediglich einer einfachen Meldung reagiert hat, war *Il Sole delle Alpi*. Zwei Artikel, die mit ›A. C.‹ signiert waren, der erste mit einer Länge von dreitausend Wörtern, der zweite von zweitausend. Weil du nicht wusstest, wer dieser mysteriöse ›A. C.‹ ist, hast du die damalige Verantwortliche für die Rubrik ›Vermischtes‹ aufgesucht, Giovanna Innocenzi. Und Giò ist nun mal bekannt wie ein bunter Hund.«

»Stimmt, sie ausfindig zu machen, hat mich gerade mal eine Minute gekostet. Dazu kamen die drei Stunden, bis ich kapiert habe, was aus dir geworden ist. Deine Bücher. Dein Erfolg. Und der Spitzname, den sie dir im März 1999 verpasst hat«, ging Sibylle zum Angriff über, während sie sich zerstreut die verletzte Schulter rieb. »Was hast du mir dazu zu sagen?«

Tony lehnte sich in seinem Sessel zurück. Er ballte die Fäuste. Als er merkte, dass Sib ihn beobachtete, ließ er sie mit einem verlegenen Grinsen wieder locker.

»›Darling‹. In den Tagen nach Erikas Tod hatte Giò aufgehört, ›Greenhorn‹ zu mir zu sagen, und nannte mich stattdessen ›Everybody's Darling‹ ... Vor allem das Darling der Chefetage. Heute hat sie es wieder getan. Wie unter ehemaligen Kameraden, verstehst du?«

Sib antwortete nicht. Sie sah, dass der Schriftsteller die Fäuste erneut geballt hatte.

»Auf diese Weise habe ich mit zwanzig Jahren Verspätung erfahren«, sagte Tony düster, »dass der Anzeigenleiter von *Il Sole delle Alpi* Druck auf die Redaktion ausgeübt hat, damit ich die Berichterstattung übernehme und nicht Giò.«

»Und der Anzeigenleiter von *Il Sole delle Alpi*«, resümierte Sibylle in der Hoffnung, dass ihre Stimme keinerlei Gefühlsregung verriet, »war natürlich ein guter Freund von Friedrich Perkmann.«

Tony legte die Hände auf die Oberschenkel und beugte sich vor. Nun kam der schwierige Teil. Der Grund, der ihn dazu gebracht hatte, in den Mustang zu steigen.

»Sag mir die Wahrheit, Sibylle ...«

»Sib. Nur Sib.«

»Okay, Sib ... du glaubst, dass Erika sich nicht umgebracht hat ...« Er tastete sich vor.

»Ich weiß *mit Sicherheit*, dass Erika sich nicht umgebracht hat«, erwiderte Sibylle wie aus der Pistole geschossen.

Die Katze Felix zeigte halb zehn an. Ein Nachtfalter umkreiste wie irr geworden die Lampe.

»Wieso bist du dir da so sicher?«

»Warum wird aus dem ›Greenhorn‹ plötzlich ein ›Darling‹? Was hatte ›A. C.‹ mit den Perkmanns zu tun? Beantworte mir meine Fragen, lass uns mit offenen Karten spielen«, sagte sie.

»Absolut *nichts*!«, rief Tony entrüstet. »Damals wusste ich noch nicht mal, was die Perkmanns genau für eine Rolle spielen. Ich war nur ein dummer kleiner Junge. Und auch jetzt, ehrlich gesagt ...«

Sib schnippte mit den Fingern und lächelte.

Tony war überrascht.

»Wut.«

»Was?«

»Dein Gesichtsausdruck, als ich dir die Watschn verpasst habe. Ich habe den ganzen Tag darüber nachgedacht. Ich dachte erst, es wäre Angst. Aber es war Wut. Und zwar nicht auf mich. Eine Riesenwut. Dahinter steckt etwas anderes, oder? Und irgendwie hat es mit Erika zu tun.«

Tony zeigte auf den Pappkarton neben Sibylle.

»Was ist das?«

»Der 8. Juni.«

Acht

1.

Am 8. Juni, während Kreuzwirt sich mit den Limousinen der Großkopferten von Südtirol füllte, hatte Sibylle sich den Luxus erlaubt, etwas später aufzustehen als sonst, weil Oskar den *Black Hat* aus Pietätsgründen an dem Tag geschlossen hielt.

Als sie das Haus verließ, um eine kleine Runde auf ihrer Yamaha zu drehen, hatte sie den Briefumschlag entdeckt. Er war zugeklebt und trug keinen Absender. Ein schüchterner Verehrer?

Schön wär's gewesen.

Sibylle wusste, dass sie durchaus attraktiv war. Die Wahnsinnigen aus dem *Black Hat* mit ihren gierigen Blicken und langen Fingern hatten ihr nichts Neues beigebracht.

Das Problem war nur: Bisher hatte noch jeder Typ die Flucht ergriffen, der bei ihr die »Erster Blick«-Prüfung (und den »Zweite Chance«-Test) bestanden hatte, also optisch (und intellektuell) immerhin so weit auf ihr Wohlgefallen gestoßen war, dass sie ihn für ein paar Turnübungen in ihr Bett ließ. *Ich bin noch nicht so weit ... Das ist alles meine Schuld ... Du merkst doch auch, dass das nicht ...* Sib hatte sämtliche Varianten schon gehört.

Ihre Persönlichkeit, so ihr Versuch einer Erklärung, war einfach zu kompliziert für eine Welt, in der nichts als Ordnung zählte. Die Jungs, die ihr den Hof machten, waren simpel gestrickt. Sie wollten eine Frau, die sich in der Kirche von

43

Sand in Taufers zum Traualtar führen ließ, zwei oder drei Gören hintereinander gebar und den Rest ihres Lebens mit Kochen, Bügeln und samstäglichem Beinebreitmachen verbrachte. Nicht gerade das Zukunftsmodell, das Sib sich für sich selbst vorstellte. Und so befanden sich in dem Briefumschlag erwartungsgemäß keine Liebesbeteuerungen. Sondern ein Schwarz-Weiß-Foto. Das Foto, das es eigentlich gar nicht geben konnte. Erika, die am Seeufer lag. In ihrem Maturaballkleid. Die Haare schlammverdreckt. Das Gesicht zum Himmel gewandt.

Und neben der Leiche ein Symbol, das jemand in den Schlamm gezeichnet hatte.

2.

Tony wurde blass.

»Dieses Symbol – was bedeutet das?«

»Das ist der Beweis dafür, dass Erika getötet wurde.«

1999 hatte es kein in den Schlamm gezeichnetes Symbol neben Erikas Leiche gegeben, das wusste Tony genau. Er selbst hatte es nicht gesehen, und auch im Rahmen der Ermittlungen hatte es nie jemand erwähnt.

Also konnte es sich nur ...

Sibylle kam ihm zuvor.

»Es handelt sich *nicht* um eine Fotomontage. Ich habe das Foto extra von einem dieser Nerds aus Bruneck untersuchen lassen. Erst dachte ich, es sei ein Setfoto von einem Fernsehkrimi. Der Film, das Material ist von damals. Die Aufnahme muss kurz nach Morgengrauen gemacht worden sein. Das Foto ist authentisch.« Sib holte tief Luft und fing an, in der Schachtel zu wühlen. »Erika die Narrische war als Wahrsagerin unterwegs. Wusstest du das?«

Tony erinnerte sich, dass 1999 schnell von »Erika der Närrischen« die Rede gewesen war. Darüber hinaus nicht viel: eine Tagträumerin, mit wenigen Freunden. Ein weiteres Indiz für die Selbstmordthese, hatte Milani bissig bemerkt. Von wegen Mord. Von wegen postmortale Vergewaltigung. Bye-bye Scoop, Greenhorn!

Sibylle warf ihm einen Packen Tarotkarten zu.

»Die sind von Erika. Weißt du, wie das Spiel geht?«

»Ist es so schwierig?«

»Jeder Tarotspieler spielt es auf seine Weise. Der eine legt die Karten im Kreis aus oder in Form eines Dreiecks, der andere in einer Reihe von drei, vier Karten und so weiter. Jeder hat sein eigenes System. Erika hat es so gemacht.«

Sib begann, die Tarotkarten auf dem Tisch auszulegen. Zwei vertikale Reihen mit jeweils drei Karten. Dicht an dicht. Am unteren Ende legte sie je zwei weitere Karten diagonal an, sodass eine Art Pfeilspitze entstand. Schließlich fügte sie am oberen Ende der Kolonne noch einmal zwei schräg nach außen zeigende Karten hinzu, mit dem Ergebnis ...

»Sieht aus wie ein Schlangenkopf.«

»Erika nannte es ›Das Lächeln des Kolibris‹. Kannst du das darin erkennen?«

Das Schema der Karten auf dem Tisch war identisch mit dem in den Schlamm gezeichneten Symbol neben Erikas Leiche.

Verdammte Scheiße.

»Und jetzt schau dir noch mal gut das Foto an«, sagte Sibylle. »Siehst du die Seriennummer? Das Foto aus meinem Briefkasten war das erste, das am Tatort aufgenommen wurde. Die anderen sind hier.«

Eine Handakte. Nicht sehr dick. Sie trug den Stempel des Landgerichts Bozen.

»Ich habe sie von der Staatsanwaltschaft bekommen. Sie enthält Protokolle der Carabinieri, Fotos, die an dem Morgen gemacht wurden, und den Autopsiebericht. Fällt dir was auf?«

Es war so auffällig wie ein Clown bei einer Beerdigung: Die Seriennummer der Fotos aus der Handakte begann mit der Ziffer sieben und hörte mit fünfzig auf. Außerdem war das Licht heller, als wären die Fotos erst später am Morgen aufgenommen worden. Erikas Leiche lag anders, und neben ihr befand sich, genau wie in Tonys Erinnerung, nicht die Spur eines in den Schlamm gezeichneten Symbols.

»Ich glaube«, sagte Sib, »das Lächeln des Kolibris hätte durchaus ein paar Fragen bei den Ermittlungen aufgeworfen, aber dadurch, dass jemand es hat verschwinden lassen, lief alles ganz glatt. Am 21. hat Erika angeblich Selbstmord begangen, indem sie sich im See ertränkte. Am 22. wurde die Autopsie durchgeführt, die den Tod durch Ertrinken bestätigt hat. Selbstmord. Am 23. wurde der Körper eingeäschert. Schau dir die Unterschrift des Arztes an, der vom Gericht als Gutachter bestellt wurde.«

Die Unterschrift war krakelig, aber lesbar. Doktor Josef Horst. Der Mann, der Erikas Leiche am 22. März 1999 um vier Uhr morgens entdeckt hatte.

Tony fuhr sich mit der Hand an die Stirn. Er schwitzte.

»Also hat deiner Meinung nach Horst Erika getötet, das Symbol in den Schlamm gezeichnet, aber kaum waren die Carabinieri im Anmarsch, überlegt er es sich anders, wischt es weg und lässt irgendwie auch die Fotos verschwinden, die bereits gemacht worden waren? Dann fälscht er den Autopsiebericht? Das passt doch hinten und vorne nicht.«

»Genau. Ich glaube, dass Horst Erikas Leiche gefunden und im ersten Moment das Lächeln des Kolibris nicht gesehen hat. Verständlich. Es war früh am Morgen. Es dämmerte gerade. Und dann die Aufregung. Er hat es erst entdeckt, als die Carabinieri die Fotos eins bis sechs gemacht haben. In dem Moment hat er es schnell weggewischt. Danach ...«

»... hat er die Carabinieri mundtot gemacht? Und die Fotos verschwinden lassen? Scheint dir das nicht ein bisschen ... sehr weit hergeholt?«

Sib blickte ihn an. Verwirrt. Erschreckt. Zweifelnd.

Sibby Langstrumpf nahm die Sache in die Hand.

»Weißt du, wer Tante Helga überredet hat, Erika einzuäschern? Doktor Horst. Ohne Leiche keine zweite Autopsie. Und dreimal darfst du raten, was aus den Carabinieri geworden ist, die nach Horst als Erste am Tatort waren: beide tot. Der eine hatte 2003 einen Herzinfarkt, der andere 2010 einen tödlichen Autounfall. Die Tochter des HerzinfarktToten arbeitet inzwischen für Perkmann. Der andere wäre 1999 beinah aus der Armee rausgeworfen worden, weil er einen fliegenden Händler verprügelt hat. Aber rate mal, wer ihm den Hals gerettet hat, damit er nicht auf der Straße landet? Friedrich Perkmann. Der Mann, der an dem Tag begraben wurde, als jemand das Foto in meinen Briefkasten gesteckt hat. Verdammt, Tony, *bischt blind?*«

Nein, Tony war nicht blind.

Ihm war weder entgangen, dass Freddys Schnauzbarthaare inzwischen fast ganz weiß waren, noch, dass es bei Erikas Tod viele Ungereimtheiten gab. Angefangen bei der Entscheidung, die Story einem Greenhorn wie ihm anzuvertrauen. Egal, wie unsympathisch oder zickig Giò war: Auf jeden Fall war sie eine erfahrene Journalistin. Mit Sicherheit hätte sie sich nicht so leicht ins Bockshorn jagen lassen wie ein blutiger Anfänger.

Apropos, wie hatte sein letzter Wortwechsel mit Milani gelautet?

Tony erinnerte sich genau. Der Geschmack von Jim Beam im Mund, der sternlose Himmel und ...

Scheiße noch mal!

Milani hatte ihn durch das ganze Tal kutschiert, um ihn zur Pressekonferenz der Carabinieri zu bringen. Sogar bei seinen Interviews war der Fotograf zugegen gewesen. Und Milani hatte ihn zu der Kreuzwirt-Sache überredet. Michele Milani, die Hundeleine, die die Perkmanns ihm angelegt hatten.

Tony fühlte, wie die Übelkeit in ihm hochstieg.

Mord.

Wenn Sibylle recht hatte und Erika getötet worden war, wenn Horst und Perkmann die Ermittlungen untergraben hatten, dann war er gewissermaßen zum Mittäter geworden.

Mit beiden Zeigefingern rieb Tony seine Augenlider. Millionen bunte Sternchen und eine schreckliche Gewissheit.

Aber Sibylle war noch nicht fertig.

»Was hast du noch entdeckt?«

»Das, was alle hier in Kreuzwirt wissen: dass seit dem 21. März 1999 der Sohn von Friedrich Perkmann, Martin Perkmann, der Bruder von Karin und einer von Erikas Freunden, nie mehr im Dorf gesehen wurde.«

»Abgehauen?«

»Eingesperrt. In der Krotn Villa.«

»Der Krotn Villa?«, hakte Tony nach, um sicherzugehen, dass er Sibylle richtig verstanden hatte.

»Was weißt du über die Perkmanns?«, fragte sie.

»Dass sie viel Geld haben.«

»Die Sache ist leider ein bisschen komplizierter.«

Neun

1.

Friedrich Perkmann wurde 1950 geboren. Mit achtzehn Jahren überredete er seine Eltern, deren Vorfahren seit Generationen als Bauern gewirtschaftet hatten, ihm ihre Ersparnisse zu überlassen, um sie zu investieren. Der Plan ging auf. Mit zwanzig Jahren, inzwischen Waise geworden, weil seine Eltern bei einem Bergrutsch ums Leben gekommen waren, erwarb er einen Fünfzig-Prozent-Anteil vom Sägewerk in Kreuzwirt und begann, das Umland aufzukaufen. Nachdem er festgestellt hatte, dass das Unglück, das seine Eltern getötet hatte, auf menschlichem Versagen beruhte, schwor er sich, dass in Kreuzwirt niemand mehr auf diese Weise zu Tode kommen sollte. Aus seiner Sicht war der Erwerb von Ländereien der beste Weg, dies zu garantieren.

Von 1970 bis 1972 stieg sein Umsatz, aber 1973 musste das Sägewerk die Produktion eindämmen, sodass er beinah Bankrott ging. Friedrich Perkmann nahm es als Herausforderung. Wenn die alten Märkte kaputtgingen, würden neue entstehen. Mithilfe von Doktor Horst, der in jenem Jahr nach Kreuzwirt zog, schaffte er die Wende.

Josef Horst war in einem kleinen Dorf im Kanton Bern zur Welt gekommen, aber er wohnte und arbeitete in Genf. Dort begegneten die beiden einander: Während einer Geschäftsreise musste Friedrich Perkmann wegen einer heftigen Erkältung einen Arzt aufsuchen. An diesem Tag begann eine Freundschaft, die ein Leben lang andauern sollte.

Als Horst 1973 nach Kreuzwirt zog, war er bis über beide Ohren verschuldet, Witwer mit einem Sohn, Michl, der gerade ein Jahr alt war, hatte eine Menge pfiffiger Ideen im Kopf, aber nicht die Mittel, sie in die Tat umzusetzen. Horst hatte an der Universität Genf studiert, die damals ihrer Zeit weit voraus war, und er ahnte, was für ein Potenzial in den Vorläufern der heutigen Computer steckte. Nur dass ihm jemand wie Friedrich Perkmann an der Seite fehlte, der sich in der Geschäftswelt zu bewegen wusste. Horst war Nitro- und Perkmann -Glyzerin. Gemeinsam konnten sie in den Himmel aufsteigen.

Als Horst 2006 starb, war dies für Perkmann ein herber Schlag. Die Freundschaft mit dem Doktor war ein Pfeiler seines Lebens gewesen. Sie teilten alles: Ehrgeiz, Mahlzeiten, sogar das Haus, die Krotn Villa, die 1974 auf den Grundfesten des Perkmannschen Bauernhauses hochgezogen worden war und in dem Maße ausgebaut wurde, wie Perkmanns Vermögen wuchs.

Aus dem ehemaligen Stall war ein eleganter Seitenflügel geworden, im Gemüsegarten wurde ein Gewächshaus für seltene Pflanzen errichtet. Das Haupthaus wurde um zwei Stockwerke, eine Dependance, einen aufs Torfmoor hinausgehenden Turm und eine efeubewachsene Mauer mit marmornen Kröten rechts und links vom Eingangstor ergänzt sowie 1994 dem Mausoleum, in dem Perkmann seine Frau beisetzte und fünfzehn Jahre später selbst begraben werden sollte.

Die Freundschaft und Wohngemeinschaft mit Horst in der Krotn Villa blieb auch bestehen, als Perkmann sich 1978 in Christine Talfer verliebte.

Als Christine und Friedrich Perkmann heirateten, war Horst Trauzeuge, und der kleine Michl überbrachte dem

Brautpaar den Ehering. Dass Horst auch nach der Eheschlie-
ßung weiter in der Villa lebte, war dem expliziten Wunsch
Christines geschuldet, die sich persönlich um Michl kümmern wollte. Sie liebte Kinder und wollte unbedingt eigene
haben. 1980 gebar sie Zwillinge.

Martin und Karin.

2.

Sibylle stand auf, um eine Flasche Orangensaft zu holen,
und schenkte Tony und sich davon ein. Aus einem Spind
nahm sie eine Schachtel Aspirin und schluckte eine Tablette,
obwohl sie schon ahnte, dass es nicht viel helfen würde.

»Die Schulter?«

»Ein kleiner Sturz, mehr nicht.«

»So klein kann er kaum gewesen sein, wenn das Motorrad nur noch ein Haufen Schrott ist.«

»Das Motorrad, aber nicht ich.«

Sib setzte sich zurück an ihren Platz und gab dem Schriftsteller ein Polaroid, das drei junge Mädchen und einen jungen Mann Arm in Arm zeigte.

»Die Aufnahme wurde ein paar Tage vor dem Maturaball
von 1999 gemacht. Erkennst du sie?«

Die Erste links war Erika. Neben ihr befand sich ein aus-
gesprochen hübsches Mädchen mit zwei dunklen Zöpfen
und klaren blauen Augen. Das dritte Mädchen war blond
und hatte die Stirn über dem forschen Blick in Falten gelegt.
Der einzige männliche Part in dem Quartett trug eine dicke
Brille und sah irgendwie verlegen aus.

Sibs Finger zeigte auf das blonde Mädchen mit dem kon-
zentrierten Gesichtsausdruck.

»Karin Perkmann.«

»Und er ist Martin?«

»Nein, das ist Gabriel. Von Martin gibt es keine Fotos«, erklärte Sibylle.

»Nicht mal ein Klassenfoto? Eins von der Sorte, die immer am Ende des Schuljahrs zusammen mit der Lehrerin gemacht werden?«

»Ausdrücklich untersagt. Als Martin und seine Schwester drei Jahre alt waren, gab es einen Brand in der Krotn Villa. Ein Kurzschluss. Karin hat keinerlei Schaden davongetragen, aber Martin wurde schwer verletzt und verlor sein linkes Auge. Das war 1983. Seitdem war der Wurm drin. Martin wurde ›aggressiv‹.«

Tony hob eine Augenbraue.

»Was heißt ›aggressiv‹?«

»Martin und Karin haben hier in Kreuzwirt die Grundschule besucht. Perkmann wollte, dass seine Kinder sich als Teil der Dorfgemeinschaft fühlen, denn für ihn war Kreuzwirt sein Ein und Alles. Erinnerst du dich an seine Obsession, die Ländereien aufzukaufen? Heute gehört das ganze Tal den Perkmanns. Das Torfmoor, die Wälder. Alles. Hast du hier irgendeinen Touristen gesehen? Weißt du, was der alte Perkmann gemacht hat, als jemand auf die Idee kam, der Tourismus könnte sich auch für uns lohnen? Er hat einen Bus gemietet und den Leuten gezeigt, was Tourismus alles anrichtet: Müll, Beton, Kahlschlag.«

»Aber wirtschaftlich betrachtet ...«

«Kreuzwirt ist einer der reichsten Orte von ganz Südtirol. Perkmann wusste seine Mitbürger zu umgarnen. 1975 hat das Sägewerk zwar definitiv dichtgemacht, aber Perkmann gelang es, alle ehemaligen Mitarbeiter in Kreuzwirt zu halten, auch die, die bereits seit 1973 ohne Arbeit waren. Aus dem Sägewerk wurde kurzerhand ein Bürgerzentrum. Nicht nur die Villa wurde von Perkmann immer weiter ausgebaut, sondern ganz Kreuzwirt. Egal, was du brauchtest, du musstest nur bei ihm anklopfen.«

»So wie Horst.«

»Nicht nur er, glaub mir. Und heute führt Karin diese Tradition fort. Alle fünf Jahre wählen wir einen neuen Bürgermeister, aber alle wissen, dass allein die Perkmanns das Sagen haben. In Kreuzwirt gibt es weder Arme noch Touristen. Nichts als gute Luft und Geranien vor den Fenstern. Jedenfalls ...« Sibylle benetzte ihre Lippen mit einem Schluck Orangensaft und fuhr fort: »Jedenfalls hat Martin 1988 eine Klassenkameradin angefallen. Elisa, das Mädchen mit den Zöpfen. Er wurde von der Schule genommen. Um seine Ausbildung kümmerten sich von da an Doktor Horst, Perkmann selbst und Fräulein Rosa, die Grundschullehrerin von Kreuzwirt, die zweimal pro Woche in die Villa kam. Ich habe im Schularchiv nachgeschaut, aber nur eine Aktennotiz gefunden, in der von einem nicht näher beschriebenen ›Unfall‹ die Rede ist. Sonst nichts.«

Tony schlüpfte in die Rolle des Advocatus Diaboli.

»1988 waren Martin und Elisa noch minderjährig. Verständlich also.«

»Du hast keine Ahnung. In Kreuzwirt wissen alle alles. Wusstest du, dass die Frau, die Oskar heiraten wollte, sich von ihm getrennt hat, weil er zur Zeit ihrer Verlobung zu viel trank? Wusstest du, dass Frau Grünberger seit dem Tod ihres Mannes von Psychopharmaka abhängig ist, auch wenn sie bis nach Brixen fährt, um sie zu besorgen, weil es ihr so peinlich ist? Hier wissen alle alles.«

»Alles, nur nicht das, was 1999 mit Erika passiert ist und was 1988 genau mit Elisa geschah?«

Sib nickte. Sie nahm noch ein Polaroid aus der Schachtel.

»1996. Das Dach der Schule, auf dem sich die Schüler heimlich gesonnt haben. Man muss nur die Feuerleiter hochklettern, auf der Hofseite. Das sind Karin und ...«

»Ist das eine Narbe?«

Sib lächelte. Ein Sibby-Langstrumpf-Lächeln.

Die Narbe befand sich knapp unterhalb von Elisas Bauchnabel. Mindestens fünfzehn Zentimeter lang.

»Vielleicht stammt sie nicht von 1988«, sagte Tony. »Oder hat nichts mit Martin zu tun. Wer weiß das schon.«

»Durchaus möglich.« Sibylles Gesichtsausdruck verriet, dass sie vom Gegenteil überzeugt war. »Zwischen 1988 und 1999 wird Martin nur selten gesichtet. Normalerweise im Auto seines Vaters. Oder in den Wäldern oder im Torfmoor, zusammen mit Karin oder einem der beiden Horsts, entweder dem Vater oder dem Sohn, Michl. Niemals alleine und niemals im Dorf. Dann, seit 1999 – um genau zu sein, seit dem 21. März 1999 – verschwindet Martin komplett von der Bildfläche, als hätte die Krotn Villa ihn sich einverleibt. Er wurde nie mehr von irgendjemandem gesehen.«

Sib beugte sich zu Tony vor und sagte noch einmal:

»Nie mehr.«

»Glaubst du, dass Martin Perkmann Erika getötet hat? Dass Horst die Leiche entdeckt und zusammen mit Perkmann die Sache vertuscht hat? Und dass sie den Jungen, um ihn aus dem Verkehr zu ziehen, für immer in der Krotn Villa eingesperrt haben?«

»Schlimmer.«

Zum ersten Mal, seit sie zu sprechen begonnen hatte, zeigte Sibylle einen Anflug von Unsicherheit. »Da ist die Sache mit dem Fluch, der Geistererscheinung. Nach Erikas Tod hat jemand damit angefangen, das Lächeln des Kolibris an die Mauern von Kreuzwirt zu schmieren. Erika ist eine

Art lokaler Kinderschreck geworden. ›Erika kommt dich holen‹, sagen sie hier.«

»Sehr witzig«, murmelte Tony bitter.

»Erika war gerade ein paar Stunden tot, als die Schmiereien auftauchten. Keiner weiß, wer dahinter steckte. Aber angeblich waren die jungen Leute auf dem Polaroid durch Erikas Tod alle wie mit einem Fluch behaftet.« Sibylles Stimme war zu einem Flüstern herabgesunken. »Ich habe immer gedacht, das sei Quatsch, aber so langsam fange ich auch an, daran zu glauben.«

Sie biss sich auf die Lippen. Ob der Schriftsteller sie nun für vollkommen durchgedreht hielt? Doch Tony hatte nur Augen für die vier Jugendlichen auf dem Foto.

Also sprach sie weiter.

»Nach Erikas Tod war Karin den anderen gegenüber merklich distanziert, sie wurde regelrecht ungesellig. Manche meinten, es habe daran gelegen, dass Perkmann sie als seine Mitarbeiterin in die Firma geholt hat, aber ...« Sibylle tippte mit dem Finger auf den verschüchterten Jungen auf dem Polaroid. »Gabriel. Der Sohn des einzigen Angestellten der Gemeinde Kreuzwirt, Herrn Plank. Tante Helga hat mir erzählt, dass Gabriel so erschüttert über Erikas Tod war, dass er nicht mal auf ihre Beerdigung gekommen ist. Nach einem Jahr hat der Vater seine Versetzung beantragt und ist mit seinem Sohn weggezogen. Keiner der beiden wurde jemals mehr in Kreuzwirt gesehen. Schließlich ist da noch Elisa: Fräulein Klassenbeste. Eine große Zukunft vor sich. Aber dann ... schau mal.«

Sib nahm einen Zeitungsartikel aus der Mappe. Die Headline sagte alles: »Camperin ertrunken«.

»Am 11. Juli 2005. Elisa ertrinkt in einem Sturzbach, der weniger als einen Kilometer von dem See entfernt ist, in dem Erika starb. Da läuft es einem doch kalt den Rücken runter, oder?«

Tony überflog den Zeitungsausschnitt.

»Hier steht, dass Elisa betrunken war, das Gleichgewicht verloren hat, in den Bach fiel und sich den Kopf so anschlug, dass sie ohnmächtig wurde und ertrank. So mysteriös finde ich das nicht. Karin ist nicht mehr dieselbe wie früher? Die Perkmanns tragen die Verantwortung für das ganze Dorf, so eine Belastung verändert die Menschen. Gabriel hat sich in Kreuzwirt nie mehr blicken lassen? Zu viele schlechte Erinnerungen. Verständlich.«

»Stimmt schon, aber dreimal darfst du raten, wer Elisas Tod bescheinigt hat. Wieder er, Horst. Auch das nur ein Zufall? Kann sein, aber ...«

Sibylle unterbrach sich. Ihre Augen waren geschwollen. Sie wirkte erschöpft. Matt. Und verängstigt.

»Ich stoße mit meinen Fragen ständig auf eine Mauer des Schweigens«, murmelte Sibylle. »Was typisch ist für einen kleinen Ort wie Kreuzwirt.«

»Genauso typisch, wie wenn jemand vom Kaliber eines Perkmann Druck auf ein Greenhorn ausübt, das einen Artikel über den Tod von Erika der Narrischen schreiben soll«, brummte Tony.

Er stand auf. Öffnete das Fenster.

Kreuzwirt lag in völliger Dunkelheit. Man sah hier mehr Sterne als in Bozen, und die Luft war frisch und angenehm. Trotzdem war Tony schweißgebadet.

Tief in Gedanken versunken starrte er auf den Mustang, dessen Umrisse sich schwach im Mondlicht abzeichneten. Schließlich drehte er sich um.

»Und jetzt?«

Zehn

Zurück in Bozen und nachdem er Freddy Gute Nacht gesagt hatte, versuchte Tony zu schlafen. Er war todmüde. Doch jedes Mal, wenn er die Augen schloss, kehrten seine Gedanken zu dem Grab des Mädchens ohne Kopf zurück.

Via Virus.

Der Legende zufolge hatte der ehemalige Besitzer des Hauses in der Via Virus einen Pakt mit dem Teufel geschlossen. Tausend Jahre Leben gegen den Kopf seiner Tochter. Doch kaum war der Kopf vom Rumpf getrennt, das Blut klebte noch an der Axt, begann der abgeschlagene Kopf zu sprechen. *Wir werden für immer zusammen sein, Papa.* Und wenn man so mutig war, an den steinernen (und angeblich knurrenden) Hunden und dem Grab des Mädchens ohne Kopf vorbeizugehen und zehnmal an die Tür des verhexten Hauses zu klopfen, dann konnte man ihre Stimme ebenfalls hören. *Und wenn du uns nicht glaubst, bist du ein blöder Schwanzlutscher.*

Im Sommer 1990 war Tony elf Jahre alt und hatte nur eine vage Vorstellung davon, was ein Schwanzlutscher sein könnte, aber er war der Einzige aus der ganzen Clique, der es gewagt hatte, an den steinernen Hunden vorbeizugehen. Die noch nicht einmal gewinselt hatten, geschweige denn geknurrt. Er war einen Kiesweg entlanggelaufen und hatte den Grabstein entdeckt. Der so verwittert war, dass man den Namen nicht mehr lesen konnte. Schließlich kam er zur Tür des verhexten Hauses und klopfte an. Doch weit und breit war kein Mädchen zu sehen. Kein Gespenst. Verärgert hatte er die Türklinke heruntergedrückt. Die Tür war nicht verschlossen, und Tony hatte das Haus betreten.

Schwere Vorhänge vor den Fenstern, an den Wänden Bilder mit üppig verzierten Rahmen. Ein Herrenhaus, hätte seine Mutter gesagt. Die Rahmen waren halbwegs annehmbar, die Bilder selbst grauenhaft. Sie erinnerten ihn an Geometrieübungen. Keine Axt. Kein abgehackter Kopf.

Tony befand sich in einem echten Dilemma. Wenn er von seinem Erlebnis erzählte, würde ihm niemand glauben – es sei denn, fiel ihm plötzlich ein, er brächte einen handfesten Beweis mit. Doch in dem Haus gab es nur wertvolle Dinge, und er war kein Dieb.

Er wollte schon mit leeren Händen gehen, als er plötzlich einen köstlichen Geruch wahrnahm, der ihn geradewegs in eine Küche nach Tiroler Art führte. Holzgetäfelte Wände, ein großes Kreuz an der Stirnseite des Raumes, die Fenster und Lüster auf Hochglanz poliert und auf dem Tisch ein Teller frisch gebackener Kekse.

Doch während er die Hand bereits nach einem Keks ausgestreckt hatte und seine zurückgebliebenen Freunde in Gedanken als Angsthasen (*schwanzlutschende* Angsthasen) verspottete, tauchte mit einem Mal aus dem Nichts ein Greis mit zerzaustem weißem Haar und dem irren Blick eines Menschen vor ihm auf, der seine eigene Tochter enthauptet hatte.

Wie angewurzelt blieben der Mann und der Junge voreinander stehen und starrten sich an: zwei Westernhelden aus einem Sergio-Leone-Film. Bis der Alte von einem heftigen Krampf geschüttelt wurde, die Lippen aufeinanderpresste, die Wangen aufblähte, mit dem Kinn zuckte und die Stille des Hauses in der Via Virus mit dem hässlichen Knattern eines gewaltigen Furzes durchbrach. Gefolgt von dem (hysterischen) Gelächter Tonys, der sich rasch einen Keks schnappte und schneller als der Schall das Weite suchte.

Wieder in Sicherheit, musste er zu seinem Bedauern feststellen, dass seine Freunde sich längst getrollt hatten und der zerbröselte Keks in seiner Hand nicht mehr die geringste Beweiskraft besaß. Niemand hätte ihm seine Geschichte geglaubt. Die Legende von der Via Virus war genau das: eine Legende. Von wegen Statuen von knurrenden Hunden! Von wegen ein Mädchen ohne Kopf! Von wegen eine blutige Axt! Bloß ein furzender Greis mit frisch gebackenen Keksen.

Gespenster gab es also keine, genauso wenig wie einen Pakt mit dem Teufel. Aber Ungeheuer, die gab es. Denn, so erfuhr er später, in dem Haus in der Via Virus lebte ein ehemaliger SS-Offizier, den vor Gericht zu bringen und ins Gefängnis zu stecken, niemand gewagt hatte. Ein Greis mit zerzausten weißen Haaren, der dem Tod ein Schnippchen schlagen wollte, indem er sich als Künstler ausgab.

Mit anderen Worten: Wenn du lange genug in einen Abgrund schaust, schaut der Abgrund zurück, in dich hinein. Umso mehr, wenn man in Shanghai geboren war.

Elf

1.

In aller Herrgottsfrühe hatte er sich einen Espresso gemacht, Freddy Guten Morgen gesagt, ihm etwas zu trinken und zu fressen gegeben und ihn die übliche Runde Gassi geführt. Und während der Bernhardiner gähnend hier und dort das Bein hob und ein paar Tröpfchen hinterließ, begriff Tony mit einem Mal, warum sein Gehirn noch immer mit dem Abenteuer aus der Via Virus beschäftigt war.

Wenn man die merkwürdigen Todesfälle, die Flüche, die »Erika kommt dich holen«-Verwünschungen und die ganze sonstige Folklore einmal beiseiteließ, an die Sibylle zu glauben schien oder an die sie glauben wollte (genau wie er damals an das Mädchen ohne Kopf), blieb ein einziger konkreter Anhaltspunkt, der vielleicht das Geheimnis um Erikas Tod enthüllen half.

Das Symbol, das Lächeln des Kolibris.

Es ging nicht darum, wer es in den Schlamm gezeichnet und wer es weggewischt hatte. Sondern um das Symbol selbst.

Erika benutzte es als Schema, um ihre Tarotkarten auszulegen – aber warum?

Hatte sie es erfunden, oder hatte sie es irgendwo abgeschaut? Was bedeutete es?

Seltsam, dass Sib darüber noch nicht nachgedacht hatte. Sie war so ein aufgewecktes Mädchen. Klug. Mutig. Mal ganz abgesehen davon, dass sie ...

Freddy, das Bein noch erhoben, schaute ihn zufrieden grinsend an wie einer, der Bescheid wusste.

»... dass sie verdammt hübsch ist, genau«, sagte Tony. »Du hast ja recht, alter Junge. Dafür gibt es Stubenarrest.«

2.

Kurz danach – er hatte in seiner Lieblingsbuchhandlung zwei Tüten voller Bücher gekauft und im Kofferraum des Mustang abgestellt, was weniger lang gedauert hatte als erwartet – nutzte Tony die Gelegenheit für ein kleines Nickerchen auf dem Parkplatz vor dem *Aurora*. In dem Altenheim wohnte Fräulein Rosa, die Lehrerin, die Martin Perkmann von 1988 bis 1999 Privatunterricht erteilt hatte.

Als Sibylle an die Fensterscheibe des Mustang klopfte, hätte er fast aufgeschrien.

Er hatte von dem Mädchen ohne Kopf geträumt.

Zwölf

Tony hasste den Geruch. Kampfer, Desinfektionsmittel. Und Maiglöckchen. Das ganze Altenheim war eine einzige Wolke aus Maiglöckchen- oder Rosenduft. Als ob es nichts Neutrales zum Putzen gäbe. Am liebsten hätte er sofort wieder kehrtgemacht.

»Fräulein Rosa, Besuch für Sie«, sagte die Altenpflegerin, nachdem sie die Tür eines der zahlreichen Zimmer in dem Heim geöffnet hatte.

Ein Haus, in das die Leute zum Sterben gingen, *Aurora* zu nennen, war eine Unverschämtheit, dachte Tony.

Fräulein Rosa, ein Vögelchen aus Haut und Knochen, nahm ihre Lesebrille ab und legte sie auf die Zeitschrift, in der sie mit einem Stift in der Hand geblättert hatte: Kreuzworträtsel. Sie bot ihnen einen Platz an.

»Du siehst aus wie deine Mutter, weißt du das, Mädchen?«

Die Pflegerin hatte ihnen gesagt, dass Fräulein Rosa manchmal gut und meistens schlecht beieinander war. Sie hatten Glück.

»Sie kennen mich? Sie wissen, wer ich bin?«

»Du bist Sibylle, Erikas Tochter. Sie war eine Schönheit, deine Mutter, aber du bist noch hübscher. Und du hast Biss, das sieht man. Die arme Erika hingegen war ein schwacher Mensch. Du bist hier, um über sie zu sprechen, nicht wahr?«

Fräulein Rosa sprach Hochdeutsch, sodass Tony sie ohne Probleme verstand.

Sibylle rückte ihren Stuhl näher an das Bett heran.

»Ja, ich versuche herauszufinden, wer sie wirklich war.«

»Kennst du die Villa?«

»Alle kennen sie.«

»Die Kinder waren großartig. Auch deine Mutter. Mit ihren Tarotkarten, die sie immer mit sich herumtrug. Karin war die Einzige, die sich für die Schule interessierte. Sie war sehr ernst, genau wie ihr Vater. Aber sie konnte auch fröhlich sein. In der Bibliothek der Villa sind sie alle immer zusammengekommen. Um den ovalen Tisch herum. Es brauchte nicht viel, um sie zum Lachen zu bringen. Erika, Elisa, Karin und dieser Junge, der immer so ...«

»Gabriel?«, hakte Sibylle nach.

»Genau, Gabriel. Abends, wenn Doktor Horst es erlaubte, gingen sie in den Turm hinauf. Es gab ein Teleskop dort oben. Horst war Hobbyastronom. Sie schauten sich die Sterne an. Manchmal lief ich mit ihnen nach oben. Das waren die einzigen Momente, in denen Gabriel etwas mehr aus sich herausging. Er wollte später mal Astronaut werden.«

»Und Martin?«

Fräulein Rosa blickte über Sibylles Schultern ins Leere.

»Mein Martin. Mein kleiner Maulwurf. Er hatte Probleme mit dem Auge, wissen Sie.«

Sibylle fuhr sich mit der Hand durch die Locken.

»Fräulein Rosa, wissen Sie, warum Martin 1988 von der Schule genommen wurde?«

»Er hat ihr nur einen Schrecken eingejagt, aber du weißt ja, wie Kinder sind, nicht wahr? Ein kleiner Schnitt in den Finger, und sie weinen stundenlang. Die Eltern von Elisa haben mit einer Anzeige gedroht, aber Friedrich Perkmann konnte sie zur Vernunft bringen. Martin war ein guter Kerl, der kleine Maulwurf mit seinem blinden Auge, das immer tränte, wenn er lesen wollte. Und er las so gerne, nur dass ...«

Die Züge der alten Lehrerin froren ein. »Ich weiß, was sie im Dorf sagen. Alles Lügen.«

»Was sagen sie im Dorf, Fräulein Rosa?«, fragte Tony.

Die Frau starrte ihn an, als hätte sie erst jetzt seine Anwesenheit bemerkt.

»Dass er zurückgeblieben sei. Martin war groß und dick, mit einem verbrannten Gesicht. ›Monster‹ nannten sie ihn, dabei hätte er niemals auch nur einer Fliege etwas zu Leide getan. Mit Elisa hat er immer gescherzt. Er hob sie hoch, und sie lachte und lachte. Auch noch nach dem Unfall, versteht ihr? Er hatte damals einfach kurz die Beherrschung verloren. Es kam schon mal vor, dass Martin wütend wurde. Aber nur, wenn man ihn provozierte. Und Elisa sah zwar aus wie ein Engel, aber sie war beileibe keiner, sie konnte ganz schön unverfroren sein. Jedenfalls ist an einer Narbe noch nie jemand gestorben.«

Die Frau zog ihre Bettdecke ein Stück hoch und glättete den Stoff mit den Händen. Sie schien verärgert zu sein.

Sib versuchte, sie zu besänftigen.

»Alle im Dorf haben mir erzählt, dass Sie die beste Lehrerin waren.«

Fräulein Rosa lächelte erfreut.

»Das sagen sie über mich?«

»Die Leute halten die Erinnerung an Sie in Ehren, das können Sie mir glauben. Was hatte Martin denn Ihrer Ansicht nach?«

»Nichts«, lautete die trockene Antwort der Frau. »Martin hat einfach alle Vorurteile bestätigt, die man über jemanden wie ihn haben konnte. Hört auf, schlecht über ihn zu reden, wie es dieser *schreckliche* Doktor Horst immer getan hat! Martin war kein böser Mensch, und ganz sicher war er nicht dumm, so wie dieser Scharlatan überall behauptet hat.

Ich selbst habe mit ihm einen Test gemacht, heimlich, ohne dass Friedrich Perkmann davon wusste, und demnach war er sogar noch intelligenter als Karin.«

Ein Seufzer.

»Er hatte ... Schwierigkeiten, das ja. Und seine Art und sein Aussehen machten es ihm nicht gerade leicht, Freunde zu finden. Aber er ist bestimmt nicht in die Häuser von Kreuzwirt eingebrochen, um die Unterwäsche der Frauen zu stehlen, wie die Leute erzählt haben. So ein Unsinn. Martin war ein gutes Kind. Ihr glaubt mir nicht? Der Tag der Sonnenfinsternis von 1999, der 21. August, war mein Geburtstag. Ich hatte fürchterliche Kopfschmerzen, sodass ich nach Hause ins Bett gegangen bin, statt mir draußen anzuschauen, wie die Sonne verschwand. Und kaum bin ich ins Haus rein, was sehe ich da? Einen riesigen Schatten an der Wand, der mir eine Höllenangst macht. Ich schalte das Licht ein – und ratet mal, wer da steht?«

»Martin?«, fragte Tony.

»Mein Maulwurf. Mit einem wunderschönen Blumenstrauß in der Hand«, rief Fräulein Rosa und schlug mit der flachen Hand auf die Matratze. »Der Schlingel hat sich an meinen Geburtstag erinnert!«

»Hat er Ihnen jedes Jahr Blumen zum Geburtstag geschenkt?«

»Jedenfalls solange ich noch nicht hier im Heim war. Das ist einfach zu weit weg, sogar für ihn. Verdient ein solches Kind, an einen Stuhl gefesselt zu werden, wie Herr Perkmann und dieser Doktor Horst es getan haben? Ich sage, nein. Kein Kind dieser Welt verdient eine solche Behandlung. Aber glaubt ihr etwa, irgendjemand hätte auf mich gehört? Ich rede nicht von Doktor Horst, aber wenigstens Herr Perkmann ... Wenn bloß die gnädige Frau noch bei

Kräften gewesen wäre. Aber sie war krank, und ich brachte es einfach nicht übers Herz, ihr zu sagen, was sie mit meinem Maulwurf gemacht haben. Armer Martin.«

»Also konnte Martin die Villa verlassen?«, fragte Sibylle.

»Er hatte nicht die Erlaubnis, Perkmann wäre furchtbar wütend geworden, aber hin und wieder ... Hin und wieder gelang es ihm zu entwischen. Er war klug, mein Maulwurf! Und nachdem die gnädige Frau tot war, hat Perkmann das meiste Personal entlassen, sodass er weniger überwacht wurde.«

»Und Horst ...« Tony unterbrach sich.

Fräulein Rosa war mit ihren Gedanken woanders.

»In der Villa wohnten Friedrich Perkmann, Karin und Martin. Manchmal, wenn keine Schule war, brachte Peter, also Herr Brugger, seinen Sohn mit, den Rudi. Er war Witwer und hatte das Treibhaus gebaut, wisst ihr? Die gnädige Frau mochte das Treibhaus sehr. Es half ihr, ihre Schmerzen besser zu ertragen. Lilien, Rosen. Was für eine Pracht! Nach dem Tod der gnädigen Frau wurde das Treibhaus aufgegeben. Ein Gärtner wurde nicht mehr gebraucht, daher beschäftigte Perkmann Peter als Wachmann. Und weil er keine Leute mehr um sich haben wollte, kaufte er ihm ein Haus in Kreuzwirt.«

Die Frau streckte die Hand zum Nachttisch aus und griff nach dem Wasserglas, um ihre Kehle zu befeuchten.

»Friedrich Perkmann kümmerte sich um die Bewohner von Kreuzwirt. Er hatte viele Fehler, aber er half ihnen allen.«

Ihr Blick wanderte zurück zu Sibylle. Durch Sibylle hindurch. Tauchte tiefer in die Vergangenheit ein.

»Dann waren da noch Doktor Horst und sein Sohn, dieser hübsche Junge, der inzwischen auch Arzt ist und immer

ein bisschen unberechenbar war. Markus Horst. Nein, nicht
Markus. *Michl.* Michl gefiel den Mädchen, was sein Vater
gar nicht mochte. Er schimpfte immer, das würde ihn nur
vom Lernen ablenken. Ganz sicher gefiel Michl auch Karin.
Jedenfalls lebten in der Villa inzwischen kaum noch Leute,
und Martin nützte das aus, um bei jeder Gelegenheit aus-
zubüxen und in den Wäldern spazieren zu gehen.« Fräulein
Rosa strich Sibylle über die blonden Locken. »Und sich vielleicht mit Erika zu treffen. Erika war die Einzige, die ihn
wirklich akzeptiert hat.«

»Zwei Narrische, die sich verstanden haben.«

Fräulein Rosa kicherte.

»Genau dasselbe hat deine Mutter immer gesagt. Weißt
du, dass Erika ein echtes Talent hatte, Tierlaute nachzu-
ahmen? Sie hat es oft für Martin getan. Er lachte, lachte
und ...« Die Frau unterbrach sich und boxte mit der Faust
in die Luft. »Martin hätte deiner Mutter nie und nimmer
etwas angetan! Denn um das zu erfahren, bist du doch hergekommen, oder? Niemand kommt mich sonst besuchen,
alle haben sie mich längst vergessen. Alle, außer Gabriel.
Er kam mich besuchen. Vor Jahren. Mit seinen langen Haaren ... Er sah aus wie ... Erinnert mich bloß nicht daran.«

»Hat Gabriel sich bei Ihnen nach Martin erkundigt?«,
fragte Tony. «Oder nach Erika?«

Fräulein Rosa brach in lautes Gelächter aus.

»Gabriel hat *nur* von Erika geredet. Aber was ihn am meisten interessiert hat, waren das Gespenst und die Bibliothek
von Perkmann. Ich hoffe, dass die Kinder aufgehört haben
mit diesen schrecklichen Scherzen. ›Erika kommt dich
holen‹, die Schmierereien an den Wänden ... Lauter unge-
zogene Gören. Haben sie inzwischen damit aufgehört?«

Sib zuckte mit den Achseln.

»Nicht wirklich.«

»Dann sag ihnen, dass es das Gespenst von Kreuzwirt schon vor Erikas Tod gegeben hat. Auch wenn sie es damals noch nicht so genannt haben.«

Sib warf Tony einen Blick zu.

»Und wie haben sie es genannt?«

»›Den Perversen‹«, rief die alte Frau und rümpfte die Nase. »Was hätten sie sonst sagen sollen? Das Gespenst war dieser Sittenstrolch, der in die Häuser der Frauen eingebrochen ist und Gott weiß was dort getan hat.«

»Und warum hat Gabriel sich nach der Bibliothek erkundigt?«

»Sie war ungeheuer eindrucksvoll. Es gab dort mindestens vier verschiedene Lexikonreihen, weil Friedrich Perkmann einfach alles wissen wollte. Und dann gab es da noch einen verschlossenen Schrank mit wertvollen antiquarischen Büchern. Aber ich habe sie nie gesehen. Ich habe Gabriel davon so erzählt wie euch jetzt. Entschuldigt, ich werde allmählich ...«

»Eine letzte Frage noch, Fräulein Rosa. Dieses Symbol: Haben Sie das schon einmal gesehen?«

Die Frau setzte ihre Brille auf, um sich das Blatt anzusehen, das Tony ihr hinhielt.

»Das ist das Lächeln des Kolibris. Was für eine Fantasie dieses Mädchen doch hatte! Erika hat es beim Kartenlesen verwendet ...«

Fräulein Rosa nahm ihr Kreuzworträtselheft und begann wortlos, einige Seiten herauszutrennen, die sie in Streifen riss. Das Lächeln des Kolibris erschien auf der Bettdecke.

»Sie ...«

Plötzlich wurde ihr Blick leer. Man sah die Anstrengung, die es sie kostete, noch einmal über Sibylles Haare zu streichen.

»Warum hat ein so schönes junges Mädchen sich umgebracht? Erikas Tod hat alles verändert. Friedrich Perkmann
hat mir gekündigt, und ich konnte meinen Maulwurf nicht
mehr sehen, oder nur noch heimlich. Gabriel ... als er zu
mir kam, Jahre später ... wirkte er wie ein Drogenabhängi-
ger. Und Elisa? Tot. Eine Alkoholikerin. Sogar ihre Leiche
stank nach Alkohol – so hat Wolfi es erzählt, der sie gefunden hat ... War es 2005 oder 2007?«

»2005«, sagte Sibylle.

»Die Zeit, die ist ein sonderbar Ding, meine Kleine. Das,
was weit weg ist, erscheint ganz nah und umgekehrt. Ich
meine immer noch, das Gelächter dieser Kinder zu hören
und ...« Mit dem Handrücken, der von dicken Adern durch-
zogen und von Altersflecken gesprenkelt war, wischte sich
Fräulein Rosa die Tränen ab. »Warum hat sie das getan?
Warum bringt eine Mutter sich um?«

Sie bettete ihren Kopf auf das Kissen und schaute zum
Fenster hinaus.

Sibylle stand auf.

»Danke, Fräulein Rosa.«

Die Frau antwortete nicht.

In dem Moment erhaschte Tony einen Blick auf die Käst-
chen des Kreuzworträtsels. Sie waren alle mit denselben
Buchstaben gefüllt.

Eins, vertikal: »Fluss, der durch Florenz fließt?«

Rosa.

Sieben, horizontal: »Beliebter italienischer Staatspräsi-
dent?«

Rosaros.

Zwölf, vertikal: »Hauptstadt der Vereinigten Staaten?«

Rosarosaros.

Dreizehn

1.

Tony hatte begonnen, sich in Chatrooms zum Thema Esoterik zu tummeln. Er stellte Fragen, hinterließ seinen Namen und seine Mailadresse – und war erfolgreich. Schon nach wenigen Stunden quoll sein Maileingang über vor neuen Nachrichten. Mindestens die Hälfte kam zwar wie immer von angehenden Schriftstellern, die ihn um einen Blick auf ihre Werke baten, doch die andere Hälfte waren Angebote unterschiedlichster Art: Handlesekunst, persönliches Horoskop, Kaffeesatzlesen. Tony verschob sämtliche E-Mails in den Papierkorb und versenkte sich wieder in die Lektüre von *Arcanum. Ein Leitfaden*, einem Handbuch, das so verstörend war, dass er davon Kopfschmerzen bekam.

2.

Die Bezeichnung »Tarotkarten« durfte man schon mal nicht benutzen. Wehe dem, der das tat. Damit outete man sich sofort als blutiger Anfänger. Noch schlimmer war es, von »Spielkarten« zu sprechen. Damit war man ganz unten durch.

Die Karten, die Tony vor sich hatte, nannten sich »Arkana«. Ein Begriff, der sehr viel besser klang als »Tarotkarten«, das musste er zugeben. Die Arkana wurden dem Handbuch zufolge, das Tony ausgiebig studiert hatte, in »große Arkana« und »kleine Arkana« unterteilt.

Natürlich hatten die Arkana, wie H. West erläuterte, der Herausgeber des Handbuchs, eine lange und geheimnisvolle Geschichte. Wann waren sie erstmals aufgetaucht? Wer hatte sie erfunden? Hatten vielleicht die Ägypter diese Weisheiten von Außerirdischen übernommen? Oder die Babylonier, die ihre Tage damit verbrachten, dass sie mit Dämonen und Göttern spielten?

Prustend vor Lachen hatte Tony die Einleitung überflogen. Mit Hermes Trismegistos oder dem *Buch Thoth* (geschrieben auf goldenen Tafeln!) wusste er nichts anzufangen. Er wollte sich tiefer in die Materie einarbeiten. Die konkreten Punkte angehen.

Sofern man in diesem Zusammenhang überhaupt von »konkret« sprechen konnte.

Wie die meisten Kartenleser hatte auch Erika die großen Arkana präferiert, während sie die kleinen eher vernachlässigte. Die großen waren die machtvolleren, wie das Handbuch behauptete.

Es war gar nicht so einfach, sie zu lesen, wurde Tony klar, während er die hochtönende Prosa auf den eng bedruckten Seiten zu begreifen suchte.

Zunächst einmal hatten die Arkana keinen festen Wert. Das konnte Tony ja noch verstehen. Im Shanghai seiner Jugend war Faustschlag auch nicht gleich Faustschlag. Es gab Faustschläge aus Freundschaft, selbst wenn man einen blauen Fleck davontrug, und es gab welche, die zwar scherzhaft gemeint waren, aber trotzdem die ausdrückliche Einladung beinhalteten, sich ganz unverzüglich vom Acker zu machen.

Daher bedeutete der Magier, die Karte mit der Nummer eins im Deck, auch nicht notwendigerweise *Beginn* oder *Geistesgegenwart*. Wenn der Magier falsch herum lag, bedeutete er

Fehlende Sicherheit, Misstrauen oder eine andere Abscheulich-
keit. Bis hierhin war es noch vergleichsweise einfach.

Doch jede Arkana änderte ihre Bedeutung gemäß der
Arkana neben ihr. Und das versprach echtes Chaos. Richtig herum bedeutete ein Magier neben einer Sonne *Heran-
nahendes Glück*. Falsch herum, nun ja ... so weit war er noch
nicht mit seiner Lektüre. Da es insgesamt zweiundzwanzig
große Arkana gab, waren es einfach zu viele Kombinations-
möglichkeiten, um sie sich auf einmal einzuprägen. Tony
öffnete die Fenster.

Ihm war übel von dem Brandgeruch, der sich in seinem
Zimmer breit gemacht hatte.

Schuld war natürlich H. West. Der Experte hatte den
Tarotkarten eine größere Wirkung zugeschrieben, wenn
man sie vorher energetisierte, indem man ihnen zu Ehren
Weihrauch verbrannte. Und Tony hatte schon immer alles
ausprobieren müssen ...

Vierzehn

Schüttelbrot und Speck war nicht gerade das, was Tony unter einem anständigen Frühstück verstand. Aber um keinen schlechten Eindruck zu machen, war er Sibylles Beispiel gefolgt. Er hatte sogar gelächelt und die Qualität des Specks gelobt. Abgesehen davon pflegte Tony sich ungern mit Leuten anzulegen, die so viele Waffen besaßen.

In dem ein paar Kilometer von Kreuzwirt entfernt gelegenen Haus, das umgeben war von Bäumen und einem frisch gestrichenen Zaun, gab es Unmengen davon. Vor allem Gewehre. Einige waren wahre Museumsstücke, wie der Vorderlader über dem Kamin, andere waren moderner und standen in einem verschlossenen Wandschrank mit einer Frontscheibe aus Sicherheitsglas.

Abgesehen von diesem Waffenarsenal zierten Hirschgeweihe unterschiedlicher Größe sowie ausgestopfte Waldtiere die Wände: ein Moorhuhn, ein paar Murmeltiere, ja sogar ein grinsender Wolpertinger und jede Menge Füchse. Tony kam auf mindestens fünfzehn. Der Alte schien die armen Viecher wirklich zu hassen.

»Warst du schon mal auf der Jagd, Herr Schriftsteller?«

»Ich bin eine absolute Null, was das betrifft, Herr Egger. Einmal ist mein Vater mit mir auf der Kirmes zum Schießstand gegangen. Man konnte dort kleine Stoffbären und ähnliche Dinge gewinnen, wenn man ins Schwarze traf. In meinem Fall wäre es ein wunderschönes ferngesteuertes Auto gewesen. Aber: keine Chance.«

Der Alte lachte.

»Diese Schießstände sind dazu gemacht, die Leute zu ... zu ...«

»... zu verarschen?«

»Ja, genau, zu verarschen.«

»Ich möchte Ihnen danken, Herr Egger«, sagte Sibylle und beugte sich vor, um ein randvolles Glas mit kaltem Tee auf einem Tisch abzustellen, der schon mal bessere Tage gesehen hatte. »Dafür, dass Sie uns ohne Anmeldung einfach so empfangen.«

»Sag einfach ›Wolfi‹. Deine Mutter hat mich schon so genannt, das arme Mädchen. Und auch meine Margherita hat immer ›Wolfi‹ gesagt. Sie mochte Erika gern – haben sie dir das erzählt?«

»Meine Tante Helga hat immer davon gesprochen, dass Margherita eine ganz besondere Frau gewesen sei.«

»Ja, das stimmt. Sie hatte so ein gutes Herz. Wie deine Mutter. Es hat mir wirklich sehr leid getan, als ich erfuhr, was sie getan hat. Alle mochten sie gern.«

»Und Elisa?«

Wolfis Augen verengten sich.

»Seid ihr ihretwegen hier?«

»Auch.«

Der Alte stand von seinem Sessel auf, trat zum Fenster und rückte den Vorhang zurecht.

»Ich habe sie gefunden, aber das wisst ihr ja schon.«

»Sie meinen, 2005?«

Wolfi nahm wieder Platz. Er schlug die Beine übereinander. Wären die schweren Bergstiefel und das wettergegerbte Gesicht nicht gewesen, man hätte ihn für einen emeritierten Professor halten können.

»Da war ein kleines Zelt. Drum herum und innen drin

jede Menge Flaschen. Wodka. Ich war auf einer meiner üblichen Wanderungen. Da ist mir das gelbe Zelt aufgefallen. Und dann diese verdammten Flaschen. Das Zelt stand offen. Ich habe auch etwas Gras gefunden. Mach nicht so ein Gesicht, Sibylle, du weißt genau, von welcher Sorte Gras ich spreche.«

»In der Zeitung stand nichts davon.«

»Und warum hätten diese Wichtigtuer darüber schreiben sollen, mein Kind?«

»Jaja, stimmt schon.«

Wolfi zog eine zerdrückte Zigarette aus seinem grünblau karierten Hemd und zündete sie mit einem winzigen Streichholz an.

»Elisa war nicht mehr das nette Mädchen von damals. Es tut mir leid, das sagen zu müssen, aber so war es nun mal. Wenn ihr Lügen hören wollt, pflegte meine arme Margherita immer zu sagen, dann geht nach Sand in Taufers, da steht die nächste Kirche. Aber immerhin hatte Elisa eine geniale Idee. ›Schlafsacktourismus‹, nannte sie es. Sie hatte ein Reisebüro aufgemacht.«

Der Alte zeigte auf den Speck.

»Schmeckt er euch nicht?«

Sib und Tony nahmen jeweils eine weitere Scheibe. Prompt bedachte Freddy sie beide mit einem herzerweichenden Bettelblick, bekam aber nur eine Streicheleinheit. Speck war für Hunde verboten.

»Die Leute haben dafür bezahlt, dass ein Führer mit ihnen durch die Gegend gelatscht ist, sie in die Büsche scheißen und angebranntes Zeug essen mussten, das sie über einem Lagerfeuer gebrutzelt hatten. Natürlich nicht in der Nähe von Kreuzwirt. Dem Himmel und dem Perkmannschen Reservat sei Dank, gibt es hier im Tal keine Touristen. Aber trotzdem war es eine gute Idee. Unter dem Motto ›Zurück zur Natur‹ kann man den Leuten ganz leicht das Geld aus der Tasche ziehen, indem man ihnen vorgaukelt, sie könnten ›Erfahrungen sammeln‹ und ›die Bergwelt erleben‹ und so weiter. Das wollt ihr jungen Leute doch, oder nicht?«

Er schaute Tony an.

»Manch einer bestimmt.«

»Elisa hat getrunken. Zu viel. Deswegen hat sie ihr Studium geschmissen. Die Erste in ihrer Familie, die zur Universität ging. Aber nach ein paar Semestern hat sie aufgegeben. Oder Trimestern, keine Ahnung, wie das heißt.«

Er lachte hustend.

»Woran ist Elisa gestorben?«

»Was denkst du wohl, junger Mann? Sie war betrunken. Ist ausgerutscht. Hat sich den Kopf aufgeschlagen, und schon war sie tot.«

Wolfi machte seine Zigarette aus. Tony nutzte die Gelegenheit, ihm ein Blatt zu zeigen, auf das er das Lächeln des Kolibris gezeichnet hatte.

»Haben Sie das gesehen? 2005?«

»Das Lächeln des Kolibris? Warum hätte ich das dort sehen sollen, wo das Mädchen gestorben ist?«

»Sie kannten das Lächeln des Kolibris also?«

»Alle kannten es, und außerdem, ich habe es euch schon erzählt, Margherita mochte Erika sehr. Und sie wusste auch, dass Neugeborene erst mal nichts anderes tun als essen und scheißen. Zu meiner Zeit war zumindest das Scheißen noch umsonst, aber heute mit diesen Wegwerfwindeln kostet ja auch das ein halbes Vermögen. Also hat Margherita Erika ein paar Lire dafür gegeben, dass sie ihr die Karten liest. Ihr hättet die beiden mal sehen müssen! Ich habe mich immer gefreut, wenn Margherita so gelacht hat. Sie meinte, Erika könne wirklich in die Zukunft sehen.« Wolfi trommelte mit den Fingern auf der Sessellehne. »Den Krebs hat sie ihr allerdings nicht vorhergesagt. Wer weiß, vielleicht wäre sie dann noch am Leben, und ich würde meine Zeit nicht mit Füchseschießen totschlagen. Und ...«

Als wäre ihm plötzlich etwas Wichtiges eingefallen, zeigte Wolfi auf Freddy, der sich zu Tonys Füßen zum Schlafen eingerollt hatte.

»Hat der eine Leine?«

»Klar.«

»Dann achte darauf, ihn immer dicht bei dir zu halten, wenn du hier im Tal unterwegs bist. Wegen der Füchse.«

»Seit wann greifen Füchse Hunde an?«

»Tollwut. Kreuzwirt ist das einzige Gebiet in ganz Südtirol, wo es noch Tollwut gibt. Du kannst Köder mit Impfstoff für die Füchse und Fledermäuse auslegen so viel du willst, denn vor allem Fledermäuse sind Überträger, aber ... alles umsonst. Die Tollwut bleibt. Hast du jemals ein Tier mit Tollwut gesehen?«

»Nein.«

»Das ist kein schöner Anblick, sage ich dir. Ich möchte nicht in einem Zimmer mit einem tollwütigen Bernhardiner sein.«

»Freddy würde nicht mal einer Fliege was zuleide tun. Das ist so sicher wie das Amen in der Kirche.«

»Die Tollwut verwandelt die Tiere. Wenn sie infiziert sind, muss man sie töten. Bei Menschen kann man das leider nicht tun, die muss man versuchen zu retten. Nein, nein, ich bin nicht zynisch. Diese Therapie ist wahrlich kein Zuckerschlecken, sage ich dir. Die Nebenwirkungen und Folgesymptome sind extrem. Und Überlebende gibt es kaum. Aber es gibt sie. Dein Glück, Sibylle.«

»Ich bin nie von einem Fuchs gebissen worden«, sagte Sibylle. »Ich kann mich nicht erinnern. Oder ...«

»Ich habe von deiner Mutter gesprochen.«

»Erika?«

»Deine Mutter. Als kleines Mädchen war sie ... ja, etwas merkwürdig. Aber«, beeilte er sich hinzuzufügen, »es war nicht ihre Schuld. Deine Großmutter, Helene, war nicht ganz bei Verstand. Das hat Helga dir doch erzählt, oder?«

Tante Helga hatte ihr anvertraut, dass ihre Schwester an einer schrecklichen Krankheit litt, wegen der sie sich nicht um sich selbst und ihre Tochter kümmern konnte. Sibylle hatte auch im Dorf schon davon gehört.

Wolfi zündete sich die x-te Zigarette an.

»Als Kind streifte Erika gerne allein durch die Wälder. Das war für sie besser zu ertragen, als zu Hause zu sein, nehme ich mal an. Ich habe sie oft bei meinen Wanderungen getroffen. Ein hübsches blondes Mädchen, das sich stundenlang mit einem Rotkehlchen oder einem Wiesel unterhalten konnte.«

»Unterhalten?«

Wolfi lächelte.

»Sie zwitscherte. Oder pfiff. War bei den Murmeltieren oder den Schwarzmilanen. Sie behauptete, dass sie mit den Tieren reden könne und dass diese ihr antworteten. Wie eine Fee, verstehst du? Nur dass die Tiere im Wald eben keine Kuscheltiere sind ...«

Fünfzehn

1.

Das Mädchen hockte zwischen den Wurzeln einer Kiefer, mitten im Wald. Sie war von zu Hause weggelaufen, weil ihre Mama angefangen hatte, Teller zu zerschlagen. »Das ist praktischer so«, hatte sie gut gelaunt erklärt, und Erika hatte begriffen, dass es besser war zu gehen.

Sie weinte. Die Wunde brannte immer noch, aber es war nicht deswegen. Erika weinte nicht, weil sie am Morgen mit einem solchen Hämmern im Kopf aufgewacht war, dass sie mit den Zähnen klapperte, und auch nicht, weil ihre Mama alle Teller zerschlagen hatte und sie am Abend aus dem Topf essen müssten. Nein, Erika weinte, weil sie Durst hatte.

Fürchterlichen Durst.

Aber sie konnte nicht trinken. Sobald sie ihre Lippen mit Wasser benetzte, wurde ihr übel.

Und dann tat es ihr um Frau Füchsin so leid. Sie war immer nett zu ihr gewesen. Doch vor zwei Wochen hatte Frau Füchsin sie gebissen.

Erika weinte mehr deswegen als vor Durst, denn seitdem hatte sie Frau Füchsin nicht mehr gesehen, und sie wollte sich doch bei ihr entschuldigen. Tiere waren niemals böse. Sie bissen oder bedrohten einen nur, wenn man ihnen Unrecht getan hatte.

Niemals umgekehrt.

»Kleine?«

Wolfi. Normalerweise freute sie sich, den Wildhüter zu

treffen. Er war ein lustiger Kerl, der immer einen Kaugummi für sie dabeihatte. Von der Sorte, die auf der Zunge kribbelte.

»Was ist passiert?«

»Mama geht es nicht gut.«

Wolfi zündete sich eine Zigarette an. Wenn Wolfi rauchte, hieß das, er wollte reden. Aber Erika wollte allein sein.

»Und du?«

»Ich bin wohl ein bisschen erkältet.«

»Kann ich die Wunde an deinem Arm mal sehen?«

»Da ist nichts.«

»Aber ich darf doch mal schauen, oder?«

Erika zeigte ihm den Zahnabdruck von Frau Füchsin.

Wolfi wurde blass. Er räusperte sich und warf die Zigarette zu Boden.

Das versetzte Erika in Alarmbereitschaft.

Wolfi rauchte nie bloß eine halbe Zigarette, und er hätte auch nie eine brennende Zigarette einfach im Wald fallen lassen. Er trat sie mit dem Stiefelabsatz aus und steckte den Stummel in seine Brusttasche.

»Hast du Kopfschmerzen, meine Kleine?«

»Ein bisschen.«

»Hat dich ein Fuchs gebissen?«

Erika antwortete nicht.

Wolfi nahm das Gewehr von der Schulter und hockte sich neben sie.

»Du kannst es mir ruhig sagen.«

»Es war meine Schuld.« Erika brach in Tränen aus. »Nicht auf Frau Füchsin schießen, Wolfi! Sie ist nicht böse.«

»Keine Sorge, das tue ich nicht. Aber sag mir, wann hat sie dich gebissen? Gestern?«

»Vor zwei Wochen.«

Wolfi nahm die Feldflasche und schüttelte sie. Das Plätschern des Wassers ließ das Mädchen erschauern.

»Es ist ganz schön warm heute, was?«, fragte der Wildhüter. »Wenn es so warm ist, kriege ich immer Durst. Hast du keinen Durst, Erika?«

Wolfi ließ etwas Wasser aus der Feldflasche tropfen. Rein und klar. Kühl.

Erikas Augen verdrehten sich.

2.

»Sie fing an, um sich zu schlagen. Krämpfe. Sie versuchte, mich zu kratzen. Sie benahm sich, als wäre der Teufel in sie gefahren. Ich steckte die Feldflasche weg, und kaum sah Erika kein Wasser mehr, beruhigte sie sich. Ich nahm sie über die Schulter und trug sie zurück ins Dorf, von wo aus ich sie mit dem Jeep nach Brixen brachte. Ins Krankenhaus. Wenn Helene nur achtsamer gewesen wäre, oder wenn Erika eher erzählt hätte, dass ein Fuchs sie gebissen hatte. Nur dass sie ...«

»Erika die Narrische hat sich in den Kopf gesetzt, dass es ihre Schuld war«, lautete Sibs bitterer Kommentar.

»Es war 1992. Deine Mutter war noch ein Kind. Allein und mit einer verrückten Mutter. Du würdest nicht so reden, wenn du wüsstest, was sie ertragen hat. Milwaukee-Protokoll. Schon mal gehört?«

Tony und Sibylle schüttelten den Kopf.

»Jede Menge Medikamente. Als ich mit dem Mädchen die Notaufnahme erreichte, wussten die Ärzte nichts mit uns anzufangen. Es war seit Jahrzehnten nicht mehr vorgekommen, dass jemand mit einer so weit fortgeschrittenen Tollwut bei ihnen auftauchte. Der Grund liegt auf der Hand.«

»Wenn ich von einem tollwütigen Fuchs gebissen würde«, sagte Tony, »würde ich keine zwei Wochen ins Land ziehen lassen, um ins Krankenhaus zu gehen.«

»In dem Fall würde ein Antiserum reichen. Drei Dosen. Das tut weh, aber rettet dir das Leben. Das Milwaukee-Protokoll ist wirklich *brutal*. Der Arzt meinte, die Chance, dass Erika überlebt, stünde eins zu hundert. Margherita ist in Tränen ausgebrochen, und auch ich ...«

»Und Helene?«

»Helene hat ihre Tochter kein einziges Mal im Krankenhaus besucht. Die Ärzte haben das Jugendamt eingeschaltet, und die sind sofort zu Helene hin. Sie kamen just in dem Moment, als sie versucht hat, die Gardinen anzuzünden. Deine Großmutter ist in eine Psychiatrische Klinik eingeliefert worden, wo sie ein paar Jahre später starb. Da hatte das Jugendamt Erika schon in die Obhut deiner Tante Helga gegeben.«

»Ich weiß.«

»An dem Tag, als die Ärzte Erika im Krankenhaus aufnahmen, haben wir gebetet. Ich habe gebetet, und auch Margherita, die nie in die Kirche ging und schon immer ein spezielles Verhältnis zu dem da oben hatte, fing an zu beten. Eins zu hundert, Sibylle. Du hattest also eine neunundneunzigprozentige Chance, niemals das Licht der Welt zu erblicken. Aber Erika war stark. Und auch Helga war es. ›Die alte Dorfjungfer‹, sagte sie zu mir, als das Vormundschaftsgericht ihr Erika zusprach, ›die plötzlich ein Kind hat, ohne das Vergnügen der Geburtswehen zu erleben.‹ Sie war eine Harte, die Helga. Ich habe sie nur zwei Mal weinen sehen. Das erste Mal, als die Ärzte sagten, dass Erika über den Berg sei, und das zweite Mal, als sie sie nach Hause brachten, 1998.«

»1998?«, fragte Tony verwirrt. »Erika war sechs Jahre im Krankenhaus?«

Sibylle starrte Wolfi so hasserfüllt an, dass Tony Angst hatte, sie würde ihm gleich an die Kehle gehen.

»1998«, sagte Sib, »ist Erika von zu Hause abgehauen. Als sie zurückkam, war sie schwanger. Sie hat nie erzählt, wer der Vater war. Und sie ist *von alleine* nach Hause zurückgekehrt. Sie haben sie nicht ›gebracht‹. So wurde es mir jedenfalls immer erzählt.«

»Nicht immer sind die Dinge so, wie sie erzählt werden. Du bist alt genug, Sibylle, du müsstest es eigentlich wissen.«

»Wer?«

Wolfi senkte den Kopf.

»Wer hat sie gefunden? Wo?«

Wolfi stand auf und öffnete die Haustür.

»Ich bin nicht derjenige, den du fragen solltest, mein Kind. Und du, Schriftsteller, nimm deinen Bernhardiner an die Leine. Für Tiere gibt es kein Milwaukee-Protokoll.«

Sechzehn

1.

»Warum hast du mir nichts davon erzählt?«

Und warum zum Teufel hat das 1999 keiner erwähnt?

Statt seine Frage zu beantworten, knurrte Sibylle:

»Kannst du mit der Karre nicht schneller fahren?«

Nur die Geschwindigkeit konnte Sibylle jetzt beruhigen, sie wollte nicht in dieser Verfassung bei Tante Helga auftauchen. Wütend. Nein, außer sich. Sie wusste, sie würde sonst Dinge sagen, die sie später bereute. Aber der Schriftsteller ließ sich Zeit. Der Mustang fuhr nicht schneller als vierzig.

»Beantworte erst meine Frage«, sagte er.

Sibylle biss sich auf die Lippen.

»Ich dachte, du wüsstest es. Ich dachte, es wäre nicht wichtig.«

»Deine Mutter verschwindet ein Jahr vor ihrem Tod, und du denkst, das wäre nicht wichtig?«

»Ein 1968er Mustang hat dreihundert PS. Pferdestärken, keine Schneckenstärken. Einen V8-Motor!«, brüllte Sibylle. »Und du nutzt gerade mal einen halben Zylinder.«

Tony verstand den Wink mit dem Zaunpfahl. Aber er beschleunigte trotzdem nicht.

2.

Wolfi musste zum Telefonhörer gegriffen haben, kaum waren Tony und Sib zur Tür hinaus. Als sie bei Tante Helgas Haus ankamen, mit den vorschriftsmäßigen roten Geranien vor den Fenstern und dem kleinen gepflegten Rasenstück außen herum, erwartete die Frau sie bereits vor der Tür.

Neben ihr stand ein Typ, den Tony noch nie gesehen hatte. Hochgewachsen. Kahlköpfig. Ein goldener Ring im Ohr, wie ein Pirat.

Sibylle sprang aus dem Mustang, noch bevor Tony die Handbremse angezogen hatte.

»Wir müssen reden. Sofort!«, sagte sie zu ihrer Tante.

Sie betrat das Haus, ohne ein weiteres Wort zu sagen.

Tante Helga, eine üppige Frau mit lockigen Haaren, folgte ihr. Der Pirat wartete, bis Tony näher gekommen war, und streckte ihm die Hand hin.

»Oskar.«

»Tony.«

Der Besitzer des *Black Hat* war gut zehn Jahre älter als Tony und hätte ihn, seinem Bizeps nach zu urteilen, mit ausgestrecktem Arm in die Höhe heben können.

Die beiden Männer beäugten sich misstrauisch. Schließlich trat Oskar zurück, und als Tony in die Küche kam, in der sowohl Erika als auch ihre Tochter aufgewachsen waren (an den Wänden hingen Kinderzeichnungen von ihnen beiden), hatte Sibylle bereits angefangen, ihre Tante mit Fragen zu bombardieren.

»Ein bisschen Respekt vor deiner Tante, ja?«, donnerte Oskar hinter Tonys Rücken.

»Ihr beide, ihr habt nichts anderes getan, als mir Lügen aufzutischen«, warf Sibylle ihnen vor. »Jahrelang.«

85

»Das erzählst du also deinem Fuzzi hier: dass wir beide Lügner sind?«, sagte Oskar.

»Fuzzi?« Der Klassiker. Tony ging nicht auf die Provokation ein, als er sich mit unbewegter Miene dem Mann zuwandte.

»Falls du mir etwas zu sagen hast, wäre draußen vor der Tür der richtige Ort dafür gewesen – ohne Zeugen. Aber offenbar willst du dich nur wichtigmachen. Deswegen hältst du jetzt besser die Klappe.«

Sibylle riss die Augen auf, als sie Tony so reden hörte.

Er setzte sich neben sie.

Oskar wandte sich an das Mädchen.

»Ich schulde dir tatsächlich eine Erklärung. Aber davor musst du eines wissen.«

»Erspar mir die alte Leier, dass alles nur zu meinem Besten war, okay?«

Freddy gab ein Winseln von sich.

Während Oskar erzählte, füllte Helga einen Napf mit Wasser und stellte ihn vor dem Bernhardiner ab. Tony bot sie nichts zu trinken an.

Auch das ein Klassiker.

Siebzehn

Die Luft prickelte. Es roch nach Kiefern. Und nach Bier. Vor allem nach Bier. Schwächer, aber zugleich stechender: Autoabgase. Und als olfaktorische Grundierung: Pisse.

Oskar parkte das Auto, einen weißen VW-Golf. Die Scheinwerfer ließ er eingeschaltet. Eigentlich unnötig, denn der Parkplatz war praktisch leer, aber er tat es, um zu demonstrieren, dass er nur auf einen Sprung vorbeigekommen war, für einen Hamburger und ein Bier.

Er rieb sich den schmerzenden Rücken und ging auf die Imbissbude zu, eine von der Sorte, wie man sie an jeder Strada Statale in Südtirol findet. Ein *Würstelbrater*. Eine banale, aber korrekte Wortschöpfung. Was tut ein Würstelbrater? Würstel braten. Und Hamburger und andere ungesunde Dinge, die in hektoliterweise Forst Pilsener ertränkt werden.

Oskar setzte sich auf einen der Barhocker vor dem Tresen, obwohl die von den Pflastersteinen aufsteigende Hitze kaum zu ertragen war. Er bestellte einen Hamburger mit Pommes, Ketchup und Tabasco.

Oskar hatte die Hälfte des Hamburgers gegessen, als er plötzlich eine vertraute Stimme hörte. Normalerweise kümmerte er sich nur um seine eigenen Angelegenheiten. Und die Würstelbrater dieser Erde waren eigentlich Oasen des Friedens und der Liebe, in denen jeder das verdammte Recht hatte, sich nur um seine eigenen Angelegenheiten zu kümmern. Bloß, dass diese Stimme Erika gehörte.

Und Erika war von zu Hause abgehauen. Ungefähr fünf Monate zuvor. Weder Helga noch die Carabinieri hatten sie auftreiben können. Nicht wenige in Kreuzwirt meinten, sie habe sich umgebracht. Oskar gehörte nicht dazu. Er kannte Erika, seit sie ein Dreikäsehoch war, und er mochte sie; er hatte ihr sogar eine Teilzeitbeschäftigung im *Black Hat* angeboten.

Klar, sie hatte an allem und jedem etwas auszusetzen. Vor allem an Kreuzwirt, diesem »elenden Kaff«. Wie die meisten in ihrem Alter spuckte auch Erika große Töne, schmiedete Pläne, die der Realität am Ende nicht standhielten. Große Töne waren etwas für Stadtkinder. Nichts für die Dorfjugend.

Oskar ließ seinen Hamburger auf dem Plastikteller liegen, wischte sich die Hände ab und trat auf den blauen Panda zu, von dem die vertraute Stimme kam. Ein junges Mädchen beugte sich zur Fahrertür hinunter, um mit jemandem im Wageninneren zu sprechen.

»Erika?«

Das Mädchen drehte sich überrascht um. Der Panda gab Gas und verschwand.

»Was machst du denn hier, Oskar?«

Erika sah erschöpft aus.

Sie hatte dunkle Ringe um die Augen und sah aus, als hätte sie seit Tagen nichts Ordentliches mehr gegessen.

Obwohl Oskar sie am liebsten umarmt hätte, hielt er sich zurück.

Waren das blaue Flecken an ihren Armen?

»Deine Tante macht sich Sorgen um dich.«

Erika senkte den Kopf.

»Und ich mir auch«, fuhr er fort.

Erika antwortete nicht.

»Sie haben dich überall im Tal gesucht. Sogar mit Hunden.«

»Ich bin nicht tot.«

»Du hättest wenigstens einen Abschiedsbrief schreiben können.«

»Wozu?«

»Willst du nicht zurück nach Hause kommen?«

»Weiß nicht ...«, sagte Erika. »Mir geht es nicht so gut.«

Erst da umarmte Oskar sie. Er brachte sie zu Tante Helga. Und Tante Helga benachrichtigte die Carabinieri.

Als Erika am nächsten Tag aufwachte, übergab sie sich. Tante Helga erriet sofort den Grund.

Hoffen wir mal, dass das Kind gesund ist.

Das waren die Worte, die sie am Telefon zu Oskar sagte, als sie ihn bat, Erika ins Krankenhaus zu fahren.

Die blauen Flecke hatten nichts weiter zu bedeuten. Erika war leicht dehydriert. Ansonsten war sie kerngesund.

Und ja, Erika die Narrische war schwanger.

Achtzehn

»Welcher Würstelbrater?«, fragte Sibylle. »Der an der K 621?«

»Damals war das alles noch ganz anders.«

Ein böses Lächeln zeichnete sich auf dem Gesicht des Mädchens ab.

»War meine Mutter eine Prostituierte?«

Oskar verschränkte seine sehnigen Arme vor der Brust. Tante Helga knetete ihre Schürze. Sib schlug mit der Faust auf den Tisch.

»Ein Junkie? Oder beides?«

»Beruhig dich, Sibylle«, murmelte Tony. »Bitte.«

Mit erhobenem Zeigefinger drehte das Mädchen sich zu ihm um.

»Wag es ja nicht! Versuch es nicht einmal!«

»Lass gut sein«, erwiderte Tony ruhig. »Was hättest du denn anstelle der beiden getan?«

»Ich hätte die Wahrheit gesagt.«

»Die Wahrheit ist«, sagte Tante Helga, »dass niemand Genaueres weiß. An diesem Ort ... waren dort Prostituierte? Ja. Waren dort Junkies? Ja, alle wissen das. Aber können wir wirklich sicher sein, dass Erika sich prostituiert hat? Sie hat nie etwas in der Richtung gesagt.«

Sibylle lachte verächtlich auf.

»Und ihr habt sie nie gefragt. So funktioniert das doch in Kreuzwirt, oder etwa nicht?«

»Sie hatte Geld bei sich«, erklärte Oskar. »Nicht viel, aber genug, um eine Zeit lang davon zu leben. Sie war nur fünf Monate weg.«

»Hundertdreiundsechzig Tage«, präzisierte Tante Helga. »Du kannst dir nicht vorstellen, was wir alles versucht haben.«

»Erzählt es mir!«

»Und wenn nicht?«, explodierte Oskar, der allmählich die Geduld verlor. »Läufst du dann auch von zu Hause weg? Machst dich davon mit diesem ...«

Walschen.

»... Typen?«, beendete Oskar seinen Satz.

»Hat sie es auch schon getan, bevor sie abgehauen ist?« Sib schäumte über wie ein Sturzbach. »Ich meine: sich prostituiert? Waren die Tarotkarten nur Fassade? Dieses Geld: Woher hatte sie das?«

»Das war ihr Lohn, als Kellnerin. Das Trinkgeld aus dem *Black Hat*. Außerdem las sie anderen die Karten. Die Leute haben ihr ...«

»Hat sie um Almosen gebettelt?«

»Du bist ungerecht«, rief Oskar. »Alle hier im Ort mochten Erika gern.«

»Könnt ihr verstehen, dass ich allmählich Zweifel daran bekomme?«

»Wir haben dich angelogen?«, erwiderte Tante Helga. »Ja, stimmt. Aber um deinetwillen. Und um Erikas willen. Ich würde es immer wieder tun, Gott ist mein Zeuge. Erika hätte es so gewollt. Sie hat dich geliebt, du ahnst nicht, wie sehr. Sie hätte alles getan, um dich zu beschützen.«

»Du kannst dir gar nicht vorstellen, wie sehr ich diese Kuh hasse!«

Tante Helga wurde blass. Sie wirkte so, als hätte Sib ihr eine Ohrfeige gegeben. Sogar Oskar schien getroffen.

»Sie war«, sagte Helga schockiert, »sie war deine *Mutter*!«

»Ich habe keine Mutter!«, rief Sibylle aus. »Ich habe nie eine gehabt. Was ich habe, ist ein Lügenmärchen. Ein Haufen Bockmist. Erika wurde von allen geliebt? Alle hatten sie gern? Wie schön! Und trotzdem ist sie von zu Hause abgehauen. Und hat sich umgebracht. Oder ist auch das eine Lüge?«

»Was soll das?«, fragte Oskar.

»Leute, die geliebt werden, bringen sich nicht einfach um. Sie hauen auch nicht von zu Hause ab. Und sie betteln nicht um Almosen.«

»Ich verbiete dir«, schrie Tante Helga, »so etwas in meiner Anwesenheit zu sagen. Erika hat nie irgendjemanden um Almosen angebettelt. Die Leute *wollten*, dass sie ihnen die Karten legt. Ich habe dieses verdammte Tarot immer gehasst. Aber das war das Einzige, was meine gestörte Schwester Erika beibringen konnte, und sie hat sich nie von ihren Karten getrennt. Kannst du dir vorstellen, wie das war, sie aufzuziehen? Als sie in meine Obhut kam, schlief Erika *auf dem Boden*. Sie nahm ihre Decke und kroch damit unters Bett. Sie baute sich ein Nest, wie ein Tier. Ich habe Monate gebraucht, um sie davon zu überzeugen, es mal mit der Matratze zu versuchen. Auch bei Eisestemperaturen schlief sie bei offenem Fenster. Und in der Schule ... Sie ...«

Tante Helga sackte in sich zusammen.

»Sie hatte nur ganz wenige Freunde. Es war nicht einfach mit ihr.«

»Das kenne ich schon, Tante Helga. ›Erika die Narrische‹. ›Erika kommt dich holen‹.«

»Das ist alles Schmarrn. Nichts als Schmarrn.«

»Ich bin mit dem, was du ›Schmarrn‹ nennst, groß geworden.«

»Alles nur dummes Geschwätz.«

»Dummes Geschwätz? In einem so reizenden Ort wie Kreuzwirt? Wirklich?«

Oskar legte Sibylle die Hand auf die Schulter.

»Ich verstehe dich. Du hast viele Fragen. Das ist völlig in Ordnung. Aber die Wahrheit ist, dass Erika, als sie beschlossen hat, sich umzubringen, alle Antworten mit ins Grab genommen hat.«

Ruckartig wich Sibylle zurück und sprang auf.

»Sie hat sich nicht umgebracht. Erika *wurde* umgebracht.«

Helga bekreuzigte sich.

Sibylle senkte den Kopf, die Haare verbargen ihr Gesicht. Aber sie weinte nicht.

Tony konnte ihren Blick sehen. Dieses Mädchen war die Entschlossenheit in Person. Mit zwanzig Jahren hätte er niemals einem solchen Druck standgehalten. Er versuchte, sich in ihre Lage hineinzuversetzen. Ein Schauer lief ihm über den Rücken. Er selbst wäre durchgedreht. Sib hingegen behielt nicht nur die Nerven, sondern war kaltblütig genug, den Glatzkopf und die alte Dame mit den Grübchen unter Druck zu setzen.

»Das ist doch völliger Unsinn!«

Oskar brach in schallendes Gelächter aus. Doch es klang unaufrichtig.

»Wer hätte sie denn umbringen sollen?«, fragte Tante Helga. »Das also hast du dir in den Kopf gesetzt? Jesus, Maria und Josef! Alle hatten ...«

»... Erika gern. Genau! Gewiss doch! Auch diejenigen, die das Lächeln des Kolibris an die Hauswände schmieren? Die das mit dem Gespenst so lustig finden?«

»Manche Leute reagieren eben so«, erwiderte Oskar.

»Das ist kindisch. Schrecklich. Aber eine Art, ein Trauma

zu überwinden. Die Leuten lachen über das Unglück, um nicht in Tränen auszubrechen.«

»Die Leute«, korrigierte Tony ihn düster, »lachen über das, was ihnen Angst macht.«

»Das ist Unsinn.«

Sibylle musterte Oskar.

»Glaubst du wirklich, was du da sagst?«

»Erikas Selbstmord hat viel verändert. Das ist eine Wunde, die immer noch nicht verheilt ist.«

»Und Elisa?«, fragte sie.

Oskar maß sie mit hartem Blick.

»Und Gabriel. Du weißt auch darüber Bescheid, oder?«

»Ich habe gehört«, sagte Sibylle, »was aus ihm geworden ist.«

»Er war ein schwacher Junge. Er ist in die falschen Kreise geraten. Das letzte Mal, als ich ihn sah ...«

»Oskar ...«

»Nein, Helga. Sibylle würde es sowieso herausfinden. Wir haben dir erzählt, dass Gabriel nicht zur Beerdigung deiner Mutter gekommen ist. Das war keine Lüge. Aber ich habe ihn bei der von Elisa gesehen. 2005.«

»Also stimmt es nicht, dass Gabriel nie mehr einen Fuß nach Kreuzwirt gesetzt hat?«

»Er hat sich abseits gehalten. Mit seinem Zottelbart und den langen Haaren. Um die Augen hatte er dunkle Ringe. Er war extrem nervös. Die ganze Zeit hat er sich umgeschaut. Als wäre er paranoid.«

»Oder drogenabhängig.«

»Ja.«

»Elisa tot. Gabriel drogenabhängig. Karin ...«

»Karin hat ein Unternehmen zu führen. Sie musste sehr schnell erwachsen werden.«

94

»Und Martin?«

»Lass Martin aus dem Spiel. Der arme Junge.«

»Auch er ist von der Bildfläche verschwunden.«

»Er ist *krank*.«

Sibylle wechselte das Thema.

»2005. Bei Elisas Beerdigung. Gabriel. Was genau ist da passiert?«, fragte sie.

Oskar schüttelte den Kopf, als würde er sich noch immer wundern.

»Ich bin zu ihm hin, wollte ihn begrüßen, hören, wie es seinen Eltern geht. Aber kaum hat er mich erkannt, ist er in seinen Lieferwagen gesprungen und davongerast. Seitdem habe ich ihn nie mehr gesehen.«

Bumm, dachte Tony. Treffer, versenkt!

Er schaute dem Besitzer des *Black Hat* direkt in die Augen.

»Was für ein Lieferwagen?«

»Kann mich nicht erinnern.«

»Drogenabhängige besitzen keine Lieferwagen. Sie arbeiten *für* jemanden, der einen Lieferwagen besitzt. Was kannst du uns zu dem Lieferwagen sagen, Oskar? Welche Farbe hatte er? Hatte er eine Aufschrift, ein Firmenlogo?«

»Hör auf damit. *Hört* auf damit.«

»Warum sollten wir? Wenn es wirklich nichts Neues zu entdecken gäbe ...«

»Nichts, aber auch gar nichts ...«

»... das Erika betrifft: Weshalb wollt ihr dann unbedingt verhindern, dass Sibylle sich mit einem Freund ihrer Mutter unterhält?«

Helga mischte sich in den Wortwechsel ein.

»Habt ihr versucht, mit Karin zu sprechen?«

»Der Lieferwagen«, sagte Sib an Oskar gewandt. »Erzähl uns von dem Lieferwagen.«

Neunzehn

1.

Tony versuchte, nicht darüber nachzudenken, was er da gerade tat. Es war elf Uhr abends, ein Tag nach der denkwürdigen Begegnung mit Oskar, der ihn am Ende mit hasserfülltem Blick verabschiedet hatte.

Aber das war Schnee von gestern.

Heute fraßen ihn bei lebendigem Leib die Mücken auf. Tony blieb nichts anderes übrig, als auf die Uhr zu starren und zu warten.

Es würde etwas Schlimmes geschehen, weil er es nicht verhindert hatte. Und er hatte es nicht verhindert, weil die Dinge ihn überrollt hatten.

Freddy hatte er vorsichtshalber in Bozen zurückgelassen.

Tante Helga hatte Sibylle mit den Worten verabschiedet: »Du jagst Gespenster, mein Kind.« Tony hatte die ganze Nacht darüber nachgedacht. Flannery O'Connor, eine Autorin, die Tony sehr verehrte, hatte geschrieben, dass Gespenster grausam und lehrreich zugleich sein könnten. Das passte haargenau zu Sibylles Situation. Das Gespenst, ihre Mutter, drohte ihre Zukunft zu zerstören.

Tony hatte das schon einmal erlebt. Sein Vater war jemand, der von Gespenstern beherrscht wurde. Das Gespenst der Armut, vor dem er geflohen war, als er nach Südtirol emigriert war, hatte ihn noch unglücklicher werden lassen. Das Gespenst des Rassismus aller gegen alle, das er antraf, hatte ihn zu einem Rassisten der übelsten Sorte gemacht. Und dann war da noch das fürchterlichste aller Gespenster: das der Gewalt.

War das die lehrreiche Grausamkeit, von der Flannery O'Connor sprach, fragte er sich und nahm einen weiteren Schluck von dem lauwarmen Bier. Vielleicht ja, vielleicht nein. Was wusste er schon davon, was in den Köpfen großer Schriftsteller vor sich ging? Er war schließlich nur eine Sophie Kinsella in ...

»Tony? Carcano? *Ein Kuss um Mitternacht?*«

Tony löste den Blick von seinem Bierhumpen.

Er lächelte.

2.

Das blaue Firmenlogo an der Seite des weißen Fiat Ducato, den Gabriel bei Elisas Beerdigung gefahren hatte, war in bestimmten Kreisen wohlbekannt: Das Fahrzeug gehörte der Großwäscherei Baldini.

Am Morgen, während Sibylle ihrem Schichtdienst in der Kneipe nachging, hatte Tony dem Hauptsitz der Wäscherei, der sich in einer Fabrikhalle in Meran an der Straße nach Sinich befand, einen Besuch abgestattet.

Signor Baldini, ein Mann Anfang sechzig, über dessen trainiertem Oberkörper sich das gestreifte Hemd spannte, hatte ihn per Handschlag begrüßt, einen bewundernden Kommentar über den Mustang abgegeben und ihn aufgefordert, ihm in sein Büro zu folgen.

»Wenn ich es recht verstanden habe, sind Sie auf der Suche nach Gabriel Plank?«

»Nach meiner Kenntnis hat er 2005 für Sie gearbeitet.«

»Und warum suchen Sie nach ihm?«

»Aus rein privaten Gründen«, erwiderte Tony, der sich

während der Fahrt nach Meran auf das Gespräch vorbereitet hatte.

»Geht es um Geld?«

»Ein Onkel von Gabriel liegt im Sterben. Eine familiäre Angelegenheit. Er hat sehr an dem Jungen gehangen.«

»Das tut mir leid. Ich meine um den Onkel. Aber mal im Ernst«, platzte Baldini heraus, »wie kann man an einem Scheißkerl wie Gabriel hängen?«

»Der Onkel hat nie geheiratet und hatte keine Kinder. Als Gabriel noch klein war, kümmerte er sich oft um ihn«, erklärte Tony. »Dann haben sie sich aus den Augen verloren. Ich bin ein Freund der Familie. Er ist ein guter Mann. Er wollte Gabriel ein letztes Mal sehen, um sich von ihm zu verabschieden. Sie wissen ja, wie so etwas läuft.«

»Er wird schwer enttäuscht sein. Gabriel ist kein Kind mehr. Zumindest nicht mehr das Kind von damals.«

»Wissen Sie, wo ich ihn finden kann?«

Baldini gab seinem Drehsessel einen Stups, sodass er aus dem einzigen Fenster des Büros hinausschauen konnte.

Auf dem Hof vor dem Fabrikgebäude herrschte Hochbetrieb. Lieferwagen kamen angefahren und fuhren wieder weg, Angestellte schoben voll beladene Wäschekarren von einer Richtung in die andere. Aus der Ferne hörte man das Rattern der riesigen Waschmaschinen.

Ein Schornstein mit dem Firmenlogo spuckte weißen Rauch in den kobaltblauen Himmel.

»In der Hölle, wenn Sie mich fragen. Und sagen Sie nicht, ich hätte keine Geduld mit ihm gehabt, Signor Carcano. Er hat geklaut. Gabriels Aufgabe war, Bettwäsche und dergleichen an unsere Hotelkunden in der Stadt zu liefern und Schmutzwäsche abzuholen. Das war 2003, 2004. 2004 hat man ihn dann beim Klauen erwischt. Er hat mich angefleht, ihn nicht zu entlassen, angeblich würde er gerade eine schwere Zeit durchmachen. Weil es das erste Mal war, habe ich die Sache schließlich mit dem Hoteldirektor geregelt. Aber verarschen lasse ich mich nicht, verstehen Sie?«

»Beim ersten Mal bist du der Dieb«, sagte Tony, »beim zweiten Mal bin ich der Depp.«

Baldini nickte.

»Ganz meine Meinung, genau so ist es. Also keine Hotels mehr. Ich habe ihn den Krankenhäusern und Restaurants zugeteilt. Was gibt es in einem Krankenhaus schon zu klauen? Katheter und Antibiotika? Und im Restaurant: Teller und Besteck? Wer macht denn so was?«

»Und, ist die Rechnung aufgegangen?«

»Von wegen. Eines schönen Tages kommt raus, dass dieser Junkie doch tatsächlich mit einem Kumpel zusammen *meine* Lieferwagen für *seine* Lieferungen benutzt hat. Sie verstehen, was ich meine. Jedenfalls kommt man für so was in den Knast. Und ich gleich mit.«

»Gabriel war Dieb, Junkie und Dealer?«

»Und Gewaltverbrecher! Er hat ohne Grund ständig zugeschlagen. Die Nerven gingen mit ihm durch.«

»Sie haben ihn 2005 entlassen?«

»Im November. Er ist mir an die Gurgel gegangen.« Der Mann grinste. »Oder sagen wir besser, er hat es versucht.«

Tony kratzte sich am Kinn.

»Ich weiß, dass ich Ihnen die Zeit stehle, Signor Baldini, aber ich habe versprochen, Gabriel zu finden.«

Baldini zog die Nase hoch. Er trommelte mit seinen dicken Fingern auf der Schreibtischplatte.

»Hören Sie auf, mich zu verarschen, Carcano. Sie sind ein äußerst mieser Schauspieler, ich weiß genau, wer Sie sind. Sie suchen nicht nach Plank. Der ist nur ein kleiner Fisch.

Sie wollen den anderen, den mit dem Cowboyhut. Seinen Kumpel. Sie sind Bulle, stimmt's?«

»Hängt er immer noch an der Nadel?«

Baldinis Miene verdüsterte sich.

»Über so was rede ich nicht.«

»Aber Sie wissen, wo ich ihn finden kann?«

Der Mann massierte sich das Zahnfleisch mit seinem dicken Zeigefinger und warf ihm einen schrägen Blick zu.

»Meinen Segen hätten Sie. Und sicher nicht nur meinen.«

Als Baldini ihm die Adresse nannte, blieb Tony vor Überraschung die Spucke weg. Strada Statale 621. Abzweig K. Der Cowboyfreund von Gabriel war der Besitzer des Würstelbraters, in dem Oskar 1998 Erika getroffen hatte. Die Welt ist wirklich klein, sagte sich Tony, als er nach Bozen zurückfuhr. Und Südtirol zumal.

Aber er glaubte nicht an Zufälle, und der ehemals schüchterne Junge von dem Tatortfoto nahm immer interessantere, wenn auch finstere Züge an. Er musste Gabriel unbedingt finden. Das Problem war nur, dass Junkies mit Cowboyhüten normalerweise eher ungern Informationen preisgaben. Jedenfalls, wenn man sie auf die sanfte Tour darum bat.

3.

Was bist du doch für eine dumme Gans, schalt Sibylle sich selbst in ihrem Versteck im Unterholz.

Als Tony sie angerufen hatte, um ihr von seinem Besuch in der Wäscherei zu erzählen, wollte sie dem Kumpel von Gabriel auf der Stelle die Zähne ausschlagen. *Sofort.*

»Lass mich mal machen«, hatte der Schriftsteller sie gebeten. »Wir warten, bis die Luft rein ist, ich erzähle ihm, dass ich ein alter Freund von Gabriel bin, schiebe ihm ein paar

Scheinchen rüber, kaufe vielleicht noch was, das nicht auf der Speisekarte steht, um ihn davon zu überzeugen, dass ich kein Polizist bin – irgendwas in der Art, damit er nicht misstrauisch wird. Dann stelle ich ihm ein paar Fragen. Du weißt doch, ich verdiene mein Geld mit Geschichtenerzählen; es wird mir nicht schwerfallen, eine glaubwürdige Story zu erfinden. Und du gibst mir in der Zwischenzeit Deckung.«

In dem Moment war etwas sehr Seltsames passiert: Sibby Langstrumpf hatte klein beigegeben.

Aber Sibby Langstrumpf, dachte Sibylle, das Handy in der Hand und umschwärmt von angriffslustigen Mücken, war leider einem Trugschluss erlegen.

Tonys Plan war alles andere als wasserdicht. Tony selbst war nicht ganz dicht.

Tony Deckung geben hieß in ihrem Fall, in einem Haufen Kiefernnadeln zu hocken, Autoabgase einzuatmen, immer bereit, die Carabinieri zu rufen, für den Fall ...

»... der nicht eintreten wird. Ich weiß, wie man mit solchen Leuten umgeht. Ich werde ihn ganz bestimmt nicht fragen, auf welche Weise er seinen Lohn aufbessert, okay? Sicher ist sicher und Vorsicht die Mutter der Porzellankiste. Vertrau mir, ich komme schließlich aus Shanghai.«

»Und was heißt das?«, hatte sie verwirrt gefragt.

Tony hatte ihr ein entwaffnendes Lächeln geschenkt. Aber keine Antwort gegeben.

Doch je länger Sibylle jetzt darüber nachdachte, desto sicherer war sie, dass Tony mit seinen schönen Worten, seinen Beteuerungen und dem charmanten Lächeln bloß einen auf Mister Macho machte.

Und Sibylle hasste Machos.

Ihr »Zweite Chance«-Test für die erfolgreichen Absolventen der »Erster Blick«-Prüfung bestand genau darin zu beweisen, dass man kein Macho war. Die erste Hürde hatte Tony mit links genommen. Der Schriftsteller erinnerte sie an den Helden aus einem ihrer Lieblingsfilme: einen Exkiller, dessen Hund – das Einzige, was ihm nach dem Tod seiner Frau noch geblieben war – ein paar durchgeknallte Russen getötet hatten. Der denkwürdigste Satz aus diesem Film lautete: »Einmal habe ich ihn drei Männer töten sehen. Mit dem Bleistift.«

Sibylle mochte Kinoromantik, Sibby Langstrumpf zog Action vor. Um ehrlich zu sein hatte Keanu Reeves mehr Sex-Appeal als Tony. Aber ...

Als sie Tony nun vor dem Würstelbrater bei seinem Treiben beobachtete, hätte Sibby Langstrumpf am liebsten den ganzen verdammten Plan auffliegen lassen. Was zum Teufel machte er da?

Flirtete er etwa vor allen Anwesenden mit einer Sexbombe herum, während sie sich von den Mücken das Blut aussaugen ließ?

4.

»Tschechische Republik«, sagte sie.

Was ihn am meisten an der jungen Frau beeindruckte, war ihr Lächeln. Zwischen »überrascht« und »schüchtern«. Auch wenn ihre Kleidung alles andere als Schüchternheit ausdrückte, wirkte die Unbekannte doch aufrichtig erstaunt.

Schließlich begegnete man nicht jedem Tag seinem Lieblingsschriftsteller, noch dazu an einem Würstelbrater-Tisch an der K 621.

Aber auch Tony war erstaunt, an einem solchen Ort auf einen weiblichen Fan mit einem seiner Bücher in der Handtasche zu stoßen (sie hieß Irina, war vierundzwanzig Jahre alt, und Tony hatte ihr nicht eine Sekunde geglaubt, dass sie Touristin auf der Durchreise war).

Tony war immer der Meinung gewesen, sein bestes Buch sei sein Debüt *Nur wir zwei*, das ihn von einem Tag auf den anderen in die obersten Ränge der Bestsellerliste katapultiert hatte. Aber die junge Tschechin zog *Ein Kuss um Mitternacht* vor und bat ihn, ihr Exemplar zu signieren.

»Es hat mir sehr geholfen, weißt du?«, sagte sie.

»Geholfen?«

»Mit meinem Italienisch.«

Tony war in Gelächter ausgebrochen.

»Und ich bin auch nicht einverstanden mit dem, was die Zeitungen über dich sagen. Sophie Kinsella schreibt ganz anders als du. Viel humoriger. Man sagt doch ›humorig‹, oder?«

»Eine Menge Kollegen wären neidisch darauf, wie gut du die italienische Sprache beherrschst.«

Irina errötete, so sehr freute sie sich über das Kompliment.

»Du bist nicht humorig. Am Ende deiner Bücher wird es immer ein bisschen melancholisch. So eine süße Traurigkeit. Ergibt das Sinn, was ich sage?«

»Und Lederhosen habe ich auch noch nie getragen, by the way.«

Mit einem lauten Lachen warf die junge Frau den Kopf in den Nacken und strich über seinen Handrücken. Ein paar Sekunden zu lang. Zum Glück stopfte Irina nach dieser Streicheleinheit das Buch zurück in ihre Handtasche, gab ihm einen flüchtigen Kuss wenige Millimeter von seinen Lippen entfernt und stöckelte auf ihren Minitrampolins, die sie anstelle von Absätzen unter den Füßen hatte, auf den Parkplatz hinaus.

Aus den Augenwinkeln beobachtete Tony, wie sie auf einen grauen Nissan zuging, der in ihre Richtung aufgeblinkt hatte, sich auf der Fahrerseite herabbeugte, mit dem Insassen des Wagens ein paar Worte wechselte, lachte, das Auto umrundete und auf der Beifahrerseite einstieg. Nicht ohne ihm vorher noch einmal zuzuwinken.

Der Nissan verschwand.

Tony würgte den letzten Schluck Bier hinunter und wartete darauf, dass die Zeiger seiner Armbanduhr weiterwanderten. Sechzig Sekunden waren einfach zu lang für eine Minute, dachte er.

Zwanzig

1.

Die Zeiten, als Hannes Berger sich noch wie ein Zuchthengst fühlte, waren lange vorbei. Daran erinnerte nur noch der Cowboyhut, den er sich bei einem Konzert von George McAnthony gekauft hatte. Damals hatte ihn die Arbeit noch nicht aufgefressen, und die Drogen waren bloß eine Zutat gewesen, um dem Leben mehr Würze zu verleihen. Aber sie bestimmten es noch nicht. Doch dann war es plötzlich bergab mit ihm gegangen, wobei er nicht einmal den Grund hätte nennen können.

Nach drei Überdosen und einem Haufen Scherereien mit der Polizei hatte Hannes Schluss mit dem Scheiß gemacht. Oder fast. Er dealte noch, denn Geld ist Geld. Nur ab und zu gönnte er sich eine Nase Koks und eine der Prostituierten, die seine Imbissbude als Treffpunkt nutzten. Nein, Hannes war nicht mehr der Zuchthengst von einst. Vielleicht gerade noch ein Maultier. Kaputt und erholungsbedürftig.

Genau wie dieser Typ da hinten, der an dem Tisch hockte, den Kopf zwischen den Armen und den Bierhumpen vor sich. Das zweite Glas. Konnte man sich mit gerade mal zwei Bier dermaßen besaufen?

Hannes machte das Licht aus.

»He, du Genie!«

Der Typ rührte sich nicht.

Hannes zog die Schürze aus, die er um seinen Bauch gebunden hatte, und warf sie über die Spüle. Grummelnd trat er auf den Betrunkenen zu, stützte sich mit der rechten Hand auf der fettigen Tischplatte ab und schüttelte ihn mit der linken an der Schulter.

»Wach auf, du Genie.«

Das Genie war keinesfalls betrunken. Das Genie schlief auch nicht. Das Genie ließ ihn etwas spüren, was der ehemalige Zuchthengst mit dem Cowboyhut gut kannte, nach dem er sich aber nicht im Mindesten sehnte.

Die auf den Tisch gestützte Hand war plötzlich nur noch ein einziger greller, explosionsartiger Schmerz.

2.

Faustregel Nummer eins aus Shanghai: »Wenn du deinen Gegner nicht schlagen kannst, schlag dich in die Büsche. Wenn du nicht abhauen kannst, schlag als Erster oder mit voller Härte zu. Füg ihm richtig böse Schmerzen zu und lass ihn wissen, dass du selbst keine Angst vor Schmerzen hast.«

In diesem Fall hieß das: »Nimm den Bierhumpen, um ihm die Hand zu zerschmettern. Der gezielte Gebrauch der Hände unterscheidet den Menschen vom Affen. Hände greifen, stellen Werkzeug her, falten Stoff, spalten das Atom und freuen sich an den Ergebnissen ihrer Taten. Sie sind dazu in der Lage, weil sie empfindsam sind. Effizient. Mit anderen Worten, sie bestehen aus Myriaden von Nerven. Wähl dir also die Hand als Angriffspunkt. Schlag fest zu. Schlag als Erster zu. Und lass nicht nach. Denn eine Sekunde Zögern, und du bist am Ende.«

Der Cowboy stürzte zu Boden.

Tony ließ ihm keine Zeit, sich zu besinnen. Oder zu schreien. Er packte ihn am Hemdkragen, sah seinen Blick glasig werden und ohrfeigte ihn mit der flachen Hand.

»Wer hat hier geschlafen, du Genie?«

Zweimal, dreimal.

»Gabriel Plank. Sagt dir der Name etwas?«

»Nein. Wer bist du, verdammte Scheiße?«

Viermal.

«Stell dich bloß nicht dümmer, als du bist!«

Fünfmal.

»Du hast meine Hand zerschmettert«, keuchte der Cowboy.

»Als Nächstes kommt dein Gesicht dran.«

»Du bist ...«

Tony setzte an, ihn ein weiteres Mal zu schlagen. Er hielt inne. Schnaufte.

Eine weitere Regel aus Shanghai lautete: »Die Leute haben Angst vor Verrückten. Also mach einen auf verrückt.«

»Halt die Schnauze, Cowboy! Ich habe keine Lust, wegen dir ins Schwitzen zu geraten. Es ist einfach zu heiß.«

Tony holte einmal tief Luft und schleifte den Mann dann bis zum Würstelbrater. Er verpasste ihm ein paar Fußtritte in die Seite, riss die Tür der fahrbaren Küche auf und fing an, in den Schränken und Schubladen zu wühlen. Er brauchte nicht lange, um den Stoff zu finden. Ein stattlicher Vorrat. Heroin, Kokain, Gras. Bunte Pillen.

»Weißt du, dass ich auch mal in einem Laden wie diesem hier gearbeitet habe?«, sagte er, während er Bier in einen Humpen füllte. »Eine Bar und kein Würstelbrater, aber im Prinzip nicht viel anders. Mein Vater wollte mir das Studium nicht bezahlen, also habe ich mir selbst die nötige Kohle verdient. Ich war gerne Barmann. Meine Cocktails waren spitzenklasse. Das haben alle gesagt.«

Der Cowboy versuchte, auf die Beine zu kommen.

Tony nahm sich etwas von dem Stoff, den er hinter dem

Propantank gefunden hatte, und gab ihn in den Bierhumpen. Pulver und Pillen. Alles zusammen. Mit dem Zeigefinger rührte er einmal um und wischte ihn an seiner Jeans ab.

»Du möchtest doch sicher ein Schlückchen auf meine Gesundheit trinken?«

Hannes geriet ins Straucheln und stürzte zu Boden. Er konnte sich gerade noch mit Händen und Füßen auffangen.

»Du bist verrückt, du bist ...«

Ein gezielter Tritt von Tony sorgte dafür, dass er ganz umfiel und auf dem Rücken zu liegen kam. Mit der einen Hand presste der Schriftsteller ihn zu Boden, mit der anderen hielt er den Bierhumpen über sein Gesicht, bereit, ihm das Gebräu einzuflößen.

»Gabriel Plank. Oder du säufst den Krug leer.«

»Wir waren Freunde. Geschäftspartner.«

»Lass den Teil weg, den ich schon kenne. Ihr habt die Lieferwagen der Großwäscherei dazu benutzt, euer Dreckszeug an Kinder zu verticken.«

»Schütt das Gesöff weg, und ich erzähle dir alles, was ich weiß, okay?«

»Erzähl.«

»Am Anfang war Gabriel nur ein Kunde von mir. Er wollte Pillen. Angeblich gegen seine Albträume. Ich habe sie ihm verkauft. Damals war es noch einfach, an das Zeug ranzukommen. Die Apotheker haben nicht lange rumgezickt.«

»Von welchem Jahr reden wir?«

»Sie hatten diese verdammten Türme in Amiland schon gecrasht. Aber erst kurz vorher.«

»Danach wurde er vom Lieblingskunden zum Geschäftspartner. Wie kam das?«

»Er war clever. Und er brauchte Stoff.«

»Pillen oder Heroin?«

»Er war auf Pillen umgestiegen, um wach zu bleiben. Amphetamine. Doch ihm fehlte die nötige Kohle.«

»Welchem Junkie fehlt die nicht?«

»Aber er hatte einen Job. Irgendwie gelang es ihm, den Dreck, den ich ihm verkaufte, mit seiner Arbeit bei der Wäscherei zu verbinden. Er hatte diesen Lieferwagen. Damals kannte ich einen Haufen Leute, und dank der Karre konnte ich jede Menge Schotter machen.«

»Sag noch mal einer, die Italiener hätten keinen Geschäftssinn!«

»Das lief damals richtig gut, auch noch, nachdem sein Chef ihn erwischt hatte.«

Der Cowboy lachte kurz auf, trotz der Schmerzen in seiner Hand.

»Dieser Depp hat Gabriel die Hotels weggenommen, um ihn in Krankenhäusern und Restaurants einzusetzen. Weißt du, wie viele Leute für ihre Nachtschicht ein bisschen Hilfe brauchen?«

»Sag es mir.«

»Mein Rücken tut weh, und meine Hand brennt wie Feuer.«

»Wenn du auch nur einen Muskel bewegst, zeige ich dir, wann bei mir der Ofen aus ist.«

Der Cowboy hob die Hand. Die keine Hand mehr war.

Tony unterdrückte einen Brechreiz.

Später.

Nicht jetzt.

»Gabriel hat sich weiter zugedröhnt, und du hast ihn geschasst? Er soll gewalttätig geworden sein.«

»Nicht bei mir. Und auch nicht mehr als andere. Aber er wurde ...«

»… unzuverlässig.«

»Durchgeknallt. Paranoid, verstehst du? Und je mehr er sich zudröhnte, umso schlimmer wurde es. Er war voll fixiert auf Tattoos und Voodoo-Kram. Hat angefangen, irgendwelchen Blödsinn zu labern. Von ›subtilen Welten‹ und ›subtilen Personen‹.«

»Was heißt das?«

»Woher soll ich das wissen? Er sagte, es gibt Orte, die ›subtiler‹ sind als andere. Wenn du nur tief genug gräbst, dann findest du … Keine Ahnung. Eine Truhe voller Goldmünzen?«, spottete Hannes. »Er war verrückt. Verrückt und vollkommen am Ende.«

Tony stellte den Humpen mit dem gepanschten Bier auf dem Boden ab. Ohne den anderen loszulassen, holte er aus seiner Gesäßtasche einen Zettel hervor.

»Dieses Symbol: Sagt dir das was?«

Hannes verdrehte die Augen.

»Das hat er sich eintätowieren lassen. Auf die Brust. Er hat es … ›Das Lächeln von …‹ irgendwas genannt. ›Von der Fledermaus‹ oder so. Ich weiß es nicht mehr. Ich war damals auch ziemlich hinüber.«

»›Das Lächeln des Kolibris‹. Warum hat Gabriel dir Angst gemacht? Rede weiter. Hat er dich angegriffen? Lief er mit einer Waffe rum?«

»Du hast keine Ahnung!«

»Ich lerne schnell.«

»Einmal sind Gabriel und ich losgezogen, um uns zuzudröhnen. Irgendwo im Wald. Ich weiß nicht mehr, wo, ich hatte vorher was geraucht und konnte mich gerade noch so auf den Beinen halten. Da war ein Bach, das weiß ich noch. Gabriel und ich legten los. LSD. Und als das mit den Halluzinationen anfängt, steht doch das Arschloch auf, schnitzt dieses verdammte Zeichen in einen Baum und sagt mir, dass eine Freundin von ihm genau an der Stelle, wo wir gerade sind, getötet wurde.«

»Von wem?«

»Von einem Geist.«

3.

Als Sibylle sah, wie Tony den Bierhumpen über dem Kopf des Typen mit dem Cowboyhut ausleerte, blieb ihr nur, einen unterdrückten Fluch auszustoßen und sich weiter still zu verhalten. Aus der Entfernung konnte sie nicht hören, über was die beiden sprachen, aber Tonys Gesichtsausdruck sprach Bände.

Sie erinnerte sich gut daran, was sie gedacht hatte, als sie ihn zum ersten Mal sah, am Sonntagmorgen in den Apfelgärten. *Wie eines dieser Werkzeuge, die außen aus Gummi sind und völlig harmlos aussehen, aber innen sind sie aus Stahl.* Sie hatte sich nicht geirrt.

Tony verpasste dem am Boden liegenden Mann einen Tritt, dass dieser aufheulte vor Schmerz. In dem Moment wurde Sibylle alles klar. Sie arbeitete seit ihrem sechzehnten Geburtstag im *Black Hat* – mit Männern, die ausrasteten, kannte sie sich aus.

Nein, Tony hatte sie nicht mit dem Handy in der Hand ins Gebüsch geschickt, damit sie im Notfall Hilfe holte. Sie selbst war die Hilfe. Sie war diejenige, die die Situation unter Kontrolle halten sollte. Wenn sie Stopp sagte, würde er parieren. Die eigentliche Frage war also: Bis zu welchem Punkt sollte sie ihm freie Hand lassen?

Bis der Kerl alles ausspuckte, dachte sie. Er war nur ein Arschloch, das dreckiges Zeug vertickte.

Doch als Tony Anstalten machte, dem Typen die Zähne auszuschlagen, beschloss Sibylle, dass es Zeit war zu intervenieren.

4.

»In welchem Jahr war das?«, brüllte Tony.

»2005. Im Herbst.«

»Wolltest du deswegen nichts mehr mit ihm zu tun haben? Er hat dir gesagt, er hat sie umgebracht, und du hast Schiss gekriegt? War es so? Habt ihr gestritten, und er ist abgehauen?«

»Nein, das war erst 2007. Er hat nie gesagt, dass er jemanden umgebracht hat. Was soll der Quatsch?«

»Dann erzähl mir, was er dir gesagt hat. 2005.«

»Wir waren komplett durch, ich kann mich nicht mehr an jedes Wort erinnern. Aber er hat gesagt, dass da im Wald eine Freundin von ihm gestorben ist. Ermordet. Von einem Geist.«

Tony versetzte ihm erneut einen Tritt.

»Hat er jemals von einer Erika gesprochen? Erika Knapp.«

»Er hat von nichts anderem geredet. Deshalb hat Leah ihn auch sitzen lassen. Du tust mir ...«

»Wer ist Leah?«

»Eine magere Tussi ohne Titten, so wie deine Freundin hier.«

Tony drehte sich nicht um.

»Alles in Ordnung?«, fragte Sib.

»Falls dir nichts mehr einfällt, sind wir hier fertig.«

»Es dauert noch«, erwiderte Sib, »bis die Kutsche sich in einen Kürbis verwandelt ... Wer ist Leah?«

»Ein Junkie. Gabriel hat sie immer veräppelt, weil sie

ständig erzählt hat, dass Leah auf Hebräisch ›Kuh‹ bedeutet. Sie waren ein Paar. Irgendwann hatte sie die Nase voll von ihm und hat ihn sitzen lassen.«

»Hast du eine Idee, wo sie jetzt sind?«

»Gabriel? Leah? Keine Ahnung. Ich schwöre, ich ...«

Tony ließ sein Opfer los.

Er wischte sich die Hände am T-Shirt des Mannes ab und gab ihm eine Ohrfeige.

Dann stand er auf.

»Und jetzt noch eine letzte Frage. Gib mir eine ehrliche Antwort, und du wirst eine lange und gesunde Zukunft haben, ohne meine Fresse jemals mehr sehen zu müssen.«

Hannes spuckte Rotz und Blut aus.

»Erika.«

»Leah war eifersüchtig auf sie.«

»Aber Erika war tot.«

»Das weiß ich, und das weißt du, und die beiden wussten das auch. Aber diese Kuh war eben eifersüchtig auf eine Tote. Bekloppt, oder?«

»Erika. 1998«, fasste er zusammen. »Wie war sie, als sie sich damals hier in der Gegend herumtrieb?«

»Das hat Gabriel mich auch gefragt. In einer Tour.«

»Und was hast du ihm geantwortet?«

»Dass ich nichts weiß.«

Tony ging neben dem behelfsmäßigen Tresen mit der Kochplatte und dem Spülbecken in die Hocke und streckte tastend die Arme vor. Es sah aus, als würde er nach etwas suchen.

»Was hat Gabriel dir über Erika erzählt?«

»Was fummelst du da in meiner Küche rum?«

»Erika. Gabriel. Rede!«

»Gabriel hat gesagt, Erika ist eine subtile Person in einer

subtilen Welt. Oder so ähnlich. Keine Ahnung, was er damit meinte. Er hat gesagt, Erika ist in einem See gestorben. Und alle würden behaupten, sie hätte sich umgebracht, aber das würde nicht stimmen. Er hat gesagt, sie ist ermordet worden.«

»Von wem?«

»Manchmal meinte er, Erika wäre von einem Geist ermordet worden. Andere Male hieß es, sie, Erika, wäre selbst der Geist.«

»Der Geist?«, wiederholte Tony, der mittlerweile unterhalb der Kochplatte herumfuhrwerkte. »Derselbe Geist, der laut Gabriel Elisa getötet hat? Das Mädchen vom Bach?«

»Einmal hat er von einem Wanderer gesprochen.«

Sibylle runzelte die Stirn.

»Was für ein Wanderer?«

»Gabriel hat nur ein einziges Mal den Namen erwähnt. Kurz bevor er verschwunden ist ...«

»Sonst nichts?«

»Genau.«

»Und du bist nicht neugierig geworden?«

Der Mann verdrehte die Augen.

»Ich hatte Angst, scheiße! Die Art, wie er es sagte. Seine wirren Reden. Das Tattoo auf seiner Brust. Er hat ständig daran rumgemacht. Mit den Fingernägeln. Mit Rasierklingen. Er schnitt sich. Er war ...«

Ein Zischen ertönte. Kurz danach breitete sich ein unangenehmer Geruch in dem Würstelbrater aus.

Tony lächelte.

»Riechst du das Gas?«

Einundzwanzig

Bereits nach wenigen Serpentinen hielt Tony den Mustang an. Er war schweißgebadet, seine Hände zitterten.

»Kannst du fahren, Sib?«

Sie tauschten die Plätze. Setzten ihren Weg fort. Kreuzwirt schlief.

Keiner von ihnen beiden sprach ein Wort. Keiner hob den Blick, als der Mustang die Krotn Villa passierte. Im Turm, der auf das Torfmoor hinausging, brannte Licht. Jemand wachte über das Dorf.

Als sie bei Erikas Haus ankamen, stellte Sibylle den Motor ab und stieg aus. Tony tat es ihr nach.

»Du bist ein Idiot«, sagte sie.

»Ich weiß.«

»Du hättest mich vorwarnen können.«

»Hätte ich.«

»Mister Macho.«

»Hältst du mich wirklich für einen Macho?«

»Keine Ahnung. Im Moment siehst du jedenfalls eher aus wie jemand, der gleich kotzen muss. Und Machos kotzen nicht.«

»Nein, das tun sie wohl nicht.«

»Es gibt eine Menge, das du mir noch nicht über dich erzählt hast.«

»Was mich zu Mister Macho macht?«

»Eher zu Mister Unbekannt.«

Tony ging einmal um den Wagen herum und setzte sich

hinters Steuer. Er wischte sich den Schweiß von der Stirn. Schloss die Fahrertür. Ließ das Seitenfenster herunter.

»Sollen wir aufhören, Sib?«

»Nein.«

Tony ließ den Motor an und legte den Rückwärtsgang ein.

»Tony?«, fragte sie, während sein Fuß schon über dem Gaspedal schwebte. »Die Sache ist ziemlich vertrackt, oder?«

Zum ersten Mal, seit sie den Würstelbrater verlassen hatten, blickte Tony ihr in die Augen.

»Gespenster sind grausam und lehrreich zugleich«, murmelte der Schriftsteller. »Haben sie dir schon was beigebracht?«

Sib löste sich von der Karosserie und hob grüßend die Hand. Tony wartete, bis sie die Haustür aufgeschlossen und hinter sich wieder zugemacht hatte. Dann wendete er und fuhr den Kiesweg hinunter.

Erika, dachte er. Das Lächeln des Kolibris. Die Perkmanns, die alles von oben beobachteten. Tante Helga, Oskar und die gut gemeinten Lügen. Gabriel und das Tattoo. Gabriel und Elisa. Elisa und Erika. Erika und Elisa und Gabriel und Karin. Martin, der Maulwurf. Und noch einmal Erika. Das Symbol.

Tony legte eine Vollbremsung hin. Er schaffte es gerade noch rechtzeitig, die Tür zu öffnen.

Zweiundzwanzig

1.

Die Zeiger seines Weckers standen auf zehn Uhr morgens. Kein Freddy, der die Luft mit seinem stinkenden Atem verpestete. Dafür fühlte er sich, als hätte jemand seinen Kopf in eine der Industriewaschmaschinen der Firma Baldini gesteckt. Das Display seines Handys blinkte.

»Freddy?«

Tony erkannte seine eigene Stimme kaum.

Er tastete nach der Schachtel Aspirin, die er in der Nachttischschublade aufbewahrte. Kein Wasser da. Tony steckte sich drei Tabletten auf einmal in den Mund und begann zu kauen. Der Geschmack war ekelhaft.

»Freddy?«

Tony schwang die Beine über die Bettkante und setzte sich auf. Ein Schwindelanfall. Und eine Vision.

In der Vision wachte er auf, schaffte es irgendwie, aus dem Bett zu kommen, ohne zu stürzen, und ging zu dem einzigen möglichen Ort, an dem sich Freddy zu dieser fortgeschrittenen Uhrzeit versteckt halten könnte. Auf dem Balkon. Wo er winselnd darum bettelte, dass irgendjemand ihn nach draußen lassen möge. Denn wenn's läuft, dann läuft's. In der Vision fand Tony den Bernhardiner in seinem Korb vor. Tot. *Mach dich auf die Möglichkeit gefasst, dass ...*

»Fred, alter Junge?«

Er stand auf. Brach nicht zusammen. Der Balkon war leer und das Haus still.

Mach dich auf die Möglichkeit gefasst, dass ...

»Nein, nein, nein ...«

Der Korb war leer.

Plötzlich ertönte ein herzhaftes Gähnen. Hinter ihm stand Freddy und schien ihn anzulächeln.

2.

Er hatte einige Anrufe verpasst. Zwei auf dem Festnetz und sieben auf dem Handy. War da etwa ein Orkan im Anzug?

Nach einer ordentlichen Portion Kaffee, einem Croissant und einer eiskalten Dusche war Tony endlich in der Lage, sich damit zu befassen. Tony verehrte M. alias Mauro Giuliani, den Literaturagenten, der sich um seine Verträge auf der ganzen Welt kümmerte. Er verehrte vor allem die Art und Weise, wie Giuliani mit den Verlagen verhandelte, elegant und diskret, aber trotzdem mit der nötigen Härte.

Als er das Handy ergriff, um ihn zurückzurufen, sah er, dass sich im Posteingang unter den unzähligen E-Mails von selbst ernannten Esoterik-Experten, denen er mittlerweile pflichtgemäß einen kurzen Blick widmete, auch eine Mail von Mauro befand.

Der Betreff bestand aus drei Ausrufezeichen. Der Inhalt war ein Link zu *GiosPerlenkiste.it*, der Webseite mit »alternativen Fakten«, die der ehemaligen Königin der Rubrik »Vermischtes« von *Il Sole delle Alpi* neuen Glanz verschafft hatte. Zweihunderttausend Klicks pro Tag, hatte sie frohlockt. Als ob Tony das etwas sagen würde.

Als er dem Link folgte, blickte ihm als Erstes sein Gesicht entgegen. Verpixelt und Nase an Nase mit dem einer jungen Frau. Sehr hübsch und mit slawischen Zügen.

Irina. Im Minirock.

Der Fotograf war ein echter Könner. Irina und Tony schienen kurz davor, sich einen Kuss zu geben. Die Szene erinnerte ihn stark an die Buchcover seiner Romane.

Die Galerie enthielt noch weitere Fotos: Tony an einem Imbisstisch sitzend, ins Leere starrend, einen Bierhumpen vor sich. Irina und Tony, die sich unterhielten. Irina, die seine Hand berührte. Irina, die vom Tisch aufstand. Tony, der an einem grauen Nissan vorbeiging, die Hände in den Hosentaschen vergraben, als suchte er nach dem Autoschlüssel. Irina, über den Nissan gebeugt. Irina, die in den Nissan einstieg.

Die Fantasie an die Macht.

»Milani wäre stolz auf dich, Giò.«

Der Titel, in Versalien, ließ keinen Zweifel daran, wer sich diesen Artikel ausgedacht hatte:

DIE LASTER DES SCHRIFTSTELLERS

Liebt der bekannte *Romance*-Autor etwa auch das schöne Leben und scharfe *Kurven*?

So zumindest scheint es. Aber was, wenn Antonio Carcano, besser bekannt als »Tony« (»Antonio, Antonio, Antonio ... willst ein Amerikaner sein und bleibst doch Italienerlein!«) lediglich auf *blutjunge Straßenmädchen* steht, wie es unsere *exklusiven* Fotos vermuten lassen?

Wer immer die Antennen für den richtigen Ort zur richtigen Zeit besitzt (wie die Redaktion von *GiosPerlenkiste.it*), der weiß, dass der Ort, an dem der berühmte Autor von *Liebes- und Gefühlsromanen* gestern ertappt wurde, während er *Intimitäten* mit der *Prostituierten* I. K. austauschte (die sich geweigert hat, unserem Korrespondenten ihre wahre Identität zu enthüllen), ein stadtbekannter *Drogenumschlagplatz* ist.

Ob der Meister der Romantik sich auch ganz prosaisch hin und wieder *weißes Pulver* gönnt? Vielleicht, um sich von einer seiner (nicht nur »literarischen«) *Anstrengungen* zu erholen???

So ging es mindestens fünftausend Anschläge weiter. Der dann folgende Text erklärte, warum Hunde angeblich immer ihre Besitzer anschauten, während sie ihren natürlichen Bedürfnissen nachgingen. Die Exegese zum tierischen Stuhlgang kam auf gerade mal zweitausend Anschläge und hundertfünfzig Likes. Der Artikel, der ihn betraf, hatte zweihundertdreizehn Likes. Nein, zweihundertvierzehn. Was Tony zum Quotenkönig dieses gesammelten Schwachsinns machte.

Am liebsten hätte er sofort Giovanna angerufen und ihr alles an den Kopf geworfen, was er ihr schon immer einmal sagen wollte. Keine gute Idee, wenn er nicht gleich den nächsten Artikel provozieren wollte, dachte er dann und ließ die Idee fallen.

Er las den Artikel ein zweites Mal. Zu viele Klammern. Zu viele Ausrufe- und Fragezeichen. Und diese Hervorhebungen! Sein Lektor hätte den Text in der Luft zerrissen. Trotzdem.

Zumindest zweihundertvierzehn Leute hielten diesen Quatsch für interessant. Die «Prinzessin des Gossip« hatte eine Handvoll verpixelter Fotografien in angebliches Beweismaterial verwandelt. Dazu noch ein paar Anspielungen und Lügen, und schon wurde aus ihm ... ein Perverser? Ein Süchtiger? Was sollte das? Wollte sie seine Glaubwürdigkeit untergraben?

Tony musste lachen. Er verdiente sein tägliches Brot damit, dass er Fiction schrieb. Fantasiegeschichten. Erfundenes.

Seine Glaubwürdigkeit lag allein in seinem Talent, Geschichten zu erzählen, die seine Leser emotional berührten. Punkt.

Giò war erstaunlich naiv. Giò und ihr Auftraggeber.

Tony stellte fest, dass der vermeintliche Skandal ihm immer besser gefiel.

Dahinter konnten eigentlich nur die Perkmanns stecken. Offenbar hatten er und Sibylle sie verärgert. Wenn das nicht einem Geständnis gleichkam! Sie hatten also tatsächlich etwas zu verbergen. Er konnte es kaum erwarten, den Artikel Sibylle zu zeigen. Zuerst aber kam die Pflicht.

Die Telefonnummer seines Agenten befand sich unter den »Favoriten«.

»Hast du gesehen?«

Kein »Guten Morgen«, »Hallo«, »Wie geht's?«.

»Sämtliche Käseblätter aus der Region haben es als Aufmacher genommen. Bei Twitter ist es auch. Und auf Facebook.«

»Okay ...«

»Als Aufmacher«, betonte sein Agent, »sowohl die deutschen als auch die italienischen Blättchen.«

»Scheiße kennt eben keine Sprachgrenzen. So steht es im Autonomiestatut. Aber – interessiert es dich, ob der Quatsch wahr ist?«

»Schon klar, dass er nicht wahr ist, Himmelherrgott! Mich interessieren die Auswirkungen. Auf deine oder vielmehr *unsere* Arbeit.«

Irgendwie war Tony im Badezimmer gelandet, wo er sein Gesicht im Spiegel betrachtete. Er musste sich dringend rasieren. Er kehrte ins Schlafzimmer zurück und warf noch ein weiteres Aspirin ein. Die Rasur konnte warten.

»Ein bisschen Gülle hat noch nie jemandem geschadet.«

Er hörte einen Seufzer am anderen Ende der Leitung.

»Du unterschätzt das Problem. Wir müssen reden. Eine Presseerklärung verfassen. Darüber nachdenken, ob wir eine einstweilige Verfügung beantragen sollen. Wir sprechen hier von Verleumdung, von übler Nachrede. Wir müssen ...«

»Vergiss die einstweilige Verfügung und die Presseerklärung, okay? Ich muss einen Roman schreiben und ...«

»Tony?«

»Ja?«

»Was ist das eigentlich für ein Blödsinn?«

»Blödsinn?«

»*Wem* bist du auf die Füße getreten, Tony Carcano?«

Tony lächelte.

»Schönen Tag noch, Mauro!«

Dreiundzwanzig

1.

»Dieser Freund von dir ...«

»Er heißt Tony.«

Die Antwort kam kurz angebunden. Sib hatte nicht vergessen, wie das Gespräch in Tante Helgas Haus abgelaufen war.

»Was weißt du über ihn?«

»Vielleicht hast du da etwas übersehen, Oskar. Ich bin volljährig!«

Der Pirat hob die Hände.

»Klar doch, aber ich mache mir Sorgen um dich. Volljährig heißt noch lange nicht vernünftig.«

»Willst du mir eine Standpauke halten? Das kannst du dir sparen.«

»Nein«, sagte Oskar, »das ist lange vorbei. Ich habe dir doch gesagt, ich verstehe, was dir durch den Kopf geht. Das ist dein Leben. Wenn du deine freie Zeit unbedingt mit der Jagd auf Gespenster vergeuden willst ...«

»Ich muss ein paar Toasts vorbereiten.«

»Die Toasts können warten. Guck mal hier.«

Oskar deutete auf sein Smartphone. Auf dem Display: das Gesicht von Tony. Und das von Irina.

»Bist du sicher, dass du diesem sauberen Herrn Schriftsteller vertrauen kannst?«

Oskar scrollte die Webseite hinunter und hielt bei dem Foto an, das Irina am Straßenrand zeigte.

»Hat Erika ihren Freunden vertraut?«, fragte Sibylle herausfordernd.

»Hier steht, dass er ...«

»Ich war *dort*, mit ihm zusammen. Dieser Artikel ist der letzte Dreck.«

Sibylle drehte sich auf dem Absatz um.

»Ich bin noch nicht fertig.«

Sibylle zeigte auf ihr Handy, das hartnäckig klingelte.

»Das ist jetzt schon das dritte Mal, dass ich nicht rangehe.«

»Ist er das?«

»Was willst du von mir, Oskar?«

»Deine Tante und ich haben uns unterhalten. Gestern. Die Yamaha ist endgültig Schrott. Helga und ich dachten, wir könnten dir dabei helfen, eine neue zu kaufen. Vielleicht eine gebrauchte.«

Das tat weh.

Verdammt weh.

Sibylle zog ihre Kellnerschürze aus und schleuderte sie zu Boden.

»Hiermit nehme ich mir den Vormittag frei.«

»Du ...«

»Wir sehen uns heute Nachmittag.«

Sibylle ging durch den Schankraum, ohne die wartenden Gäste eines Blickes zu würdigen, und trat nach draußen vor die Tür. Die Hitze schlug ihr entgegen. Dieser fürchterliche Sommer hatte wohl nie ein Ende. Ihre Hände zitterten. Dachten Oskar und Tante Helga im Ernst, sie könnten sie kaufen? So weit waren sie gesunken?

Atme tief durch. Konzentrier dich. Setze Prioritäten.

Ob dahinter wohl auch Karin Perkmann steckte? Erst Rudi, dann diese widerliche Internetkampagne gegen Tony

124

und jetzt das Angebot von Oskar und Tante Helga. Den Artikel auf *GiosPerlenkiste.it* konnte nur Karin lanciert haben, genauso wie die Tochter von Friedrich Perkmann den Unfall veranlasst haben musste, bei dem ihre Yamaha draufgegangen war.

Tony hatte sie absichtlich nichts von Rudi erzählt. Vielleicht hätte sie es tun sollen. Aber sie ahnte, was er denken würde. Das arme kleine Mädchen und so weiter. Also: nichts zu machen.

Mit dem Handy am Ohr eilte sie davon.

»Hast du's gelesen?«, fragte er sie.

»Oskar macht sich große Sorgen um mich.«

»Ich möchte, dass du ...«

»In zehn Minuten fährt ein Überlandbus nach Bozen. Ich bin schon auf dem Weg zur Haltestelle.«

Wie sehr ihr doch die Enduro fehlte!

»Und wie geht es deinem Stolz nach dem Artikel?«

Tony stieß ein kurzes Lachen aus.

»Etwas angekratzt, muss ich zugeben.«

»Hast du wirklich geglaubt, sie wäre ein Fan von dir?«

»Ich habe so einige Fans, meine Kleine.«

»Ich bin nicht ›deine Kleine‹.«

Als Sib den blauen Autobus sah, beschleunigte sie ihren Schritt.

Der Busfahrer war gerade dabei, seine Zeitung zusammenzufalten. Sie machte ihm ein Zeichen, auf sie zu warten. Begleitet von einem strahlenden Lächeln.

Der Busfahrer schaltete in den Leerlauf.

»Beeil dich lieber«, erwiderte Tony. »Ich möchte dir jemanden vorstellen.«

»Wen?«

»Habe ich dir schon von Tante Frieda erzählt?«

2.

»Tante Frieda war über Jahrzehnte der Albtraum der Bozener Staatsanwaltschaft. Sie war ein halbes Jahrhundert lang die ausgebuffteste Anwältin von ganz Bozen und Umgebung. Als sie angekündigt hat, in Pension zu gehen, war der ganze Landstrich in Festtagsstimmung, das kannst du mir glauben. Aber weißt du, was ich an dieser liebenswürdigen alten Lady am meisten bewundere?«

Tony parkte den Mustang in der Duca-d'Aosta-Straße, nur ein paar Schritte von dem monumentalen Gebäude des Landgerichts entfernt.

»Tante Frieda hat sechs Jahre im Knast zugebracht. Wegen Mord. Ein Mädchen aus dem Pustertal, das den falschen Mann geheiratet hat. Tante Frieda hat dreimal auf ihn eingestochen und zugeschaut, wie er krepiert. Danach hat sie die Carabinieri angerufen. Der Richter verurteilt sie zu zwanzig Jahren Gefängnis. Im Knast macht sie ihren Hauptschulabschluss nach. Dann das Abitur. Es reicht ihr immer noch nicht. Sie schreibt sich für Jura ein. Und in ihrer freien Zeit liest sie ihre eigenen Prozessakten und fängt an nachzudenken. Bis zu dem Moment hatte sie nämlich geglaubt, ein Verbrechen begangen und ihre Strafe verdient zu haben. Verstehst du?«

»Schuldgefühle.«

»Im Gefängnis hat sich ihre Sicht auf die Dinge relativiert. Wer war der eigentliche Schuldige? Der Mann, der sie jeden Abend schlug? Der sie jahrelang vergewaltigte? Oder war sie die Schuldige, weil sie eines Tages die Faxen dicke hatte und ihrem Peiniger ein Messer in den Bauch gestoßen hat?«

»Sie hat Berufung eingelegt und auf Notwehr plädiert? Großartig.«

»Noch besser: Sie hat so viele Mängel in der Anklageschrift

des Staatsanwalts entdeckt, so viele Verfahrensfehler und sogar Schlampereien bei den Ermittlungen durch die Carabinieri, dass sie mit einem unbefleckten Vorstrafenregister und einer stattlichen Haftentschädigung das Gefängnis verlassen konnte. Wink mal, Sib!«

Aus dem dritten Stock des Gebäudes lächelte eine ältere Dame zu ihnen herunter.

Sibylle winkte ihr zu.

Vierundzwanzig

1.

Die Kanzlei von Tante Frieda war genau so, wie Sibylle sie sich ausgemalt hatte, während sie auf den Aufzug warteten. Praktisch, hell. Elegant. Aber auf eine lässige Weise elegant. So ähnlich wie das Kleid, das Tante Frieda trug.

In Gegenwart der Anwältin fühlte Sibylle sich plötzlich eingeschüchtert. Tony hatte ihr gesagt, dass Tante Frieda ausgebufft war. Aber er hatte vergessen, ihre Ausstrahlung zu erwähnen.

Und die war keine Frage von Kleidung oder Haltung. Tante Frieda verbreitete eine ganz eigene Energie. Vielleicht war es Weisheit. Oder die Ruhe von jemandem, der die Hölle durchgemacht hatte und unbeschadet daraus hervorgegangen war.

Der Händedruck der Frau war wie aus Stahl. Die Augen, die das von vielen Fältchen durchzogene Gesicht beherrschten, waren durchdringend und von einem intensiven Blau.

»Wie geht es meinem Lieblingshündchen heute?«

Freddy leckte ihr die Hand.

Tante Frieda führte sie zu ihrem Schreibtisch. Stapelweise Akten, ein Computer der neuesten Generation, nicht ein Körnchen Staub, neben dem Computer eine getigerte Katze. Die Katze räkelte sich. Sie warf erst Sibylle, dann Freddy einen Blick zu. Freddy hörte auf, mit dem Schwanz zu wedeln. Er senkte den Kopf. Kniff die Augen zusammen. Die Katze gähnte.

»Ksch, ksch, Severino«, sagte Tante Frieda.

Die Katze ging zur Tür hinaus. Freddy verabschiedete sie mit einem Kläffen. Sie ignorierte die Provokation.

Tante Frieda machte die Tür zu, nahm Platz, setzte eine Gleitsichtbrille auf (was sie statt älter noch interessanter aussehen ließ, dachte Sibylle, die sich in Shorts und bauchfreiem T-Shirt, was beides die blauen Flecken von ihrem Motorradsturz eher betonte als verbarg, in ihrer Haut gar nicht wohlfühlte) und eröffnete das Gespräch.

»Und, Tony, darf man erfahren, in was für einen Schlamassel du da hineingeraten bist?«

2.

Als Tony mit seinen Erläuterungen fertig war, lag ein Haifischlächeln auf Tante Friedas Zügen. Der Name Perkmann hatte ihre Laune sichtlich gebessert.

»Kennen Sie die Perkmanns?«

»Meine Liebe, natürlich kenne ich die Perkmanns. Alle kennen die Perkmanns. Abgesehen von diesem jungen Mann hier. Aber wer sind schon die Perkmanns? Nutzholz, Liftanlagen, Elektroinstallationen. Aktien. Und, seit Karin die Geschäfte übernommen hat, auch alternative Energiegewinnung. Die Perkmanns haben schon immer einen Öko-Fimmel gehabt. *Das* sind die Perkmanns.«

»Du bringst mich in Verlegenheit, Tante Frieda. Und das mit Absicht, vermute ich.«

»Dann verklag mich doch! Nein, im Ernst, ich wollte meiner jungen Freundin nur beweisen, dass du hin und wieder ... mit dem Kopf in den Wolken lebst. Falls sie es noch nicht von alleine begriffen hat.«

»Haben Sie je mit Karin ein Wort gewechselt?«, fragte Sibylle.

»Die Frau ist eine Natter. Und eiskalt. Wie ihr Vater.«

»Hat sie etwas Illegales getan?

Tante Frieda lächelte mild.

»Beneidenswerte Jugend ... Jeder hat schon mal was Illegales getan. Aber da gibt es diejenigen, die hinter Gittern landen, und diejenigen, die mich zur Anwältin haben. So wie du, mein Fräulein.«

»Ich?«

»Ja, du. Du bist soeben meine neue Mandantin geworden. Mandantin der Kanzlei, die ich meiner Nichte Isabella vermacht habe, also dieser Kanzlei. Aber ich glaube, der Moment ist gekommen, da ich für mein letztes Turnier noch einmal in den Sattel steige. Somit hast du das Glück, auch noch meine *einzige* Mandantin zu sein. Hast du irgendwelche Einwände?«

»Ich kann Sie nicht ...«

»Mein Honorar ist bereits bezahlt.«

Sibylle errötete.

»Ich kann das ... Ich kann das nicht annehmen.«

Tante Frieda umfasste ihre Hand.

»Ich werde brutal und ehrlich mit dir sein. Willst du das?«

»Ja, natürlich, aber ich werde meine Meinung nicht ändern.«

»Erstens: Du bist mein Hobby. Seit ich in Rente gegangen bin, langweile ich mich zu Tode. So weit klar?«

»Ja.«

»Zweitens, und das ist sehr viel wichtiger: Ohne mich werdet ihr nicht weit kommen.«

»Tante Frieda hat recht«, bemerkte Tony. »Bisher haben wir uns wie zwei Elefanten im Porzellanladen bewegt.«

»Sibby Langstrumpf«, murmelte Sib und nagte an ihrem Daumen, »und alle flach auf den Boden!«

130

Tante Frieda lachte.

»Du gefällst mir immer besser. Und noch etwas, das Tony vergessen hat: Ich habe das, was er ›Beziehungen‹ nennen würde. Übersetzt heißt das: Mit meiner Hilfe wird es für euch sehr viel einfacher sein, an Informationen zu kommen. Und vielleicht vermeidet ihr dadurch auch eigene Aktionen, die sehr dumm und sehr gefährlich wären.«

»Ich kann das nicht machen«, erwiderte Sib.

Tante Frieda nahm ihre Gleitsichtbrille ab,

Ihre Züge wurden weich.

»Lass deinen Stolz beiseite, Liebes. Wenn du wirklich bis zum bitteren Ende gehen und die Wahrheit erfahren willst, dann vergiss ihn einfach. Spar dir deinen Stolz für die wahren Schlachten im Leben auf. Nicht für solche Kleinigkeiten.«

»Ich ...« Sib zwirbelte eine Locke zwischen ihren Fingern. »Das sind keine Kleinigkeiten. Für Sie, für ... euch ist Geld vielleicht eine Kleinigkeit. Aber für mich ist es ... Geld. Verstehen Sie? Und was den Stolz betrifft ...«

Tante Frieda war brutal und zartfühlend zugleich.

»Der Stolz ist wie das Messer, das ich in den Bauch meines Exmanns gerammt habe: ein zweischneidiges Schwert. Stolz kann zum Gefängnis werden. Dasselbe Gefängnis, das mich daran gehindert hat, vor diesem Scheißkerl die Flucht zu ergreifen. Aber mir haben sie beigebracht, das Höchste im Leben sei, eine gute, gefügige und stets lächelnde Ehefrau zu werden. Auch wenn sie wie ein Boxsack behandelt wird. Das ist die Art Stolz, vor dem man sich in Acht nehmen sollte.« Tante Friedas Augen funkelten. »Oder du benutzt ihn, um zu sagen: 'Jetzt reicht's.' Also, sind wir im Geschäft?«

»Ich danke Ihnen, Tante Frieda.«

Die alte Anwältin klatschte vergnügt in die Hände.

»Als meine neue Mandantin hast du das Recht, mich zu duzen, mein Kind. Nun, ich werde als Erstes ein paar Erkundigungen einholen. Sozusagen meine Außenstände eintreiben bei den Leuten, die mir noch einen Gefallen schulden. Ich lasse euch wissen, was dabei herauskommt. Ehrlich gesagt glaube ich ja, dass ihr tatsächlich Gespenstern nachjagt, aber euer Bericht lässt zugegebenermaßen den einen oder anderen Verdacht aufkommen. Also, seid schön vorsichtig und ... Tony, wo willst du denn hin?«

Tony, der sich bereits erhoben hatte, hielt verwirrt inne.

»Ich dachte, wir wären fertig für heute.«

»Wollen wir nicht über die üble Nachrede sprechen?«

»Was für eine üble Nachrede?«

»Bist du wirklich ein koksendes Drecksschwein, wie man im Internet erfahren kann?«

Tony schüttelte den Kopf.

»Die Perkmanns sind sehr mächtig, keine Frage. Und natürlich stecken sie hinter Giòs Scoop, darüber sind wir uns alle einig – oder?«

Tante Frieda begnügte sich mit einem kurzen Nicken.

»Aber wir reden hier von *Dorfpostillen*«, bemerkte Tony.

Er musterte die beiden Frauen so, als würde er sich eine Reaktion von ihnen erwarten.

»Kein ernst zu nehmender Journalist wird diesen Müll für einen Abdruck in Erwägung ziehen.«

»Da wäre ich mir leider nicht so sicher.«

»Die Perkmanns haben eine gewisse Macht, keine Frage, aber nur hier, in Südtirol. Wenn das alles ist, was sie gegen mich unternehmen können ...«

Die Anwältin setzte ihre Brille wieder auf und betrachtete ihn forschend.

»Bete, dass dem so sein möge, mein Junge. Bete!«

Fünfundzwanzig

1.

Den ganzen Weg über hatte der Bernhardiner nicht einen Moment Ruhe gegeben. Sträucher, Blumen, Grasbüschel, Baumstämme, Pilze, Felsblöcke und Steine wurden sämtlich von ihm beschnuppert, katalogisiert und bewässert.

Tony hätte ihn liebend gern frei herumstreunen lassen, wäre da nicht Wolfi gewesen und das, was er über die Füchse im Tal von Kreuzwirt erzählt hatte. In Bozen und Umgebung galt die Tollwut als ausgerottet, daher war Freddy nicht geimpft.

»Tut mir leid, mein Junge. Wenig ist besser als nichts.«

2.

Das Gerede über die angeblichen Geister und Wanderer hatte Sibylle schwer zugesetzt. Tony hatte es ihr angemerkt und sich in der Pflicht gefühlt, ihr von Ricky Riccardo zu erzählen.

»Ricky Riccardo ist ein braver Bursche aus Shanghai. Er hält sich fern von schlechter Gesellschaft und scheut sich nicht, seine Freizeit mit Büchern zu verbringen. Er ist eine absolut ehrliche Haut. Am Tag seines Examens beschließt er, eine Ausnahme von der Regel zu machen und sich einen Maturaball mit sich selbst zu genehmigen. Ricky Riccardo ist ein großer Fan von Carlos Castaneda, und für seinen Maturaball besorgt er sich Peyote. Weißt du, was das ist?«

»Ich habe auch meinen Ginsberg gelesen ...«

»Keine Ahnung, was dieser Ginsberg geschrieben hat, aber seit jenem Abend verbringt Ricky Riccardo seine Zeit auf dem Balkon, Tag und Nacht, ob's stürmt oder schneit, den Blick ins Leere gerichtet, und streichelt seine Katze. Nur dass die Katze schon seit zwanzig Jahren tot ist. *Und plumps, macht's mit Ricky rums.*«

»Okay, Prinzip verstanden.«

Danach hatte Sib ihn, als er verkündete, einen Waldspaziergang machen zu wollen, um nach dem Baum zu suchen, in den Gabriel angeblich das Lächeln des Kolibris geritzt hatte, eindringlich gebeten, vorsichtig zu sein (sogar mehrmals, und Tony hatte sich schon geschmeichelt gefühlt, dass sie sich so um ihn sorgte).

»Du könntest dich verlaufen.«

Tony hatte ihr eine Landkarte von der Gegend gezeigt.

»Ich will nur überprüfen, ob mein Shit Detector noch funktioniert.«

»Eine Karte ist eine Sache, die Realität eine andere«, hatte Sibylle insistiert. »Und überhaupt, darf man mal erfahren, was ein ›Shit Detector‹ sein soll?«

»Hemingway«, hatte Tony mit einem Lächeln geantwortet. »Seiner Meinung nach ist jeder Schriftsteller mit einem sogenannten Shit Detector ausgestattet, der anfängt zu blinken, wenn's heikel wird. Eigentlich ist auf meinen Shit Detector bisher immer Verlass gewesen. Also muss sich bei der Lichtung, an der Wolfi Elisa gefunden hat, irgendwo ein Baum befinden, in dessen Rinde das Lächeln des Kolibris eingeritzt wurde.«

»Ziemlich absurdes Projekt«, hatte Sibylle festgestellt. »Und warum habe ich das Gefühl, dass du mir etwas verschweigst?«

»Weil du ein Mädchen bist, das genauso sexy wie intelligent ist.«

Mit seiner Bemerkung war es Tony gelungen, sie zum Erröten zu bringen und zugleich einer Antwort auf ihre Frage auszuweichen.

3.

Wenige Stunden später hatte sich Tonys gute Laune in Luft aufgelöst, und er verfluchte Cowboy-Hannes, Hemingway und sich selbst aus tiefster Seele.

Als sie den Sturzbach erreichten, gingen Freddy, dem Stadthund, sofort die Augen über, und begeistert über die Fülle an frei zugänglichem Wasser fing er an, Unmengen davon in sich hineinzuschlabbern.

Tony selbst war am Ende. Die unwegsame dichte Vegetation, die Freddys Sinne begeisterte, erstickte ihn. Tannen, Kiefern, Eschen, Brombeersträuche. Nichts als Grün, begleitet von einem Orchester aus zirpenden und summenden Insekten, von deren volltönendem Konzert ihm ganz schwindelig wurde.

Ein plötzlich auftauchender Gedanke, zweifellos makaber und unangemessen, ließ ihn mit den Zähnen knirschen. In dem Bach, in dem Freddy geräuschvoll seine Waschungen machte, war Elisa ertrunken. Und, wenn die Karte stimmte, war der Bach noch dazu ein direkter Zufluss zu dem See im Torfmoor, in dem Sibylles Mutter ertrunken war.

Tony stieß eine Verwünschung aus und befreite sich von der Last seines Rucksacks. Er knotete Freddys Leine an einer Tanne in Ufernähe fest, sodass der Bernhardiner problemlos weiter herumplantschen konnte, und begann, sich dem Zweck seiner Wanderung zu widmen.

Tatsächlich hatte das Gefasel von Hannes, dem Cowboy, nicht nur Sibylle in Unruhe versetzt. So unwahrscheinlich es auch zunächst schien, die Lichtung zu finden, auf der Elisa ihr Zelt aufgestellt hatte, und mit den Fingern das in die Baumrinde geritzte Lächeln des Kolibris nachzeichnen zu können, so war es nach all dem mystischen Blabla wenigstens etwas Konkretes. Vielleicht kam er dadurch auf einen interessanten Gedanken, um die Ermittlungen voranzutreiben.

Eigentlich war dieser Ort sogar ein richtig hübsches Fleckchen Erde: der Bach, die Lichtung, der meterhohe Farn, die dichte Mauer aus Bäumen und wuchernden Sträuchern, der Ameisenhaufen. Und, kaum zu erkennen, ein zweiter versteckter Weg. Tony runzelte die Stirn. Er überprüfte die Landkarte. Dieser Weg war nicht eingezeichnet. Sibylle hatte recht gehabt. *Die Karte ist eine Sache, die Realität eine andere.*

Er legte die Karte zur Seite und stellte sich Elisa vor, die vielleicht über diesen geheimen Weg auf die Lichtung gekommen war. Er stellte sich auch Gabriel und Hannes vor, wie sie Jahre später ihre Spur verfolgten. Schwankend, nicht mit dem sicheren Schritt des Mädchens. Warum das? War Elisa nicht mit sehr viel Alkohol im Blut gestorben? Weil Elisa, gab er sich selbst zur Antwort und kickte gegen einen Stein, bei ihrer Ankunft zwangsläufig nüchtern gewesen sein musste, um das Zelt aufzubauen. Anders als die beiden Junkies, die nur herumgestreunt waren.

Tony stellte sich Elisa vor, wie sie dem Rauschen des Baches lauschte – genau wie er selbst gerade. Wie sie die gleiche, leicht bittere Luft einatmete. Wie sie zu trinken begann. Und für einen Moment spürte er, wie seine Fantasie Anlauf nahm und zum Flug ansetzte.

Wie viele Schriftsteller wusste Tony genau, dass nicht er der eigentliche Urheber der Geschichten war, für die er Vorschüsse kassierte und Fanpost erhielt. Die Geschichten hatten ein Eigenleben, er beschränkte sich nur darauf, sie aufzuschreiben. Man konnte nicht einfach »Achtung, fertig, los!« rufen, und schon setzten sich Handlung und Protagonisten in Bewegung, und irgendwann war das Buch fertig. Oft genug hatte dieser seltsame Mechanismus, den man nicht beeinflussen konnte, bei ihm gegriffen. Wenn seine Kreativität einmal entzündet war, musste er sie nur noch in die richtigen Bahnen lenken.

Doch hier im Wald, inmitten der Natur, die ihn doch eigentlich inspirieren sollte, passierte – nichts. So sehr er sich auch anstrengte, in seiner Vorstellung sah er nichts weiter als eine junge Frau, die auf einer Lichtung saß und den Wodka in sich hineinschüttete. Der erhoffte Geistesblitz blieb aus.

Die Hitze ist schuld, sagte er sich.

Er kniete am Ufer nieder, nahm einen tiefen Atemzug, schloss die Augen und tauchte den Kopf in den reißenden Bach. Einfach paradiesisch. Als er sich wieder erhob, begriff Tony: Erstens würde er wohl nie an die Weisheit des alten Hemingway heranreichen. Und zweitens brauchte sein Shit Detector keine Überholung. Hannes, der Cowboy, hatte nicht gelogen.

Der Baum, in den Gabriel das Lächeln des Kolibris geritzt hatte, befand sich direkt gegenüber, auf der anderen Seite des Baches. Trotz all der Jahre, die seitdem vergangen waren, konnte man das Symbol noch immer gut erkennen.

Mit einem Sprung setzte Tony über den Bach und trat nah an den Baum heran.

Wie der Kopf einer Schlange, hatte er zu Sibylle gesagt, als er zum ersten Mal das Lächeln des Kolibris gesehen hatte. Nun war er sich dessen nicht mehr so sicher. Es erschien ihm eher wie ein Pfeil von einer Höhlenmalerei, ein Gefahrensignal in einer fremden Sprache. Die Einkerbung war ziemlich tief: zwei diagonal zueinander zeigende Linien, darüber zwei horizontale und ganz oben zwei waagerechte Linien, die in dem Ensemble wie Augen wirkten. Tote Augen. Aber warum hörte er nicht endlich auf mit diesen ungesunden Gedankenspielchen? Es war eine denkbar idiotische Idee gewesen, hierherzukommen, er machte sich nur selber Angst. Vielleicht war es Zeit ...

Plötzlich ließ ein grauenerregendes Geräusch ihm das Blut in den Adern gefrieren. War Freddy wirklich imstande, so zu knurren?

4.

»Knurren« traf es eigentlich auch nicht richtig: Freddy knurrte, winselte, zitterte und pinkelte zur selben Zeit, die Schnauze in Richtung des Buschs neben dem Ameisenhaufen gewandt. Sein Blick war hoch konzentriert, die Muskeln angespannt.

»Was ist los, alter Junge?«

Freddy würdigte ihn keines Blickes. Der Busch. Für den Bernhardiner gab es nichts anderes mehr.

Mit einem kühnen Sprung setzte Tony über den Bach. Er brach einen Ast, der ihm lang genug erschien, von dem Baum neben sich ab und lehnte sich so weit vor, dass er das Buschwerk mit dem Ast berühren konnte.

Er fing an herumzustochern. Nichts. Er versuchte es noch einmal, mit mehr Nachdruck. Wieder nichts. Da waren nur Zweige, Blätter und Ameisen.

Trotzdem war Tony nervös.

Plötzlich kam etwas aus dem Busch hervorgekrochen. Rostrot und mit zotteligem Fell. Ein Fuchs!

Tony stieß einen Schrei aus und wich instinktiv zurück. Der Fuchs zeigte ihm die Zähne, spitz und voller Schleim. Seine Augen waren von einem teuflischen Gelb. Auch von seinen Lefzen tropfte der Schleim. Sein Kopf bewegte sich ruckartig.

Tollwut, dachte Tony sofort.

»Erika«, krächzte der Fuchs. »Erika!«

Achtung, fertig, los!

Es dauerte nur wenige Sekunden an, aber dieses »Achtung, fertig, los«-Kommando würde Tony wohl sein Lebtag nicht mehr vergessen.

Die Augen des Tieres verwandelten sich in zwei Höhlen, die Dunkelheit verströmten. Der Boden um ihn herum vertiefte sich wie ein stramm gespanntes Tuch, auf das jemand eine Bowlingkugel geworfen hatte.

Tony begann zu straucheln.

Das Keuchen, das an seine Ohren drang, war nicht sein eigenes und genauso wenig das des Fuchses, es war das Rauschen der strömenden Dunkelheit aus den Augen der Bestie. Ein Ozean aus Tinte. Der Boden *kippte.*

Die Bowlingkugel war schwerer geworden. Ein Krater, der ihn zu verschlucken drohte.

Tony taumelte. Doch er verlor nicht das Gleichgewicht.

Sein eines Ich, das aus Shanghai, sagte ihm, er solle aufhören mit dem Quatsch à la *Und plumps, macht's mit Ricky rums,* zu Freddy zu gehen, der immer noch knurrte, ihn beruhigen und mit ihm zusammen die Flucht ergreifen.

Sein anderes Ich, das des Schriftstellers, machte sich mental Notizen: Aus dem Tintenozean schälte sich eine Figur heraus – Erika in ihrem Maturaballkleid, das von Schlamm besudelt war. Das Schriftsteller-Ich von Tony wusste, warum Erika da war.

Dies war ein subtiler Ort. Subtile Orte waren Irrtümer des Systems. Kleine Risse, durch die Leute wie er sich hineinmogelten, um Geschichten zu *stehlen*. Es war an der Zeit, die offenen Rechnungen zu begleichen. Erika war aus einem dieser Risse hervorgekommen, um ihn die Rechnung bezahlen zu lassen.

»Erika kommt dich holen« war da.

Freddys Bellen holte Tony brutal in die Realität zurück. Er zielte mit dem Ast auf den Fuchs, warf und verfehlte ihn. Das Tier wich zurück und starrte ihn gekränkt an.

»Krrka! Ka!«, winselte der Fuchs. »Krrrka!«

Nicht *Erika*.

»Krrrka! Ka! Ka!«

Plötzlich wurde der Körper des Tieres von einem fürchterlichen Krampf geschüttelt. Seine Augen verdrehten sich. Das aufgerissene Maul schnappte nach Luft. Freddy fing wieder an zu knurren.

Tony drehte dem Fuchs den Rücken zu.

»Komm, sing mit mir, Freddy!« Tony schlug sich auf die Oberschenkel, gab den Takt vor. »Weißt du noch, Freddy? *Another One Bites the Dust.* Die gute Magie von Freddie Mercury, weißt du noch? Er hat den Donner weggezaubert.«

Für einen Moment schien es zu funktionieren. Freddy hörte auf, an der Leine zu zerren, der Zug lockerte sich. Die Blicke des Mannes und des Hundes begegneten einander, beide panisch.

»Wir beide, wir mögen Freddie Mercury, nicht wahr? Freddie Mercury, nicht Freddy Krueger«, murmelte Tony.

Er merkte, wie sein Puls sich beschleunigte, je näher er

dem Bernhardiner kam. Hatte er etwa Angst? Angst vor
Freddy? Was, zum Teufel, ging da gerade ab?

Er streckte die Hand aus, um die Schnauze des Bernhardiners zu berühren. Freddy schnupperte an seinen Fingern.

»Gut gemacht, Fred. Gut gemacht. Und jetzt gehen wir
beide hier weg, jetzt ...«

»Krrrka! Krrrka! Ka! Ka!«

Der Fuchs kam langsam näher.

Wieder fing Freddy an zu bellen. Mit der rechten Hand
hielt Tony ihm die Schnauze zu.

»*Pam. Pam. Pam.* Erinnerst du dich an die Basslinie, Fred?«

In seiner Hosentasche, neben dem Handy, hatte Tony
eines der von ihm selbst verachteten Allround-Taschen-
messer für Sonntagsspaziergänger stecken. Ohne Freddys
Schnauze aus der Umklammerung zu lassen, klappte er es
unter Zuhilfenahme seiner Zähne auf, wobei er sich prompt
in die Unterlippe schnitt.

Beim Anblick des Blutes wurde der Fuchs sichtbar nervös.

»Ka! Ka! Krrrka!«

Tony versuchte, ihn zu ignorieren.

»Es gibt kein Milwaukee-Protokoll für Tiere, hast du verstanden, Fred? Also denk an Freddie Mercury. Das Lied.
Die gute Magie. Ich bin bei dir, okay? Hab keine Angst.«

Der Fuchs zitterte. Sabberte. Krächzte sein grauenhaftes
»Krrrka! Ka! KKKKaaaa!«

Wenn der Fuchs Freddy beißen sollte ...

Der Schriftsteller ließ die Schnauze des Bernhardiners
los und wickelte sich ein Stück Hundeleine fest um die
rechte Hand, ohne auf den Schmerz zu achten, den das zwischen Tanne und Freddy gespannte harte Leder in seine
Haut schnitt. Mit der Linken hob er das Messer in die Höhe.
Die Klinge blitzte auf. Ein Hieb, und die Leine war befreit.

Kaum spürte Freddy, wie der Zug für einen Augenblick nachließ, sammelte er seine ganzen Energien, um sich auf den Fuchs zu stürzen. Die Absätze seiner Schuhe tief in den weichen Boden gegraben, hielt Tony mit aller Kraft dagegen. Knapp hundert Kilo Killerinstinkt, die zu dem tollwütigen Fuchs hindrängten.

Die Muskeln an Tonys rechter Schulter verkrampften sich, der Schmerz war kaum zu ertragen. Er spürte, wie er nach vorne gezogen wurde. Fürchtete, es nicht zu schaffen.

Doch irgendwann tat das Halsband seine Pflicht: Freddy bekam keine Luft mehr und wich nach hinten zurück. Rasch packte Tony die Leine mit beiden Händen, bereit für die nächste Runde Tauziehen.

Doch das war nicht mehr nötig. Der Fuchs war verschwunden.

Freddy jaulte auf.

Sechsundzwanzig

Die Stoßzeit im *Black Hat* war in der Regel zwischen ein und zwei Uhr. Handwerker, Tagelöhner, Verkäufer oder Büroangestellte aus Kreuzwirt und Sand in Taufers kamen zur Tür herein, klagten über die Hitze, machten Witze über Oskars kaputte Klimaanlage, hatten Hunger und waren in Eile. »Kannst du mir mal schnell einen Toast machen?« war der Spruch der Stunde.

Normalerweise mochte Sib die Stoßzeit nicht. Mittags kellnern war stressig. An diesem Tag jedoch war sie froh über die Hektik. Tante Frieda hatte ihr geraten, ihren Stolz zu ignorieren. Ein guter Rat. Neun von zehn Malen hatte der Stolz Sibby Langstrumpf dazu verleitet, sich in Schwierigkeiten zu bringen. Den Stolz herunterzuschlucken, hatte jedoch seinen Preis: extrem schlechte Laune.

Vor dem 8. Juni und der ganzen Erika-ruiniert-dir-das-Leben-Geschichte hatte Sibylle Zukunftspläne gehabt. Sie wollte genug Geld für ein Studium verdienen und wie eine Wahnsinnige für ihren langjährigen Traum pauken: Motorräder zu konstruieren.

Mit fünfzehn konnte sie die Mopeds ihrer Schulkameraden bereits wie ein echter Profi frisieren. Mit sechzehn verliebte sie sich in eine Yamaha. Das Problem war aber nicht ihr Alter – Sib konnte durchaus Geduld aufbringen, wenn sie sich etwas in den Kopf gesetzt hatte. Zwei Jahre würden rasch vergehen. Nein, wie immer war das Geld das Problem. Woher sollte sie das bloß nehmen?

Tante Helga war ihr zu Hilfe gekommen.

«Bei Oskar«, hatte sie gesagt, «ist eine Stelle als Kellnerin frei. Teilzeit. Das könnte doch was für dich sein. Aber wehe, die Schule leidet darunter! Dann schickt Oskar dich ganz schnell wieder nach Hause.«

Sibylle war im siebten Himmel.

Die erste Zeit war hart gewesen, vor allem abends, wenn die Verrückten aus dem *Black Hat* ihre Pfoten nicht bei sich behalten konnten. Den Schwanzabschneider schön sichtbar in der Gesäßtasche ihrer Jeans, hatte sie sich allmählich an den Job gewöhnt. Von dem Lohn und Trinkgeld hatte sie die Yamaha gekauft und begonnen, für ihr Studium zu sparen.

Sib hatte sich nie groß Gedanken über ihre Arbeit im *Black Hat* gemacht. Und auch nicht über Oskars Motivation, ihr den Job zu geben. Tante Helga und Oskar hatten sie eben gern.

Was gab es sonst dazu zu sagen?

Genauso wenig hatte Sib sich bewusst gemacht, dass sie Erikas Stelle angetreten hatte. Teilzeitkellnerin im *Black Hat*. Schluck deinen Stolz runter, genau das hatte Tante Frieda gesagt.

Aber wo stand geschrieben, dass der Job ihr auch gefallen musste?

»He, Niki!«

Es gab nur einen einzigen Menschen auf der Welt, der sie »Niki« nannte. «Niki« wie Niki Lauda. Und das war Willy Daum. Lucky Willy. Neunundsechzig Jahre alt und immer Strahlemann & Söhne. Er lächelte ununterbrochen, der Willy. Warum auch nicht. Er war schließlich Willy, der Glückspilz: Expostbote, Exhoffnungsträger im Motocross, Freizeit-Automechaniker, leidenschaftlicher O-Safttrinker (nie hatte ihn jemand dabei erwischt, dass er etwas anderes trank als frisch gepressten Orangensaft) und nebenbei auch noch Motorradhändler für kleine blonde Mädchen. Willy hatte ihr die Yamaha zur Hälfte des Listenpreises besorgt, ihr die nötigen Tricks gezeigt, wie man sie in einen feuer-speienden Drachen verwandelte und sie so zuritt, wie es sich gehörte. Sib hatte ihm noch nicht für den Spiralfedertrick gedankt.

»Das Übliche?«

Willy machte ihr ein Zeichen näher zu kommen. Und weil Willy der ungefährlichste Mann des Universums war, gehorchte ihm Sib.

Neunundzwanzig

1.

Nach einer Million Jahren traten Herr und Hund aus dem Wald. Vollkommen erschlagen, von Brombeerzweigen zerkratzt und mit winzigen Schnitten an den Pfoten (Freddy) und am Körper (Tony) übersät.

Der Schriftsteller hätte sich am liebsten niedergekniet und den Asphalt geküsst. Aber der Tag war irre genug gewesen. Stattdessen umarmte er den Bernhardiner.

Freddy hatte ihm das Leben retten wollen. Dafür wäre der Bernhardiner dem tollwütigen Fuchs an die Gurgel gesprungen.

Aber wenn der Fuchs Freddy gebissen hätte ...

»Okay, okay, es ist vorbei.« Tony stieß einen Seufzer aus und stand auf. »Und ein bisschen Würde haben wir uns schließlich auch noch bewahrt, nicht wahr, mein Junge?«

Er blickte sich um. Er hatte nicht die geringste Ahnung, wo er sich befand. Landkarte, Messer, T-Shirt und Rucksack waren auf der Lichtung im Wald geblieben. Er tastete seine Hosentaschen ab. Schlüssel, Portemonnaie. Das Display seines Handys war zersplittert.

Tony kam zu dem Schluss, dass der schmale Streifen Asphalt unter seinen Füßen zwangsläufig die K sein musste, denn sie konnten das Tal noch nicht verlassen haben, dazu waren sie nicht weit genug gelaufen. Der Mustang parkte in einer Straßenbucht, er musste sie nur finden, um diesen fürchterlichen Tag endlich zu beenden. Aber befand sich die Straßenbucht zu seiner Rechten oder zu seiner Linken? Welche Richtung musste er einschlagen?

»Tony glaubt, links. Hat Freddy was dagegen einzuwenden?«

2.

»Ich habe gehört, du hattest Probleme?«

Wie schnell sich doch die Neuigkeiten verbreiteten!

»Rudi hat mir den Weg abgeschnitten. Ich bin ganz schön durch die Luft geflogen, aber es ist alles noch dran.«

»Er sagt, du wärest in ihn reingefahren. Er will dich anzeigen.«

»Das wird er nicht tun.«

»Aber er hat's gesagt.«

»Glaubst du ihm?«

Willy zuckte mit den Achseln.

»Wie steht's mit Prellungen?«

»Ein paar. Aber das Motorrad ist Schrott.«

»Habe ich gehört.«

»Von Oskar?«

»Von deiner Tante.«

»Dumm gelaufen, aber Gott sei Dank war es nur das Motorrad«, sagte Sibylle.

Willy lächelte.

»Wag es ja nicht, so was in meiner Gegenwart zu sagen.«

Willys Profikarriere war 1972 zu Ende gegangen. Nicht auf der Piste allerdings. Im Juli 1972 fuhr Lucky Willy die Moto Guzzi seines Cousins Manfreds Probe, als ein Ölfleck auf der SS 621 ihm zum Verhängnis wurde. Becken- und Schädelbasisbruch. Laut dem behandelnden Arzt hatte er ein Riesenglück gehabt. Deswegen »Lucky Willy«.

147

Er hatte zwar einen harten Schädel, aber sein Becken war nie mehr richtig verheilt. Vor allem wenn Regen in der Luft lag, humpelte Willy. Ein echter Verlust. Ohne den Unfall wäre aus Lucky Willy ein Jahrhundertrennfahrer geworden.

»Entschuldige. Ich habe gerade ein paar Probleme zu viel. Das macht mich ... nervös.«

Der große Mittagsansturm war vorüber. Abgesehen von Oskar, der hinter dem Tresen vor sich hin dämmerte, und einigen in die Lektüre von *Die Dolomiten* vertieften Rentnern (auf Seite siebzehn in der Rubrik »Media Star« wurde Tony erwähnt, ein im Vergleich zu der Meldung auf Giòs Webseite gemäßigter Artikel – aus lauter Angst, verklagt zu werden, hatte Sib nicht ohne Genugtuung gedacht), war das *Black Hat* so gut wie leer.

»Du wirst noch mehr Probleme kriegen ...«

»Was willst du mir damit sagen?«

»Dass ich Augen und Ohren habe, die immer noch hervorragend funktionieren. Vor allem die Ohren. Und erst recht, wenn jemand am Telefon plötzlich anfängt zu flüstern. Die Neugier ist bekanntermaßen weiblich, aber in jedem Mann gibt es doch ... Wie nennt ihr das neuerdings?«

»Redest du von Oskar?«

Lucky Willy nickte.

»Sei auf der Hut, Niki.«

Achtundzwanzig

Tonys Orientierungssinn hatte sich als richtig erwiesen. Eine halbe Stunde später, und die Chromteile des Mustangs funkelten ihm durch die Büsche entgegen. Doch nein, das Glück war nicht auf seiner Seite.

Irgendein Spaßvogel hatte, während Tony mit Fräulein Tollwut Tango tanzte, die Sau rausgelassen. Vorder- und Hinterreifen waren platt, und ein gewaltiger Kratzer in Form eines Schriftzugs war mit etwas Spitzem, einem Messer oder Schlüssel, in die Motorhaube geritzt worden.

Tony öffnete die Fahrertür. Freddy sprang in den Fond und ließ sich auf dem Rücksitz nieder. Er sah erschöpft aus und schlief sofort ein. Tony kurbelte das Seitenfenster herunter, um Luft hereinzulassen, und machte die Tür wieder zu. Dann beugte er sich über die Motorhaube, um den Kratzer zu begutachten.

»PISER.«

Nicht »Pisser«. *Piser.*

Ein Paradebeispiel für kreative Orthografie.

Eine Art Schluchzen entwich Tonys Kehle. Immerhin funktionierte sein Handy noch, trotz seines melancholischen Aussehens.

Der Schriftsteller rief die Straßenwacht an, gab seine Position durch, wiederholte sie ein paarmal, weil die Leitung so schlecht war, verabschiedete sich, und das Handy erstarb. *Verpiste* sich einfach, kein Saft mehr. Plötzlich entlud sich die Spannung. Das hysterische Gelächter, in das Tony ausbrach, war ein regelrechter Anfall, unmöglich unter Kontrolle zu bekommen.

»... wir verfolgen«, keuchte er, »einen Mustang, Modell *Piser,* auf dem Highway 66, Sheriff.«

Die Tränen begannen, ihm übers Gesicht zu laufen. Er japste fast. Der ganze Bauch tat ihm weh.

Und dennoch konnte er nicht aufhören.

»... eindrucksvolle Interpretation des Bullitt durch Steve McPiser.«

Und natürlich ...

Tony hob die Arme zum Himmel und, die Stimme des Bozener Eisstadionsprechers imitierend (in die »Eiswelle« ging er regelmäßig, um seinen Heimatverein zu unterstützen), brüllte er aus voller Kehle: »Alle aufstehen für Toooony PISER Caaaaarcanooo!«

Er meinte fast, die Fans zu hören, wie sie »*Pi-ser! Pi-ser! Pi-ser!*« skandierten. Gleichzeitig stellte er fest, dass seine Blase kurz vorm Platzen war. *So was nennt man einen beschissenen hysterischen Anfall. Dieser verfluchte Fuchs, Freddy ...*

Der Gedanke an den tollwütigen Fuchs, an das Risiko, das Freddy eingegangen war, und den Schrecken, den er erlitten hatte, hätten ihn eigentlich zur Besinnung bringen müssen. Stattdessen kam ihm ein anderes Bild in den Sinn. Die Aufmacherseite des Kulturteils von *La Repubblica* mit der Rezension von einem seiner Romane. Nur ein einziges bombastisches Wort wie ein Fanfarentusch: »PISER.«

Vor Lachen musste er sich krümmen und gleichzeitig den Bauch halten. *Wenn ich nicht sofort aufhöre, pise ich mir noch in die Hose ...*

»Hallo? Entschuldigen Sie ...«

Tony hob die Hand.

»Einen Mo ... Moment ...«

Er bekam keine Luft mehr.

»Geht es Ihnen gut? Alles okay?«

Tonys Gelächter verwandelte sich in ein Wiehern. Und das Wiehern in einen Hustenanfall.

»Mir ...«, stammelte er, »mir ... geht es sehr gut.«

Er hielt sich am Auto fest, um sich in eine aufrechte Haltung zu zwingen.

Den Gott der bekloppten Dichter anflehend schielte er nach unten auf seinen Hosenlatz. Keine verräterischen Flecken. Hemingway wäre stolz auf ihn gewesen. Hemingway, der Löwentöter, der Frauenheld und Autor des unsterblichen Meisterwerks *Wem die Stunde pist* ...

Tony verwandelte seinen letzten Lacher abermals in ein vorgetäuschtes Husten.

»Brauchen Sie Hilfe?«

»Ich habe den Abschleppdienst gerufen. Aber danke, dass Sie angehalten haben.«

Tony streckte die Hand aus. Der Händedruck des guten Samariters war fest. Der gute Samariter lächelte. Er hatte eine Lücke zwischen den Schneidezähnen und fuhr einen roten Pick-up.

Neunundzwanzig

Wie in seiner Werbeankündigung hatte das *Black Hat* tatsächlich einen Tanzsaal. Es gab sogar eine Bühne für die Bands, am Kopfende des Saals. Jeden Freitag wurde Livemusik gespielt. Aber für den Rest der Woche war und blieb das *Black Hat* eine stinknormale Kneipe. Man durfte es nur Oskar gegenüber nicht laut sagen.

Man durfte auch das, was er als »Büro« bezeichnete, nicht »Kabuff« nennen. Gerade mal ein paar Quadratmeter zwischen Künstlergarderobe und Lager (das im Übrigen fast so groß war wie das ganze Lokal). Sibylle bekam dort immer leichte Beklemmungen. Es gab nicht einmal ein Fenster. Nur einen Schreibtisch mit einem Computer, ein Poster von Hank Williams und einen Stuhl.

Es war nie ein gutes Zeichen, wenn Oskar einen zu sich ins Büro rief. Und schon gar nicht, wenn man ihn zwischen seinen Rechnungsbüchern, den Stift in der Hand, mit diesem verkniffenen Gesicht antraf.

Wag es ja nicht! Fang bloß nicht an zu heulen. Gönne ihm nicht diese Genugtuung.

»Okay.«

Ihre Stimme zitterte. Aber nur ein bisschen.

»Es tut mir mehr weh als dir, glaub mir. Aber du hast ja die Zahlen selbst gesehen. Ich habe dreimal nachgerechnet. Leider ...«

Sib warf ihm einen Blick zu, der ihn zum Schweigen brachte.

»Leider ...«

Oskar senkte den Kopf, ohne weiterzusprechen.

Sib brauchte einen Moment, um es an seiner Statt zu tun.

... Leider bist du zu Fräulein Rosa gegangen. Du hast mit Hannes, dem Cowboy, gesprochen. Leider stellst du zu viele Fragen. Du begnügst dich nicht mit einer Leiche, die aus dem See gefischt wurde. Du hast keine neue Yamaha annehmen wollen. Eine echte Ohrfeige. Du hättest es tun können.

Du hättest es tun müssen.

Am liebsten hätte sie die Rechnungsbücher genommen und auf den Fußboden geknallt. Den Laptop gepackt und in Oskars Gesicht geworfen. Ihre ganze Verachtung hinausgebrüllt. Aber das hätte alles nichts genutzt, außer dass sie vielleicht in Tränen ausgebrochen wäre. Und diesen Triumph gönnte sie ihm nicht. Weder ihm noch Karin Perkmann.

Dreißig

»Vier platte Reifen! Einer ist Pech. Zwei sind Schicksal, aber vier, das ist ...«

»Vandalismus.«

»Arschlöcher.«

Der Unbekannte rückte die Kappe auf seinem Kopf zurecht. Er war ein Meter achtzig groß, breitschultrig und sah aus wie jemand, der gerne ein großes Steak auf dem Teller hatte und sich seinen Lebensunterhalt mit einem Outdoor-Job verdiente. Die Zahnlücke und das Grübchen am Kinn verrieten, dass er sich ruhig auch mal einen Spaß erlaubte, wenn ihm der Sinn danach stand.

»Dem kann ich nur zustimmen, Herr ...«

»Rudi. Ich heiße Rudi Brugger.«

Wo hatte er den Namen schon einmal gehört?

»Haben Sie die Carabinieri gerufen? Dieses Auto muss ein Vermögen wert sein. Ist es original, also von damals?«

»In der Tat.«

Rudi stieß einen bewundernden Pfiff aus.

»Ein echtes Juwel. Wissen Sie, dass Sie mich an einen Promi erinnern? Wie war noch mal der Name?«

»Carcano. Tony.«

Rudi trat einen Schritt zurück und machte eine anmutige kleine Verbeugung, fast wie ein Tänzer.

»Sie machen wohl Witze! Der Schriftsteller? Aus Bozen?«

Mauro, sein Agent, behauptete zwar steif und fest, seine Leserschaft würde zu zweiundneunzig Prozent aus Frauen

154

bestehen. Doch Tony hatte nie recht an diesen Prozentsatz geglaubt. Es gab einen Haufen Kerle da draußen, die gern Geschichten von gebrochenen Herzen lasen und, seit E. L. James' triumphalem Einzug in die Welt der Unterhaltungsliteratur, auch von Sado-Maso-Sex im Büro. Okay, so naheliegend war die Vorstellung, dass dieser Schrank von einem Kerl *Kuss um Mitternacht* oder *Die Schwalbenfängerin* las, nun auch wieder nicht, aber ...

»Leibhaftig. Wollen wir uns nicht duzen?«

Rudi schlug ihm schwer auf die Schulter. Blaue Flecken und Kratzer dankten es ihm.

»Das wäre mir eine Ehre.«

Rudi verschwand in seinem roten Pick-up und kam mit einem Exemplar von *Nur wir zwei* heraus, seinem Debüt. Er schien so zufrieden, dass Tony für einen Moment geneigt war, Hannes' Gerede von den »subtilen Welten« Glauben zu schenken.

War er im Wald in eine Welt aus Fangzähnen und Schaum vorm Mund geraten, dann befand er sich nun, mit diesem scheußlichen Kratzer auf der Motorhaube, dem platt gestochenen Mustang und diesem frohlockenden Typen, der ihm überglücklich ein Exemplar seines Debüts unter die Nase hielt, offenbar in der magischen Welt von Oz.

»*Nur wir zwei* ist mein Lieblingsbuch«, sagte Rudi. »*Die glückliche Zigeunerin* ist auch nicht schlecht, vielleicht ein bisschen langatmig. Und *Kuss um Mitternacht* ist wirklich großartig. Ja, gleich nach dem ersten kommt für mich *Mitternacht*. Der Polizist, der erst wie ein echter Bösewicht daherkommt, aber sich dann als wunderbarer Single-Vater entpuppt – großartig! Wie heißt das Mädchen noch? Die Kleine, die die Stimmung ihres Vaters immer mit den Farben des Regenbogens beschreibt? ›Der rote Papa‹. ›Der gelbe ...‹«

155

»Lara.«

»Lara – ja, stimmt! So ein süßer Fratz. Und dann die Frau, die sich gegen den Willen ihrer ganzen Familie auflehnt, nur um ...« Rudi hielt inne. »Entschuldige bitte. Ich bin ein echter Fan.«

»Ich merke es.«

»Wie dem auch sei, *Nur wir zwei* ist dein bestes Buch. Von allen. Schlimm, dass ich das so offen sage?«

»Ich fühle mich sehr geschmeichelt.«

»Darf ich dir noch eine Frage stellen?«

»Nur zu.«

»Selbst wenn sie persönlich ist?«

»Schauen wir mal.«

Plötzlich veränderte sich Rudis Gesichtsausdruck. Er wirkte nicht mehr wie der liebenswürdige Fleischfresser, der lustige Witze erzählt, um die allgemeine Stimmung zu heben. Jetzt sah er nur noch nach Fleischfresser aus.

»Lässt dein Gewissen dich eigentlich nachts gut schlafen, Schreiberling?«

»Wie bitte?«

Der Mann begann, laut aus dem Buch zu lesen.

»... *Sie öffnete ihren Körper und ihr Herz. Ihr ganzes Sein wurde bebendes Verlangen, während er sanft, aber zugleich fordernd in sie eindrang ...*«

Rudi hatte das Buch nicht an einer x-beliebigen Stelle aufgeschlagen. Auf der besagten Seite befand sich ein Eselsohr, und die Passage, die er vorgelesen hatte, war unterstrichen. Wer machte sich die Mühe, Passagen aus einem seiner Romane zu unterstreichen? Nicht der Gesichtsausdruck des Fleischfressers machte Tony Angst. Nein, Angst machten ihm vielmehr das Eselsohr und die Unterstreichungen.

»Ich habe es in der Stadtbücherei von Sand in Taufers

156

ausgeliehen. Der öffentlichen Bücherei, verstehst du, Schreiberling? Okay, wenn es allein eine Sache zwischen dir und mir wäre ... Zu erzählen, wo einer seinen Pinsel eintaucht, wie und bei wem, das ist normal. Unter Erwachsenen. Aber in der Stadtbücherei ...« Rudi fuchtelte mit den Händen in der Luft herum. Seine Stimme wurde schrill. »Ich habe dieses Buch in der Hand von jungen *Mädchen* gesehen. Praktisch noch Kinder! Wie nennt man so ein Zeug?«

»Geh bitte einen Schritt zurück.«

Rudi schlug ihm mit dem Buch gegen die Brust. Nicht heftig. Nur ein leichter Schlag.

»Das ist Pornografie«, rief Rudi. »Müll. Por-no-gra-fie!"

«Einen Schritt zurück!«

»Und, kannst du nachts gut schlafen, Herr Carcano? Warm und wohlig wie ein Ei im Hühnerarsch? Zählst du beim Einschlafen die Nullen auf deinem Bankkonto? Wenn ich du wäre, würde ich von nun an mit einem offenen Auge schlafen. Man kann nie wissen ...«

Ein Hupen ertönte. Der Abschleppwagen der Straßenwacht.

»Wir sehen uns, Schlaumeier!«

Rudi begrüßte den Fahrer des Abschleppwagens. Ein kurzer Small Talk, ein «Ciao!«, ein Händedruck. Endlich bestieg er den roten Pick-up, ließ das Fenster herunter und beugte sich vor in Tonys Richtung.

Mit einem Lächeln sagte er etwas, bei dem Tony die Luft wegblieb.

Einunddreißig

1.

Es war kein Bilderbuchsee.

Kein Vergleich mit den Alpenseen, die der Traum eines jeden Fotografen waren. Der See von Kreuzwirt war alles andere als eine Augenweide. Er ähnelte eher einem Tümpel mit ausgefransten Rändern. Als wenn Gott an dem Tag, an dem er ihn schuf, in Eile gewesen wäre. Er hatte seinen Finger in die Mitte des Torfmoors gebohrt, und danach hatte sich das Loch mit Wasser gefüllt. Erledigt.

Der namenlose See war nicht groß. Etwa zwanzig Meter von einem Ufer zum anderen, mehr nicht. Aber tief. Und trotz der Quelle, die ihn das ganze Jahr über nährte, war das Wasser wegen des Schlamms am Grund nie wirklich klar. In der Mitte war er sogar richtig dunkel.

Aber alles in allem hatte Gott saubere Arbeit geleistet. Der See hatte einen gewissen Charme. Vor allem, wenn die Nase sich erst einmal an den strengen Geruch des Torfmoors gewöhnt hatte.

Anders als die Alpenseen, die zwar fotogen und voller Poesie, aber dafür ziemlich tot waren, wimmelte es von Leben am Kreuzwirter See. Frösche, Kröten, Molche und, am Ufer, Regenwürmer sowie Schmetterlinge und Vögel aller Art und in jeder Größe.

Sibylle wusste nicht mehr, wie lange sie schon dort saß, genau gegenüber der Stelle, an der Doktor Horst Erikas Leiche aus dem Wasser gezogen hatte.

Selten hatte sie sich so allein wie in diesem Moment gefühlt. Allein und wütend.

Bist du jetzt zufrieden? Du hast mein Leben versaut, schon zum zweiten Mal.

»Erika, das Miststück.«

Um sich zu beruhigen, hätte sie ihren Helm aufsetzen und Vollgas geben müssen. Aber damit war es vorbei. Und jetzt hatte Oskar ihr auch noch gekündigt, und die Chancen, sich eine neue Maschine kaufen zu können, standen gleich null.

Seien wir ehrlich, sagte sie sich. Die Yamaha war ihr geringstes Problem. Sie brauchte Geld für Essen. Für die monatlichen Rechnungen. In ein paar Monaten würde sie ihre Koffer packen und Erikas Haus verkaufen müssen.

Wem wollte sie eigentlich etwas vormachen? Die Lage war aussichtslos. Niemand in ganz Kreuzwirt würde ihr je wieder einen Job geben, niemand das Haus inmitten der Brombeersträuche kaufen. Nicht einmal, wenn Sibylle ein Schleifchen darum herumbinden und es für einen Spottpreis verscherbeln würde. Erikas Haus würde sie bis in alle Zukunft nur Geld kosten.

So etwas passierte nur denen, die sich gegen die Perkmanns auflehnten.

Es wäre anders gekommen, wenn Sibylle beschlossen hätte, einen Rückzieher zu machen. Denn die Perkmanns waren rechtschaffene Leute. Wenn Sibylle gewollt hätte, wäre die ganze Geschichte sofort vom Tisch gewesen. Sie hätte nur aufstehen, sich den Staub abklopfen, zur Krotn Villa gehen und dort klingeln müssen.

Karin und Michl, der Sohn von Doktor Horst, hätten ein offenes Ohr für ihre Sorgen und Nöte gehabt. Sie hätten sie getröstet. Sibylle hätte Besserung gelobt. Sie habe einen großen Fehler gemacht, wären ihre Worte gewesen. Auf was für dumme Gedanken dumme Mädchen wie Sibylle, das Dummerchen, doch kommen konnten.

Karin und Michl hätten ihre Entschuldigung angenommen, ihre Tränen getrocknet und Erikas Foto mit dem Lächeln des Kolibris verbrannt. Alles wäre vergeben und vergessen gewesen.

Schluck die Pille, Sibylle.

Sie ist bitter, aber danach geht es dir wieder gut.

Du wirst das Haus behalten können. Ein Motorrad kaufen. Vielleicht sogar etwas Besseres als eine gebrauchte Yamaha. Du wirst einen anständigen Jungen aus der Region kennenlernen. Einen ohne Flausen im Kopf, der dich im Winter zum Skifahren und im Sommer ans Meer bringt. Einen Ehemann, der weder dir noch sich selbst Probleme bereitet. Hin und wieder wirst du ein Buch von Tony lesen und einen kleinen Stich in der Brust verspüren. Aber solche melancholischen Anfälle vergehen schnell, du wirst sehen. Und wenn Sibby Langstrumpf sich meldet, wenn du nachts das Gefühl hast zu ersticken, wenn irgendein Lausebengel das Lächeln des Kolibris an deine Haustür schmiert, dann steigst du auf dein hübsches neues Motorrad und machst eine Tour durch die Wälder, in der Gewissheit, dass kein roter Pick-up aus irgendeinem Gebüsch auftaucht und dir den Weg abschneidet. Schritt für Schritt, mit ein bisschen gutem Willen wird die Welt für dich immer kleiner werden. Ihre Grenzen werden immer enger werden. Bis nur noch Kreuzwirt mit seinen Geranien vor den Fenstern übrig bleibt.

Ein kleiner glücklicher Ort für eine kleine glückliche Sibylle.

2.

Als die Sonne unterging, beschloss Sibylle, dass es Zeit war, nach Hause zu gehen.

Zweiunddreißig

1.

Sie waren sehr freundlich zu ihm.

Ein Toyota als Ersatzwagen und ein XXXL-T-Shirt, das ihm fast bis zu den Knien ging. Für die Reifen würden sie ein paar Tage benötigen, sie hätten in der Größe keine vorrätig. Was den Lackschaden betreffe, so seien sie für solche Fälle nicht ausgestattet, aber sie könnten ihm jemanden empfehlen, der ...

Tony war dem Mann von der Straßenwacht ins Wort gefallen. Er hatte ihm ein paar Scheine in die ölbefleckte Hand gedrückt, seine Festnetznummer auf einen Zettel gekritzelt und nach dem nächsten Tierarzt gefragt.

Doktor Pirone hatte Freddys Wunden desinfiziert und sich angeboten, dasselbe mit seinen zu tun. Dann hatte er dem Hund die erste Dosis Tollwut-Impfstoff verabreicht. Freddy war nicht gerade begeistert gewesen, hatte die Injektion aber als guter Bernhardiner stoisch über sich ergehen lassen. Der Tierarzt hatte einen zweiten Impftermin für die Woche danach mit ihm ausgemacht. Und noch einen für zwei Wochen später. Ab dann sei Freddy in Sicherheit vor Fräulein Tollwut. Tony hatte sich bei dem Arzt bedankt.

Ebenfalls in Sand in Taufers hatte er ein Geschäft mit Mobilfunkgeräten gefunden und sich ein neues Handy gekauft. Er hatte versucht, Sibylle zu erreichen, zweimal, aber sie war nicht ans Telefon gegangen.

2.

Um kurz nach acht stellte er den Toyota auf dem Parkplatz des *Black Hat* ab. Der Himmel im Westen sah aus wie eine Lache aus geronnenem Blut. Umso besser.

Denn weder Tony noch Freddy war nach einem romantischen Sonnenuntergang zumute.

Dreiunddreißig

1.

Jemand saß rauchend vor Erikas Haus. Auf den Treppenstufen, versunken in sich selbst. Die glühende Zigarettenspitze beleuchtete sein Gesicht.

»Wolfi!«

Der ehemalige Wildhüter starrte sie einen Moment an, ohne sie zu erkennen. Er hatte rot unterlaufene Augen. Es war das erste Mal, dass Sibylle Wolfi betrunken sah.

»Hallo, meine Kleine. Ich habe mir sagen lassen, es läuft gerade nicht so gut bei dir.«

»Scheiße läuft es.«

Wolfi zeigte auf seinen Rucksack. Ein robustes Teil, das schon so manches mitgemacht hatte.

»Und es kommt noch doller. Meine Schuld, fürchte ich.«

Sib versteifte sich.

Wolfi versuchte aufzustehen. Er taumelte und fiel zurück auf den Hintern.

»Ich komme nicht hoch. Der Alkohol. Hilfst du mir?«

Sibylle ignorierte die Hand, die der alte Mann ihr hinstreckte.

»Sag mir erst, was du hier zu suchen hast.«

»Dickkopf. Und blind bist du auch noch. Das Problem gibt's schon länger.«

»In Kreuzwirt?«

»Auf dieser Erde, mein Kind.«

»Schickt Karin dich etwa?«

Wolfi stützte sich mit beiden Händen ab, um sich in eine aufrechte Sitzhaltung zu bringen. Er schwankte, aber er verlor nicht das Gleichgewicht.

»Wir alle stehen in Friedrichs Schuld. Er war ein guter Mensch. ›Was die Väter gesät, ernten die Söhne.‹ Heißt es nicht so?«

»Was hast du da in deinem Rucksack?«

Wolfi warf den Zigarettenstummel auf den Boden. Er trat ihn mit dem Absatz aus, beugte sich vor und hob ihn auf. Um ein Haar wäre er vornüber gestürzt. In diesem Fall hätte Sib ihn eiskalt liegen lassen. Er steckte den Stummel in die Tasche seines khakifarbenen Hemds und deutete auf den Rucksack.

»Mach ihn auf.«

Zitternd gehorchte Sibylle. In dem Rucksack befand sich der Stiel einer Axt. Ein regelrechter Knüppel. Sie nahm ihn aus dem Rucksack.

»Solltest du mir den Schädel einschlagen?«

»Nein. Nicht ...«

»... nicht sofort?«

Wolfi zündete sich eine weitere Zigarette an. Er spuckte aus.

»Seit ich mitgekriegt habe, was die Chemo meiner armen Margherita angetan hat, widern mich diese verfluchten Glimmstängel dermaßen an. Als würde man brennende Scheiße einatmen. Aber ich kann es einfach nicht lassen. Denn jede Zigarette bringt mich ein Stückchen näher dorthin, wo sie jetzt ist. Sie fehlt mir so. Die ganzen Jahre mit ihr fehlen mir. ›Jedes Ding hat seinen Ort und jeder Ort sein Ding.‹ Margherita war mein ›Ort‹. Ohne sie fühle ich mich heimatlos. Eine alte heimatlose Wollsocke.«

Diese Beichte, ohne den geringsten Funken von Selbstmitleid vorgebracht und von echtem Schmerz zeugend, hätte Sibylle in jedem anderen Moment zutiefst berührt.

Nicht in diesem Augenblick. Nicht mit dem Axtstiel in der Hand.

»Hast du keine Angst, dass ich *dir* den Schädel einschlage, Wolfi?«

»Du würdest mir einen Gefallen tun, mein Kind.«

Sib verspürte den Impuls, es zu tun. Diesen verdammten Axtstiel zu nehmen und auf den Schädel des alten Trunkenbolds niedersausen zu lassen. Ihm fehlte seine geliebte Ehefrau? Sibby Langstrumpf würde ihn mit ihr zusammenbringen.

»Erst dir«, flüsterte sie, »und dann dieser Schlampe von Karin.«

Wolfi kicherte.

»Du würdest es nicht mal schaffen, in ihre Nähe zu kommen. Rudi würde dich vorher stoppen. Oder Michl. Oder ...«

»Die anständigen Leute von Kreuzwirt.«

Angewidert ließ Sibylle den Axtstiel fallen.

»Warum bist du gekommen.«

»›Auf Sünde folgt Strafe.‹«

»Was für eine Sünde meinst du?«

»Alle Sünden, ohne Ausnahme. Deswegen bin ich hier. Um für meine Sünden zu bezahlen. Und um dich zu warnen.«

»Schickt Karin dich?«

»Michl. Er ist höchstpersönlich bei mir aufgekreuzt. Er hat mir schon immer Angst gemacht. Mehr als Karin. Vielleicht, weil er Arzt ist. Ärzte konnte ich noch nie leiden.« Wolfi kratzte sich an seinem unrasierten Kinn. »Karin ist eine tollwütige Füchsin. Wie die, die deine Mutter gebissen hat. Die Krankheit wurde ihr übertragen, was hätte sie dagegen tun können? Nichts. Aber Michl, er ist der Einzige, der es schaffen könnte ... Mein armer, armer Kopf ...«

Wolfi musste sich mit den Händen aufstützen. Sib verspürte Mitleid mit dem Alten. Sie packte ihn an den Armen und half ihm, sich wieder gerade hinzusetzen. Sie ging ins Haus und kehrte mit einem Glas Wasser zurück.

»Danke.«

Sib hockte sich neben ihn auf die Stufen.

»Was könnte Michl tun, was dir so viel Angst macht?«

»Einfach weggehen, ohne irgendwelche Folgen.«

»Würde Karin ihn denn gehen lassen?«

»Vielleicht ja, vielleicht nein. Vielleicht lieben sie sich wirklich, wie sie behaupten. Aber vielleicht gefällt es ihm auch nur, uns nach seiner Pfeife springen zu lassen. Das ist es, was mir Angst macht. Karin sagt etwas, und du springst. Karin sagt etwas, und ich ... bin hier. Mit diesem verdammten Axtstiel im Rucksack, um einem kleinen Mädchen einen Schrecken einzujagen.«

»Und wenn du nicht gesprungen wärst? Was hätten sie dir anhaben können?«

»Es gehört mir nicht. Verstehst du, meine Kleine? Mein Haus gehört mir nicht.«

2.

Niemand blieb stehen. Niemand sah sie. Ein zierliches junges Mädchen, das einen alten Mann mit einem leeren Rucksack beim Gehen stützte. Und dabei waren es viele Kreuzwirter, denen Sibylle und Wolfi auf ihrem Weg begegneten. Wir sind unsichtbar geworden, dachte sie. Oder vielleicht war auch nur sie unsichtbar. Wie Erika, bevor sie ertrank.

Sib brachte Wolfi nach Hause. Sie half ihm, die Haustür

aufzuschließen und sich auf dem breiten Ehebett auszustrecken. Und während sie ihm eine Wolldecke überwarf, sah sie, wie er das gerahmte Foto von seiner Margeritha vom Nachttisch nahm und es neben sich auf das Kopfkissen legte.

Sie wünschte ihm eine gute Nacht.

Wolfi antwortete nicht. Er war bereits weggedämmert.

Sibylle ging aus dem Haus. Den Axtstiel über der Schulter.

Vierunddreißig

Tony setzte sich an den Tresen.

»Bourbon. Jim Beam.«

»Sibylle ist nicht da«, sagte Oskar. »Und wir geben keinen Alkohol an Autofahrer aus.«

»Der Hund fährt. Big Jim ist für mich. Und ich bin nicht wegen Sibylle hier.«

Oskar schenkte ihm ein Glas Bourbon ein. Tony trank es auf Ex und dachte an die letzten Worte, die Rudi ihm von seinem Pick-up aus zugerufen hatte.

Schönen Abend noch, Herr Carcano. Ihnen und Erika.

Sie hatten ihm einen Schrecken eingejagt. Aber auch für eine Eingebung gesorgt.

»Du weißt, was man in solchen Fällen sagt, oder?«

»Nein.«

Tony zwinkerte ihm zu.

»Krrrka.«

»Was?«

»Das ist die Sprache der Füchse«, erwiderte Tony. »Es bedeutet: ›Ich habe drei Fragen an dich.‹ Vielleicht noch ein paar mehr, das weiß ich noch nicht. Hängt von dir ab. Und außerdem ist Drei eine schöne Zahl. Also habe ich drei Fragen an dich. Hier kommt die erste: Hast du Sibylle gern?«

Oskar nahm Glas und Flasche vom Tisch.

»Wir mögen hier keine Betrunkenen.«

»Der Hund fährt. Und ich stelle Fragen. Frage Nummer eins: Hast du Sibylle gern?«

»Danach bist du weg?«

»So schnell wie das Licht.« Tony legte einen Geldschein auf den Tresen. »Behalt den Rest.«

»Sie ist wie eine Tochter für mich.«

»Zweite Frage: Wer ist Rudi?«

Oskar rieb über seine Fingerknöchel.

»Warum willst du das wissen?«

»Rudi. Groß und dick. Grübchen am Kinn. Guter Literaturgeschmack, aber schlechter Charakter.«

»Er ist der Sohn von Peter.«

Der penetrante Geruch nach Desinfektionsmitteln. Das Rosenwasser. Das Altenheim mit dem idiotischen Namen, *Aurora*. Fräulein Rosa, die Kreuzworträtsel löste. Rudi, der Sohn von Peter, der das Treibhaus für die gnädige Frau gebaut hatte. Warum war er bloß nicht eher darauf gekommen?

»Der Wachmann der Krotn Villa.«

»Ja, genau der.«

»Ich wette, er wohnt in dem Haus, das Friedrich Perkmann seinem Vater geschenkt hat. Weil Perkmann einer war, der sich ...«

»... um seine Leute gekümmert hat, du sagst es.«

»Und was macht Rudi sonst noch so für die Perkmanns? Begnügt er sich damit, ab und zu das Silber zu putzen, oder ...?«

»Das geht dich nichts an. Und mich im Übrigen auch nicht.«

Tony schob das leere Jim-Beam-Glas von sich weg.

»Wärst du so nett, mir ein Glas Wasser zu geben? Still, bitte. Ich hasse Sprudel. Und ohne Zitrone. Säure habe ich genug in mir.«

Oskar rührte keinen Finger.

»Oskar, hör zu: Ich bin überzeugt, dass du Sibylle gern hast. Und ich weiß genau, dass es Sibylle trotz ihrer augenblicklichen Wut auf dich genauso geht.« Er tippte mit dem Finger auf den Tresen. »Wasser für den Dürstenden. Bitte!«

Oskar gab ihm ein Glas Wasser.

Tony kippte es in einem Zug hinunter. Erst jetzt merkte er, wie sehr die letzten Stunden ihn ausgelaugt hatten.

»Und das ist ein Problem. Jedenfalls für mich. Denn dieses hübsche kleine Hündchen hier an meiner Seite hat das Mädchen ins Herz geschlossen und will ihr nicht wehtun.«

»Soll das eine Drohung gegen Sib sein?«

»Eigentlich eher gegen dich.«

Oskar brach in schallendes Gelächter aus. An seiner Stelle hätte Tony das Gleiche getan. Zwischen ihm und dem Besitzer des *Black Hat* bestand ein Ungleichgewicht von mindestens zwanzig Kilo.

»Weißt du«, sagte er mit einem spöttischen Grinsen auf den Lippen, »in dem Viertel, wo ich wohne, hat es zu den besten Zeiten jede Menge Typen wie dich gegeben. Halbstarke Wichtigtuer, die mit einem Klappmesser in der Tasche rumliefen und nichts Besseres zu tun hatten, als kleinen Scheißern wie dem hier Anwesenden eins aufs Maul zu geben. Notfalls, bis das Blut spritzte. Also mussten die kleinen Scheißer sich angewöhnen, sehr schnell zu werden. Und ich war sehr schnell. Schnell wie der Blitz. Aber manchmal genügte es nicht, schnell zu sein. Also lernte man noch andere Dinge. Willst du wissen, was diese Halbstarken mir beigebracht haben, Oskar?«

»Sag, was du zu sagen hast, und danach lässt du dich nie wieder in meinem Lokal blicken.«

»Einverstanden. Aber erst musst du mir erklären, warum jemand, der ein solches Etablissement wie das hier führt, an einem hundsordinären Imbiss Hamburger mit Pommes bestellt. Bekommst du die hier nicht genauso? Vielleicht gab es das Gericht 1998 auch bei dem Würstelbrater noch nicht? Aber dafür Kokain? Oder Pillen? Was hattest du bei Hannes, dem Cowboy, zu suchen? Und was soll Sibylle von dir denken, wenn ich ihr diese Frage stelle?«

Oskar wurde blass.

Tony zog die Daumenschrauben noch fester an.

»Vielleicht bist du ja wegen der Mädchen dahin gegangen. Mädchen, die von zu Hause weggelaufen waren und Geld brauchten. Mädchen wie Erika ... Okay, lass uns wieder Freunde werden und antworte mir auf meine dritte und wichtigste Frage: War das eine Lüge, als du sagtest, du hättest Sibylle gern?«

Oskar ballte die Faust. Seine Halsschlagader trat vor, die Augen verengten sich zu Schlitzen, die Nasenflügel bebten.

Tony zuckte nicht mit der Wimper.

»Meinst du, das ist eine gute Idee?«

Die Faust donnerte auf den Tresen nieder.

Schon im nächsten Moment griff Oskar nach der Jim-Beam-Flasche und goss sich ein großes Glas Bourbon ein. Er stürzte es in einem Zug hinunter, ohne den Blick von dem Schriftsteller zu lösen.

»Kokain«, sagte er mit schwerer Zunge. »1998 stand das *Black Hat* kurz vor der Pleite. Ich war dreiunddreißig und völlig blank. Ich hatte keine Ahnung, wie es weitergehen sollte. Ich musste Leute entlassen. Alle außer Erika.«

»Warum Erika nicht?«

»Wegen der Art, wie man sie hier behandelt hat. Sie tat mir leid.«

»Wer ist ›man‹?«

»Alle.«

»Gabriel, Elisa, Karin?«

Oskar schüttelte den Kopf.

»Sie waren damals alle noch Teenager. Mit denen hatte ich keine Probleme. Sie verkrachten sich den einen Tag, und am nächsten war schon wieder alles vergessen. Nein, ich hatte Probleme mit den Erwachsenen. Die sich auf Kosten von Erika amüsierten. Da war zum Beispiel die Sache mit den Tarotkarten. Erika war überzeugt davon, in die Zukunft sehen zu können. Und sie bestärkten sie darin. Aber nur, um sich anschließend das Maul darüber zu zerreißen.«

Tony hob die Augenbrauen.

»Sie haben sie dafür bezahlt?«

»Eine Form der Demütigung.«

»Okay, du hast also Personal abgebaut. Die Arbeit ist härter geworden. Du gehst zum Würstelbrater an der K 621 und besorgst dir Kokain. Und triffst auf Erika. Und dann?«

»Es hat sich alles wieder eingerenkt. Die schlechten Tage sind vorbeigegangen.«

»Aber nicht für Erika.«

»Ich habe vom *Black Hat* gesprochen.«

Tony ließ ein sarkastisches Prusten hören.

»Perkmann lässt seine Freunde nie in der Tinte sitzen, stimmt's?«

»Von ihm stammt die Idee, das *Black Hat* in ein Tanzlokal umzuwandeln. Platz gab es genug. Man musste nur ein bisschen Kohle reinstecken. Er hat mir auch geholfen, die ersten Konzerte auf die Beine zu stellen. Mit Pressearbeit, Anzeigen und so weiter.«

»Und sonst?«

»Wenn du Perkmann gegen dich hattest, war auch Peter gegen dich. Wenn du Karin gegen dich hast, ist auch ...«

173

Fünfunddreißig

Tante Helga war nicht begeistert gewesen, als Sibylle in das Haus ziehen wollte, das Erika von ihrer Mutter geerbt hatte. Das Haus ihrer Schwester war sanierungsbedürftig. Nach Meinung von Tante Helga war jeder Euro, den Sibylle dort hineinsteckte, rausgeschmissenes Geld.

Sib hatte Oskar um Rat gefragt. Auch der Besitzer des *Black Hat* hatte sich nach einer kurzen Begutachtung pessimistisch geäußert. Um die Elektrik hätte er sich zwar kümmern können, und Sibylle brauchte auch nicht unbedingt neue Kacheln im Bad. Und gegen Schimmel gab es hervorragende Produkte auf dem Markt. Aber das undichte Dach musste repariert und die Fenster und die Haustür komplett ersetzt werden, genauso wie die lädierten Einfassungen. Und all das würde eine ordentliche Stange Geld kosten.

»Mit anderen Worten, Sib: Bist du wirklich sicher, dass du diesen Stress auf dich nehmen willst?«

Es war nicht anders als bei der Yamaha: Wenn Sibylle sich etwas in den Kopf gesetzt hatte, konnte man sie davon nicht wieder abbringen. Mit ein bisschen Unterstützung hier und da und dank eines Bankkredits war Erikas Haus bald wieder bewohnbar geworden. Ein perfektes Heim war natürlich etwas anderes. Es zog an jeder Ecke. Die Therme im Bad funktionierte nicht zuverlässig, und die Gasflaschen unter dem Herd jagten Sibylle eine höllische Angst ein. Im Winter zu heizen, kostete überdies ein Vermögen. Aber das Haus gehörte ihr.

Zwischen diesen vier Wänden hatte sie sich immer sicher gefühlt.

Nun war das Haus mit den Brombeersträuchern ringsumher zur Falle geworden. Sie hatte schon oft im Wald Füchse gesehen, die in ein Fangeisen geraten waren. Vor Hunger, Durst und Schmerzen der Verzweiflung nahe, begannen sie fast alle irgendwann, die festgehaltene Pfote bis auf den Knochen abzunagen, um sich zu befreien. Einfach grausam.

Sibby Langstrumpf musste lachen. Füchse sind schlau, Füchse lassen sich nicht so leicht totkriegen. Mach es wie die Füchse, beiß dir ins Fleisch, befrei deine Pfote und sieh zu, dass du Land gewinnst.

Sibylle hob den Axtstiel in die Höhe und stieß einen wilden Schrei aus. Das Klirren, als das erste Fenster zu Bruch ging, wärmte ihr Herz.

Sechsunddreißig

Ein blondes junges Mädchen, in jeder Hinsicht identisch mit Sibylle, aber natürlich nicht sie selbst, weil Sib so etwas nie getan hätte, tanzte um Erikas Haus herum und zerschlug sämtliche Fensterscheiben mit einer Art Knüppel.

»Die Erika kimpt di holn!«, schrie sie. »Erika kommt dich holen! Die alte Schlampe, sie ist da!«

»Sib?«, rief Tony ungläubig ihren Namen.

Das Mädchen warf den Axtstiel zu Boden.

»Oskar«, sagte sie, als würde das alles erklären.

»Oskar? Was ist mit Oskar?«

»Er hat einen Anruf von Karin erhalten, nehme ich an. Sodass ich jetzt keinen Job mehr habe. Wolfi sollte mir einen Denkzettel verpassen. Doch er war zu betrunken dafür. Und deshalb verpasse ich mir jetzt selbst den Denkzettel.«

Sibylle brach in Gelächter aus. Ihr Lachen erinnerte Tony an das Krächzen des tollwütigen Fuchses. Kkkka! Krrka! Ka! Sogar Freddy neben ihm wirkte erschrocken.

»Eins nach dem anderen, okay? Oskar hat dir gekündigt, weil Karin es so wollte. Bis dahin habe ich es verstanden. Aber warum zerstörst du jetzt dein Haus?«

»Weil Wolfi zu betrunken dafür war.« Sibylles Stimme wurde schrill. »Und weil ich eine dumme Kuh bin. Und du bist auch dumm. Du hast immer noch nicht begriffen, dass die Perkmanns hier die Macht über alles haben. Und über *alle.«*

»Sib, bitte ...«

»*Bitte?*« Sibby Langstrumpf überrollte ihn wie ein Hochgeschwindigkeitszug. »Ich habe keine Arbeit mehr, ich habe niemanden mehr. Und das Motorrad ... Dieser Hurensohn von Rudi hat meine verdammte Enduro zu Schrott gefahren. Nicht mal die ist mir geblieben!«

Tony verspürte einen Stich im Magen.

»Du hast mir doch gesagt, du wärst gestürzt. Ein Unfall.«

»Rudi hat mir den Weg mit diesem komischen Lkw abgeschnitten, mit dem er immer unterwegs ist.«

»Rudi?«

Sibylle nahm ihren Kopf zwischen beide Hände und begann wieder, vor sich hin zu singen.

»*Die Erika kimpt di holen! Die Erika kimpt di holen!*«

Tony nahm sie in den Arm. Sib versuchte, sich zu befreien. Doch er ließ nicht locker. Sibylle fing an zu weinen. Tony spürte die Tränen durch den Stoff seines T-Shirts hindurch.

»Erika ist tot. Sie ist der einzige Mensch, der dir nicht mehr wehtun kann. Verscherz es dir nicht auch noch mit ihr«, sagte er und streichelte Sibylle über die Haare. »Warum hast du mir nichts von Rudi erzählt?«

Sib schluckte ihren Stolz herunter.

»Ich wollte nicht, dass du denkst, ich könnte nicht auf mich selbst aufpassen.«

»Das würde ich niemals denken, Sib.«

»Wirklich nicht?«

»Wirklich nicht.«

Allmählich versiegten Sibylles Tränen. Ihr Atem beruhigte sich. Tony wollte sich von ihr lösen, doch sie hielt ihn fest.

»Noch eine Minute, okay?«

»Okay.«

»Mit Anmache hat das nichts zu tun, okay?«

»Wie kommst du denn auf die Idee?«

»Hast du mal ein Taschentuch für mich?«

»Du weißt wirklich, wie man einen Mann dazu bringt, sich unentbehrlich zu fühlen.«

Sibylle lachte kurz auf.

»Und, wie war dein Tag, Kleenex-Mann?«

»Beschissen.«

Er hielt sie weiter im Arm und erzählte ihr von dem Fuchs, von dem demolierten Mustang und von seiner Begegnung mit Rudi.

»Die Botschaft ist eindeutig«, schloss er. »Du musst weg von hier. Du hättest schon längst gehen sollen.«

»Willst du aufgeben?«

»Nicht mal im Traum«, erwiderte Tony. »Die Zeiten, in denen die Carcanos klein beigegeben haben, sind vorbei.«

Es waren nicht seine Worte. Ein Schauer lief ihm über den Rücken, als er sie nun aus seinem eigenen Mund hörte. Er verspürte eine solche Wut, dass er sich wie unter Starkstrom fühlte.

Sibylle löste sich von ihm und blickte ihn fragend an.

»Geh an einen sicheren Ort, an dem du deine Wunden lecken kannst. Komm mit zu mir. Für ein paar Tage. Ich habe ein Gästezimmer, in dem du wohnen kannst. Wenn du das nicht willst, gäbe es auch die Möglichkeit, in ein Hotel zu ziehen. Auf meine Kosten, versteht sich. Das Wichtigste ist, dass du ...«

Sibby Langstrumpf versetzte ihm einen Stoß.

»Vergiss es, Mister Macho. Ich rühre mich hier nicht vom Fleck.«

Tony blieb hart.

»Die Perkmanns würgen dir einen rein, wo sie nur können. Das Motorrad, der Job, das Geld, das Haus. Aber vor allem der Stolz. Sie wissen genau, dass du nie um Hilfe bitten würdest. Du bist in Kreuzwirt nicht mehr wohlgelitten, und es könnte verdammt gefährlich werden, wenn du bleibst. Deswegen will ich, dass du deine Koffer packst und mit mir nach Bozen kommst. Wenn ich das mit dem Unfall gewusst hätte ...«

Ein tiefer Atemzug.

Zwei.

»Und was ich dir noch sagen wollte, Sib: Selbst wenn du aufgeben solltest, der Kleenex-Mann würde alleine weitermachen. Bis zum bitteren Ende.«

»Warum?«

Tony schaute hinauf zum Himmel und wiederholte dann einen Satz von vor zwanzig Jahren.

»Weil die Sterne weg sind.«

Siebenunddreißig

1.

Milani wartete vor der Redaktion auf ihn. Am Abend des 23. März.

Er zerrte Tony in seinen Citroën, erzählte derart viel Unsinn, dass einem ganz schwindelig werden konnte, und nötigte ihn anschließend zu einem Zug durch sämtliche Kneipen von Bozen. Eine »Jim-Beam-Tour«, nannte er das damals.

Irgendwann war es nach zwei und sie beide sturzbetrunken. Sie fanden sich auf einer Landstraße außerhalb der Stadt wieder. Tony lang ausgestreckt am Boden, und Milani pinkelte direkt neben ihm gegen ein paar Weinstöcke und grunzte vor Wohlbehagen.

»Du wirst dich daran gewöhnen, Greenhorn«, sagte der Fotograf. »Du musst nur den Trick lernen. Schlucken, ohne zu schmecken.«

Tony gelang es gerade noch, sich auf die Seite zu drehen, bevor er sich erbrach. Anschließend steckte Milani ihm eine Zigarette zwischen die Lippen und zündete sie an.

»Was für ein Lied ist das?«, fragte Tony irgendwann.

Milani warf einen kurzen Blick hinüber zu dem parkenden Citroën. Aus dem Autoradio kam eine rhythmische Melodie.

»*Criminal*. Fiona Apple.«

Tony hatte das Video auf MTV gesehen. Ein verloren wirkendes junges Mädchen, das dennoch wild entschlossen in die Kamera blickte. Ein Kontrast, der Angst machte. Noch dazu sah Fiona Apple aus wie ...

»Erika«, brabbelte Tony. »Ich bitte dich, sie heißt Erika. Sie heißt nicht Fiona Apple. Sie heißt Erika.«

»Ich bin mir ziemlich sicher, dass deine verblichene Freundin niemals in ihrem Leben einen Song aufgenommen hat. Die Betonung liegt auf ›verblichen‹. Wenn du jemals Journalist werden willst, musst du die Zeitenfolge beherrschen. Sie *hieß* Erika«, korrigierte ihn Milani. »Du bist mit dem Kopf nicht ganz bei der Sache, kann das sein?«

»Wer hat behauptet, dass ich Journalist werden will?«

»Du bist wütend«, kicherte der Fotograf. »Mir ist das schon am ersten Tag aufgefallen: Am liebsten würdest du die ganze Welt zusammenschlagen.«

»Wovon handelt der Song?«

»Sie fühlt sich schuldig, weil sie vergewaltigt worden ist. Vollkommener Irrsinn, oder?«

Tony hatte den Geschmack von Torfmoor auf den Lippen.

«Die Sterne sind weg«, brummelte er.

»Was?«

»Sie sind nicht mehr da. Die Sterne. Erika hat es mir gesagt.«

Milani brach in ein heiseres Gelächter aus.

»Du bist ja noch besoffener als ich. Die Sterne sind noch da. Die Flugzeuge sind verschwunden, die ja. Den ganzen Tag habe ich schon keins mehr gesehen.«

»Flugzeuge?«

»Das sind die mit den blinkenden Lichtern. Die können fliegen. Schon mal was davon gehört?«

2.

»Milani hatte recht. Am 24. März begannen die Bombarde-
ments auf Serbien. Der Luftraum über Südtirol war für Pri-
vatflugzeuge gesperrt. Ich ließ mich von Milani nach Hause
bringen. Das Greenhorn hat die weiße Flagge gehisst. Milani
sagte, er könne mich verstehen. Er entschuldigte sich sogar
bei mir.«

»Warum?«

»Damals dachte ich, weil er mich in diese Sache hineinge-
zogen hat. Aber mittlerweile bin ich zu dem Schluss gekommen, dass er mich im Auftrag von Friedrich Perkmann
manipulieren sollte und deswegen ein schlechtes Gewissen
hatte. Wegen mir und wegen Erika. Am nächsten Tag ...«

Er lächelte schief.

»Am nächsten Tag ging ich nicht mehr in die Redaktion. Ich begann ein Studium und arbeitete hin und wieder
als Barmann, um meine Rechnungen bezahlen zu können.
Ein paar Jahre lang war das mein Leben. Bücher und ›Was
möchten Sie trinken?‹.«

Sibylle gab ein zustimmendes Grunzen von sich.

»Das kenne ich.«

»Eines Tages ging ich ins Kino, eine Filmkomödie. Irgendwann bemerkte ich hinten im Saal einen jungen Mann und
ein Mädchen, die einander an der Hand hielten und weinten, während alle anderen lachten. Ich fühlte mich genauso
wie damals, als ich Erika am Seeufer sah. Doch im Unterschied zu damals begriff ich plötzlich, was ich in den Augen
deiner Mutter gelesen hatte: Nichts im Leben hat einen
Sinn.« Tony lachte bitter. »Der Schmerz nicht, die Freude
nicht, der Kampf nicht – nichts. Das Leben war eine einzige
Verarschung. Von mir, von Erika, von den beiden, die da
im Kino saßen und weinten, während alle anderen um sie

herum sich schlapp lachten. Ich war wütend und gleichzeitig zu Tode erschrocken. Aber ich wollte etwas gegen dieses Grauen tun. Für mich gab es da nur eins: schreiben. Wenn die Realität ein Himmel ohne Sterne war, so dachte ich damals, wollte ich von der Liebe erzählen, die immer siegt. Wenn das Leben und der Tod keinen Sinn hatten, würde ich mir Geschichten mit Happy End ausdenken. Die Welt log und betrog? Ich würde noch mehr flunkern. Ich würde diesen verdammten Himmel anspucken. Auf diese Weise entstand *Nur wir zwei*. Als das Buch fertig war, sagte ich mir, dass es Erika sicher gefallen hätte. Das war das letzte Mal, dass ich an deine Mutter dachte.«

Er sah Sibylle einen langen Moment an.

Ihre Augen schimmerten feucht. Lebendig. Unergründlich.

Tony wischte ihr eine Träne von der Wange.

»Du bist in Gefahr, Sib. Lass mich dir helfen.«

»Wegen Erika?«

»Das Happy End, das ich erzählen will, gehört dir.«

»Ich mag Bücher, die mit einem Kuss enden.«

»Ich auch.«

Tony roch Sibylles Parfum und darunter ihren eigenen Geruch. Ihre Locken kitzelten ihn am Kinn. Sib war so nah, dass Tony spürte, wie das Blau ihrer Augen ihn umfing. Ihn streichelte. Ihm Frieden gab. Es dauerte nur eine Sekunde, aber es war eine Sekunde, in der Tony frei atmen konnte. Dann ließ ihn ein Geräusch aus dem Gebüsch zusammenfahren. Ein Igel, der in das Mondlicht tappte und wieder in der Dunkelheit verschwand. Freddy stieß eine Art »Wow!« aus. Sib lächelte, Sibylle wand sich aus seiner Umarmung, und Sibby Langstrumpf streckte ihm die Zunge heraus.

183

»Und jetzt fahr besser nach Hause«, sagte sie, »bevor alles ... alles kaputtgeht.«

»Fährst du mit?«

»Nicht heute, Mister Kleenex. Aber ich verspreche dir, dass ich nachkomme. Sobald ich meine Koffer gepackt und mich von jemandem verabschiedet habe.«

Tony wartete, bis Sibylle im Haus verschwunden war. Er stieg in den Toyota. Ließ den Motor an.

Der Toyota bog auf die Straße. Fuhr zweihundert, vielleicht dreihundert Meter.

Tony trat auf die Bremse.

»Campen wir ein bisschen, Freddy?«

Tony und Freddy verbrachten die Nacht hinter den Brombeersträuchern. Falls Karin Perkmann sich in irgendeiner Form bemerkbar machen sollte.

Als der Morgen graute, weckte Tony den Bernhardiner, und gemeinsam gingen sie zum Auto zurück. Tony fühlte sich wie ein ausgewrungener Putzlappen. Er legte den Kopf aufs Lenkrad und schlief sofort ein. Sibylles Stimme zehn Sekunden oder vielleicht auch eine Stunde später ließ ihn zusammenfahren.

»Du willst nicht zufällig einen Espresso?«

Sie reichte ihm einen Becher. Der Duft nach Kaffee entfaltete sich. Tony fühlte sich leicht lächerlich.

Er räusperte sich.

»Der richtige Moment für einen Kuss ist jetzt wohl vorbei, oder?«

Sibylle lachte. Es war schön, sie lachen zu hören.

»Dein Timing lässt echt zu wünschen übrig, Tony.«

Achtunddreißig

1.

Um acht Uhr gab Tony Freddy sein Frühstück. Um zehn nach acht kam er aus der Dusche. Um viertel nach acht war er auf der Straße. Schon um halb neun stand er vor der Bank. Voller Ungeduld.

2.

Auch Sib hatte wenig und schlecht geschlafen.

Sie war traurig. Wegen Erika. Wegen dem, was Tony ihr erzählt hatte. Sie tat sich selbst leid. Tat Wolfi ihr leid? Ja, der auch. Und Rudi? Und Oskar? Sie waren Marionetten in den Händen der Perkmanns.

Sib verstand sich selbst nicht mehr. Hatte sie wirklich Tony einen Kuss geben wollen? Eine flüchtige Laune? Von einer verwirrten Sibby Langstrumpf? Eine Welle der Gefühle, die sie überschwemmt hatte, weil im Moment einfach alles zusammenkam?

Im einen Moment dachte sie, es wäre so. Dann wieder war sie vom Gegenteil überzeugt. Trauer, Verwirrung, Glück. Und Angst. Vor Tante Helga,

Die Frau öffnete ihr die Tür, sah den Rucksack, den Koffer und fiel ihr um den Hals. Die Angst verging.

»Gott sei Dank, Kind. Gott sei Dank.«

»Es tut mir leid ...«

Sanft löste Sibylle sich aus der Umarmung.

»Nein, lass mal, ich verstehe«, sagte sie.

Sie gingen ins Haus. Setzten sich in die Küche. Einander gegenüber.

»Ich muss es einfach wissen.«

»Warum?«

»Weil ich sonst für immer die Tochter von Erika der Narrischen bleibe.«

Helga zeigte auf Sibylles Rucksack.

»Kommst du irgendwann wieder?«

»Ich weiß es noch nicht. Erzähl mir von Erika. Bitte.«

»Es war hart für sie. Dieser Spitzname. Sie lachte zwar darüber. Aber ich wusste, dass es ihr wehtat.«

»Karin? Gabriel?«

»Alle.«

»Auch Oskar?«

»Nein, Oskar mochte Erika gern.«

Tante Helga knetete ihre Schürze. Eine Geste, die Sibylle x-mal beobachtet hatte.

»Kreuzwirt ist so. Du weißt das.«

Ja, sie wusste das. Aber zum ersten Mal wurde Sib klar, dass die Leute von Kreuzwirt sprachen, als wäre dieser Ort etwas Lebendiges. Ein Mensch.

Kreuzwirt ist so. Kreuzwirt will keine Touristen. Kreuzwirt sagt: »Brot zu Brot und Wein zu Wein.« Kreuzwirt hilft immer seinen Freunden. Manchmal bringt Kreuzwirt auch jemanden um.

»Du hast mir mal erzählt, dass du für die Perkmanns gearbeitet hast.«

Tante Helga nickte.

»Für die gnädige Frau. Frau Christine. Sie war ein großartiger Mensch. Ihre Familie war sehr alt. Friedrich hatte sich unsterblich in sie verliebt. Ein verliebteres Paar als die beiden kann man sich kaum vorstellen. Ich war bei ihrer Hochzeit dabei, weißt du?«

Helga stand auf und trat zum Schrank, um ein Fotoalbum herauszuholen. Sie begann, darin zu blättern.

»Ich welchem Jahr hast du für Frau Perkmann gearbeitet?«

»Das war 1978. Vor der Geburt von Erika und den Zwillingen. Ich habe bei ihnen geputzt. Den Turm gab es damals noch nicht, aber die Bibliothek. Die gnädige Frau hat sehr gerne gelesen. Gedichte, Romane. Es gab dort Bücher für jeden Geschmack. Jeden Samstag fuhr sie nach Innsbruck, um neue zu kaufen. Aber die weggeschlossenen rührte sie nicht an. Die waren verboten.«

Wertvolle antiquarische Bücher.

So hatte es Fräulein Rosa ausgedrückt.

»Was heißt ›verboten‹?«

»Niemand durfte sie lesen. Ich selbst durfte sie kaum abstauben. Doktor Horst und Friedrich behaupteten, es würde sich um wissenschaftliche Texte handeln, in der Mehrheit. Aber ich habe ihnen das nicht abgenommen.«

»Und Horst? Was weißt du über ihn?«

»Das, was alle wissen.«

»Er kam 1973 nach Kreuzwirt, richtig?«

»Mit Michl. Was für ein hübsches Kind. Still, intelligent. Sehr intelligent. Wer die Mutter war, oder warum sie nicht bei ihnen war: großes Geheimnis. 1973 befand Horst sich in Schwierigkeiten. Und Friedrich ...«

»... hat ihm geholfen. Immer dieselbe Geschichte«, schnaubte Sibylle wütend. »Du hast ein Problem? Perkmann löst es für dich. Auch Oskar hat dieselbe Leier gebracht.«

Helga zögerte.

»Oder stimmt das nicht?«, sagte Sibylle.

»In Wirklichkeit hat …«

»Bitte, sag es mir.«

»In Wirklichkeit hat Oskar Friedrich Perkmann gehasst.«

3.

Als der Bankangestellte, der ihn in den Tresorraum geführt hatte, gegangen war, musste Tony sich erst einmal für einen Moment besinnen. Seine Hände zitterten. Vor Wut. Aber es war nicht seine eigene Wut.

Es war die Wut seines Vaters.

Giuseppe Carcano war im Mai 2006 gestorben, wenige Wochen nach Erscheinen von *Nur wir zwei*. Als Tony seine Mutter zur Beerdigung begleitet hatte, war *Nur wir zwei* gerade auf die Bestsellerliste gekommen.

Nach der Trauerfeier hatte ein Freund seines Vaters ihm einen Zettel zugesteckt. Mit einer Adresse darauf. Giuseppe habe ihm etwas hinterlassen. Seine Frau dürfe nichts davon erfahren.

Tony hatte nichts anderes erwartet. Sein Vater war ein praktischer Mensch gewesen, sein Sohn durfte nicht ohne Telefonmünzen aus dem Haus gehen, und nach den Anschlägen in Bozen von 1988 hätte er seine Familie um nichts in der Welt tatenlos dem Schicksal überlassen. Damals hatte Giuseppe ihn zur Seite genommen und zum ersten Mal von Mann zu Mann mit ihm gesprochen. Er solle abhauen, wenn es Zoff gäbe, der Herrgott habe schließlich nicht gesagt, man solle auch noch die andere Wange hinhalten.

Und der Herrgott ist der Herrgott, oder etwa nicht? Aber …

Tony öffnete den Safe.

Die .22er von seinem Vater. Klein, gedrungen. Hässlich.

Tony drehte die Pistole zwischen den Händen. *Ein Mann,*

hatte Giuseppe gesagt, *muss immer seine Familie verteidigen.*
Das ist das Einzige, was zählt, verstanden? Tony überprüfte die
Sicherung und legte das Magazin ein, wie sein Vater es ihm
gezeigt hatte. Er lud durch ...

4.

»Oskar hatte große Pläne, als er so alt war wie du.«

»Das *Black Hat*?«

Tante Helga legte ein Stück selbst gebackenen Strudel auf
einen Teller und stellte ihn vor ihr auf den Tisch.

»Oskar hat das Grundstück 1986 gekauft, noch bevor er
eine Baugenehmigung eingeholt hatte. Naiv war er. Deswegen ist er auch auf die Nase gefallen.«

»Er ist auf die Nase gefallen?«

»Das *Black Hat* sollte ursprünglich ein Hotel werden. Das
war jedenfalls Oskars Plan. Er wollte das erste Hotel in
Kreuzwirt eröffnen. Er war zu jung, um sich daran zu erinnern, wie Friedrich den Bewohnern von Kreuzwirt den Tourismus ausgeredet hatte. Er war ein Dickkopf. Genau wie du.
Schmeckt dir der Strudel nicht?«

Tante Helga war eine hervorragende Köchin und Bäcke-
rin, und ihre Kuchen waren besser als die von jeder Kondi-
torei. Es war das erste Mal, dass Sibylle nur etwas von ihren
Köstlichkeiten aß, um sie nicht zu enttäuschen.

»Perkmann ging zu ihm und bot ihm an, das Grundstück
zu kaufen. Oskar lehnte ab. Er wollte dieses Hotel um jeden
Preis. Doch ... die Genehmigungen ließen auf sich warten.
Es gab technische Probleme. Solche Dinge. Perkmann ging
wieder zu ihm und bot ihm den dreifachen Preis für das
Grundstück. Eine schwindelerregende Summe. Oskar warf
ihm vor, ihm Steine in den Weg zu legen. Er drohte ihm mit

den Carabinieri. Perkmann sagte nichts mehr. Er schickte Peter.«

Die Gabel schwebte auf halber Strecke über dem Strudel. »Den Vater von Rudi?«

»Ja. Peter überbrachte ihm ein Angebot in Friedrichs Namen. Perkmann würde ihm das Grundstück lassen, wenn er statt eines Hotels ein Lokal mit eigenem Tanzsaal baute. Ein Kompromiss. Oskar gab nach. Eine knappe Woche später hatte er die nötigen Genehmigungen. Aber Oskar musste zwei Monate warten, bis er sie unterzeichnen konnte. Weil seine Knochen gebrochen waren und er einen Gips tragen musste. Verstehst du, was ich sagen will, mein Kind?«

»Wenn Perkmann so ein Verhalten als Freundschaftsdienst verstand«, sagte Sibylle, »wie hat er dann erst seine Feinde behandelt?«

Helga antwortete nicht. Sie hatte gefunden, was sie suchte. Ein ganz bestimmtes Foto.

Friedrich Perkmann, eine deutlich jüngere Ausgabe des Greises im Rollstuhl, den Sib ein paarmal im Dorf gesehen hatte, als er schon sehr krank war.

Vollbart, aufrechte Haltung.

Zu seiner Rechten Doktor Horst mit Nickelbrille, auch er weit entfernt von dem Pinguin, an den er Sibylle immer erinnert hatte.

Und Perkmanns Frau. In Tracht. Keine Südtirolerin wäre in jenen Jahren auf die Idee gekommen, in Weiß zu heiraten. Ein absoluter Fauxpas.

»Frau Christine.«

Schlank. Strahlend. Verliebt. Mit einer blonden Lockenmähne.

Das Klingeln des Handys schreckte die beiden Frauen auf.

Tony.

»Tante Frieda hat Gabriel ausfindig gemacht.«

»Wo?«

»Das wird dir leider gar nicht gefallen.«

Neununddreißig

1.

»Wie es mir geht?«

Der Mann, der da im Halbschatten des kargen Zimmers saß, grunzte nur.

Sie ließ sich nicht davon beirren. Verrückte hatte sie im Laufe ihres Berufslebens schon viele gesehen.

Mit zwanzig hatte sie angefangen zu »leben«. Die Schwangerschaft war wie ein Blitz in einen wolkenlosen Himmel eingeschlagen. Irgendein Typ, den sie in einer Bar kennengelernt hatte. Ein klassischer One-Night-Stand. Sie hatte ihn nie mehr wiedergesehen. Dann die Überraschung. Nichts öffnete einem so sehr die Augen wie ein Ultraschall. Kein Geld. Keine Arbeit. Keine Perspektiven.

Ihr einziger Besitz von Wert: ihr Körper. Also hatte sie ihn verkauft. Beim ersten Mal hatte sie geweint. Er hatte sich erschreckt und sie um Entschuldigung gebeten. Sie hatte ihn zur Hölle geschickt. Beschimpft. Geohrfeigt.

Aber das Geld hatte sie behalten.

Dann war es Routine geworden. Der Trick: geistig abschalten. Den Einkaufszettel im Geiste vervollständigen. An die Schulnoten der Tochter denken (sie war so schnell groß geworden) oder an ...

Als sie um die dreißig war, fingen die Kunden an, sich rarzumachen. Sie zogen Jüngere vor. Ihr Kapital verlor zwar an Wert, aber sie nicht den Mut. Um mit den Worten der Wirtschaftsexperten aus dem Fernsehen zu sprechen: Sie hatte eine Marktlücke entdeckt. Indem sie von einem einfachen Grundprinzip ausging: Die Männer machten sich etwas vor. Sie kamen für eine schnelle Nummer, manche auch, um sich das zu holen, was sie von ihren Frauen nicht mehr bekamen (denen konnte man das allerdings kaum verübeln). Jedenfalls dachten sie alle, sie hätten das Kommando. *Falsch.* Ihre Kunden bezahlten dafür, dass sie das Kommando an jemanden abgaben, der stärker war als sie, und sie gestaltete die Machtverhältnisse eben etwas expliziter.

»Marktlücke«. Ein schönes Wort. Weniger Kunden, mehr Profit. So machte Arbeiten Spaß.

2.

»Gefalle ich dir?«

Der Mann hatte sich von seinem Stuhl erhoben und ihr die Perücke auf dem Kopf zurechtgezogen. Er hatte ihr Kinn in die Hand genommen und ihr Gesicht sanft von rechts nach links gedreht.

»Lass uns anfangen.«

Es war nicht das erste Mal, dass der Typ zu ihr kam. Er zahlte gut. Und zwar sofort, ohne Theater zu machen. Ein bisschen machte er ihr allerdings Angst. Das, was er von ihr verlangte, war ... seltsam. Nicht wirklich seltsamer als das, was die meisten Kunden von ihr verlangten (ihr Lieblingskunde bezahlte sie dafür, dass sie ihn zwang, ihr Geschenke zu machen). Aber die Art, wie er sie darum bat, erfüllte sie mit Beunruhigung.

Außerdem war er unübersehbar ein Junkie. Doch er zahlte gut, und die Kupplung ihres Fiat Punto war hinüber. Also war sie besser nicht zimperlich.

Der Mann zog sein Hemd aus und kniete sich vor die

randvolle Badewanne. Kaltes Wasser. Um ihn zufriedenzustellen, hatte sie zusätzlich noch Eiswürfel hineingetan.

Sein Tonfall war ungeduldig.

»Worauf wartest du?«

Die Frau packte ihn bei den Haare, die zu lang, aber nicht ungewaschen waren (auch wenn er Junkie war, befolgte er peinlich genau die Regeln des Hauses, weshalb die Prostituierte so tat, als bemerkte sie seine Sucht nicht), zog daran, um ihm ein bisschen wehzutun, und stieß ihn mit dem Kopf ins Wasser. Sie zählte. Einundzwanzig. Zweiundzwanzig ...

Nach sechzig Sekunden zog sie ihn aus dem Wasser.

»Noch mal. Zwei Minuten.«

Eine Minute war in Ordnung. Zwei Minuten auch. Falls er drei verlangte, würde sie ablehnen.

»Das ist gefährlich.«

Der Mann mit den Tattoos zeigte auf seine Jacke, die auf dem Bett lag.

»Da sind noch mal hundert drin.«

»Es geht mir nicht ums Geld.«

»Wenn ich nicht mehr kann, hebe ich die Hand.«

»Nein, das wirst du nicht. Und ich habe die Scherereien.«

Er starrte sie an. Seine Pupillen waren klein und beweglich. Er war durch. Komplett durch.

»Zweihundert.«

»Es geht mir ...«

»*Dreihundert*. Plus der übliche Preis.«

Ein hübsches Sümmchen, definitiv. Sie gab nach. Packte ihn an den Haaren. Stieß ihn ins Wasser. Er bewegte sich heftig. Luftblasen stiegen an die Wasseroberfläche. Sie musste richtig Kraft aufbringen, um ihn unten zu halten.

Nach zwei Minuten und fünfzig Sekunden lockerte sie den Griff.

Er weinte. Ein bemitleidenswerter Anblick.

»Warum?«

»Ich will wissen, was man dabei spürt. Noch mal, bitte.«

Die Prostituierte hatte schon erlebt, dass ein Kunde mit einem Messer auf sie losgegangen war. Sie hatte Situationen erlebt, die den vielen Polizisten, denen sie im Laufe ihrer Karriere begegnet war, jeden Nerv geraubt hätten. An dem Tag begriff sie, dass es Schrecklicheres gab als ein Messer oder die abfälligen Blicke von Polizisten. Den Gesichtsausdruck von diesem Typen zum Beispiel.

»Nein, es reicht. Deine Zeit ist abgelaufen.«

Sie nahm die blonde Perücke ab und warf sie zu Boden. Dann streckte sie ihm die Hand entgegen.

»Dreihundert. Wie besprochen. Und dann geh. Und lass dich nie wieder blicken.«

Gabriel betrachtete die Perücke auf dem Fußboden und begann zu zittern.

»Was hast du ihr angetan?«, schrie er. »Was hast du ihr angetan?«

Er stürzte sich auf sie, packte sie am Hals und drückte zu.

Vierzig

»Hat er sie erwürgt?«

»Fast. Sie trug ein Messer bei sich, als Vorsichtsmaßnahme. Sie hat zugestochen und anschließend die Carabinieri gerufen. Tatsächlich sind beide festgenommen worden, aber sie wurde gleich wieder entlassen. Das war 2008. Seitdem ist Gabriel Gast in der Via Dante.«

Tony runzelte die Stirn.

»Ich dachte, Kapitalverbrecher würden nicht in Bozen inhaftiert, sondern in Padua.«

»Das ist auch so. Und doch befindet sich euer Freund Plank in Bozen hinter Gittern. Und das ist nicht die einzige Besonderheit an dem Fall.«

Abgesehen von der Strafe für versuchten Totschlag, so erklärte ihm Tante Frieda, saß Gabriel noch jede Menge weitere Strafen ab, wegen Besitz und Handel mit Betäubungsmitteln, wegen Körperverletzung, Diebstahl, Einbruch, Raub, schwerem Raub, Widerstand gegen die Staatsgewalt und Dutzender kleinerer Vergehen, die alle Bestandteil der von Tante Frieda beschafften Akte waren. Nicht wenige dieser Straftaten hatte er im Gefängnis begangen.

Vor allem Schlägereien hatte er angezettelt.

»Er verbringt mehr Zeit in Isolierhaft als in der Zelle. Ich habe auch ein Gutachten mit einer Diagnose gefunden: Paranoia mit dissoziativem Delir. Gabriel ist vollkommen verrückt. Und gemeingefährlich.«

»Aber«, mischte sich Sibylle ins Gespräch, »muss man

bei einer solchen Diagnose nicht in eine psychiatrische Klinik?«

»Normalerweise schon«, sagte Tante Frieda, »vor allem auch, weil er drogenabhängig ist. Aber der Verteidiger von Gabriel hat nie die Karte ›Unzurechnungsfähigkeit‹ oder ›Therapie‹ gespielt. Ich habe mir die Prozessunterlagen angeschaut, und wenn ihr mein professionelles Urteil hören wollt: Der Anwalt von Gabriel hat sich auf der ganze Linie als unfähig erwiesen. Die Richter haben seinem Mandanten immer das höchste Strafmaß aufgebrummt. Und er ist nicht ein Mal, ich wiederhole: nicht ein Mal in Berufung gegangen.«

Tony hob eine Augenbraue.

»Seltsam.«

»Nein, das ist nicht seltsam. Das ist unmöglich. Zumal ich besagten Anwalt kenne.«

»Hat er dir eine Erklärung geliefert?«

Tante Frieda strich ihren türkisfarbenen Rock glatt.

»Das war nicht nötig. Der Anwalt von Gabriel Plank heißt Johannes Kaufmann. Er ist der zweitbeste Anwalt von ganz Südtirol.«

»Also lag es nicht an seiner Unfähigkeit.«

»Keineswegs. Wir Winkeladvokaten bezeichnen so etwas als ›Vorsatz‹. Jemand möchte verhindern, dass Plank aus dem Gefängnis kommt.«

»Kaufmann ist mit den Perkmanns verbandelt, stimmt's?«

»Sie sind seine einzigen Mandanten. Abgesehen von Gabriel – wenn ihr wirklich glaubt, dass jemand wie er sich Kaufmanns Honorar leisten kann. Also habe ich mir den Anruf gespart.«

»Wir müssen ihn treffen«, sagte Sibylle. »Nicht Kaufmann. Sondern Gabriel. Wenn die Perkmanns ...«

197

Tante Frieda hob die Hand.

»Die Perkmanns wollen Gabriel hinter Gittern sehen. Sie wollen, dass er in der Versenkung verschwindet, und zwar auf *ihrem* Terrain. Wenn er nach Padua oder Triest verlegt worden wäre, hätten sie keine Kontrolle mehr über ihn gehabt. Hier ist das etwas anderes. Um eine Besuchserlaubnis bei Plank zu bekommen, muss man über seinen Anwalt gehen. Seit zehn Jahren ist das niemandem mehr gelungen.«

»Aber Karin will auch nicht, dass er tot ist«, murmelte Sibylle. »Genau wie bei Martin. Warum? Martin ist ihr Bruder. Aber Gabriel ist ein Junkie. Wenn Karin gewollt hätte, dass er stirbt, hätte sie unendlich viele Möglichkeiten gefunden, ihn um die Ecke zu bringen. Eine Überdosis. Ein Autounfall.«

Ein Pick-up, der dir mitten im Wald den Weg abschneidet, dachte sie. Oder ein Mord, der als Selbstmord ausgegeben wird.

»Also weiß Gabriel etwas«, sagte das Mädchen, »das auch Karin gerne wüsste ...«

»Oder er besitzt etwas«, fiel Tante Frieda ihr ins Wort, »das die Familie Perkmann in Schwierigkeiten bringen könnte.«

»Genau.«

»Oder«, sagte Tony finster, »Gabriel hat etwas getan. Etwas, für das der Tod als Strafe zu ... zu milde wäre.«

Die beiden Frauen schauten ihn an.

»Und Martin?«, fragte Sibylle.

»Gegen Martin haben wir wenig in der Hand. Aber Karins Verhalten legt den Verdacht nahe, dass Martin Erika umgebracht hat und Horst und Perkmann dahinterstecken. Stimmt's?«

»Vielleicht hast du recht.«

»Der Unfall mit dem Pick-up, die Fotos mit Irina, Rudi, der sich mit dem Mustang vergnügt, Oskar, der dir die Kündigung ausspricht. Und Wolfi. Wie sagte Tante Frieda noch so schön: Die Perkmanns haben einiges auf dem Kerbholz. Aber was uns fehlt, ist das Motiv für Karins Aktionen. Deswegen habe ich mich gefragt, ob Karin Gabriel möglicherweise *bestrafen* will. Was, wenn Gabriel Erikas Mörder ist?«

Sibylle zwirbelte eine Locke zwischen ihren Fingern.

»Und welches Motiv hätte er gehabt? Und warum sperren sie Martin die ganze Zeit ein?«

»Vielleicht hat Martin etwas Verdächtiges gesehen und kann den Mund nicht halten. Das würde auch erklären, warum Gabriel nicht in einer psychiatrischen Klinik ist. Dort arbeiten spezialisierte Ärzte, die interpretieren können, was er zu sagen hat. Im Gefängnis jedoch ...«

»Dort interessiert sich niemand für die Wahnvorstellungen eines Häftlings«, erklärte Tony.

»Genau. Du suchst nach einem Tatmotiv für Gabriel? Ich persönlich glaube nicht an Motive, aber ... es könnte dasselbe sein wie bei Martin: Verrücktheit. Oder aber Gabriel war in Erika verliebt, und sie hat ihn einmal zu viel abgewiesen«, antwortete Tante Frieda.

»Du vergisst, dass Martin vorbelastet war, Gabriel aber nicht. Zumindest war er es damals noch nicht. Der Ärger mit der Justiz begann erst nach Erikas Tod. Du vergisst auch den Unfall von 1988. Martin hat Elisa angegriffen, nicht Gabriel. Und du vergisst, dass Martin bereits am Tag von Erikas Tod von der Bildfläche verschwunden ist, während Gabriel erst neun Jahre später im Knast landete.« Sib schüttelte den Kopf. »Auf jeden Fall müssen wir mit ihm reden. Ohne Gabriels Aussage haben wir nichts in der Hand.«

»Das wird nicht einfach sein, mit Kaufmann als Anwalt«,

sagte Tante Frieda. »Irgendwann wird es den Perkmanns entschieden zu bunt ...«

Trotz der gedrückten Stimmung in Tante Friedas Kanzlei feixte Tony.

»Wenn ich dich so ansehe, hast du sicher schon eine Lösung für das Problem.«

Die Frau legte sich die Hände auf die Brust und klimperte mit den Augendeckeln.

»Ach, was bist du nur für ein Frauenversteher.«

»Nun sag schon, wie können wir deiner Meinung nach Kaufmann umgehen, um mit Gabriel zu reden?«

»Das wird dir nicht gefallen.«

»Das habe ich schon einmal gehört. Sag mir lieber, was ich tun muss.«

Tante Frieda wechselte einen einvernehmlichen Blick mit Sibylle.

»Warum müsst ihr Männer bloß immer so egozentrisch sein?«

Einundvierzig

1.

Matteo Zanon war ein Bürokrat, aber er führte sich gerne wie ein guter Familienvater auf.

Seine Kinder (Gott sei Dank nicht die biologischen) hatten einiges auf dem Kerbholz und gehörten dafür bestraft, aber er glaubte an Resozialisierung. Und Resozialisierung funktionierte nicht, indem man Gitter vor die Fenster schraubte und Essen von übelster Qualität servierte. Sondern indem man ab und zu mal ein Auge zudrückte. Wie ein guter Familienvater eben.

Deswegen hatte er Tante Friedas Bitte erhört und so getan, als glaubte er die rührende Geschichte, die sie ihm auftischte. Eine Prostituierte als »Verlobte« auszugeben, war ein uralter Trick, den Zanon schon seit Beginn seiner Laufbahn kannte.

Aber als Tante Frieda darauf bestanden hatte, dass die junge Frau mit den Stöckelschuhen und dem Minirock in ihrer Begleitung vor dem Besuch in der Zelle nicht durchsucht wurde, hatten sämtliche Alarmglocken bei ihm geschrillt. Tante Frieda hatte daraufhin Stein und Bein geschworen, dass nicht nur kein Blut vergossen, sondern auch niemand von dem Besuch erfahren würde, noch nicht einmal Kaufmann.

Bezüglich Letzterem hatte Direktor Zanon so seine Zweifel. Kaufmann war ein aalglatter Hund, der überall seine Lauscher hatte, aber da Zanon ein guter Familienvater

201

war und Tante Frieda noch einige Gefälligkeiten schuldete, hatte er ein Auge zugedrückt. Dem Besuch der »Verlobten« wurde stattgegeben.

Doch er hatte sich sehr unwohl dabei gefühlt.

Von all seinen Schützlingen mochte er den Gefangenen Nummer 66-55-321 am wenigsten. Um ehrlich zu sein: Zanon hatte Angst vor der Nummer 66-55-321. Und dieses Mädchen war ein zartes Pflänzchen. Sollte die 66-55-321 sich an ihr vergreifen ...

Zanon begleitete das Mädchen von seinem Büro ins Treppenhaus. Vom Treppenabsatz im zweiten Stock in den Korridor. In den Block mit den Gefängniszellen. Einmal nach rechts, dann nach links. Vorbei an den Ausbildungsstätten und Unterrichtsräumen.

Noch einmal Treppen.

Endlich waren sie da.

Das Mädchen zuckte zusammen, als Zanon das Wort an sie richtete.

»Warten Sie hier. Übrigens, die Überwachungskamera in der Zelle funktioniert nicht. Neben der Eingangstür befindet sich ein Knopf. Betätigen Sie ihn, falls die Dinge nicht so laufen, wie Sie gerne hätten. Haben Sie das verstanden?«

Das Mädchen nickte.

»Wiederholen Sie es, bitte.«

»Neben der Tür gibt es einen Notfallknopf. Die Überwachungskamera ist kaputt. Ich habe alles verstanden.«

Der Direktor drehte sich auf dem Absatz um. Nach wenigen Schritten hielt er inne. Warf eine Tablette gegen Sodbrennen ein. Und machte kehrt.

»Muss das wirklich sein, junge Frau?«

2.

Die Gitter an den Fenstern erfüllten sie mit Beklemmung. Ganz zu schweigen von dem Gestank. Ein Gemisch aus Schweiß, Dreck, Essen und Testosteron.

Während sie dem Gefängnisdirektor gefolgt war, hatte Sibylle die ganze Zeit versucht, den Blick ausschließlich auf den Boden gerichtet zu halten und sich nur auf Zanons Stimme zu konzentrieren, der ihr die Regeln des Hauses erklärte. Dennoch hatte Sib alles ringsumher registriert. Vor allem die plötzliche Stille. Die Stille, die ihre Anwesenheit auslöste. Die sie dazu brachte, sich schmutzig zu fühlen. Und traurig.

Die Besucherzelle war kaum möbliert. Nur ein Bett und ein Stuhl. Der Chlorgeruch trieb ihr die Tränen in die Augen. Sie setzte sich aufs Bett. Die Matratze sank ein. Die Bettfedern quietschten.

Sib erhob sich ruckartig. Im Stehen war es besser. Viel besser.

Muss das wirklich sein, junge Frau? – Ja.

Drei Schritte vor. Die eine Wand.

Drei Schritte zurück. Die andere Wand.

Ihr Instinkt riet ihr, es nicht zu tun. Auf den Notfallknopf zu drücken und sich wegbringen zu lassen. An die frische Luft. Sich aus diesen Kleidern zu befreien. Wieder Sibylle zu werden. Und niemals das zu erfahren, was Gabriel ihr zu sagen hatte. Über Erika. Über Martin.

Gabriel war der Schlüssel zu allem. Ohne Gabriel standen sie mit leeren Händen da. Die Perkmanns würden gewinnen. Wieder einmal. Und Erika würde noch einmal sterben.

Das Geräusch von Schritten, die sich näherten. Sib schaltete das Aufnahmegerät ein, das sie in ihrer Handtasche versteckt hatte.

Zweiundvierzig

1.

Er trug ausgeleierte Jeans und ein weißes T-Shirt. Die beiden Gefängniswärter wiesen ihn an, sich auf die Pritsche zu setzen. Sie grüßten nicht und würdigten sie zunächst keines Blickes.

Einer der beiden, ein wahrer Schrank mit Schnauzbart, nahm dem Gefangenen die Handschellen ab. Der Mann rieb sich die Handgelenke. Er hatte ziemliche Blessuren. Nicht nur dort, wo der Stahl ihm ins Fleisch geschnitten hatte. Nein, da waren auch blaue Flecken auf den muskulösen, tätowierten Armen. Ein großer dunkler direkt unterm Kinn. Wer weiß, wie viele noch unter seinen Klamotten verborgen waren. Sibylle dachte an das, was Tante Frieda über Gabriel gesagt hatte: dass er sich auch im Knast mit allen anlegte.

»Hat Ihnen der Direktor von dem Alarmknopf erzählt?«, fragte einer der beiden Beamten.

Sib nickte.

»Sagen Sie's bitte laut.«

»Ja.«

2.

Von dem kleinen Jungen auf dem Polaroid, der davon träumte, Astrologe zu werden, war nur die Brille geblieben. Dickere Gläser und eine andere Fassung.

Ansonsten schien Gabriel völlig verändert. Nicht nur wegen der Muskeln, der langen Haare oder der Tätowierungen überall am Körper. Auch die Gutmütigkeit des kleinen Jungen war verschwunden und hatte unterschwelliger Aggression Platz gemacht.

Der Mann stieß einen Seufzer aus. Er hob den Blick und sah sie an.

»Ich wusste, dass du kommen würdest.«

Die Stimme deutete auf einen kleinen Plausch hin. Der Blick hingegen ...

Vergiss nicht, er ist verrückt. Pass auf, hatte Tony ihr eingeschärft. *Sobald dir mulmig wird, hau ab! Wenn du deinen Gegner nicht schlagen kannst, schlag dich in die Büsche. Verstanden?*

Sibylle tastete nach dem Stuhl und nahm Platz. Der Abstand zwischen ihren Knien und denen des Häftlings betrug nicht einmal anderthalb Meter.

»Danke, dass Sie eingewilligt haben ...«

Gabriel fiel ihr ins Wort.

»Du siehst aus wie ein Mädchen, aber was bist du wirklich – ein Mann, eine Frau oder ein Es? Für dich ergibt die Frage keinen Sinn, was?«

»Ich verstehe nicht ...«

Beinah unmerklich deutete Gabriel mit dem Kinn hin zur Videokamera.

»Sie ist abgeschaltet«, sagte Sibylle und versuchte, ihre Stimme ruhig und entspannt klingen zu lassen.

Gabriel zwinkerte ihr zu.

»Worüber möchtest du mit mir sprechen?«

»Über Erika.«

Der Häftling nahm die Brille ab. Er sah sie durchdringend an und setzte die Brille dann wieder auf.

»Was hast du mit ihr gemacht?«, fragte er. »Du hast eine

Blonde ausgewählt, die mich hier besuchen kommt. Sie ähnelt ihr. Was hast du mit ihr gemacht?«

»Ich verstehe nicht«, wiederholte Sibylle. »Was bedeutet das?«

»Wer beobachtet uns? Kaufmann? Oder hat Karin die Villa verlassen und ist nun hier?«

Aus der Tasche seiner Jeans zog Gabriel ein zerdrücktes Päckchen Marlboro.

»Stört es dich, wenn ich rauche?«

Sein Tonfall war ganz beiläufig.

»Nein, nein.«

Gabriel hielt ein Streichholz hoch und rieb mit dem Zündkopf über die Wand. Eine Flamme züngelte auf.

»Wir dürfen hier drinnen keine Feuerzeuge haben. Streichhölzer schon. Verrückt, oder?«

Lass ihn machen. Er soll reden.

Sibylle nestelte an der Handtasche auf ihrem Schoß. Hoffentlich war das Mikrofon gut genug, um alles aufzunehmen, was Gabriel ihr erzählte.

»Ja, irgendwie schon.«

Ein Zug von der Zigarette.

»Oder ist Horst da draußen?«

»Doktor Horst ist tot.«

»Josef, klar. Aber ich glaube, dieser Doktor Michl Horst ist ziemlich tough. Kennst du ihn? Ein seltsamer Typ. Immer allein. Sehr reserviert. Aber elegant. Kommt bei den Frauen gut an, heißt es. Karin gefällt er bestimmt.« Gabriel deutete mit der Zigarette auf sie. »Gute Arbeit! Die blonde Farbe, die Locken. Genau wie sie. Erika. Ein subtiler Mensch, für deine subtile Welt. Aber wenn du glaubst, das reicht, um mich zu täuschen, hast du dich geschnitten. Hast du eine Waffe dabei?«

»Nein, ich ...«

»Was ist das da in deiner Handtasche? Ein Messer? Ein Revolver? So, wie du sie hältst, ist es ein Revolver. Oder hast du vor, mich mit bloßen Händen zu töten? Du wärst dazu in der Lage, da bin ich mir sicher. Auch wenn das nicht dein Stil ist. Ich glaube allerdings auch nicht, dass ich vor dir auf die Knie gehen würde. Ist ehrlich gesagt nicht so mein Ding. Aber du willst mich eigentlich gar nicht töten, stimmt's?«

Sibylle biss sich auf die Lippen.

»Was ist ein ›subtiler Mensch‹?«

Gabriel stieß eine Rauchwolke durch die Nasenlöcher aus.

»Subtile Menschen sind der Schlüssel zu allem. Und das Schloss.«

»Bist du auch ein subtiler Mensch?«

Gabriel lachte auf.

»Ich bin der Jäger. Wäre ich ein subtiler Mensch, wäre ich nicht hier. Dann säße ich auf deinem Platz.«

Es ergab alles keinen Sinn. Trotzdem ließ Sibylle sich nicht entmutigen.

»Und ich ... wer bin ich deiner Meinung nach?«

»Du hast viele Namen.«

»Sag mir einen.«

»Ich nenne dir den, den ich dir gegeben habe. Du bist die Beute.«

Sib zuckte zusammen.

»Das gefällt dir nicht, was?«

Gabriel grinste hämisch.

»Warum ... die Beute?«

Der Häftling beugte sich vor. Noch immer grinsend raunte er: »Weil ich dir früher oder später das hübsche Köpfchen zerquetschen werde und dich dahin zurückschicke, wo du hergekommen bist!«

Ein seltsames Funkeln trat in Gabriels Augen.

Für einen Moment erwog Sibylle, auf den Alarmknopf zu drücken. Stattdessen stand sie auf und löste ihre Haare.

»Ich bin Sibylle. Erikas Tochter. Ich weiß nicht, für wen du mich hältst, aber ich bin es nicht. Ich bin nicht deine Beute.«

»Sibylle? Das Baby?«

»Genau.«

Sib dachte an das, was der Cowboy-Dealer gesagt hatte.

»Ich bin nicht der Wanderer.«

Gabriel kniff die Augen zusammen.

»Bist du wirklich Sibylle? Wer hat dir vom Wanderer erzählt?«

»Hannes.«

»Der konnte noch nie sein Maul halten, dieser Dreckskerl. Was hat er dir noch erzählt?«

»Wer ist der Wanderer?«

Gabriel warf einen hastigen Blick auf die Videokamera. Er befeuchtete seine Lippen. Warf die Zigarette zu Boden.

Sibylle sah den Schwaden nach, die zur Decke stiegen, bis die Zigarette endlich verglimmt war.

Gabriel wirkte verärgert.

»Was für ein Spiel spielst du hier eigentlich?«

»Ich versuche zu begreifen«, erklärte Sibylle. »Die subtilen Menschen sind der Schlüssel, das Schloss ... Was du da sagst, ergibt für mich keinen Sinn.«

»Der Schlüssel, das Schloss, die Tür. Der Schlüssel, die Tür, das Schloss. Der Schlüssel.«

Gabriel streifte sein T-Shirt ab.

Sibylle wich zurück. Sie hätte sich nur umdrehen und

auf den Alarmknopf drücken müssen. Doch sie tat es nicht.

Die Brust des Häftlings war von Tattoos und einer riesigen Narbe überzogen. Der ganze Oberkörper war eine einzige Narbe, die von Schulter zu Schulter, vom Nabel bis zur Kehle ging.

Das Lächeln des Kolibris. Ins Fleisch geritzt.

Gabriel fuhr mit dem Finger über die Narbe. Grub seine Nägel in die Haut. Blut quoll hervor.

»Der Schlüssel«, sagte er. »Die Tür. Sie sind wichtig. Aber wichtiger ist das, was herauskommt. Der Wanderer. Er nimmt sich die Menschen, verschlingt ihre Seele. Zwingt sie niederzuknien. Er streift sie sich über wie ein Paar Handschuhe. Benutzt sie. Dann wirft er sie weg. Und mordet weiter.«

Gabriel schluchzte auf.

Sibylle wandte den Blick von der Narbe ab. Von den Fingernägeln, die ständig weitergruben.

Der Mann weinte.

»Und hört nicht auf zu töten. Immer wieder tötet er.«

Sib empfand Mitleid. Dann Entsetzen. Dann wieder Mitleid. Doch die Zeit war knapp. Eine Gelegenheit wie diese würde nie wiederkehren.

»Bis schließlich ein Jäger auf den Plan tritt? So wie du?«

Gabriel rammte sich den Fingernagel tiefer ins Fleisch.

Er stöhnte auf.

Sibylle beugte sich vor. Sie berührte seine Hand. Hielt sie in der ihren.

Gabriel wehrte sich nicht.

»Ich bin Sibylle. Ich bin nicht ... der Wanderer. Oder für wen du mich sonst hältst. Schau mich an. Ich sehe aus wie ...«

»Erika.«

Gabriel wich zurück, zog seine Hand weg.

Er rieb sich das Gesicht mit beiden Händen.

»Die bringen mich um. Tag für Tag. Isolationshaft. Und dann die Duschen. Immer unter Aufsicht. Die Medikamente. Kaufmann. Karin. Michl. Die Perkmanns.«

»Und der Wanderer?«

»Der kommt fast nie. Ich dachte, du wärst das. Ich hoffte es.«

»Um ihn zu töten.«

»Um endlich Schluss zu machen.«

»Wissen die Perkmanns vom Wanderer?«

Gabriel schwieg.

»Was wollen sie von dir?«

Gabriel kam mit dem Mund ganz nah an Sibs Ohr.

»Sie beobachten uns.«

»Nein, das stimmt nicht. Die Videokamera funktioniert nicht.«

»Du hast keine Ahnung.«

»Doch, ich verstehe, aber du musst mir helfen, ich ...«

Gabriel packte sie an der Kehle. Er riss sie hoch. Schüttelte sie wie eine Stoffpuppe.

»Du?«, brüllte er sie an. »Du verstehst?«

Sibylle versuchte, sich loszumachen. Blindlings attackierte sie ihn. Trat nach ihm, hieb mit der Faust auf ihn ein. Ohne Erfolg. Gabriel war ihr einfach überlegen.

Wehrlos stand sie da. Er hatte sich vor ihr aufgebaut, Blut tropfte aus der Narbe auf seiner Brust.

Seine Augen funkelten.

»Hast du von den toten Mädchen gehört? Von der Lichtung? Von Mirella? Lüg mich nicht an. Du weißt von nichts.«

»Ich flehe dich an ...«

Sibylle rang nach Luft. Unauffällig versuchte sie, nach

dem Alarmknopf zu tasten. Ihr war schwindelig, vor ihren Augen tanzten schwarze Punkte.

»Weißt du, was das ist?«, schrie Gabriel und trieb sich erneut die Fingernägel ins Fleisch. »Weißt du das?«

»Ich will wissen, was mit Erika geschehen ist. Was es mit dem Lächeln des Kolibris am See auf sich hat, das plötzlich weggewischt war. Was mit den Perkmanns ist. Ich will wissen, was sich hinter dem ...«

Gabriel riss die Videokamera aus der Verankerung an der Wand und warf sie mit voller Wucht zu Boden.

Von draußen hörte man Rufe, Gepolter. Die Sicherheitsbeamten, die herbeieilten.

»Signorina? Signorina?«

Sib achtete nicht auf sie.

»Ich bitte dich, hilf mir!«, sagte sie.

Das Klimpern von Schlüsseln. Ein lautes Fluchen.

»Sie kommen«, flüsterte Gabriel. »Mirella. Mirella ist wie vom Erdboden verschwunden. Wie alle anderen Mädchen auch.«

Die Tür wurde aufgerissen. Eine blaue Uniform schob sich zwischen sie und den Häftling.

»Was soll das?«, schrie Sib.

Gabriel schleuderte den Wachmann gegen die Wand. Zwei Kollegen stürmten mit Schlagstöcken in den Raum.

»Wenn du wirklich Sibylle bist, dann such nach Mirella!«

Die beiden Beamten schlugen zu. Gabriel stöhnte auf. Weitere Schläge prasselten auf ihn nieder. Der Häftling beugte sich vornüber. Fiel zu Boden. Immer wieder schlugen die Männer zu. Das Letzte, was Sibylle hörte, als der Sicherheitsbeamte mit dem Schnurrbart sie nach draußen auf den Flur schob, war Gabriels irres Gelächter.

Dreiundvierzig

Tante Frieda schenkte ihr ein Glas Grappa ein und gab erst Ruhe, als Sibylle es geleert hatte. Es brannte im Magen. Tante Frieda schenkte ihr nach.

»Wenn die Perkmanns etwas von Gabriel wollen«, sagte Sib, als sie wieder etwas mehr Farbe im Gesicht hatte, »werden sie das nicht bekommen.«

Sie hatte noch immer das dumpfe Geräusch der auf den Körper des Häftlings niederprasselnden Schlagstöcke in den Ohren. Gabriels Stöhnen.

»Er wird nie aufgeben«, fügte sie hinzu. »Niemals.«

»Woher willst du das so genau wissen?«

»Gabriel ist wie von einer höheren Macht beherrscht. Wie besessen.«

»Er spinnt«, befand Tony. »Und vielleicht ist das eher ein Ausdruck von Schuldbewusstsein und nicht Fanatismus. Denk an das, was er mit der Prostituierten gemacht hat. Er hat sie eine blonde Lockenperücke aufsetzen lassen und sie angefleht, ihn zu ertränken. Dann hat er versucht, sie umzubringen.«

»Er hat mir leidgetan, nicht Angst gemacht.«

»Kein Mitleid mit dem Teufel, Sib, oder es wird schlimm enden!«

»Wer ist Mirella?«, fragte die Anwältin, die dem Gespräch wieder eine sachlichere Wendung geben wollte.

»Der Name Mirella sagt mir gar nichts«, erwiderte Tony.

»Im Moment«, sagte Tante Frieda, »ist da außerdem vor

allem eins, was mich ... nun ja, neugierig gemacht hat. Gabriel sprach von toten jungen Frauen. Im Plural.«

Sie beugte sich über das Aufnahmegerät. Gabriels Stimme füllte wieder den Raum: »*Mirella ist wie vom Erdboden verschluckt. Wie alle anderen Mädchen auch.*«

»Klingt für mich ein bisschen übertrieben«, wandte Tony ein.

»Hat dich das nicht geschockt?«

»Entschuldigung, aber wir haben es hier mit einem Psychopathen zu tun!«

Sib sah zuerst den Schriftsteller an, dann die Anwältin.

»Pause. Stopp!«, sagte sie. »Was habe ich hier gerade nicht mitbekommen?«

»Gabriel hat von Frauen gesprochen. Mehreren Frauen«, erklärte Tante Frieda. »Er hat gesagt, der Wanderer – wer auch immer das sein mag ...«

»*Wer?*«, rief Tony empört. »Du meinst: *Was* er sein mag. Für Gabriel ist der Wanderer eine Art Monster, das sich die Seelen der Menschen einverleibt. Für mich tickt Gabriel nicht ganz richtig. Tante Frieda, du wirst doch wohl nicht im Ernst glauben, dass ...«

Tante Frieda brachte ihn mit einem Blick zum Schweigen.

»*Er mordet weiter.* Genau das hat er gemeint«, murmelte Sibylle und erschauderte. »Glaubst du, es könnte noch weitere Opfer geben?«

Tante Frieda rückte ihre Brille zurecht.

»Ich glaube gar nichts. Das sind reine Vermutungen.«

»Da, wo ich geboren bin«, brummelte Tony, »sind Vermutungen und Irrtümer das Gleiche. Lassen wir also das Fantasieren, einverstanden?«

»Ich sage ja nur, dass wir das im Hinterkopf behalten sollten. Jedenfalls müssen wir herausfinden, wer diese Mirella ist. Ob sie noch lebt oder schon tot ist, oder beides.«

Sibylle kippte das zweite Gläschen Grappa hinunter. Diesmal folgte auf das Brennen in der Magengrube ein angenehmer Schwindel.

»Wie kann ein Mensch zugleich lebendig und tot sein?«

»Menschen verschwinden schon mal, Leichen werden nicht immer identifiziert. So was sichert mir mein tägliches Brot.«

»Überzeugt mich nicht so ganz«, sagte Sibylle.

»Ich verstehe, dass du Zweifel hast, aber weißt du, was ich während meiner beruflichen Laufbahn gelernt habe?«

»Dass man Geduld haben muss?«, fragte Sib.

»Dass man Lösungen selten dort findet, wo man sie sucht. Die Nadel steckt nie im Heuhaufen.«

»Wenn wir wenigstens einen Heuhaufen hätten«, murmelte Tony.

Tante Frieda zog eine Schublade auf und holte eine Tüte Bonbons hervor. Sie hielt sie erst Sib, dann Tony hin, der sein Bonbon ohne genauer hinzuschauen gleich auswickelte und in den Mund steckte. Erdbeer. Er hasste den Geschmack.

»Lass dich nicht von Filmen täuschen, mein Junge. In Wirklichkeit findet die Polizei in der Mehrheit der Fälle den Täter nicht.«

»Versuchst du, die Truppe bei Laune zu halten, Tante Frieda?«

»Bei den meisten Fällen versagt die Polizei auf der ganzen Linie.«

Als sie sah, dass Sibylle das Bonbon noch in der Hand hielt, sagte sie mit vorwurfsvollem Unterton: »Sib, was wäre das Leben ohne ein bisschen Zucker?«

214

Vierundvierzig

Nach dem Treffen mit Tante Frieda brachte Tony Sibylle in seine Wohnung, damit sie sich dort ein wenig ausruhen konnte.

Dann fuhr er nach Sand in Taufers, um den Mustang abzuholen und den geliehenen Toyota zurückzugeben.

»Sie sind kein Purist, oder?«

Der Mechaniker deutete auf die neuen Reifen des Mustang.

Stimmt, dachte Tony, ein wahrer Kenner hätte das nicht durchgehen lassen. Aber die Originalreifen aufzutreiben, hätte zu viel Zeit gekostet.

»Hauptsache, er fährt.«

»Und was den Kratzer angeht«, sagte der Mechaniker und drückte ihm einen ölverschmierten Zettel in die Hand, »das ist die Adresse von einem Freund von mir. Der ist Fachmann für so was. Ja, mit den Reifen haben Sie schon recht, aber irgendwie ...«

Tony steckte den Zettel ein.

»Ich finde, ›Piser‹ klingt doch sehr originell.«

»Nehmen Sie Ihren Wagen wieder mit, Kumpel«, sagte der Mechaniker.

Er sagte es im Tonfall von jemandem, der es mit einem Verrückten zu tun hat, was ihn aber nicht daran hinderte, Tonys Geldscheine einzustecken. Hastig händigte er ihm die Quittung aus, empfahl ihm, den Schaden der Versicherung und bei der Polizei zu melden (Tony hatte es nicht getan, es wäre sinnlos gewesen) und verabschiedete sich, um sich erneut seiner Arbeit zuzuwenden.

Wieder in seinem Wagen sitzend, steuerte Tony einen Obi-Baumarkt am Ortsrand an. Er kaufte einen Tischlerhammer, Nägel in verschiedener Länge (lieber auf Nummer sicher gehen) und Sperrholzplatten von einem Zentimeter Dicke. Er verstaute alles im Auto und fuhr in Richtung Kreuzwirt los.

In dem Mietshaus, in dem Tony aufgewachsen war, brauchte niemand einen Klempner, Elektriker oder Tischler zu rufen. Es genügte, bei der Familie Carcano zu klingeln, und die Sache war erledigt. Dank seines Vaters war Tony der einzige Schüler in der Martin-Luther-King-Grundschule, der eine Torx von einer Robertson unterscheiden konnte oder den Unterschied zwischen einer Abisolierzange und einer Aderendhülsenzange kannte. Und trotzdem war er als Handwerker nicht halb so talentiert wie sein Vater. Er hatte einfach nicht das Händchen dafür. Immerhin, so dachte er, als er mit dem Mustang an der Schatten werfenden Krotn Villa vorbeifuhr, sollte es ihm gelingen, ein paar Sperrholzplatten an den Fenstern von Sibylles Haus anzubringen, ohne sich allzu ungeschickt anzustellen. Die Platten würden zwar keine Einbrecher vom Eindringen abhalten, aber doch vor Regen, Tieren und zu Streichen aufgelegten Dorfjungs schützen.

Als er zu dem von Brombeersträuchern umstandenen Haus gelangte, sah er, dass schon jemand anders vor ihm den gleichen Gedanken gehabt hatte. Die Vorstellung gefiel ihm gar nicht.

Vor allem, weil er die .22er zu Hause gelassen hatte.

Fünfundvierzig

Oskar hörte zu hämmern auf, als der Mustang in die Einfahrt bog. Er legte sein Werkzeug auf der Leiter ab, säuberte sich die Hände mit einem Lappen und ging auf das Auto zu.

Tony stellte den Motor ab und stieg aus. Bereit zur Konfrontation.

»Das mit Sib tut mir leid«, sagte der Besitzer des *Black Hat* mit verschränkten Armen.

»Das mit dem Haus oder das mit dem Job?«

»Es blieb mir nichts anderes übrig.«

»Hat Karin Perkmann dich angerufen?«

»Michl. Wo ist Sibylle?«

»In Bozen. Was dagegen?«

Oskar schüttelte den Kopf. Der Ohrring glitzerte im Sonnenlicht.

»Sie ist erwachsen. Es tut ganz gut, ab und zu mal eine Pause einzulegen. Auch wenn eure kleine Geschichte sicher nicht lange dauern wird.«

Tony hätte am liebsten laut aufgelacht. *Kleine Geschichte.* Wie im Fernsehen.

»Mir scheint, du kennst Sibylle nicht halb so gut wie du glaubst, alter Junge.«

»Ich möchte dir drei Fragen stellen, Tony.«

»Kommt mir bekannt vor.«

»Hast du Sib gern?«

»Auch das erinnert mich an was.«

Oskar bohrte ihm den Zeigefinger in die Brust.

»Antworte.«

»Ich würde ihr niemals wehtun. Und jetzt nimm die Pfoten weg, sonst stopfe ich sie dir ins Maul.«

»Da werde ich mich wohl fügen müssen.«

»Ganz genau. Und die zweite Frage?«, sagte Tony.

»Willst du sehen, was Sibylle sich erspart hat, als sie aus Kreuzwirt weggegangen ist?«

Oskar wartete gar nicht erst die Antwort ab. Er schob sein T-Shirt hoch, sodass eine zehn Zentimeter lange Narbe zum Vorschein kam. Der Schnitt war sauber und präzise.

»Peter?«, fragte Tony und dachte an das, was Sib ihm von Oskars Plan erzählt hatte, ein Hotel in Kreuzwirt zu eröffnen. »War er das?«

»Die ist von 2000. Da war Peter im Krankenhaus. Sie hatten ihn schon aufgegeben, aber er hat noch vier Jahre durchgehalten. Du kennst ja den Spruch vom Unkraut, oder?«

»Dann Rudi? Oder vielleicht Martin?«

Oskar ließ das T-Shirt wieder herunter.

»Martin war in der Villa eingesperrt, und Rudi ... Ich weiß, ihr seid aneinandergeraten, aber Rudi markiert gerne den starken Max. Alles nur Theater. Ich weiß, wovon ich rede. Ab und zu gehen wir zusammen angeln.«

»Und er erteilt gerne anderen Leuten eine Lektion. Verarsch mich nicht, Oskar«, sagte Tony angriffslustig. »Rudi hat versucht, Sibylle umzubringen.«

Oskars Antwort haute ihn um.

»Und wo ist die Leiche?«

»Die ... Leiche?«

»Wollte er sie umbringen oder ihr nur ein bisschen Angst einjagen?«

Tony spürte, wie ihm das Blut in den Kopf schoss.

»Erzähl doch keinen Schwachsinn!«

Er drehte sich auf dem Absatz um und wollte gehen. Dem Glatzkopf hatte er nichts mehr zu sagen.

Oskar hielt ihn am Arm zurück.

»Rudi hat dein Auto ruiniert. Und er hat dir einen Schrecken eingejagt. Gib's zu, du hast dir vor Angst in die Hose gemacht. Aber was hätte er schon groß bewirken können, wenn er handgreiflich geworden wäre?«

Tony machte sich aus der Umklammerung los.

»Warum stellst du solche Fragen nicht lieber Hannes, dem Cowboy?«

»Ich suche keinen Ärger. Ich will nur, dass du es endlich kapierst. Rudi macht das, was die Perkmanns ihm sagen. Wenn sie wollen, dass er dir Angst einjagt, spielt er den Psychopathen und bereitet dir fünf Minuten, die du nie mehr vergisst, und dann geht er nach Hause und hockt sich vor die Glotze oder kommt auf ein Bier ins *Black Hat*. Aber Peter, sein Vater, der ...«

Oskar schüttelte den Kopf.

»Was das Hotel betrifft, so hatte Perkmann ihn beauftragt, mir einen Denkzettel zu verpassen. Vielleicht ein ausgeschlagener Zahn oder so. Mehr nicht. Bei Rudi wäre das genau so abgelaufen. Sein Vater hingegen hat mir an drei verschiedenen Stellen den Ellbogen zertrümmert und hatte noch dazu tierischen Spaß dabei. Peter war die Art von Mensch, die einen Hund über den Haufen fahren, nur um sich an dem Schauspiel zu weiden, wie er stirbt.«

Tony verzog voller Abscheu das Gesicht.

»Mir fallen ein paar mittelalterliche Foltermethoden für jemanden wie ihn ein.«

»Außerdem war Rudi 2000 erst dreizehn und wog vierzig Kilo. Glaubst du, so ein Hänfling hätte mir etwas Derartiges zufügen können?«

Er deutete auf die Narbe unter seinem T-Shirt.

»Wer war es dann?«

»Michl.«

Tony wurde schwindelig.

Michl?

»Ich war sturzbesoffen, der ideale Zeitpunkt also, um mich anzugreifen. Michl führte das Messer, Karin sah zu und lachte. Beide lachten. Die gute Karin hatte einen Heidenspaß.«

Michl.

Karin.

»Warum? Warum haben sie das getan?«

»Kreuzwirt ist wie ein altes, böses Tier. Eins, das sich nur schwer an Veränderungen gewöhnt. Alles muss bleiben, wie es ist. Bis in alle Ewigkeit. Und ich wollte abhauen, für immer. Das *Black Hat* zumachen und verschwinden. Ich hatte die Nase voll.«

»War Erika auch jemand, der die Nase voll hatte?«

»Allmählich dämmert's dir, was?«, kommentierte Oskar.

»Und wo stand sie auf der Rangliste?«

»Ganz unten. Tarotkarten legen, das war okay. Die Narrische spielen, das war auch okay. Aber am helllichten Tag ihr ... Anderssein hervorzukehren, das war nicht okay. Erika war zu viel für dieses Dorf. Zu lebendig, zu frei. Kreuzwirt ist wie ein Hamsterkäfig, und du bist der Hamster. Solange du brav im Rad läufst, ist alles in Ordnung, und dir passiert nichts. Aber wehe, du willst aussteigen.«

»Ein Ort, an dem sich nichts ändert, mit Ausnahme der Namen von den Darstellern, richtig? Rudi nimmt den Platz seines Vaters ein. Karin den von Friedrich. Und Michl spielt den Hamster wie zuvor Horst. Aber du wolltest mir drei Fragen stellen. Eine fehlt noch«, sagte Tony.

»Wirst du dafür sorgen, dass Sibylle sich diese Geschichte aus dem Kopf schlägt?«

»Sie wird nicht lockerlassen.«

»Dann bleib in ihrer Nähe.«

»Und du, spiel nicht den braven Hamster. Wenn du etwas weißt, dann sag es. Warte nicht, bis jemand zu Schaden kommt.«

Oskar drehte sich um und betrachtete Erikas Haus.

Als er Tony wieder anblickte, schien er um zwanzig Jahre gealtert.

»Gabriel, der hatte auch jemanden ...«, murmelte er. »Wenn ich ihn traf. Um mir was ... bei ihm zu holen.«

»Warst du damals auch ein Junkie?«

»Ja.«

»Kokain?«

»Ich war rückfällig geworden. Ich besorgte mir den Stoff bei Gabriel, nicht bei Hannes. Irgendwie kam es mir weniger schlimm vor, bei jemandem zu kaufen, den ich kannte. Manchmal kam Gabriel in Begleitung einer jungen Frau. Seiner Freundin.«

Ein Schauder lief über Tonys Rücken.

»Hieß sie Mirella?«

»Mir gegenüber gab sie sich als Yvette aus. Yvette Fontana. Gabriel hat sie mit ›Leah‹ angeredet. Sie wurde immer wütend, wenn er sie so nannte. Ziemlich mager. Wahrscheinlich auch so eine Drogentussi.«

»Leah, die Kuh«, hatte der Würstelbrater mit dem Cowboyhut sie genannt.

»Und der Name Mirella? Sagt dir nichts?«

»Nie gehört.«

»Gibt es niemanden in Kreuzwirt, der so heißt? Jemand, der mit Gabriel zu tun hatte?«

»Habt ihr ihn gefunden?«

»Er ist im Gefängnis. Wegen versuchtem Mord.«

»Das wusste ich nicht.«

»Aber es überrascht dich auch nicht.«

»Nein.«

»Ist das alles, Oskar?«

»Diese Narbe war im Jahr 2000 eine Warnung für mich. Inzwischen sieht die Sache anders aus, heute ist sie eine Warnung für dich. Von Erika. Rette ihre Tochter, bring sie weg. Ganz weit weg.«

Sechsundvierzig

1.

Sib wachte auf und geriet in Panik. Sie dachte, sie sei immer noch in der Zelle. Die vergitterten Fenster, die gepanzerten Türen. Der widerliche Gestank.

Zum Glück hielt es nicht lange an. Sie war bei Tony. In dem Viertel, das er beharrlich «Shanghai» nannte. Sie war in Sicherheit, nicht in der Via Dante. Keine vergitterten Fenster.

Wie spät war es wohl? Das Licht fiel schräg durch die Fensterläden, das Handydisplay zeigte kurz nach fünf Uhr nachmittags an.

Sibylle streckte sich.

Das Gästezimmer ging auf Schloss Sigmundskron hinaus. Ein hübsches, einladendes Bett, zwei Kleiderschränke und ein kleiner Schreibtisch mit einem Bürostuhl davor.

Allein in der Wohnung, ließ Sibylle sich von ihrer Neugier leiten.

Tonys Heim war geräumig, aber abgesehen von der ultramodernen Klimaanlage (die hat er wegen Freddy, dachte sie mit einem Lächeln) und der schicken Küche eine ganz normale Wohnung. Ein paar Reproduktionen berühmter Gemälde, eine Stereoanlage, ein Spiegel neben der Eingangstür, Freddys Hundekorb, ein Sofa und Bücher. Tonnenweise Bücher. Überall. Die Mauern von Tonys Festung. Ihr Gähnen hatte sie daran erinnert, dass sie dringend Ruhe brauchte. Von einem der Regale hatte sie sich noch einen von Tonys Romanen geschnappt und mit ins Gästezimmer genommen.

Vollständig angezogen hatte sie sich aufs Bett gelegt. Nach drei Seiten war sie eingeschlafen.

2.

Ein paar Stunden später stand Sibylle auf und verließ das Zimmer, barfuß, mit verwuscheltem Haar, dem Geschmack von Schlaf im Mund und einer noch etwas verschwommenen Wahrnehmung. Freddy, dessen Fell sich im Luftzug der Klimaanlage kräuselte, schnarchte wie ein Motorboot.

»Gut geschlafen?«

Sib zuckte zusammen.

Tony legte das Handy aufs Sofa und lächelte sie an.

»Ich wollte dich nicht erschrecken.«

»Du hättest mich doch wecken können!«

»Wollte ich nicht.«

»Noch mehr Mails von irgendwelchen Verrückten?«

Tony schüttelte entnervt den Kopf.

»Ist es so schrecklich?«

»Der Typ, der glaubt, der Antichrist zu sein, ist noch der Netteste.«

»Die Welt ist schon seltsam«, sagte Sibylle. »Seit wann bist du hier?«

»Ich habe einen kleinen Plausch mit deinem Exchef gehalten. In aller Freundschaft, also keine Sorge.«

»Worum ging's?«

»Er sagte, ich soll auf dich aufpassen.«

»Das kann ich schon selber. Gib's zu, du hast eine Schwäche für starke Frauen.«

»Für starke Frauen und für solche, die ...«

Tony unterbrach sich.

... *die verwuschelte Haare haben.*

... *sich ständig Strähnen um den Finger wickeln.*

... *nicht wissen, wie mutig sie eigentlich sind.*

Und die ...

»... die kochen können«, brachte er den Satz zu Ende und stand auf. »Was kann man machen? Ich bin halt ein Steinzeitmensch. Möchtest du einen Kaffee?«

Sib folgte ihm.

»Wusstest du, dass Oskar den *Black Hat* aufgeben wollte?«

»Nein.«

Tony setzte die Espressokanne auf den Elektroherd.

»Und wusstest du, dass Karin und Michl ihm eine riesige Schnittwunde zugefügt haben?«

Siebenundvierzig

Kein gutes Geschäft heute für Madame dell'Angelo. Der letzte Kunde, ein Angestellter von H & M, der unbedingt eine Kollegin heiraten wollte, die aber immer seinen Namen verwechselte, war um zehn Uhr morgens gegangen. Zufrieden und, wie immer, hoffnungsvoll. Seitdem: nichts. Madame dell'Angelo hatte die Zeit genutzt, um ein wenig bei Zalando zu shoppen, etwas auf Facebook zu posten (vor allem Katzenfotos), die Statue der Santa Muerte (von einer koreanischen Firma direkt nach Bozen geliefert, für läppische 29,99 Euro) mit ein paar künstlichen Spinnweben zu drapieren, mit ihrer Mutter zu telefonieren, die sich eine Sommergrippe eingefangen hatte, und zu Mittag ein Brötchen mit Käse und einen zuckerfreien Softdrink zu sich zu nehmen. Als sie beschloss, den Laden für heute zuzumachen, so etwa gegen fünf Uhr nachmittags, hörte sie die Glocke an der Eingangstür bimmeln.

Ein Mann und eine Frau traten über die Schwelle. Er um die vierzig, sie jünger. Blond, lange Haare. Madame dell'Angelo zupfte ihren Turban zurecht, ordnete ihre Halsketten und jubelte innerlich. Paare waren ihr die liebsten Kunden. Vor allem solche, die in der Krise steckten. *Wenn das Paar schmollt, der Rubel rollt.* Für Paare in der Krise war sie der letzte Strohhalm, auch wenn schon längst alles verloren war. Und das hieß: etliche Termine. Und zusätzliche Rituale.

Und das eine oder andere Amulett für unters Kopfkissen. Und ...

Sie bat ihre Besucher, an dem Tischchen in der Mitte des Ladens Platz zu nehmen, zündete einige Kerzen an und mischte die Tarotkarten. Währenddessen studierte sie die Körpersprache des Paares (das Mädchen angespannt, er in der typischen »Ich-bin-nur-ihretwegen-hier«-Haltung) und stellte ein paar einleitende Fragen zum Kennenlernen. Dann zeigte sie die Karten.

»Der Teufel. Das bedeutet: Die Leidenschaft ist erloschen«, sagte sie und zeigte auf die erste Karte.

Das Mädchen führte erschrocken die Hand ans Gesicht.

»Mach dir keine Sorgen, Liebes. Schauen wir mal, was die Arkana für euch in petto haben. Den Teufel zu ziehen, ist nicht automatisch etwas Schlimmes. Nimm den Schleier von deinen Augen. Glaub nicht an alles, was du liest.«

»Es sind eine Menge Scharlatane da draußen unterwegs«, sagte der Mann.

»Aber ihr seid zu Madame dell'Angelo gekommen.«

Madame dell'Angelo sprach immer in der dritten Person von sich.

Neue Karte. Die Mäßigkeit.

»Ruhe und Ausgeglichenheit. Seht ihr die goldene Amphore? Das ist das Symbol für den Verstand. Der Verstand ist stets der Verkünder ...«

»›Der Verkünder?‹ Habe ich richtig gehört?« Der Mann schaute erst sie, dann das Mädchen an seiner Seite an. »Mein Gott, *Verkünder* ...«, wiederholte er gespielt ungläubig. Dann blies er die Kerzen aus.

Die junge Frau stand auf und drehte den Schlüssel um, der von innen in der Ladentür steckte. Dann ließ sie die Jalousie vor dem Schaufenster herunter.

Der Mann nahm der Wahrsagerin die Tarotkarten aus der Hand und legte sie auf dem Tisch aus.

»Jetzt bin ich dran.«

Zwei vertikale Reihen mit je drei Karten. Am unteren Ende zwei querliegende Karten. Und ganz oben noch einmal zwei Karten, die leicht schräg zueinander standen, wie eine Pfeilspitze. Das Lächeln des Kolibris.

Madame dell'Angelo nahm den Turban ab und enthüllte ihre dunkle Lockenmähne. Sie hatte damit gerechnet, dass früher oder später jemand kommen würde.

»Möchtest du nicht erfahren, was die Zukunft dir bringt, Yvette?«

Yvette Fontana, alias Leah, redete im Unterschied zu Madame dell'Angelo nicht in der dritten Person von sich. Sie wedelte den Kerzenrauch vor ihrem Gesicht weg.

»Nicht nötig«, sagte sie. »Ihr wollt vermutlich wissen, was mit Gabriel und Mirella ist.«

Achtundvierzig

1.

Madame dell'Angelos Adresse hatten sie von Tante Frieda bekommen. Nachdem die ehemalige Anwältin die wahre Identität von Gabriels Freundin herausgefunden hatte, war das für sie ein Kinderspiel gewesen. Yvette Fontana hatte nicht nur einen ziemlich auffallenden Vornamen, sondern war 2007 bei einer Routinekontrolle wegen des Verdachts auf Dealerei mit Kokain gemeinsam mit Gabriel auf dem Parkplatz einer Diskothek in Eppan festgenommen worden. Die Anklage wurde fallen gelassen, weil die beiden den Stoff offenbar rechtzeitig beiseitegeschafft hatten, aber was einmal in den polizeilichen Datenbanken gelandet war, blieb dort bis in alle Ewigkeit.

Und erzähl mir jetzt bitte nichts von Datenschutz, Tony, oder ich schreie. – Ich habe doch noch nicht mal den Mund aufgemacht!

Yvette Fontana, studierte Psychologin, hatte sich nach einer Entziehungskur und diversen Gelegenheitsjobs als Heilerin neu erfunden. Ihr Ladenlokal, ehemals ein Tätowierungsstudio in der Via Cassa di Risparmio im Zentrum von Bozen, firmierte als »Therapeutische Einrichtung«.

Tony gefiel die Ironie dahinter.

2.

»Gabriel war ein echter Vulkan«, begann Yvette zu erzählen. »Wir lernten uns 2003 in einer Disco kennen. Gabriel kam auf mich zu und wollte mir Ecstasy verkaufen. Ich hatte noch nie welches genommen, aber schon davon gehört. Warum nicht mal ausprobieren, dachte ich mir. Wir kamen ins Gespräch. Er war charmant, intelligent. Ich verliebte mich in ihn. Bald darauf war auch ich drogensüchtig. Wirklich erbärmlich.«

»Ihr wart ganz schön lange zusammen.«

Yvette lächelte betrübt.

»Ich war gern mit Gabriel zusammen. Es war aufregend. Zumindest am Anfang. Bis dahin war ich ein braves Mädchen gewesen, ich hatte sogar studiert, weil meine Familie das so wollte. Aber mit Gabriel zusammen zu sein, war, wie Bonnie und Clyde zu spielen. Obwohl wir oft in Obdachlosenheimen oder auf der Straße schlafen mussten.«

»War Gabriel gewalttätig?«, fragte Sib.

»Nein, nicht mir gegenüber. Nie. Aber er hatte so seine Probleme. Erika. Ihr Tod. Denn um sie geht es euch doch, oder? Gabriel hatte ein Foto von ihr. Er sagte, er würde es Kreuzwirt heimzahlen. Ihm sei sofort klar gewesen, dass sie umgebracht worden war. Er hat mir erzählt, was die Leute so über sie sagten.«

»Erika die Narrische?«

»Das ging ja noch. Für Gabriel waren die alle neidisch auf sie. In seinen Augen war Erika ein Freigeist, ein heimliches Genie. Aber Gabriel beurteilte sie natürlich aus der Perspektive eines Mannes ...«

»War er in sie verliebt?«

»Er war besessen von ihr!«, erwiderte Yvette. »An manchen Gerüchten über sie sei was Wahres dran gewesen, meinte Gabriel. Zum Beispiel, dass sie nachts durch die Wälder streifte. Oder dass sie mit Tieren redete, auch noch als Erwachsene. Aber tatsächlich hat man sie wohl fast immer zum Sündenbock gemacht. Wenn ein Mann seine Frau verließ, dann hatte Erika ihn angeblich verführt. Man bezahlte sie zwar fürs Kartenlegen, aber ohne Respekt, so als wäre sie eine Hure. Als sie dann als Kellnerin im *Black Hat* anfing, nahm das Gerede noch zu. Erika behauptete, es würde ihr nichts ausmachen. Aber Gabriel wusste, wie sehr es ihr zusetzte. Das Kartenlegen war ihr trotz allem wichtig und gab ihr Halt.«

»Und am Ende hat der Klatsch sie umgebracht?«

»Zumindest ist sie deswegen von zu Hause abgehauen.«

Sib wischte sich den Schweiß von den Schläfen. Obwohl der Ventilator an der Decke lief, war es stickig in dem Raum.

»Und schwanger zurückgekehrt. Wusste Gabriel, wer der Vater war?«

»Nein. Gabriel sagte, Erika sei der einsamste Mensch der Welt gewesen. Daher beschloss er, es Kreuzwirt heimzuzahlen. Auf eine ziemlich ... durchgeknallte Weise. Indem er sich nämlich eine blonde Perücke aufsetzte und dieses verdammte Symbol auf die Hauswände malte. Das war seine Art, die anderen nervös zu machen. Völlig irre. Aber auch irgendwie romantisch.«

»Sag bloß, Gabriel war der Voyeur, der in die Häuser eindrang!«

»Nein. Das war nicht er, das hätte er mir erzählt. Vergesst nicht, dass er bis zu Erikas Tod ein ganz normaler Junge war. Dieses Ereignis hat ihn verändert. Danach hat Gabriel Kreuzwirt mit seinem Irrsinn terrorisiert. Sein Vater kam ihm schon bald auf die Schliche, bat um Versetzung und nahm die Familie mit. Gabriel erzählte mir, als der arme

Kerl die Perücke entdeckte, hätte er total verrückt gespielt, weil er dachte, sein Sohn wäre schwul.«

»Was für ein tolerantes Völkchen«, murmelte Tony mit bitterem Unterton.

»Kreuzwirt halt«, sagte Sib.

»Die Familie zog aus Kreuzwirt weg, Gabriel blieb weiter besessen. Er hatte Albträume von Erika, sah sie am See, im Dorf. Er begann, Tabletten zu schlucken. Erst, um einzuschlafen, dann, um nicht mehr zu schlafen, schließlich weil er abhängig geworden war. Er kam von Erika nicht los. Und diesem von Juntz. Manchmal war ich eifersüchtig. Bescheuert, ich weiß.«

»Von Juntz? Was ist das?«

»Ein Buch. *Unaussprechliche Kulte*. Der Autor heißt von Juntz. Ich dachte, das wüsstet ihr.«

»Nein, nie gehört.«

»Einmal brachte Gabriel mich nach Kreuzwirt. Wir gingen aber nicht ins Ortszentrum, sondern er zeigte mir die Villa der Perkmanns. Erzählte von der Bibliothek dort, die er als kleiner Junge oft zusammen mit Erika, Elisa und Karin aufgesucht hatte. Dort stieß Erika irgendwann auf den von Juntz. Das Buch sei voller Zeichnungen gewesen, meinte Gabriel. Er selbst fand es unheimlich, Erika nicht. Das Symbol des Kolibris hat sie darin gefunden. Natürlich bekam Horst einen Wutanfall, als er die Jugendlichen dabei erwischte, wie sie in seinen wertvollen Büchern blätterten. Er feuerte die Haushälterin, die nicht dafür gesorgt hatte, dass der bewusste Schrank verschlossen blieb, Erikas Tante ...«

Sib riss die Augen weit auf.

»Tante Helga? Hieß sie Helga?«

»Ich weiß nicht. Vielleicht.«

Lügen. Wie viele Lügen hatte Tante Helga ihr wohl aufgetischt?

»Von dem Moment an«, fuhr Yvette fort, »legte Erika ihre Karten nach diesem Symbol. Das Lächeln des Kolibris. Angeblich ein Glückssymbol, denn Kolibris seien Glücksbringer. Und Erika liebte Tiere, und Gabriel zufolge konnte sie ihre Laute hervorragend nachmachen. Jahre später sind Gabriel ein paar völlig ausgebleichte, an vielen Stellen unterstrichene Fotokopien von dem Buch in die Hände gefallen. Sie stammten nicht aus der ersten Auflage, und es haben offenbar einige Seiten gefehlt, aber der Rest reichte als Beweis dafür, dass Erika sich geirrt hatte.«

»In Bezug auf was?«

»Das Lächeln des Kolibris war eben kein Glückssymbol. Sondern es diente dazu, den Wanderer heraufzubeschwören. So nannte er ihn: ›den Wanderer‹. Manchmal auch: ›den, der kommt und geht‹. Oder: ›das Gespenst‹. Oder einfach: ›Tommy Sunlight‹. Laut Gabriel war es sehr unvorsichtig von Horst gewesen, das Buch nicht wegzuschließen. Er hätte es eigentlich verbrennen müssen, meinte er. Dieses Symbol ... Habt ihr schon mal was von den ›subtilen Welten‹ gehört?«

Tony rutschte unruhig auf seinem Stuhl hin und her.

»Wenig.«

»Gabriel glaubte, dass es mehrere Welten gibt. Einige sind Kopien der unsrigen, aber mit kleinen Unterschieden. Es sind sechs statt fünf olympische Ringe in der anderen Welt, Yvette ist blond statt brünett, die Etsch fließt durch Rom statt durch ...«

»Und die Foxes können sich Spieler der NHL leisten ...«

»Zwischen den verschiedenen Welten existieren sogenannte Schnittstellen. Sie dienen dazu, das Böse im Zaum zu

233

halten, sind aber zugleich auch so etwas wie Speicher. Denn das Böse ist von Juntz zufolge existenziell für das Funktionieren des Universums. Ohne Tod kein Leben, keine Wiedergeburt. Ohne Krieg kein Frieden.«

»Noch mal langsam zum Mitschreiben«, sagte Tony. »Das Universum hält das Böse in Schach, aber ab und zu spritzt doch mal ein bisschen was über den Rand, damit alles besser flutscht? Das ist doch verrückt! Idiotisch geradezu.«

»Genau das hat Gabriel auch immer gesagt. ›Das Universum ist idiotisch.‹ Aber wir haben nur dieses eine Universum. Die subtilen Punkte sind die Stellen, an denen die Welten einander näher sind als sonst. Die meisten Menschen können sie nicht sehen. Aber jemand, der etwas sensibler ist, spürt ihre Anwesenheit. Subtile Menschen wie Erika pendeln zwischen den beiden Welten. Oft sind dies ganz besondere Menschen, sagte Gabriel. Sie wissen nicht um die Macht, die sie besitzen, kennen nicht ihre Fähigkeit, hinter die Fassade zu blicken. Dazu bedürfen sie eines Schlüssels.«

Yvette deutete auf den Tisch mit den Tarotkarten.

»Die subtilen Menschen sind die Tür, der Schlüssel und das Schloss. So beschreibt es von Juntz. Durch die Verwendung gewisser Symbole können andere Welten mittels bestimmter Schnittstellen in der Wirklichkeit erreicht werden. Erika hatte mit einem dieser Symbole zu spielen begonnen. Einem der gefährlichsten. Dem Lächeln des Kolibris. Damit hat sie dem Wanderer den Zugang eröffnet.«

»Der Wanderer ist also gar keine reale Person?«

»Tommy Sunlight stammt nicht aus dieser Sphäre. Er ist ein Albtraum. Das Lächeln des Kolibris dient als direkter Zugang zu den Schnittstellen. Der Wanderer kommt von dort.«

Das regelmäßige Tropfen einer Wasseruhr. Ein Hupen in der Ferne.

Tony lachte auf.

»Wirklich sehr stimmungsvoll ... Okay, aber jetzt zurück zu Gabriel. Zu Mirella. Zu Martin Perkmann. Haben Sie diese Namen schon mal gehört?«

»Natürlich, und zwar oft. Vor allem von Karin. Gabriel hasste sie; angeblich hat sie die meisten Gerüchte über Erika in die Welt gesetzt.«

»Uns schien eher, dass sie befreundet waren.«

Ein Schatten huschte über das Gesicht der Wahrsagerin.

»Und Mirella?«

Yvettes Gesichtsausdruck verdüsterte sich endgültig.

»Mirella Buratti, das war ihr vollständiger Name. Ich erinnere mich noch gut an die verzweifelten Aufrufe der Mutter im Fernsehen. Das war im Januar 2008. Gabriel behauptete, der Wanderer habe Mirella umgebracht. Was für eine seltsame Situation damals! Gabriel nahm keine Drogen mehr, nur noch ab und zu Amphetamine, um wach zu bleiben. Aber keine Halluzinogene mehr oder so was in der Art. Er hörte auf zu dealen, denn er wollte dieses Mädchen unbedingt finden, und Dealen war da nur Zeitverschwendung. Natürlich gelang es ihm nicht. Nach ein paar Monaten attackierte er diese Prostituierte, und danach ...« Yvette zerrte an ihrer Halskette. »Es war Gabriel, der unsere Beziehung beendet hat. Er sagte, es sei zu gefährlich für mich, mit ihm zusammen zu sein. Das war direkt nach der Begegnung mit diesem Gecken.«

»Welchem Gecken?«

»Michl Horst. Diesem Arzt. Dem Freund von Karin Perkmann. Ich weiß nicht, worüber sie alles sprachen. Ich weiß nur, dass Gabriel nach dieser Unterredung alle seine Aufzeichnungen verbrannte, einen Haufen Mappen voller Gekritzel, Notizblöcke, Hefte, er verbrannte auch die

Fotokopien der *Unaussprechlichen Kulte*. Er verfrachtete mich ins Auto und brachte mich zu einem Therapiezentrum in Trient. Er ließ mich dort aussteigen und sagte zu mir, wir würden uns nie wiedersehen.«

Yvette sah Tony und Sibylle eindringlich an.

Tränen standen ihr in den Augen.

»Also, ich nenne das Liebe. Und Sie?«

Neunundvierzig

»Was hältst du davon?«

Sibylle und Tony gingen mit Freddy im Schlepptau spazieren. Ab und zu begegneten sie einem wahnwitzigen Mountainbiker oder einem verrückten Jogger, außerdem zahlreichen Hundenarren. Obwohl die Sonne schon fast untergegangen war, herrschte noch eine derartige Hitze, dass kaum jemand den Fuß vor die Tür setzen mochte.

»Ich denke, das mit Tommy Sunlight ist ein Schmarrn. Und das mit den subtilen Welten und den Schnittstellen des Universums auch. Was die Idiotie des Universums angeht, da könnte was Wahres dran sein. Und ja, Liebe ist etwas Seltsames – sofern man bei den beiden wirklich von Liebe reden will.«

»Er hat sie verlassen, bevor er ihr etwas antun konnte, in gewisser Weise hat er sie also beschützt.«

»Vor sich selbst? Na großartig!«, erwiderte Tony. »Du hast wohl vergessen, dass er sie mit den Drogen und diesem ganzen Irrsinn in Kontakt gebracht hat.«

Sibylle trat gegen einen Kieselstein auf dem Weg.

»Entschuldige«, sagte Tony. »Manche Dinge bringen mich einfach auf die Palme.«

»Entschuldigung akzeptiert. Glaubst du, Tommy Sunlight ist eine Figur aus der Welt von ...« – Sibylle musste an den Jungen in Shanghai denken, der den ganzen Tag eine unsichtbare Katze streichelte – »... *Und plumps, macht's mit Ricky rums?*«

»Zusammen mit den Einhörnern, der kleinen Zahnfee und den Schlümpfen.«

»Und Mirella? Weißt du, ob Tante Frieda etwas herausgefunden hat?«

»Ich habe sie angerufen, aber sie war ein wenig ...«

»Schroff?«

»Einsilbig. Sie hat gesagt, ich solle sie am besten in Ruhe ihre Arbeit tun lassen. Mit Betonung auf ›Ruhe‹. Wenn die Arbeitswut sie packt, kommt die Pustertalerin in ihr zum Vorschein.« Er lachte. »Tante Frieda hat Zugang zu den Datenbanken der Polizei. Sollte Mirella Buratti tatsächlich existiert haben und damals als vermisst gemeldet worden sein, wie Yvette erzählt hat, wird sie sie mit Sicherheit ausfindig machen. Und frag mich lieber nicht, ob das Anzapfen der Polizeiserver legal ist. Das wollen wir gar nicht wissen, nicht wahr?«

»*Nope.*«

»Falls in den Zeitungen tatsächlich von Mirella berichtet wurde und die Mutter in den Nachrichten zu sehen war, können wir auch ohne Tante Friedas Hilfe nach ihr suchen. Ich fange gleich damit an, sobald wir wieder zu Hause sind. Aber einstweilen bitte ich dich um eines, Sib.« Tony blieb stehen, und seine Stimme wurde sanfter. »Lass uns bitte im Konjunktiv sprechen. Okay? Das Schlüsselwort ist: *falls.*«

»Und der Wanderer?«, versetzte Sib. »Und die Beweise, die Gabriel zusammengetragen hat? Vielleicht hat Michl sich im Jahr 2008 genau darüber mit ihm unterhalten, woraufhin Gabriel es mit der Angst zu tun bekam, sich von Yvette trennte und ganz plötzlich von der Bildfläche verschwunden war.«

»Was denn für Beweise? Bislang haben wir nur Gerede. Wir bewegen uns hier auf ganz dünnem Eis, Sib. Vor allem bedeutet das nicht, dass der Wanderer, oder wer immer sich dahinter verbirgt, tatsächlich existiert.«

Sie drehten sich im Kreis, dachte Tony. Er spürte, wie seine Frustration zunahm, als wären die Hitze und die Erschöpfung nicht schon genug.

»Sag mal, du bist wohl durch nichts aus dem Gleichgewicht zu bringen, was?«, spöttelte Sibylle.

Tony warf ihr einen schrägen Blick zu.

»Willst du die Wahrheit wissen?«

»Schieß los.«

»Diese Sache mit Tommy Sunlight klingt für mich wie ein Schuldeingeständnis.«

»Für den Mord an Mirella und womöglich noch an weiteren Mädchen?«

Tony ließ den Blick über die Weinberge und Schloss Sigmundskron wandern.

Ein Stück weiter südlich floss friedlich die Etsch dahin.

»Und hier kehren wir wieder ins magische Reich der Hypothesen zurück.«

Fünfzig

Mitten in der Nacht kam Sibylle in Tonys Arbeitszimmer gestürzt.

Der Schriftsteller schreckte hoch.

»Ich weiß, wer es ist!«

»Wer? Was?«, fragte Tony verwirrt.

Erst jetzt bemerkte Sibylle das Chaos im Zimmer. Überall lagen Blätter verstreut, und der Drucker spuckte unermüdlich weiteres Papier aus.

»Was ist los?«

»Tante Frieda hat ihre Hausaufgaben gemacht.«

»All das hier nur zu Mirella?«

Tony rieb sich die Augen.

»In gewisser Weise ja.«

»Warum hast du mich nicht gerufen? Und was bedeutet ›in gewisser Weise‹? Du bist ganz schön unausstehlich, wenn du dich so benimmst, weißt du das?«

»Ich dachte, du schläfst.«

»Nein, wie du siehst. Würdest du mir bitte eine Antwort geben?«

»Eins nach dem anderen. Von wem hast du gerade gesprochen?«

»Von Tommy Sunlight. Ich habe mir deine DVDs angesehen. Und deine Bücher. Deine Pop-Kultur-Geschichten finde ich ziemlich spannend. Wenn man bedenkt ...« – Sibylle lächelte – »... dass das ein Film aus deiner Zeit ist.«

»Aus *meiner* Zeit?«

»Als du so alt warst, wie ich jetzt.«

»*Fight Club? Matrix?*«

»*Der Exorzist.*«

»Der Film kam vor meiner Geburt raus«, protestierte Tony. »Du *Küken.*«

»*Der Exorzist III* stammt von 1990.«

»Da war ich *elf*!«

Sibylle riss die Augen auf.

»Tatsächlich?«, foppte sie ihn. »Erst elf? Vielleicht solltest du langsam mal Anti-Falten-Creme benutzen.«

»Sehr witzig.«

Sibylle setzte sich auf die kleine Couch, schlug die Beine übereinander und tat, als würde sie nicht bemerken, dass Tony sich alle Mühe gab, woanders hinzugucken. Seine Aufmerksamkeit schmeichelte ihr, aber das musste sie ihm ja nicht auf die Nase binden.

»Tommy Sunlight«, erklärte sie, »ist der Name einer Figur von William Peter Blatty.«

»Müsste ich den kennen?«

»Selbstverständlich! Das war ein Genie. Er schrieb das Buch, das als Vorlage für *Der Exorzist* diente und hat bei *Der Exorzist III* Regie geführt. Dieser Film wiederum basiert auf seinem Roman *Das Zeichen.*«

»Wir suchen also nach einem Schriftsteller mit einem Hang zu Horrorgeschichten?«

Sibylle griff nach einer Zeitschrift und feuerte sie in seine Richtung.

»Blödmann!«

Tony zog den Kopf ein. »Hilf mir auf die Sprünge. Ich kapiere gar nichts mehr. Muss wohl am Alter liegen.«

»*Der Exorzist III* ist die eigentliche Fortsetzung von *Der Exorzist.* Hast du den gesehen?«

»Den ersten. Ich habe mir vor Angst beinahe in die Hose gemacht.«

»Was für eine Memme du bist, Mister Kleenex. Der Film war extrem erfolgreich, und so wurde ein Sequel gedreht, aber ohne die Mitwirkung Blattys. Der dann Jahre später *Das Zeichen* schrieb, aus dem *Der Exorzist III* wurde. Es gibt etliche Unterschiede zwischen Roman und Film. Der wichtigste ist der Name des Bösewichts: Im Film heißt er Patient X, im Roman Tommy Sunlight.«

»Aha.«

»Weißt du, worum es in *Der Exorzist III* geht?«, fragte Sibylle.

»Das Mädchen mit dem furchtbar schiefen Kopf, das grünen Brei kotzte, ist erwachsen geworden und arbeitet als Escort-Girl. Sie trifft auf den American Gigolo Richard Gere und verliebt sich in ihn.«

»Der Dämon Pazuzu ist wieder in der Stadt. Und bringt einen Haufen Leute um. Nur dass die Polizei sich ganz schön abmühen muss, bis sie ihn zu fassen kriegt.«

»Logisch, er ist ja ein Dämon.«

»Vor allem weil er, wie Gabriel das ausdrückt, ›in andere Menschen hineinschlüpft wie in einen Handschuh‹.«

»Eine brillante Methode, um der Spurensicherung eins auszuwischen. Aber das bringt uns vermutlich nicht weiter.«

Es war ein Witz, aber er zündete nicht. Tony sah sich um. Er würde Sibylle wohl einweihen müssen.

Aber wo anfangen?

Einundfünfzig

1.

»Fangen wir bei der Realität an. Darf ich dir Mirella Buratti vorstellen?«

Und klick ...

2.

In dem Film zerknüllte eine Frau ein Taschentuch mit den Händen. Sie war sichtlich in heller Aufregung.

Sie hatte für das Interview ein wenig Make-up aufgelegt, Grundierung und Kajal, doch das Kajal war durch ihre immer wieder fließenden Tränen völlig zerlaufen.

Der Film entstammte einer Nachrichtensendung vom Januar 2008. Ein Appell. Die Frau hieß Grazia Buratti. Ihre Tochter Mirella war seit achtundvierzig Stunden verschwunden.

Mehrmals tauchte das Foto des Mädchens auf dem Bildschirm auf. Mirellas pausbäckiges Gesicht lächelte unter einer Kaskade blonder Locken hervor.

3.

Tony drückte auf die Pause-Taste, um den Film zu unterbrechen.

»Mirella«, erklärte er, »war dreiundzwanzig, als sie am 11. Januar 2008 verschwand. Die Mutter wandte sich einen

Tag später, am 12., an die Polizei, doch da ihre Tochter volljährig war, mussten erst achtundvierzig Stunden vergehen,
bevor die Polizei aktiv wurde. Am 13. war sie immer noch
nicht wieder aufgetaucht, und es ging eine Meldung an die
Presse raus. Ein paar Tage lang wurde immer wieder über
sie berichtet, danach nichts mehr. Es gab Hinweise, die aber
im Sande verliefen.«

»Sie wurde also nie gefunden.«

»Genau. Hier ist die Vermisstenmeldung. Aber Tante
Frieda hat sich nicht auf Mirella beschränkt.« Tony machte
eine weit ausholende Bewegung mit den Armen, die das
ganze Chaos in seinem Arbeitszimmer umfasste. »Alles
Südtiroler, die als vermisst gemeldet wurden. Zeitraum:
von 1999 bis heute. Es sind mehr als dreihundert. In Rela-
tion zur Gesamtbevölkerung sind das enorm viele. Tante
Frieda hat mir auch ein Dossier mit allen Vermisstenfällen,
die gelöst wurden, geschickt. Unglücksfälle, untergetauchte
Liebespaare, Spaziergänger, die sich im Wald verirrt haben
und dann als Leiche gefunden wurden ...«

»Und wie viele sind das?«

»Mindestens dreimal so viele.«

»Dreimal so viele?«

»Ganz genau. Der Grund, weshalb ich dich nicht gleich
informiert habe, ist, dass ich eine kleine Reise in die Welt
der Hypothesen unternommen habe.«

Sib runzelte die Stirn.

»Die Welt der Hypothesen?«

»Ich habe versucht, so zu tun, als wäre an der Geschichte
vom Wanderer und von Gabriel etwas Wahres. Ich habe die
Realität beiseitegeschoben und, wie Tante Frieda es aus-
drücken würde, Spekulationen angestellt. Ich habe mich
gefragt ...«

»Sprich weiter«, sagte Sibylle.

»Ich habe mich gefragt, was haben Erika und Mirella gemeinsam? Sehr wenig, um genau zu sein. Eigentlich unterscheiden sie sich in allem – in der Herkunft, der Sprache, ihrem Leben und der Generation, der sie angehören. Aber sie sind beide jung, weiblich und blond.«

Sibylle nickte konzentriert.

»Ich habe versucht, die Recherche auf diese drei Parameter – jung, weiblich, blond – zu beschränken. Das Durcheinander hier im Zimmer ist das Resultat davon. Vierundsiebzig blonde Frauen unter dreißig, die in den letzten zwanzig Jahren verschwunden sind.«

»Das sind viele.«

»Stimmt«, sagte Tony hastig, der schon bereute, Sibylle in seine Überlegungen eingeweiht zu haben. »Im Augenblick haben diese Zahlen keine Bedeutung. Sie sind im Grunde nicht relevant, denn wir wissen nicht, ob Mirella umgebracht wurde oder einfach nach Hawaii gezogen ist. Tatsächlich wissen wir noch nicht einmal, ob Erika wirklich umgebracht wurde ... Es besteht der starke Verdacht, dass es so ist, aber wir haben keine konkreten Beweise in der Hand. Außerdem habe ich Elisa nicht mit einbezogen.«

»Glaubst du, sie fällt auch unter diese Kategorie?«

»Ich glaube, wir haben lediglich die Gewissheit, dass Mirella verschwunden ist. Und diesen Floh hat uns ein Typ ins Ohr gesetzt, der nicht ganz richtig tickt. ›Unglaubwürdiger Zeuge‹, du weißt schon ...«

»Ich habe ihm in die Augen gesehen. Gabriel hat nicht gelogen. Und er ist nicht verrückt.«

»Es gibt ein Gutachten, in dem eine gegenteilige Meinung vertreten wird.«

Sibylle nahm einen der Ausdrucke zur Hand.

4.

Anna Liebermann, 24 Jahre alt

Studentin.

Datum des Verschwindens: 22. November 2009. Wurde zuletzt um 13.40 Uhr an der Bushaltestelle in Bruneck gesehen. Sie hatte eine rote Mütze auf und trug eine hellblaue Skijacke. Laut Zeugenaussagen hörte sie Musik und wippte mit dem Kopf im Takt. Sie wirkte sehr ausgeglichen und beinahe glücklich.

Auf dem Foto umarmte die lächelnde junge Frau einen Baum.

Marianna Caiani, 29 Jahre alt

Angestellte.

Datum des Verschwindens: 3. Juli 2011. Zum letzten Mal wurde sie um 15.05 Uhr am Ausgang der Lackfabrik gesehen, in der sie arbeitete. Sie trug eine Leinenhose und eine dunkle Bluse. Sie verabschiedete sich von den Kollegen, schien aber zerstreut. Dann setzte sie sich in ihr Auto, einen kirschroten Mini, und ab da verliert sich jede Spur von ihr. Der Mini wurde nie gefunden.

Auf dem Foto vom Weihnachtsmarkt trug Marianna eine Rentiermütze.

Lucia Macchi, 28 Jahre alt

Arbeitslos.

Datum ihres Verschwindens: 15. September 2006. Wurde zum letzten Mal am Ausgang des *Domino* gesehen, einer Diskothek in Aldein. Sie hatte mit den Türstehern gestritten, die sie wegen ihres alkoholisierten Zustands nicht hereinlassen wollten. Weitere Untersuchungen haben ergeben, dass die junge Frau gelegentlich in der Diskothek arbeitete.

Lucias Blick auf dem von den Ermittlern in Umlauf gebrachten Foto wirkte herausfordernd.

Milena Weisser, 25 Jahre alt
Studentin ...

5.

»Sib?«

Tony rüttelte sie sanft.

»Wollen wir wirklich glauben, dass ein Verrückter vierundsiebzig Menschen ermordet hat und ungeschoren davongekommen ist?«

Sibylle antwortete nicht.

In ihrem Blick spiegelte sich noch immer das Entsetzen über alle diese wie vom Erdboden verschluckten Existenzen.

Tony fuhr fort:

»Nehmen wir mal an, der Mörder ist eine Art Genie des Bösen und die Polizei besteht aus lauter Knalltüten im Ruhestand. Allein die Zeit, die es kostet, jemanden auszuspähen, ihn zu töten, die Leiche auf Nimmerwiedersehen verschwinden zu lassen! Keine einzige Leiche ist je aufgetaucht. Rechne mal aus, wie viel Zeit es braucht, um die Spuren des Opfers wie auch die eigenen verschwinden zu lassen. Ein Jahr vielleicht? Sechs Monate? Sagen wir, drei Monate. Vierundsiebzig mal drei macht zweihundertzweiundzwanzig Monate, sprich: achtzehn Jahre. Achtzehn Jahre, in denen alle drei Monate eine Frau verschwindet – und niemanden beunruhigt das?«

Sib warf ihm einen wütenden Blick zu.

»Hör auf, mich zu verarschen, Tony. Es ist ja nicht gesagt, dass er alle vierundsiebzig umgebracht hat. Vielleicht hat er nur zehn auf dem Gewissen oder zwei oder drei, und der Rest ist eben verschwunden oder ...«

»Eben! Die Bandbreite ist enorm und nicht genau definiert. Überleg doch mal, mehr als die Hälfte aller Südtirolerinnen ist blond. Allein das bringt jede Berechnung ins Wanken.«

»Das sehe ich«, sagte Sib zornig. »Und zwar jeden Morgen im Spiegel. Aber okay, ja, Botschaft verstanden. Keine voreiligen Schlüsse.«

»O. k. Verlassen wir also die Welt der Hypothesen. Lass uns auf den Fall Mirella konzentrieren und der Mutter ein paar Fragen stellen.«

Sibylle sammelte das ausgedruckte Material ein.

»Haben wir die Kerninformationen?«

»Ja, nur das Sekundärmaterial fehlt noch.«

»Was ist das?«

»Zeitungsartikel, Dokumente ohne investigativen Hintergrund. Und eine Unmenge an Protokollen.«

»Druck alles aus.«

»Alles?«

»Alle polizeilichen Unterlagen. Nicht nur die über die Blonden.«

»Sib, es ist schon spät. Wir müssen ...«

»Ich bin nicht müde, und ich habe nichts zu lesen.«

»Das sind Hunderte von Seiten. Vielleicht Tausende. Das kann man unmöglich alles ausdrucken.«

»Ist das hier nicht ein Tablet?«

Tony schloss das Gerät an den Computer an.

»Pass auf, dass du nicht die zentrale Frage aus den Augen

verlierst. Du willst herausfinden, ob es sich um einen Serienmörder handelt.«

»Ich brauche alle Dateien, die Tante Frieda dir geschickt
hat, auch die der gelösten Fälle. Einfach alles.«

»Sib ...«

»Bitte erklär mir eines, Tony.« Sie sah ihn herausfordernd an. »Wenn du all das wirklich für Zeitverschwendung
hältst ...«

»Ist es ja auch ...«

»... weshalb hast du dann solche Angst?«

Zweiundfünfzig

1.

Grazia Buratti wohnte in der Via Milano in einem Block mit Sozialwohnungen, der um die Jahrhundertwende errichtet worden war. Neben dem Klingelschild klebte ein Abziehbild von Jesus im Drogenrausch. Dritter Stock.

Signora Buratti bot ihnen hausgemachten Pfirsichtee an. Er war zu stark gezuckert und hinterließ einen bitteren Nachgeschmack, aber er war kühl. Tony und Sibylle bedankten sich.

Durch das weit geöffnete Fenster drang das Geschrei von Kindern, die im Hof Fußball spielten. Italienisch mischte sich mit Albanisch, Marokkanisch und Tigrinisch.

Im Wohnzimmer waren überall gerahmte Fotografien der Tochter und kitschige Heiligenbilder verteilt. Eine dünne Staubschicht lag auf dem Fernseher.

Die Mutter der Vermissten nahm ihnen gegenüber Platz. Ihre Augen unter den schweren Lidern waren rot und schimmerten feucht. Sie hatte abgekaute Fingernägel und roch ungepflegt.

In einer Ecke des Zimmers blinkte das Display eines Computerbildschirms.

»Den benutze ich, um herauszufinden, was aus Mirella geworden ist«, erklärte die Frau, die Tonys Blick bemerkt hatte. »Denn die Dreckskerle haben sie ja aufgegeben.«

»Die Polizei?«

»Sie haben kaum nach ihr gesucht. Nicht ernsthaft. Vom

ersten Tag an haben sie behauptet, sie sei von zu Hause weggelaufen. Für sie war die Angelegenheit bald erledigt. Als wäre meine Mirella nicht wichtig!«

»Sie glauben also nicht, dass sie von zu Hause weggelaufen ist?«

Die Frau ballte die Fäuste.

»Nicht mal im Traum! Wir hatten das beste Verhältnis, das man sich denken kann. Und Mirella hatte einen guten Job bei der Jagd- und Fischereiaufsicht von Südtirol. Sie war auf der Suche nach einer Wohnung, um auf eigenen Beinen zu stehen. Warum sollte sie von zu Hause weglaufen?«

»Gab es da vielleicht jemanden? Einen Mann, einen ...«

»Das hat die Polizei auch gleich gefragt.«

»Und?«

»Nein.«

»Vielleicht gab es jemanden, von dem Sie nichts wussten.«

»Ich wusste alles über meine Tochter«, protestierte die Frau entnervt. Offenbar hatte sie das alles schon unzählige Male erzählt. »Ich wusste, dass sie in ihren Chef, Dario Rossini, verschossen war. Und dass es auch eine Signora Rossini gab. Ich habe ihr geraten, sich die Sache aus dem Kopf zu schlagen. Aber ich habe ihr keine Vorhaltungen gemacht. Mirella war ein vernünftiges Mädchen.«

»Die Polizei ...«

Ein nervöses Flackern zeigte sich an ihrem linken Auge. Die Frau machte eine Geste, als wollte sie den Tick wegwischen.

»Die Polizei, die Polizei ...«

Sie hieb mit der Faust auf ihren Oberschenkel.

»Einmal stand er hier vor der Haustür, der saubere Herr Doktor. Mirellas Chef. Dottor Rossini. Ein vollkommen unscheinbares Männlein. Die Polizei hat sein Leben bis in den hintersten Winkel ausgeleuchtet. Deshalb hat seine Frau ihn auch verlassen. Sie hat das Techtelmechtel entdeckt, das er mit meiner Tochter hatte, und ihm den Laufpass gegeben. Er hat mich beschuldigt, ich hätte sein Leben zerstört. Dabei ist mir sein Ruf so was von egal!«

»Hat er Sie bedroht?«

»Dieser Hänfling?« Die Frau verschluckte sich beinahe am letzten Rest Tee. »Der hätte keiner Fliege was zuleide getan! Nur Gerede und leere Drohungen.«

»Mitunter trügt der Schein.«

»Jedenfalls ist die Polizei damals bei ihm nicht fündig geworden. Und da haben sie einfach aufgehört zu suchen. Ich weiß, dass Mirella tot ist, ich spüre es. Ich will wenigstens an der Bahre meiner Tochter weinen dürfen. Ihr ein würdiges Begräbnis bereiten. Ihr ...«

Ihre Stimme brach.

»Sie glauben also, dass sie tot ist«, sagte Sibylle leise.

»Kommen Sie mit.«

Sie führte sie in Mirellas Zimmer. Über dem Bett hing ein Ölgemälde, das Kurt Cobain darstellte. Offenbar hatte es die junge Frau selbst gemalt. Am Boden, zwischen dem Schrank und dem Fenster, lehnten noch zwei weitere Bilder an der Wand.

Jim und Jimi, dachte Tony. Morrison und Hendrix.

Einige farbige Kerzen schmückten ein mit Büchern überladenes Regal, auf dem auch ein Keramikengel stand. *Schluss mit der Schüchternheit!, Ich bin okay, du bist okay, Fitness für Faule, Wer wagt, gewinnt!* Ein paar Ratgeber zum Abnehmen auf natürliche Art. Über Kristalle, Aromatherapie und Feng Shui, aber nichts über Tarot und dergleichen, bemerkte Tony. In einer Ecke, unter einem Bügelbrett, lag eine zusammengerollte Yogamatte. Auf dem Bügelbrett eine gefaltete

Bluse mit Rautenmuster. An den Wänden hingen Dutzende von Fotografien.

Mirella, Arm in Arm mit einer Freundin. Mirella, die eine Grimasse schnitt. Mirella mit träumerischem Gesichtsausdruck bei Sonnenuntergang am Meer. Mirella, dachte Tony, die auch am Strand Socken und weite T-Shirts trug. Mirella mit ihren Freundinnen, aber nie mit Freunden. Mirella, die sich in ihren Chef verliebt hatte. Mirella, die ihr Diplom in Rechnungswesen neben das Bild von Kurt Cobain hängte.

Mirella, die ...

»Glauben Sie wirklich«, sagte Signora Buratti, »dass so ein Mädchen von einem Tag auf den anderen verschwindet?«

Dreiundfünfzig

Sie hieß Alessandra, aber auf dem Namensschild an ihrer Brust stand »Alexandra«. Alexandra arbeitete in einer Parfümerie in der Stadtmitte, in der Abteilung »Gesundheit«. Am Telefon hatte sie gesagt, sie habe nur wenige Minuten Zeit, ihr Chef werde sonst sofort böse, und sie habe schließlich nur einen Zeitvertrag.

Sie trafen sich draußen auf der Straße. Nach einer hastigen Begrüßung führte sie sie in eine Kaffeebar in der Nähe der Parfümerie.

»Grazia hat uns erzählt, dass Sie sie oft besuchen.«

»Ich mag sie. Seit ihre Tochter vermisst wird, hat sie sich allerdings ziemlich verändert. Heute ist sie ein Wrack, aber damals war sie eine echte Powerfrau.«

»Waren Sie und Mirella eng befreundet?«

»Ja, sehr.«

»Wussten Sie von Rossini?«

»Dem Schwein?« Alexandra verzog das Gesicht. »Der wollte sie nur bumsen. Der hätte seine Frau niemals verlassen. Außerdem hatte Mirella noch einen anderen. Das habe ich Grazia erzählt. Ich habe es auch der Polizei erzählt, aber ich habe keine Ahnung, wer es war. Ich habe ihn nie gesehen, und Mirella hat nie direkt von ihm gesprochen, aber gewisse Dinge merkt man einfach.«

»Was zum Beispiel?«

Die junge Frau zupfte an ihrem Kittel, der Arbeitskleidung in der Parfümerie.

»Mirella hatte auf einmal so ein gewisses ... Strahlen. Sie war schöner. Gepflegter. Dünner. Was jetzt nicht von Nachteil war, im Gegenteil, denn Mirella war nie gertenschlank. Sie hatte auch eine neue Frisur, einen Pagenkopf – so wie Valentina aus dem Comic. Er stand ihr nicht besonders, aber ihr gefiel er offenbar. Auf jeden Fall wirkte sie auf einmal so ... sexy. Sie hatte plötzlich viel mehr Selbstvertrauen. Ihrer Clique, die aus lauter ehemaligen Schulfreunden bestand, hat sie irgendwann den Laufpass gegeben, und ...«

»Gehörten Sie auch dazu?«

Alexandra spielte mit dem Kaffeelöffel.

»Komisch. Kurz nach ihrem Verschwinden ist ein Typ vorbeigekommen und hat mir genau dieselben Fragen gestellt wie ihr.«

»Was für ein Typ?«

»Einer mit langen Haaren und Tätowierungen.«

Vierundfünfzig

Im kühlen Luftstrahl der Klimaanlage hatte sich Sibylle in die Lektüre von Tante Friedas Materialien vertieft. Tony saß am Schreibtisch und kaute auf einem seiner schwarzen Bic-Kugelschreiber, die überall in der Wohnung herumlagen. Mit der Hand zu schreiben, half ihm, sich zu konzentrieren, behauptete er. Das stimmte zum Teil, es war aber auch eine Portion Aberglauben dabei. Die erste Fassung von *Nur wir zwei* hatte er mit einem solchen Stift zu Papier gebracht.

»Woran denkst du gerade?«

Tony zuckte zusammen.

»Habe ich dich erschreckt?«

»Ich habe nachgedacht. Ich habe eine Neigung ...«

»... dich in geistige Höhen zu verflüchtigen?«

»Große Schriftsteller entfliehen zu den Gestirnen. Ich beschränke mich darauf, mich einzuigeln.«

»Und was ist dabei herausgekommen?«

»Ich denke gerade an Mirellas Zimmer. Sag mir, was du liest, und ich sage dir, wer du bist. Mirella verschlang offenbar Ratgeber, so was wie *Abnehmen in hundert Tagen* oder *Stell die Möbel um – und dein Leben ändert sich.*«

»Also, mir ist Stephen King lieber«, sagte Sibylle.

»Ich habe Ratgeber immer als sehr viel beängstigender empfunden als Stephen King.«

»Du scheinst mir auch nicht gerade der Typ für makrobiotische Fastenkuren zu sein.«

Tony lächelte.

»Ich bin Schriftsteller. Und Schriftsteller lesen.«

»Wie blöd von mir – ich habe immer gedacht, Schriftsteller schreiben.«

Tony stand auf und nahm einen dicken Aktenordner aus dem Regal.

»Ein Handbuch für Jäger?«

»Recherchen für einen nie geschriebenen Roman. Ich habe über bestimmte ... Parameter nachgedacht.«

»Junge blonde Frauen unter dreißig.«

»Nicht ganz.«

Tony kaute wieder auf dem Bic herum. Er setzte sich. Obwohl sein Blick auf Sibylles Beine gerichtet war, sah er sie nicht. Er hatte sich wieder vollständig in seinen Gedanken vergraben.

»Hältst du mich für einen Zyniker? Mal ganz ehrlich ...«

Die Frage überraschte Sibylle.

»Mir würden etliche Adjektive einfallen, um dich zu beschreiben, aber ›zynisch‹ ist eher nicht darunter.«

Tony blinzelte und kehrte gedanklich wieder in das Arbeitszimmer zurück, das auf die Via Resia hinausging.

Mit ein paar Sekunden Verzögerung löste er den Blick auch von Sibs Beinen.

»Die Autoren von Ratgebern sind in meinen Augen zynisch. Sie wissen genau, dass deine Sicht auf die Welt sich nicht ändern wird, wenn du deinem Essen ein paar Tropfen Zitrone hinzufügst. Und dass du sicherlich nicht die Liebe deines Lebens findest oder die große Karriere machst, wenn du einen Quarz auf deine Kommode legst. Das ist pure Manipulation. Diese Autoren nutzen die Schwäche der Menschen aus, um ... na ja ... um damit Geld zu machen.«

»Das tun in gewisser Weise ja alle Künstler. Über ihre Texte, Gemälde oder Musik manipulieren sie die Gefühle

ihres Publikums und verdienen sich damit ihren Lebensunterhalt. Du machst es nicht anders«, sagte Sibylle.

»Falsch. Wie heißt es in einem von den Horrorfilmen, die
du so liebst: *Ich verkaufe den Rauch, nicht den Braten.*«

Sibylle schnippte mit den Fingern.

»Easy – das ist *Halloween.* Die Verfilmung, bei der Rob
Zombie Regie geführt hat. Carpenter fand sie schrecklich,
mir hat sie total gut gefallen. Der Satz stammt von Dr. Loo-
mis, gespielt von Malcom McDowell, dem aus *Clockwork
Orange.*«

»In Sachen Popkultur habe ich gar nicht so viele Lücken,
das musst du doch zugeben, oder?« Tony lächelte.

»Du bist auch nicht schlecht darin, Fragen auszuweichen.
Kein Zyniker, aber ein *Ausweichler.* Gibt es das Wort?«, fragte
Sib.

»Ich glaube nicht.«

»Man sollte es erfinden.«

Tony legte den Stift ans Kinn.

»Diese Typen stellen dir den Braten in Aussicht, dabei
gibt es gar keinen Braten. Ich dagegen verkaufe den ›Rauch‹.
Fiktion. Man verbringt ein paar Tage mit Geschichten, die
einen freier durchatmen lassen. Genau danach suchen
meine Leser. Und ich freue mich, ihnen das geben zu können.« Der Stift tanzte in der Luft, als dirigierte Tony ein
Orchester, das nur er hören konnte. »Diese Ratgeber-Gurus
wollen dagegen Abhängigkeiten schaffen. Und das führt zur
Isolation, zum Ausschluss von der Gruppe, die dir bisher
nahestand. Die Familie zum Beispiel.«

»Glaubst du, Mirellas neuer Freund war eine Art Mani-
pulator?«

»Alles, was ich sage, ist unter Vorbehalt, okay? Also,
wenn du mich so fragst: natürlich! Mirella könnte einem

besonders gerissenen Verführer in die Hände gefallen sein. Und umgekehrt.«

»Umgekehrt?«

»Ich jage das, was mir gefällt. Frauen, jung, blond. Diese Parameter erzählen uns etwas darüber, was unserem hypothetischen – und ich betone hier absichtlich das Adjektiv ›hypothetisch‹ – Wanderer gefällt.«

»Denkst du dabei an Gabriel?«

Tony klopfte frustriert mit dem Stift auf sein Knie.

»Ich habe immer wieder darüber nachgedacht. Auf den ersten Blick wäre Gabriel der perfekte Kandidat. Durchgeknallt, gewaltbereit, auf ungesunde Weise von Erikas Tod fasziniert und mit einer Schwäche für blonde Frauen. Aber kannst du dir so jemanden wie Mirella zusammen mit Gabriel vorstellen?«

»Nein, das stimmt. Gabriel hat sicherlich jemanden wie Yvette beeindruckt, aber Mirella ... Sie war das klassische wohlerzogene Mädchen, das am Samstagabend mit ihren Schulfreundinnen ausging. Sie wohnte noch bei ihrer Mutter und hatte sich in ihren Chef verknallt.«

»Genau.«

»Aber du hast doch da so eine Idee ...«

»Es ist nur eine Theorie.«

Sibylle schnaubte verächtlich

»Muss das jedes Mal betont werden?«

»Ja, weil Spekulation immer in Zusammenhang steht mit ...«

»An wen denkst du?«

Tony antwortete nicht gleich. Gedankenverloren spielte er mit dem Stift in seinen Händen. Schließlich sagte er:

»Ich stelle mir einen Mann vor, der sehr intelligent ist. Der fähig ist, Leute zu manipulieren. Der mit anderen

Menschen umgehen kann, einen gewissen Charme besitzt, wenn du verstehst, was ich meine. Aber er ist auch kalt. Eiskalt. Einer, der beobachtet, analysiert, abwartet. Und nicht impulsiv handelt.«

»Und der eine Schwäche für Blondinen hat.«

»Irre ich mich, oder ist Karin Perkmann nicht auch blond? Schauen wir uns mal die Geburtstage an, Sibylle. Wie alt war Michl Horst 1999?«

Sibs Antwort kam wie aus der Pistole geschossen. Seit dem Fund von Erikas Foto in ihrem Briefkasten hatte sie immer wieder die Geburtsdaten nachgerechnet.

»Er ist Jahrgang 1972. Wenn mich nicht alles täuscht, wurde er im Februar geboren oder vielleicht im ...«

Es klingelte an der Wohnungstür.

Fünfundfünfzig

Hochgewachsen, weißer Bürstenschnitt. Metallenes Brillengestell. Eisiger Blick. Spöttisches Lächeln. Maßgeschneiderter Leinenanzug.

»Edward Bukrejew.«

Russischer Akzent.

In Südtirol und im Trentino gab es viele Russen. Schon die Zarenfamilie war gerne nach Meran gereist. Und der Gardasee war nach dem Zerfall der Sowjetunion gewissermaßen von den neureichen Russen kolonialisiert worden.

Aber was machte ein Russe bei ihm zu Hause?

Der Typ stank nach Geld. Sehr viel Geld. Nicht so sehr wegen der Kleidung, sondern vor allem wegen seiner Attitüde. Die Reichen, und zwar diejenigen, die bei Geld nicht an Scheine, sondern an Börsenkurse dachten, bewegten sich so, als könnte nichts sie aufhalten. Und sie brachten stets Unheil mit sich.

Wie die Perkmanns.

»Signor Bukrejew«, sagte Tony und führte ihn in sein Arbeitszimmer, »ich habe keine Ahnung, wer Sie sind oder wie Sie mich ausfindig gemacht haben, aber setzen Sie sich doch bitte.«

Sibylle stand auf und trat ans Fenster. Sie war auf der Hut und bedacht darauf, größtmögliche Distanz zwischen sich und den Fremden zu bringen. Sie verschränkte die Arme vor der Brust und sehnte den Schwanzabschneider herbei.

»Entschuldigen Sie«, erwiderte Bukrejew, »dass ich hier

so hereinplatze, aber ich habe versucht, Sie per Mail zu kontaktieren. Vergebens. Daher beschloss ich, persönlich vorbeizukommen. Sie lassen sich nicht so schnell unter Druck setzen, richtig, Signor Carcano?«

»Was meinen Sie damit?«

Bukrejew deutete auf ein Regal über dem Schreibtisch.

»Die fremdsprachigen Ausgaben Ihrer bisherigen Erfolge. Andere empfänden es als einschüchternd, sie genau dort aufzubewahren, wo man gerade an etwas Neuem arbeitet. Erfolg kann sich durchaus auch als Bremse erweisen.«

»Mich beruhigt er«, entgegnete Tony. »Wie schlechte Kritiken. Sie sind der Beweis, dass ich kein Genie bin. Genies sterben früh und in Armut, ich dagegen strebe nach einem langen, angenehmen Leben.«

»Und dennoch haben Sie sich mit Karin Perkmann angelegt.«

»Lesen Sie gerne Klatsch und Tratsch, Signor Bukrejew?«

»Ich lese alles, was mir nützlich erscheint.« Bukrejew wandte sich an Sib. »Fräulein Knapp, nehme ich an. Jetzt verstehe ich, weshalb unser Nicht-Genie hier beschlossen hat, seine lange, angenehme Zukunft aufs Spiel zu setzen. Sie sind ein Schmuckstück, wenn ich das so sagen darf.«

»Wenn Sie uns nicht gleich erklären, weshalb Sie hier sind«, gab Sib zurück, »wird das ›Schmuckstück‹ verdammt ungemütlich werden!«

Den Russen schien die Bemerkung zu amüsieren.

Er klappte seinen Aktenkoffer auf und zog ein Blatt heraus.

»Bitte schön.«

Eine gewöhnliche Fotokopie auf gewöhnlichem Papier. Ein älterer Text, dem Schriftbild nach zu schließen. In der Mitte prangte das Lächeln des Kolibris.

Sibylle reichte Tony das Blatt weiter.

»Sagt Ihnen der Name Friedrich von Juntz etwas?«, fragte Bukrejew. »Die *Unaussprechlichen Kulte*?«

»Nein«, log Tony, »aber ich bin ein großer Fan von Sophie Kinsella. Haben Sie sie gelesen?«

Bukrejew klappte den Aktenkoffer zu und stellte ihn neben sich.

»Ein seltsamer Mensch, dieser Friedrich von Juntz. 1833 im zarten Alter von einundvierzig Jahren gestorben. Ein Anthropologe, würden wir heute sagen. Aber er war auch Astronom und Mathematiker – und opiumsüchtig. Ein interessanter Mensch, finden Sie nicht?«

Tony antwortete nicht. Was keine Rolle spielte. Nicht für Bukrejew. Zum ersten Mal zeigte sein eisiger Gesichtsausdruck eine Gefühlsregung.

»Wegen dieses Symbols habe ich versucht, Sie zu kontaktieren, und bin dann hergekommen, um Sie über seine Bedeutung aufzuklären. Das Symbol stammt nämlich aus von Juntz' Hauptwerk, den *Unaussprechlichen Kulten*. Diese Kopie hier ist ein Auszug aus der – leider – zweiten Auflage. Selten, aber nicht so selten wie die erste, die von dem Düsseldorfer Gelehrten kurz vor seinem vorzeitigen Ableben noch selbst herausgegeben wurde. Von Juntz wurde … ermordet. Vermutlich weil er bestimmte Dinge in Umlauf brachte, die man damals lieber unter Verschluss gesehen hätte.«

»Das ist doch Unsinn!«

»Finden Sie?«

»1833 starb man nicht wegen eines Buches.«

»In den Zwanziger-, Dreißiger- und vor allem Vierzigerjahren waren die Aufzeichnungen Oppenheimers, Heisenbergs oder Fermis *top secret*. Wer auch nur ein Wort davon gelesen hatte, riskierte, von den Geheimdiensten erschossen zu werden.«

»Was Sie da von sich geben, ist bloße Rhetorik. Fermi und seinesgleichen beschäftigten sich mit höchst konkreten Dingen.«

»Konkret und schrecklich, kein Zweifel.«

»Das klingt ja wie eine Drohung.«

»Im Gegenteil, Signor Carcano. Ich biete Ihnen meine Hilfe an. Sie wollen etwas über von Juntz erfahren, und ich möchte Ihnen berichten, was ich darüber weiß.«

»Weshalb?«

Der Russe tat, als hätte er die Frage nicht gehört.

Tony wollte sie gerade erneut stellen, als Bukrejew aus dem Aktenkoffer ein dickes Bündel Fotokopien zog und es ihm hinhielt.

»Was ist das?«

»Greifen Sie zu!«

Tony nahm es entgegen.

»Das sind Fotokopien der zweiten Auflage des von Juntz aus meinem persönlichen Besitz.«

»Und die erste Auflage besitzen Sie nicht? Wohl zu kostspielig?«, spöttelte Tony.

»Soweit ich weiß, existiert nur eine einzige Ausgabe der Erstauflage.«

»In der Bibliothek der Perkmanns?«, fragte Sibylle.

»In der Bibliothek Horst«, berichtigte der Russe.

»Kannten Sie ihn?«

»Ich bin ihm einmal begegnet. Ich habe ihm ein Angebot für die Erstauflage des von Juntz gemacht, aber er lachte mich nur aus. Bei seinem Tod bot ich Friedrich Perkmann das Dreifache an, aber mittlerweile war er nicht mehr ganz bei Sinnen ...«

264

»Inwiefern?«

»Es gibt drei Arten von Menschen, die an dieser Art Buch interessiert sind«, erklärte Bukrejew. »Erstens: diejenigen, die Krebs mit Natron heilen. Zweitens: diejenigen, die Hühnern um Mitternacht den Hals umdrehen, um einen Dämon heraufzubeschwören. Und drittens: diejenigen, die die *intrinsische* Qualität dieser Texte zu schätzen wissen.«

»Und was wären die intrinsischen Qualitäten des Textes?«

»Die Erstauflage eines von Juntz zu besitzen, kommt dem Besitz eines Kunstwerkes gleich. Eine beträchtliche Investition. Ich bin Geschäftsmann, Signor Carcano, kein Spinner, der Hühnern den Hals umdreht.«

»Und Perkmann?«, wollte Sibylle wissen. »Der mit den Geistern im Mondenschein tanzt?«

»Perkmann gab mir zu verstehen, dass er tatsächlich an den bizarren Inhalt des Buches glaubte.«

»Sprechen wir von demselben Perkmann, der in den Siebzigerjahren erkannte, dass die Zukunft im Bereich der Elektrotechnik liegt?«

»Die Menschen ändern sich, Fräulein Knapp. Vor allem, wenn sie alt und krank werden. Außerdem, wer hat denn behauptet, Computertechnologie und alte Legenden könnten nicht nebeneinander existieren? Die Schnittstellen, die von Juntz erwähnt, seine Thesen über die Parallelwelten können in gewisser Weise als Vorläufer von Schrödinger oder Tomonaga gesehen werden. Und der Wanderer könnte eine passende Metapher zur Illustration von Paul Diracs Studien über die Antimaterie sein.«

Das Gespräch drohte in Bereiche abzugleiten, von denen Tony Kopfschmerzen bekam, daher lenkte er es wieder in konkretere Bahnen.

»Wenn man irgendwelche Kochrezepte um Mitternacht

vorm Spiegel liest, wird man darin auch unglaubliche esoterische und wissenschaftliche Entdeckungen machen. Hören Sie auf, mich auf den Arm zu nehmen, Bukrejew. Wie viel ist der von Juntz wert? Die Erstauflage.«

»Ich habe Perkmann sieben Millionen dafür geboten.«

»Sieben Millionen? Wollen Sie mich verarschen?«

Bukrejew deutete auf Tonys Bücherregale.

»Sie haben ein Faible für Hemingway, wie ich sehe. Wie viel würden Sie für ein Exemplar von *Der alte Mann und das Meer* zahlen?«

»Na, den Preis, der hinten aufgedruckt ist.«

»Und wenn es eine amerikanische Erstausgabe wäre?«

»Keine Ahnung.«

»Aktuelle Schätzwerte liegen bei zwanzigtausend Dollar.«

»Worauf wollen Sie hinaus, Bukrejew?«

»Auf das, was alle Sammler wissen. Dass mit Büchern oft eine seltsame Geschichte verknüpft ist und dass ein Teil ihres Wertes auch von diesen Geschichten abhängt. Stellen Sie sich vor, ich würde Ihnen die Ausgabe von *Der alte Mann und das Meer* anbieten, die John F. Kennedy am 22. November 1963 in der Tasche hatte. Ein mit seinem Blut beflecktes Exemplar. Sein Wert wäre unschätzbar, nicht wahr?«

»Ich frage Sie nochmals: Was wollen Sie von uns, Signor Bukrejew?«

»Sie haben gefragt, was dieses Symbol bedeutet, und ich bin hier, um Ihnen zu sagen, was ich weiß.«

»Ich bin ganz Ohr.«

»Von Juntz zufolge ist dieses Symbol die Pforte zum Reich des Bösen. Eine Einladung, die es dem Bösen erlaubt, Gestalt anzunehmen. Der Schlüssel, um den Wanderer anzulocken.«

»Dafür, dass Sie ein zynischer Geschäftsmann sind, würde

ich Sie eher in der zweiten als in der dritten Kategorie ein-
ordnen, Signor Bukrejew. Soll ich den Hund wegschließen,
oder pflegen Sie nur Hühnern den Hals umzudrehen?«

Bukrejew stand auf.

»Behalten Sie die Fotokopien des von-Juntz-Buchs. Wer
weiß, wozu sie noch nützlich sind. Meine Empfehlung, Fräulein Knapp. Ich wünsche Ihnen ein langes, angenehmes
Leben.«

Sechsundfünfzig

Sibylle träumte von ihrer Mutter.

Erika trug ein langes rotes Kleid. Sie waren nicht in Kreuzwirt, sondern in Tonys Wohnung. Erika war barfuß.

Eine Spur feuchter Fußabdrücke zog sich über den Boden.

Erika hatte den torfigen Geruch des Sees an sich. Ihre Haut war eiskalt. Dennoch ließ Sibylle sich von ihr umarmen. Ließ zu, dass Erika sie streichelte.

»Du solltest Zitronen in deinen Speiseplan aufnehmen, Kleines.«

Zögerlich machte Sibylle sich aus der Umarmung los.

»Du solltest Menschen meiden, die einen negativen Einfluss auf dich haben.«

Tommy Sunlight trug ein rotes, schlammbespritztes Abendkleid.

»Du solltest die Vergangenheit hinter dir lassen.«

Er hatte weiße Augen und das Maul einer Löwin.

»Und geh zum Friseur. Mit kurzen Haaren würdest du viel besser aussehen.«

Siebenundfünfzig

1.

Während Tony auf seinem Computer herumtippte und herauszufinden versuchte, wer zum Teufel dieser Bukrejew war und warum er bei ihnen hereingeplatzt war, saß Sibylle fluchend im Wohnzimmer.

Ihre Augen brannten, weil sie so angestrengt auf ihr Tablet starrte. Sibylle fragte sich, wonach sie eigentlich suchte. Die Steuernummer und Führerscheindaten von demjenigen, der Mirella hatte verschwinden lassen?

In Tante Friedas Wust von Informationen würde sie nicht fündig werden, das war klar. Dazu wussten sie einfach noch viel zu wenig.

Also, noch einmal: Wonach suchten sie wirklich?

Es brachte nichts, sagte sie sich, wenn sie weiterhin die Gesichter dieser Unbekannten durchklickte. Das war verlorene Liebesmüh.

Also, noch mal zurück auf Los.

Lass Erika, Horst und Perkmann beiseite. Vergiss Gabriel und konzentrier dich auf Mirella. Gab es irgendetwas, das sie vielleicht übersehen hatten?

Sibylle schlug sich mit der flachen Hand gegen die Stirn. »Verdammt, Mirella ...«

Da *war* tatsächlich etwas Konkretes, Fassbares, Objektives, an das weder sie noch Tony gedacht hatten. Und vielleicht nicht etwas, sondern jemand, den man befragen konnte. Keinen Dämon, keinen Statisten aus irgendeiner

Parallelwelt. Sondern einen Zeugen, der freilich alles andere als glücklich sein würde, in die Pflicht genommen zu werden. Sibby Langstrumpf hingegen würde es ein Vergnügen sein, ihn näher kennenzulernen.«

Warum hatten sie nicht früher daran gedacht? Weil wir, dachte sie, den Wald vor lauter Bäumen nicht mehr sehen. Wir haben uns auf die Details versteift und dabei das Gesamtbild aus den Augen verloren.

Sibylle lächelte, bereit für ein neues Abenteuer. Dafür musste sie allerdings erst einmal ein paar Einkäufe tätigen.

2.

»Stil«, so hatte Tante Helga immer gesagt, »ist nicht alles.« Aber doch fast.

In einem Laden in Shanghai kaufte Sibylle ein Kleid, das garantiert Tante Helgas Missfallen erregt hätte, studierte im Internet die Wegbeschreibung zur Jagd- und Fischereiaufsicht, bestieg in ihrer neuen Montur den entsprechenden Autobus und nahm mit einem dicken Bündel Papier unter dem Arm im Warteraum Platz. Alles leere Seiten, um einen echten Auftritt hinzulegen. Dazu das neue Kleid. Stil war nicht alles, aber fast.

Als sie an der Reihe war, setzte sie ein Lächeln auf und betrat das Büro von Mirellas Ex-Lover.

»Was kann ich für Sie tun?«, fragte er, ebenfalls lächelnd.

»Mein Name ist Buratti.«

Der Mann zuckte zusammen.

Sib schloss die Tür.

»Mirella Buratti.«

Sibylle setzte sich. Sie schlug die Beine übereinander.

»Erzählen Sie mir von Mirella.«

»Verlassen Sie sofort den Raum!«

»Bitte.«

»Raus!«

Sib legte den Schwanzabschneider auf den Schreibtisch. Was Tante Helga ebenfalls nicht gutgeheißen hätte. Tante Frieda schon.

3.

»Was wollen Sie von mir?«

Sib sah ihn vor sich, wie er herumpöbelte, Grazia Buratti, Mirellas Mutter, beschuldigte, sein Leben zerstört zu haben und ihr mit wer weiß was drohte.

Sibby Langstrumpf gefiel die Vorstellung, diesem Typen eins auszuwischen.

»Erzählen Sie mir von Mirella.«

»Ich sollte die Polizei rufen.«

Sib spielte mit dem Klappmesser.

»Das werden Sie nicht tun.«

Rossini schaute zuerst auf das Messer, dann in Sibs Gesicht. In beidem las er stählerne Härte.

»Diese verdammte Hure. Meine Frau hat mich verlassen, und jetzt sehe ich meine Kinder nur noch einmal die Woche. Durch ihr ...« – er deutete Gänsefüßchen an – »... Verschwinden hat sie mich ins Unglück gestürzt.«

»Sie waren doch ein Liebespaar.«

»Ich kann nicht für sie sprechen.«

»Ich bin hier, um Ihre Meinung zu hören.«

Rossini zupfte seine Krawatte zurecht. Sein Büro stank nach einem billigen Aftershave.

»Sie gefiel mir. Es war nicht das Nonplusultra, sie wirkte irgendwie unbeholfen ... aber sie hatte was.«

»Also haben Sie sie heimlich gebumst.«

Rossini zuckte zusammen.

»Wollen Sie mir eine Moralpredigt halten?«

»Ich bin nur neugierig.«

»Warum stellen Sie mir diese Fragen?«

»Eine Freundin von Mirella hat mich beauftragt, Nachforschungen über ihr Verschwinden anzustellen.«

»Von wegen Verschwinden! Ich habe sie ja noch mal gesehen. Ein Jahr später. Bei einem Karaoke-Event. Wussten Sie, dass Mirella Karaoke mochte? Furchtbar. Wir mussten immer bis Trient fahren, sonst wären wir womöglich jemandem begegnet, der mich erkannt hätte.«

»Warum haben Sie das nicht der Polizei erzählt?«

»Es war spät, und ich war betrunken. Sie hätten mir nicht geglaubt.«

Trotz Rossinis angriffslustiger Miene packte Sibylle das Klappmesser wieder in ihre Handtasche.

»Sie sagten, Karaoke war nichts für Sie. Eine Qual sozusagen.«

»Ja, und?«

»Ja, und da frage ich mich, wieso Sie ein Jahr nach Mirellas Verschwinden in eine Karaokebar gehen.«

Rossini senkte den Kopf.

Das Hündchen, dachte Sibylle, hat den Schwanz eingezogen.

»Fehlte Sie Ihnen etwa?«

Rossini gab keine Antwort.

»Seien Sie ehrlich, Rossini. Mirella fehlte Ihnen. Deshalb waren Sie dort, richtig?«

Rossini knickte ein.

»Ja. Sie ... sie fehlte mir. Sie war unbeholfen, und jedem Treffen ging eine minutiöse Organisation voraus, als wollte sie einen Staatsstreich planen, so viel Schiss hatte sie. Aber sie fehlte mir. Ich dachte zu dem Zeitpunkt, sie sei tot. Ermordet. Und ich fühlte mich verantwortlich. Ich stellte mir Mirella mit durchtrennter Kehle in einem Graben vor. Oder am Fuß einer Böschung. Oder mit einer Schlinge um den Hals.«

»Selbstmord?«

»Wenn es jemanden gab, der dafür prädestiniert war, dann sie. Immer so verschlossen und für sich. Sie hatte Freunde, aber die kannte sie noch aus der Schule. Immer dieselben. Ist das nicht traurig?«

Nichts im Vergleich zu einem Büroleiter, der seine Praktikantin vögelt, dachte Sib.

Nach wie vor fand sie diesen Typen einfach abscheulich.

»Die Karaokebar: Wo war das?«

»*Il Tucano.* In der Nähe der Autobahnausfahrt Trento-Sud.«

»Und dort haben Sie Mirella gesehen?«

»Sie war es. Da bin ich sicher!«

»Waren Sie nüchtern?«

»Deshalb habe ich doch der Polizei gegenüber den Mund gehalten – nein, war ich nicht! Aber ich bin sicher, dass das Mirella war.«

»Nachts?«

Rossini stach mit dem Zeigefinger auf die Schreibtischplatte ein.

»Nachts, von Weitem und nicht mehr nüchtern. Und doch war sie es.«

Sibylle ließ sich nicht einschüchtern.

»Warum nehmen Sie mich auf den Arm, Signor Rossini? Was verbergen Sie?«

»Nichts mehr«, erwiderte er leicht genervt. »Aber sie war

es. Da bin ich mir sicher. Und wissen Sie, weshalb? Weil sie einen Mantel anhatte, den ich ihr geschenkt habe. Einen roten Mantel, ziemlich auffällig. Sechzigerjahre-Schnitt, so à la Blumenkind. Ich war auf einer Konferenz in Verona, und dort habe ich ihn für sie gekauft. Ihr gefiel er. Es sei ihr Lieblingsmantel, sagte sie.«

»Sie haben also nachts *irgendjemanden* gesehen, der den gleichen Mantel anhatte wie Mirella. Und wollen mir einreden, dass sie es war.«

»Lassen Sie mich zu Ende erzählen. Mirella hat mich gegrüßt. Bevor sie ins Auto einstieg, sich ans Steuer setzte und verschwand. Wenn wir uns grüßten, machten wir immer unser Geheimzeichen, so nannte sie das ... Es war ja ständig absolute Diskretion geboten. Die Frau in dem roten Mantel machte jedenfalls dieses Zeichen. Haargenau dasselbe. Niemand wusste davon, nur sie und ich.«

»Und dann hat sie den Motor angelassen und ist weggefahren.«

»Ja, und wissen Sie, was das Seltsamste an der Geschichte ist?«

»Nein, sagen Sie es mir.«

»Mirella hatte keinen Führerschein.«

Achtundfünfzig

Nein, kein Gedanke. Der *Schatten* eines Gedankens, der noch keine Worte fand, um sich Ausdruck zu verschaffen. Eine Art Juckreiz, der immer stärker und schließlich unerträglich wurde.

Rossinis Worte hatten etwas in Sibylles Gedächtnis ausgelöst, das sie noch nicht artikulieren konnte. So als hätte Sib etwas in Tante Friedas Papieren gelesen, das ihr Gehirn beiseitegeschoben oder archiviert hatte und das sich nun in den Vordergrund drängte, um ihre Aufmerksamkeit zu erregen. Sibylle war sicher, ja, *todsicher*, dass sie bereits auf etwas Entscheidendes gestoßen war.

Nicht in der Liste der blonden Frauen unter dreißig. Vielmehr in der anderen, die auch die fälschlich erstatteten Vermisstenanzeigen und die gelösten Fälle beinhaltete. Der größte Heuhaufen. Menschen, die auf der Flucht vor ihren Schulden in Wartesälen auf Bahnhöfen kauerten, oder solche mit psychischen Problemen, die in abgelegenen Schutzhütten landeten. Kleine Jungen, die man nicht ins Kino gelassen hatte und die wenige Tage später reumütig und angsterfüllt aufgegriffen wurden. Liebespaare, die beschlossen hatten, dass ihre Leidenschaft doch nicht den radikalen Bruch mit ihrem bisherigen Leben aushielt.

Und Leichen.

In Tante Friedas Dateien wimmelte es von Toten. Ihrer Identität beraubte Leichen, die nur darauf warteten, dass eine Datenbank irgendeine Verbindung zwischen digitalen

Fingerabdrücken, Porträtfotos und Namen herstellte, in Kühlkammern aufbewahrte Körper, die der Tränen ihrer Anverwandten harrten.

Das Tablet dicht vor dem Gesicht, murmelte Sibylle unablässig vor sich hin, fluchte, schnaubte, hoffte, dass eines dieser Gesichter, eine Anmerkung oder ein Datum diesem verdammten Juckreiz ein Ende machten. Der Schatten eines ...

Da war es.

Tony hätte es «Ricky-Riccardo-Zeugs» genannt, aber da war es, direkt vor ihren Augen. Schwarz auf weiß.

Tote, die aus den Gräbern auferstehen.

Neunundfünfzig

1.

Bei ihrer Rückkehr war Sib seltsam blass und schweigsam.

»Alles okay mit dir?«, wollte Tony wissen.

»Ja, alles okay.«

Während er Freddy kraulte, erzählte Tony Sibylle von seinen Recherchen der letzten Stunden.

»Ich habe in einem Lokalblatt aus dem Jahr 1975 eine Reportage über Friedrich Perkmann und die Krotn Villa entdeckt. Auf dem Foto neben dem Artikel posiert Perkmann in der Bibliothek vor einem Bücherregal. Hinter ihm sieht man den von Juntz. Ich habe außerdem herausgefunden, dass die Erstausgabe 1961 gestohlen wurde. Von einem hochgeachteten Mann, einem Professor aus der Schweiz. Sein Name war August Darleth, er war der Mentor von Josef Horst an der Universität Genf. ... Du hörst mir gar nicht zu, oder, Sib?«

»Ich war bei der Jagd- und Fischereiaufsicht. Um mich mit Rossini zu unterhalten. Der Schwanzabschneider hat mir geholfen, das Eis zu brechen. Auf einmal war er dann richtig gesprächig.«

Tony riss die Augen auf.

»Sag nicht, du hast ihn bedroht?«

Der besorgte Gesichtsausdruck des Schriftstellers brachte das Mädchen zum Lachen. Endlich war ein bisschen Leben in ihren Augen.

»Ein wehrloses Mädchen wie ich?«

»Du? Ich würde sagen, du bist eine Shanghaianerin honoris causa.«

Sib errötete wegen des Kompliments.

»Rossini hat mir gesagt, er hätte Mirella gesehen. *Nachdem* sie verschwunden war.«

»Wie meinst du das?«

Sibylle reichte Tony das Tablet.

Ein Zeitungsartikel, ein Interview auf Ladinisch. Die Übersetzung stand daneben. Tony las sie dreimal, bevor er wieder zu Sibylle aufschaute.

»Herzlich willkommen in der Welt des Ricky Riccardo, Tony.«

Sechzig

1.

Veronika Pohl hatte ein rundes Gesicht und trug eine dicke Brille. Wenn sie lachte, kamen ihre Grübchen zum Vorschein. Der Vermisstenanzeige zufolge hatte sie in der Bibliothek von St. Ulrich gearbeitet. Sie war in St. Christina im Grödnertal geboren und hatte dort auch weiterhin gewohnt. Am 3. September 2011 hatte Veronika ihren Rucksack und ihre Trekkingstöcke genommen und war für immer verschwunden.

Sie war siebenundzwanzig Jahre alt.

Damals hatte sie kurz zuvor mit ihrem Verlobten Schluss gemacht, einem gewissen Udo Trebo. Der Mann, ein Automechaniker, hatte ein recht langes Vorstrafenregister (tätliche Übergriffe wegen Trunkenheit, Widerstand gegen die Staatsgewalt, Erregung öffentlichen Ärgernisses – die heilige Dreifaltigkeit in Südtirol), und so nahmen Carabinieri ihn durch die Mangel, ohne jedoch belastende Indizien zu finden. Trotz intensiver Suche, diverser Verhöre und einiger Festnahmen von Verdächtigen, die wieder auf freien Fuß gesetzt wurden, blieb Veronika Pohl spurlos verschwunden – bis zum 13. Oktober des Folgejahres, als ein Waldhüter, ein gewisser Marco Kostner, während einer Patrouille auf der Suche nach Wilderern in einer Schlucht unweit des Fischleintals auf etwas gestoßen war, das er von Weitem für ein Hirschskelett gehalten hatte.

Es war Veronika.

Das Ergebnis der DNA-Analyse war eindeutig. Die vielen Monate unter freiem Himmel und die Tiere hatten kaum etwas von der Leiche übrig gelassen, aus dem ein Pathologe seine Schlüsse hätte ziehen können. Die Todesursache konnte nie eindeutig festgestellt werden. Vielleicht war es ein Unfall gewesen, ein unglücklicher Sturz.

Die *Usc di Ladins,* die Lokalzeitung in ladinischer Sprache, die den Raum Gröden, Abtei und Umland abdeckte, hatte über den Fall berichtet. Ebenso *Die Dolomiten* und die *Südtiroler Nachrichten*: ein paar nüchterne Fakten zum Schicksal der armen Veronika, aber kaum brauchbare Informationen. Aus Respekt vor der Familie und der Gemeinde natürlich, aber auch – wie böse Zungen behaupteten – um Touristen nicht abzuschrecken. Niemand macht gerne Urlaub an einem Ort, wo Menschen verschwinden, die Monate später, bis auf die Knochen abgenagt, wieder aufgefunden werden.

Und doch hatte die *Usc di Ladins* in einem Artikel, der von Alberto Dapunt unterzeichnet war, einem der rührigsten Journalisten der Zeitung, sich hinter die These von Udo Trebo, Veronikas Ex, gestellt (die Ermittler hatten sie als absurd abgetan).

Sibylle und Tony veranlasste sie, einen Ausflug nach Bruneck zu unternehmen.

Einundsechzig

Der Mann hatte ein breites, verlebtes Gesicht mit einem dünnen Schnurrbart. Sein Overall war voller Ölflecken. Als er aus der dunklen Autowerkstatt trat, hatte er nur Augen für Tonys Auto.

»Ich hoffe, Sie haben ihm wenigstens die Zähne eingeschlagen«, sagte er und deutete auf den Kratzer auf der Motorhaube.

»Diese Rechnung muss erst noch beglichen werden. Aber deswegen sind wir nicht hier.«

»Sie machen wohl Witze?«, entgegnete der Mann entsetzt. »So können Sie doch nicht rumfahren.«

»Lassen Sie uns ein Geschäft machen, Herr Trebo: Wenn Sie mir meine Fragen beantworten, vertraue ich Ihnen meinen Mustang an.«

»Udo. Nur Udo. Das steht auch so auf dem Schild.«

»Okay, Udo«, sagte Tony. »Im Jahr 2011 waren Sie mit einer gewissen Veronika Pohl näher bekannt.«

Der Mann musterte erst den Schriftsteller, dann die junge Frau an seiner Seite, die zwar ausnehmend hübsch war, aber eine betont sachliche Miene aufgesetzt hatte. Sie hatte einen Aktenordner unter dem Arm, wie Udo sie zuhauf auf den Schreibtischen der Carabinieri gesehen hatte, die ihn nach Veronikas Verschwinden in die Mangel genommen hatten.

Er beschloss, auf der Hut zu sein.

»Sind Sie von der Polizei? Journalisten?«

»Weder noch.«

»Und wie sind Sie dann an die Akte gekommen? Wer hat sie Ihnen gegeben?«

»Eine Anwältin, die genauso gut wie wir weiß, wann sie den Mund zu halten hat. Wir sind davon überzeugt, dass Sie mit Veronikas Tod nichts zu tun haben. Sie war Ihre Lebensgefährtin. Das stimmt doch, oder?«

Udo wischte sich die Hände an der Hose ab.

»Als Veronika verschwunden ist, habe ich achtundvierzig Stunden im Knast verbracht. Sie dachten, ich hätte sie getötet. Sie haben meine Familie verhört, meine Freunde. Stundenlang. Sie haben mich wie einen Kriminellen behandelt, diese Schweine. Was soll ich da noch sagen?«

»War Veronika nun Ihre Lebensgefährtin oder nicht?«

»Wenn Sie die Akte haben, wissen Sie doch alles.«

»Bitte«, sagte Sibylle, »geben Sie sich einen Ruck. Offenbar wurde die Ermittlung nicht gerade sorgfältig durchgeführt. Sie und Veronika hatten sich getrennt, stimmt's?«

«Ein paar Monate vorher. Nach zehn Jahren! Wir waren seit der Schule zusammen.«

»Die erste Liebe also.«

Udo zuckte mit den Achseln.

»So schien es zumindest.«

»Entschuldigen Sie die offene Frage«, sagte Tony: »Hatte Veronika einen anderen?«

»Ja. Das habe ich auch der Polizei erklärt. Aber sie haben mir nicht geglaubt.«

»Aber niemand aus ihrem Freundeskreis oder der Familie hat Veronika jemals mit einem Unbekannten zusammen gesehen. Und Sie haben weder einen Namen noch eine Beschreibung des Mannes liefern können.«

Udo musterte ihn finster.

»Das weiß ich selbst, Herr *Piser*.«

Veronikas Tod machte dem armen Mann offenbar noch arg zu schaffen.

»Ich musste wegziehen«, berichtete Udo. «Mein Vater hatte eine Autowerkstatt in St. Ulrich. Ein Traum. Immer genug zu tun. Touristen mit einem Platten, hier und da ein Auffahrunfall. Oder die übliche Alltagsroutine: Reifenwechsel, Inspektionen – solche Dinge. Aber nach der Sache mit Veronika haben die Leute aufgehört, mich wie einen ... einen der Ihren zu behandeln. Mir blieb nichts anderes übrig, als wegzuziehen. Ich habe zu niemandem aus St. Ulrich mehr Kontakt. Wenn Sie mich gefunden haben, dann, weil jemand geredet hat. Dapunt?«

»Ja, er«, gab Tony zu.

»Sind Sie wegen dem Interview hier?«

»Dapunt hat zu uns gesagt, Sie wären damals sehr überzeugend gewesen. Mit anderen Worten, er hat Ihnen geglaubt.«

»Die Bullen haben das anders gesehen.«

Tony versuchte, eine gewisse Struktur in das Gespräch zu bringen. Und vor allem »Udo, nur Udo« nicht auf die Palme zu bringen. Der Engländer in seiner rechten Hand wirkte nicht gerade vertrauenerweckend.

»Lassen Sie uns noch mal ganz von vorne anfangen, Udo. Veronika verschwindet also im Herbst 2011.«

»Am 3. September.«

»Ihre Leiche wird 2012 gefunden, am 13. Oktober. Die DNA-Analyse bestätigt ihre Identität. Sie ist seit über einem Jahr tot, wahrscheinlich seit dem Tag des Verschwindens.«

Udo nickte.

Tony wählte seine Worte besonders sorgfältig. Denn nun begannen sie, ins Reich von Ricky Riccardo vorzustoßen.

»Im Dezember 2011, als Veronika vermutlich schon seit ungefähr zwei Monaten tot war, haben Sie sie laut Ihrer polizeilichen Aussage noch einmal gesehen, und zwar gesund und munter bei einem Autogrill.«

»Genau.«

»Die Polizei nimmt Sie in die Mangel. Die Beamten gehen sogar so weit zu behaupten, dass Sie mit dieser Aussage in Wirklichkeit ein Geständnis für den Mord an der jungen Frau ablegen wollten. Aus Wut und Frust geben Sie der *Usc di Ladins* ein Interview.«

Udo legte den Engländer auf einem Metallregal ab.

»Das war ein Fehler.«

»Darf ich ganz direkt sein?«

Der Automechaniker zündete sich eine Zigarette an.

»Wäre mir sogar lieber.«

»Veronika war nicht gerade das, was man einen ›Hungerhaken‹ nennt, oder?«

»Ist das etwa ein Verbrechen?«

»Nein. Aber laut Zeugenaussagen hatte sie in den letzten Wochen vor ihrem Verschwinden ...«

Udo fuhr mit dem Finger über seine linke Augenbraue.

»Veronikas berühmte Diät. Und dann das Trekking ... Auch das war neu. Veronika und ich waren die beiden einzigen Menschen aus ganz St. Christina, die die Berge hassten. Nichts da mit Skitouren oder Schneewanderungen! Ich kannte nur Autos und Motoren, sie wollte nach New York. Aber dann, als wir uns trennten, fing Veronika plötzlich an zu hungern und die Berge rauf- und runterzukraxeln.«

Udo wischte sich eine Träne aus dem Augenwinkel.

»War sie es?«, fragte Sibylle sanft. »Die Frau bei dem Autogrill – war das wirklich Veronika?«

»Ich habe sie gesehen.«

»Erzählen Sie uns bitte davon.«

»Wozu soll das gut sein?«

»Es ist wichtig.«

»Es war am 25. Dezember. Das schlimmste Weihnachten in meinem ganzen Leben. An dem Tag war ich mit meiner Familie in der Kirche, und selbst der Pfarrer hat mich schief angesehen. Alle haben so getan, als wäre nichts, aber natürlich war es furchtbar. Bescherung unter dem Tannenbaum. Fotos von lächelnden Gesichtern. Drei-Gänge-Menü vom Feinsten. Irgendwann habe ich mich ins Auto gesetzt und eine Spritztour gemacht. Um wieder einen klaren Kopf zu kriegen, verstehen Sie?«

»Absolut«, sagte Sib.

»Ich hielt an einem Autogrill. Dem auf der A 22, unterhalb von Brixen. Ich fahre oft dorthin. Ich kenne ein paar Leute, die da arbeiten. Eine Weile habe ich selbst da gearbeitet. Ich musste tanken und pinkeln. Als ich aus dem verdammten Klo kam, sah ich sie.« Udo strich über seinen Bart. »Sie stand auf der anderen Seite vom Parkplatz. Sie hat mir zugewunken.«

»Wie viel Uhr war es da?«

»Neun Uhr abends.«

»Gibt es Videoaufnahmen?«

»Wenn Sie die Akte kennen, wissen Sie auch das. Dieser Teil vom Parkplatz befindet sich außerhalb des Überwachungsbereichs der Kameras. Die Polizei hat alle Videos ausgewertet. Nichts. Deswegen haben sie mir auch nicht geglaubt.«

»War es wirklich Veronika?«

»Sie trug einen Rock, den ich ihr zum Geburtstag geschenkt hatte. Ihre Haare waren anders, länger, gelockt, als hätte sie sich eine Dauerwelle machen lassen, aber ja, sie war es. Ich bin mir ganz sicher. Obwohl ...«

»Obwohl an jenem Weihnachten ihre Leiche vermutlich

unter anderthalb Meter Schnee im Fischleintal begraben war.«

»Nach dieser Begegnung bin ich zu Veronikas Eltern gefahren, um mit ihnen zu reden. Der reinste Horror. Rumgebrülle, üble Beschimpfungen, aber am Ende durfte ich einen Blick in Veronikas Kleiderschrank werfen.«

»Der Rock war verschwunden«, murmelte Sib.

»Und auch die Jacke, in der ich sie beim Autogrill gesehen hatte.«

Geladen vor Wut warf Udo seine Zigarette zu Boden und trat sie aus. Dann hob er den Stummel auf und entsorgte ihn im Mülleimer.

»Haben Sie nicht versucht, sie zu rufen oder zu ihr hinzugehen?«

»Ich habe es versucht, aber ich war nicht schnell genug. Sie war mit einem Auto da, einem blauen Alfa. Ruckzuck war sie weg.«

»Wie erklären Sie sich das Ganze?«

»Entweder habe ich mich doch vertan, oder es war der Geist von Veronika, der mir Auf Wiedersehen sagen wollte.«

Er gab dem Mülleimer einen Tritt.

»Und jetzt macht euch vom Acker und lasst mich alleine! Ich brauche dringend was zu trinken, und besaufen tue ich mich lieber ohne Publikum.«

Zweiundsechzig

Sibylle war diejenige, die das Wort laut aussprach.

»Serial Killer.«

»Serial Killer ...«

»Glaubst du wirklich?«

Ein wehmütiges Lächeln zeichnete sich auf Tonys Gesicht ab, als er es der jungen Frau zuwandte.

»Schon vergessen: Ich bin hier die Unke von uns beiden.«

Tony und Sibylle saßen jeder in einer Ecke des Sofas in Tonys Apartment in Shanghai. Beide hielten ein Glas in der Hand. Wasser für Tony, Coca-Cola für Sib.

Das Eis war schon lange geschmolzen.

Der Verkehrslärm von der Via Resia und das Stimmengewirr von der Bar im Erdgeschoss drangen gedämpft zu ihnen hoch. Die Sonne wurde von einer dunklen Wolkenwand verdeckt. Im Radio war von bevorstehenden Schauern die Rede gewesen, doch einstweilen herrschte eine unerträgliche Schwüle in Bozen. Trotzdem hatten Sibylle und Tony sämtliche Fenster weit aufgerissen.

Sie brauchten Luft. So feucht, heiß, schwer sie auch sein mochte, es war immerhin Luft.

Freddy hatte sich trübsinnig unter die ausgeschaltete Klimaanlage gelegt. Ab und zu schlappte er ein wenig Wasser aus seinem Napf. Grummelnd. Im Hintergrund sang Syd Barrett ein Lied von einer gewissen Emily.

»Wie groß ist die Wahrscheinlichkeit, auf einen Serienmörder zu stoßen?«

Tony zuckte mit den Schultern.

»Meiner Ansicht nach geschieht ein einzelner Mord oft aus einer spontanen Stresssituation heraus. Bei einem Serienmörder spielen dagegen viele Parameter zusammen. Aber meine Meinung zählt hier nicht; ich habe sowieso nie an so etwas wie ein Mordmotiv geglaubt.«

»Du musst nur den Fernseher anmachen oder eine Zeitung aufschlagen: Für Sex oder Geld begehen die Menschen jeden Tag irgendwelche Grausamkeiten. Und du glaubst nicht an Mordmotive?«

»Das ist wie mit der Spitze vom Eisberg: Sex und Geld sind ganz weit oben. Da, wo wir das Gefühl haben, über allem anderen zu stehen.«

Die Beine im Schneidersitz, lehnte Sib sich vor, um ihr leeres Glas auf dem Couchtisch abzustellen.

»Über allem anderen?«

»Hast du das noch nie festgestellt? Sobald das Mordmotiv bekannt ist, verlieren die Leute das Interesse an dem Fall. Gefahr gebannt, wo ist die nächste? In Wirklichkeit ist das natürlich Quatsch. Die Gefahr ist gebannt, wenn der Mörder hinter Schloss und Riegel ist. Aber die Leute wägen sich bereits in Sicherheit, wenn ...«

»... das Mordmotiv bekannt wird.«

»Das Mordmotiv bringt uns dazu zu sagen: ›Mir wird so was nie passieren. Niemand wird mich wegen der drei Euro auf meinem Konto umbringen. Ich hatte nie eine heimliche Affäre, warum sollte ich mich dann geviertelt in irgendeinem Graben wiederfinden?‹ Das Mordmotiv gibt uns ein Gefühl von Sicherheit. Aber das bedeutet auch, dass das Opfer in unseren Augen eine Mitschuld trägt. Opfer und Täter tauschen die Rollen.«

Tony nippte an seinem Glas. Das Wasser war lauwarm.

»Serienmörder machen uns Angst. Wir finden heraus, dass Jeffrey Dahmer Menschen verspeiste, weil er einsam war – aber, mein Gott, wir alle sind manchmal einsam, doch deswegen entführen wir noch lange nicht wildfremde Leute, um sie in Stücke zu hacken. Verstehst du, was ich sagen will?«

Sib nickte und griff seine Überlegungen auf.

»Ein normaler Mord vermittelt uns ein Gefühl von Sicherheit, weil die Schuld mit beim Opfer liegt. Und weil Opfer immer Fehler machen, werden wir nie ein Opfer sein. Aber bei einem Serienmörder bleibt das Opfer ein Opfer. Es ist nur im falschen Moment am falschen Ort gewesen und hat die Aufmerksamkeit des übelsten aller Schurken auf sich gezogen. Und das kann jedem von uns passieren.«

»Nicht nur das«, entgegnete Tony düster. »Ein Serienmörder lässt uns befürchten, dass vielleicht jeder von uns das Potenzial dazu hat. Wer von uns hat noch nie in seinem Leben den Wunsch verspürt, die verdammte Schlange vor der Post mit einer Maschinengewehrsalve zu sprengen? Guck dir Freddy an. Ein süßer treuer Bernhardiner, nicht wahr? Aber seine Vorfahren hätten nicht die leisesten Skrupel gehabt, uns in tausend Fetzen zu reißen. Die Römer haben Bernhardiner als Kampfhunde benutzt.«

»Willst du damit sagen«, meinte Sibylle, »dass in Freddy ...«

Tony dachte an den Bernhardiner beim Anblick des tollwütigen Fuchses.

»In ihm ist ein bisschen was von Freddie Mercury und ein bisschen was von Freddy Krueger. Das Gleiche gilt für uns Menschen. Neulich Abend, als ich dich mit dem Axtstiel in der Hand rumwüten sah, war ich mir für einen Moment absolut sicher, dass du ihn gleich auch mir über die Rübe ziehen würdest. Das war ein klassischer Freddy-Krueger-Moment.«

Sib begann, eine Haarsträhne zwischen den Fingern zu zwirbeln.

»Du glaubst also, dass derjenige, der Erika getötet hat, danach auch Mirella, Veronika und vielleicht noch andere junge Frauen getötet hat?«

»Gabriels Anspielungen deuten darauf hin, und ich fange an, den Mann ernst zu nehmen.«

Tony rieb über seine Augenbrauen.

»Sowohl Mirella als auch Veronika sind nach ihrem Tod noch einmal gesehen worden«, sagte Sibylle. »Rossini und Udo haben beide zugegeben, die zwei Frauen nur kurz und nur von Weitem gesehen zu haben. Also muss sich jemand die Kleider der Opfer angezogen haben. Eine Art ...«

»Wie bei von Juntz.«

Tony stand auf. Er nahm das Glas von Sibylle und sein eigenes, spülte beide aus und füllte sie mit frischem Wasser.

»Weißt du, was das Problem mit Büchern wie dem von Juntz ist?« Tony setzte sich neben Sibylle und reichte ihr das Glas. »Dass jeder darin lesen kann, was er will.«

»Und wenn jemand den Braten mit dem Rauch verwechselt hat?«, fragte Sibylle. »Wenn da draußen jemand rumläuft, der denkt, dass von Juntz von konkreten Dingen redet? Jemand, der überzeugt ist, dass der Wanderer wirklich existiert?«

»Das klingt ziemlich verrückt.«

Sib boxte ihm gegen die Schulter.

»Tu lieber deinen Job, Tony. Du wirst doch für deine Fantasie bezahlt, oder? Könnte es nicht genau so sein?«

Aber ja doch, dachte Tony. Himmel, Arsch und Zwirn.

Er massierte sich die Schläfen, dann legte er los.

»Frauen, die verschwinden. Die ihre Lebensgewohnheiten plötzlich ändern. Der Serienmörder verführt sie, tötet sie und lässt sich dann in ihrer Kleidung blicken. Er zeigt sich von Weitem und nur sehr kurz Leuten, die seine Opfer geliebt haben. Empfindet er Lust dabei? Oder ist es nur eine Demonstration seiner Macht?«

»Erika bildet eine Ausnahme. Das Gespenst war Gabriel, und wir wissen, dass Gabriel nicht der Wanderer ist. Er befand sich außerdem schon hinter Gittern, als Veronika Pohl getötet wurde.«

Tony biss sich auf die Lippen.

»Nein, Erika bildet keine Ausnahme.«

»Das Gespenst war Gabriel«, beharrte Sibylle, »das hat Yvette gesagt. Oder glaubst du, sie hat gelogen?«

»Nein, das glaube ich nicht. Ich glaube allerdings, dass Gabriel nicht der Einzige war, der mit einer blonden Perücke auf dem Kopf durch Kreuzwirt gelaufen ist.«

»Also zwei Gespenster?«

»Halten wir uns an die Quellen. Bei von Juntz heißt der Wanderer auch ›Freund‹. Das Wort ›Freund‹ flößt einem keine Angst ein, stimmt's? Ein Freund ist jemand, der dir hilft und dich dazu ermutigt, dein Bestes zu geben. Der sich Vertrauliches von dir anhört, mit dir zusammen weint und deine Siege so feiert, als wären sie seine eigenen. Man vertraut einem Freund.«

Tony schlug die entsprechende Seite in den *Unaussprechlichen Kulten* auf und begann, laut vorzulesen:

»›Dem Wanderer gebührt Anbetung. Das Gesicht zu den Sternen erhoben und die Knie am Boden. Demütig, ehrerbietig. Auch ein starker Muskel beugt sich. Auch einen unbeugsamen Willen wird der Blick des Wanderers beugen. Der vom Freund Erwählte, der sich an der Schnittstelle der beiden Welten befindet, der selbst Schnittstelle ist und aus der subtilen Welt hervorkommt, lauscht auf Knien seinem Gesang.‹ Genauso ist es, wenn der Mörder seine Maske fallen lässt und sich als derjenige zu erkennen gibt, der er ist. Aber bis zu dem Moment denkt jeder, der dem Wanderer begegnet, er sei sein Freund.«

Sib dachte an ihren Albtraum, in dem Erika ein rotes Kleid getragen hatte.

»Schneid dir die Haare. Werde dünner. Löse dich von deinen Freunden, die nicht gut für dich sind. Sei glücklich mit mir. Nur mit mir. Tu das, was ich dir sage. So jemand kann einem wirklich Angst machen. Glaubst du, wir sollten die Polizei rufen?«

Tony schlug sich auf den Oberschenkel.

»Wir haben nichts in der Hand. Nur Vermutungen. Sie würden uns auslachen.«

»Aber du glaubst daran?«

»Ich fürchte, ja.«

»Also müssen wir Beweise finden.«

»Aber wie?«

Sibylle wedelte entschlossen mit dem Tablet.

»Indem wir Fall für Fall aufrollen. Indem wir mit den Freunden, Verlobten, Eltern von all den Frauen reden, die in den letzten zwanzig Jahren verschwunden sind. Die angeblich aufgeklärten Vermisstenfälle wie der von Veronika mit eingeschlossen. Da draußen sind Leute, die einen geliebten Menschen nach seinem Verschwinden wiedergesehen haben, die aber vielleicht nicht wagten, darüber zu reden. Oder für verrückt erklärt wurden. Und wir dürfen auch Erika nicht aus den Augen verlieren. Die Perkmanns. Sie sind diejenigen, die sich vor Gabriel stellen. Auf irgendeine Weise sind die Perkmanns mit ...«

»Apropos«, unterbrach Tony sie. »Ich habe bei der Universität Genf angerufen und mich als Student auf der Suche nach einem Professor ausgegeben, der mir bei meiner

292

Doktorarbeit helfen könnte. Nach einigem Hin und Her zwischen verschiedenen Abteilungen, Archiven und Fachbereichen habe ich jemanden gefunden, der mit Professor Darleth zusammengearbeitet hat. Zu seinem Bedauern musste er mir mitteilen, dass der arme August Darleth schon seit Jahren verstorben sei, woraufhin ich mich natürlich untröstlich gezeigt habe. Ich bräuchte dringend eine unauffindbare Publikation von diesem herausragenden Genie, und so ...«

»... hast du sein Mitleid erregt.«

»Der Typ hat mir die Kontaktdaten von seinem Sohn gegeben, Samuel.«

»Und er, was hat er gesagt?«

»Ich habe nicht mit ihm gesprochen, die Universität hat mir nur seine E-Mail-Adresse gegeben. Ich habe ihm mehr oder weniger dasselbe geschrieben, was ich dem Sekretariat der Uni Genf erzählt hatte. Die Publikation seines Vaters und so weiter. Und jetzt können wir nur abwarten und schauen, ob der Fisch anbeißt. Aber weißt du, was das Seltsamste an der ganzen Sache ist? Rate mal, was August Darleth gelehrt hat.«

Sib zuckte mit den Achseln.

»Medizin, nehme ich an. Horst war schließlich Arzt.«

»Eben nicht! Vater Darleth hat Physik und Astrophysik gelehrt. Er war tatsächlich eine Art Genie.«

»Also hat Horst ...«

Tony fiel ihr ins Wort.

»Nein, nein. Er gab sich nicht als Arzt aus, ohne einer zu sein. Horst hat alle notwendigen Examen abgelegt, das habe ich genau überprüft. Aber das ist schon merkwürdig, findest du nicht? Als Medizinstudent muss man ohnehin schon so viel pauken – warum sollte man sich dann zusätzlich noch ein Seminar in Astrophysik aufbürden?«

Sibylle schaute ihn an, als hätte er sich in ein Alien verwandelt.

»Machst du Witze?«

»Warum sollte ich?«

»Du bist ein Dummkopf, weißt du das?«

Die Verwirrung, die sich auf Tonys Gesicht spiegelte, war echt. Wie konnte es nur sein, dass er so begriffsstutzig war?

»Hast du jemals was von wahrer Leidenschaft gehört, von einer Passion, die dich nicht mehr loslässt und dein ganzes Leben bestimmt?«

»Was hat Leidenschaft damit ...?«

»Stimmt, du schreibst ja auch nur Liebesromane ...«, rief das Mädchen in gespielter Verzweiflung. »Mit vier Jahren habe ich Radfahren gelernt. Mit vierzehn Jahren habe ich mir mein erstes Mofa schenken lassen. Es war eine Testi, älter als du, ein Zweitakter. Es hat ewig gedauert, bis ich sie auf dreißig Stundenkilometer gebracht habe. Und das hat mich genervt. Also habe ich Lucky Willy um Rat gefragt, und er hat mir gezeigt, wie man Motoren frisiert. Ich wurde so gut darin, dass ich die Mopeds sämtlicher Jungs aus dem Tal frisiert habe, ohne dass ...«

Sib sagte es noch einmal, damit es auch wirklich in Tonys Dickschädel hineinging.

»*Ohne* dass meine Schulnoten schlechter wurden. Sonst hätte Tante Helga mich nämlich zu Hause eingesperrt und den Schlüssel weggeworfen. Leidenschaft – hast du jetzt begriffen, was das ist? Wie der Stift in deiner Hand. Dieses Gefühl, dass ...«

Endlich fing Tony an zu begreifen.

»... man genau das tut, was man tun *muss*.«

»Leidenschaft lässt einen von einer Sekunde auf die nächste zu einem anderen werden. Man begreift, dass die Suche ...«

Sib dachte, sie hätte etwas Falsches gesagt, weil Tony sie so anstarrte.

»... dass die Suche zu Ende ist, weil du endlich das gefunden hast, was dir die ganze Zeit gefehlt hat, um dich vollständig zu fühlen«, beendete Tony ihre Ausführungen.

»Ich ...«, stammelte Sib, »ich wollte nur, dass du verstehst ...«

Sie konnte ihren Satz nicht beenden. Tony verschloss ihren Mund mit einem Kuss. Ganz leicht. Wie ein Streicheln mit den Lippen.

»Sibby Langstrumpf ...«, sagte er besorgt, »und alle flach auf den Boden?«

»Ich bin mir nicht sicher.«

Dreiundsechzig

1.

Mitten in der Nacht lag Tony immer noch auf dem Sofa. Sibylle schlief an seiner Brust, die Lippen leicht geöffnet. Freddy schnarchte, und draußen regnete es. Die Luft, die aus dem offenen Fenster ins Zimmer drang, war angenehm kühl.

Tony war müde, verängstigt, verwirrt, aber er wollte nicht schlafen. Er wollte den Rest der Nacht damit verbringen, das Mädchen an seiner Seite zu betrachten. In dem Moment gab es für ihn nur den Geruch von Sibylles Haut, der den Raum wie ein Versprechen erfüllte: Die Welt dort draußen existierte nicht mehr.

Alles war perfekt. Alles war friedlich. Dann bemerkte Tony das Blinken der Benachrichtigungs-LED auf seinem Handy. Eine Mail. Eine Spam oder irgendein Idiot, der ihm die Zukunft im Kaffeesatz lesen wollte, sagte er sich und versuchte, die Mail zu ignorieren.

Es gelang ihm nur für ein paar Minuten. Das Blinken machte ihn verrückt.

2.

Es war weder eine Spam noch irgendein selbst ernannter Esoterikexperte, sondern die Antwort von Samuel Darleth.

Eine sehr knappe, förmliche Mail. Samuel Darleth zeigte sich erfreut, dass nach all den Jahren die Forschungen seines Vaters noch auf Interesse stießen. Welches von dessen zahlreichen veröffentlichten *papers* benötige er denn? Wenn Tony so freundlich sei, seine Wünsche zu spezifizieren, werde er sein Bestes tun, ihm das Gewünschte zu liefern. Die Unterschrift bestand lediglich aus den Initialen. Darunter befand sich ein Firmenlogo.

Tony hielt es zunächst für einen Scherz. Doch dann begann er, Namen, Orte und Daten miteinander zu verbinden, und ihn überkam das gleiche Grauen, das ihn befallen hatte, als der tollwütige Fuchs aus dem Busch gesprungen war und die Welt sich für einen Moment in einen Albtraum verwandelt hatte.

Vorsichtig stand er vom Sofa auf, um Sib nicht zu wecken, und ging in sein Arbeitszimmer. Er setzte sich an den Schreibtisch, schaltete den Computer ein, öffnete sein elektronisches Postfach und schaute sich das Logo unter Darleths E-Mail noch einmal genauer an.

Anders als das Lächeln des Kolibris, das ihm anfangs wie der Kopf einer Schlange erschienen war, dann wie ein Pfeil aus einer Höhlenmalerei und schließlich wie ein Gefahrensignal, war dieses Logo ein unmissverständliches Symbol, Kind der Ästhetik der Siebzigerjahre, geometrisch, eckig und nicht gerade schön, aber sofort entschlüsselbar. Und überall bekannt.

Mit zitternden Händen griff Tony nach einem seiner Bic-Kulis, führte ihn an die Lippen und dachte nach. Was, wenn er und Sibylle genau wie Gabriel irgendwelchen Hirngespinsten hinterherliefen? Wenn sie vor lauter innerem Druck, ihre Gespenster zu jagen, in der Welt von Ricky Riccardo gelandet waren? Warum versuchte er nicht, die seltsamen Zufälle, mysteriösen Erscheinungen, arkanen Formeln zu vergessen und stattdessen wie ein guter Shanghaianer, der mit beiden Beinen fest auf dem Boden steht, seinen gesunden Menschenverstand walten zu lassen?

Fangen wir bei von Juntz an, sagte er sich.

Was waren die *Unaussprechlichen Kulte* wirklich? Bedrucktes Papier, ein Buch. Das schwülstige Machwerk eines Opiumabhängigen, das für teuer Geld auf dem Schwarzmarkt gehandelt wurde. Mehr nicht. Und Erika? Was war Erika anderes als ein lebloser Körper, der an einem Seeufer lag? Eine Leiche. Genau wie Elisa, die mit einem Schädelbasisbruch ertrunken war. Manchmal ist ein Buch nur ein Buch nur ...

»Und eine Leiche ist nur eine Leiche.«

Doch das Logo unter Samuel Darleths E-Mail erzählte ihm eine so furchtbare Geschichte, dass Tony fieberhaft im Netz nach Informationen zu suchen begann. Ein netter kleiner Zwischenfall im Stil von *Und plumps, macht's mit Tony rums* wäre ein Spaziergang im Vergleich zu dem Horrorszenario, das sich vor seinem geistigen Auge abzuzeichnen begann.

Tony vertiefte sich in archivierte Zeitungsartikel, las Anträge, entschlüsselte Grafiken und technische Dokumente. Alles frei zugängliche Informationen. Das erschreckte ihn am meisten. Das ganze Zeug war für jedermann zu jeder Zeit einsehbar gewesen. Seit Jahrzehnten.

Und je mehr Details, Übereinstimmungen und Bestätigungen er fand, umso mehr wurde er sich bewusst, dass er nicht nur die Existenz eines Wanderers entdeckt hatte, sondern noch drei weitere Ungeheuer: August Darleth, Josef Horst und Friedrich Perkmann.

Als es im Zimmer nach Morgen zu riechen begann und das Sonnenlicht auf seine Pupillen traf, entwich Tonys Lippen ein wahrhaft tierischer Laut.

»Krrrka.«

Vierundsechzig

In ihrem Traum ließ Sibylle sich im See treiben. Sie betrachtete die Sterne, und die Sterne lächelten ihr zu. Das Wasser, das ihren Körper umgab, war warm und streichelte sie.

Es hielt nicht lange an.

Die Sterne über ihr verschwanden einer nach dem anderen. Wie erlöschende Glühbirnen funkelten sie noch einmal auf und wurden dann vom Dunkel verschluckt. Als der Himmel sich in eine schwarz glänzende Fläche verwandelt hatte, wurde das Wasser eiskalt.

Sib ruderte mit den Armen.

Erika tauchte neben ihr auf. Sie hatte lange, spitze Zähne, die rot von Blut waren.

Erika packte sie mit den Händen und sagte:

Fünfundsechzig

1.

»Sibylle, du musst aufstehen!«

Verwirrt blickte Sib sich um. Ihre Kleider waren überall im Zimmer verstreut. Der Morgen dämmerte, aber sie hatte sich das Aufwachen eigentlich anders vorgestellt. Als sie Tony mit einer Pistole herumfuchteln sah, riss sie die Augen endgültig auf.

»Was hast du denn *damit* vor?«

Tony legte das Magazin in die .22er ein.

»Es ist Zeit für ein Gespräch mit Karin Perkmann.«

Tony steckte die Pistole in den hinteren Bund seiner Jeans. Er hatte dunkle Ringe um die Augen und wirkte entschlossen.

Freddy wachte auf und wedelte mit dem Schwanz. Er blickte erst zu Tony, dann zu Sibylle. Er schnupperte, runzelte die Stirn und beschloss, besser auf seine morgendlichen Streicheleinheiten zu verzichten und sich in seinen Korb zurückzuziehen.

»Woher hast du die Pistole?«, fragte Sibylle entsetzt.

»Sie hat meinem Vater gehört. Los, gehen wir.«

2.

Der Mustang fraß die Kilometer. Der Motor dröhnte. Sib hatte aufgehört, Fragen zu stellen, als der Tacho über hundertsechzig Stundenkilometer angezeigt hatte. Sie fuhren von der A 22 auf die SS 621 und dann auf die K. Die Höchstgeschwindigkeit dort lag bei vierzig Stundenkilometer, doch der Mustang fuhr doppelt so schnell.

In Kreuzwirt angekommen, verringerte Tony nicht etwa sein Tempo, sondern raste weiter Richtung Krotn Villa. Die Bäume am Straßenrand wischten vorbei wie tanzende Flecken.

»Fahr langsamer, Tony ...«

In letzter Sekunde, mit der Schnauze des Mustang nur wenige Zentimeter vor dem eisernen Tor der Krotn Villa, brachte Tony den Wagen zum Stehen.

Er riss die Fahrertür auf, aber Sibylle hinderte ihn am Aussteigen.

»Du gehst nicht einen Schritt irgendwohin mit dieser Pistole in der Hose. Du bist nicht ganz bei Trost!«

»Ich war noch nie so klar im Kopf.«

Sibylle gab ihm eine Ohrfeige.

»Die Pistole bleibt hier.«

Tony legte die Hand an seine Wange. Er zögerte. Sibylle war nicht wütend. Sie war nicht einmal erschrocken, nur traurig. Ihr Blick sagte: *Oder es wird nie wieder eine solche Nacht geben.*

Die .22er wanderte von Tonys in Sibylles Hand und von dort ins Handschuhfach.

Sie stiegen aus. Eine Überwachungskamera verfolgte jede ihrer Bewegungen. Tony unterdrückte den Impuls, einen Stein aufzuheben und ihn gegen die Kamera zu schleudern. Sie fanden die Klingel und drückten auf den Knopf.

»Was wollen Sie, Herr Carcano?«

Tony blickte direkt in das Kameraobjektiv und sagte nur ein Wort:

»Darleth.«

Sechsundsechzig

Horst trug Krawatte. Er sah frisch und erholt aus, als hätte er eine geruhsame Nacht hinter sich. Und ein reines Gewissen. Er sagte die ganze Zeit kein Wort, bis sie an ihrem Ziel angelangt waren.

Der Bibliothek.

Der Raum bestand bis unter die Decke aus Eichenholzregalen voller Bücher. Manche von ihnen hatten verschließbare Glastüren: der berühmte verbotene Teil der Sammlung.

Ein handgeschnitzter ovaler Tisch mit Intarsien. Darauf ein Exemplar der *Unaussprechlichen Kulte*. Die berühmte Erstausgabe. Der Einband war aus dunklem Leder, das mit einer spiralförmigen Prägung verziert war. Michl Horst zeigte auf zwei Stühle. Er selbst nahm neben Karin Perkmann Platz, die sie lächelnd erwartete.

Karin hatte kaum mehr Ähnlichkeit mit dem jungen Mädchen auf dem Polaroid. Tiefe Magenfalten hatten sich neben den schmalen Lippen eingegraben, um ihre Augen lagen dunkle Schatten. Sie trug eine Bluse mit langen Ärmeln und einen streng geschnittenen Rock. Anders als Michl sah sie überhaupt nicht ausgeschlafen und erholt aus.

»Wir haben uns schon gefragt«, sagte Karin, »wann wir das Vergnügen haben würden, Sie hier bei uns zu empfangen.«

Tony ignorierte den Sarkasmus in ihrer Stimme.

»Das ist kein Höflichkeitsbesuch. Ich bin hier, um Ihnen eine Geschichte zu erzählen. Wie Schriftsteller das halt so

machen.« Tony legte sein eingeschaltetes Smartphone auf
den Tisch. »Nur dass die Geschichte keine erfundene ist und
vom Ende ausgeht. Von gestern Nacht, als ich eine E-Mail
von Samuel Darleth bekam. Samuel Darleth, der Sohn von
Professor August Darleth, dem berühmten Physiker, Astrophysiker und Unternehmer. August Darleth, der an der Universität Genf der Mentor von Josef Horst war.«

Tony bemerkte, wie Karins Hand sich zur Faust ballte.
Er sah, dass sie keine Ringe trug und ihre Nägel ungewöhnlich kurz geschnitten waren. Auch sonst wirkte sie von ihrer
ganzen Erscheinung her nicht gerade wie die personifizierte
Weiblichkeit.

»Derselbe August Darleth, der 1972 der Lehre von den
Himmelserscheinungen abschwor, um seine ganze Konzen-
tration auf einen anderen ... Vielleicht können wir es einen
›Miniatur-Stern‹ nennen, dem er sich von da an widmete?«

Tony zeigte auf das Logo des von August Darleth gegrün-
deten Unternehmens, das Symbol am Ende der E-Mail auf
seinem Handy, die Samuel ihm in der Nacht geschickt hatte.
Eine stilisierte Sonne.

In der Mitte der Sonne: ein dicker Punkt, der von drei an
der Spitze abgeflachten Dreiecken umgeben war. Das Zeichen für Radioaktivität.

»Denn was ist ein Atomkraftwerk anderes als ein Miniatur-Stern?«

»Sie sind verrückt, Herr Carcano«, sagte Karin trocken.

Tony ignorierte sie.

»1972 verließ August Darleth die Universität, um Auf-
sichtsrat eines Atomkraftwerks im schweizerischen Karnach zu werden. Er war ein ausgezeichneter Dozent gewesen, aber jetzt wird ihm zu spät klar, dass er die Frage der
Entsorgung des spaltbaren Materials unterschätzt hat. Und

so findet er sich plötzlich mit einem Haufen dampfender radioaktiver Scheiße in den Händen wieder, ohne die leiseste Ahnung, wohin mit dem Zeug.«

Tony tippte ein paarmal auf sein Smartphone ein. Alte Fotos von Demonstranten mit Plakaten in den Händen und Zeitungsartikel tauchten auf dem Display auf.

»Prompt hagelt es Proteste seitens der Umweltschützer. Langhaarige, verbissene Spielverderber laufen mit dem Geigerzähler in der Hand um Darleths Kraftwerk herum und zeichnen überhöhte Messwerte von Radioaktivität auf.«

Tony deutete auf ein Dokument, das er im Archiv der Umweltorganisation gefunden hatte: *Das Kraftwerk von Karnach und seine Bedrohung für die Umwelt.*

»Das Ergebnis der Messungen: Die Radioaktivität ist dreimal so hoch wie normal. Nach Meinung der Umweltschützer befindet sich im Endlager des Kraftwerks mehr Uran als erlaubt. Es gibt eine Menge Wirbel, der in einer Anzeige und einer offiziellen Untersuchung gipfelt.«

Während seines Berichts blätterte Tony ein Dokument nach dem anderen auf seinem Smartphone auf. Wie das erste Papier waren auch die anderen mit der Schreibmaschine getippt und später eingescannt worden. Trotz ihrer leichten Vergilbung waren sie perfekt lesbar und angereichert mit einigen Polaroids.

»Aber als die staatlichen Inspekteure sich Eintritt ins Kraftwerk verschaffen, finden sie nichts, das zu beanstanden wäre. Alles entspricht vollkommen den Vorschriften. Die Proteste halten an, und ein Gutachterkrieg mit Beschuldigungen von beiden Seiten entflammt. Demos schließen sich an, die in Krawalle ausarten. Irgendwann wendet sich das Blatt.«

Auf dem Display erschien die Titelseite einer lokalen Zeitung. *Das Kraftwerk öffnet seine Tore für jedermann.*

»Die Transparenz-Offensive erfolgt im September 1973. August Darleth gestattet den Hippies, das Kraftwerk zu besichtigen, ohne irgendwelche Restriktionen zu machen. Und die armen Tölpel stehen mit leeren Händen da. Darleth hat seine ganze Magie walten lassen.«

Tony überkreuzte die Arme vor der Brust und lehnte sich entspannt auf seinem Stuhl zurück.

»Ein interessanter Mann, dieser August Darleth. Physiker, Astrophysiker, Unternehmer, aber auch Liebhaber seltener Bücher. Esoterischer Bücher. Seine Leidenschaft ging so weit, dass er zum ersten und einzigen Verdächtigen avancierte, als im Jahr 1961 die Erstausgabe eines Werkes mit dem Titel *Unaussprechliche Kulte* ihren rechtmäßigen Besitzern entwendet wurde. Dasselbe Buch, das 1975 in dieser exquisiten Bibliothek wieder auftauchte. Klingt das nicht ein bisschen ... ungewöhnlich? Ein Professor, der sich so weit herablässt, einen Diebstahl zu begehen, nur um ein Buch in seinen Besitz zu bringen, und der eben dieses Buch dann urplötzlich ohne jede Veranlassung wieder aus der Hand gibt? Aus reiner Freundschaft?«

»Ist Ihnen gar nicht in den Sinn gekommen«, sagte Karin, »dass mein Vater es gekauft haben könnte?«

Tony lachte auf.

»Ich bin Schriftsteller, aber ich glaube nicht an Märchen. 2006 hat Edward Bukrejew ein Angebot in Höhe von sieben Millionen Euro für das Buch gemacht. Unwahrscheinlich, dass Ihr Vater 1975 genug Geld für so eine Akquisition hatte. Und selbst wenn er das Geld gehabt hätte, dann hätte er es nicht für ein Buch ausgegeben, denn Friedrich Perkmann hatte sein eigenes kleines Wirtschaftswunder, das gehegt und gepflegt werden musste. Nein, nicht er war hier der Verrückte, sondern Josef Horst. Und Horst kann höchstens fünfzig Prozent von Friedrich Perkmanns Unternehmen besessen haben, was ich aber ehrlich gesagt bezweifle.«

Tony berührte den Einband mit der spiralförmigen Prägung. Sogleich verspürte er den Drang, sich die Finger an seinem T-Shirt abzuwischen.

»Widmen wir uns also Josef Horst, dem Arzt und Vater eines kleinen Jungen mit dem Namen Michl. Josef Horst kommt 1973 nach Kreuzwirt, ohne eine Lira in der Tasche, genauso wie Friedrich Perkmann, der wegen der Schließung des Sägewerks kurz vor der Pleite steht. Doch kaum werden Horst und Perkmann Geschäftspartner, sind alle Probleme auf einmal verschwunden. Aber was hat das mit dem von Juntz zu tun?«

Er machte eine Pause und wartete.

Weder Karin noch Michl reagierten.

Tony legte die geballten Fäuste auf den Tisch und beugte sich vor.

»Wissen Sie, was mir ein gemeinsamer Freund mit einem seltsamen russischen Akzent erzählt hat? Manche antiquarische Bücher sind echte *Investitionen*. Also, was hatte Friedrich Perkmann so Wertvolles zu bieten, dass ihm August Darleth seinen Schatz überließ?«

Sibylle stieß einen Seufzer aus. Einen erstickten Laut, der Tony einen Stich versetzte.

Sib hatte verstanden.

»Einen sicheren Ort«, sagte die junge Frau. »Den Perkmannschen Besitz. Das Land. Den See mitten im Torfmoor, tief, weit weg von der Zivilisation und kaum frequentiert. Horst hat als Vermittler zwischen Perkmann und Darleth fungiert, stimmt's?«

»Genau«, sagte Tony.

»Horst schlug Perkmann vor, einen Pakt mit dem Teufel

zu schließen«, fuhr Sibylle fort. Ihre Stimme war schärfer als die Klinge des Schwanzabschneiders. »Ein bisschen wie bei allen Bewohnern von Kreuzwirt. Ein ruhiges Leben, Geranien vor den Fenstern und hin und wieder ein kleiner Tumor. Alle wussten es. Denn der Transport der Atommüllfässer blieb natürlich nicht unbemerkt. Aber niemand wagte es, Fragen stellen. Bis Erika die Narrische ...«

Sibylles Worte verloren sich in einem heiseren Flüstern. Ihr Blick wurde leer.

»Erika«, fuhr Tony an ihrer Stelle fort und zeigte mit dem Finger erst auf Karin, dann auf Michl, »bringt sich in eurer Familienmüllkippe um. Also muss ihre Leiche verschwinden, denn eine Obduktion würde die Wahrheit ans Licht bringen. Erika wird somit verbrannt. Aus demselben Grund wird Elisa nach ihrem Tod verbrannt, denn auch sie stirbt in verseuchtem Wasser: dem Sturzbach, der sich aus dem See speist. Vielleicht waren die beiden Körper nicht übermäßig radioaktiv belastet, aber warum ein unnötiges Risiko eingehen? Ein weiteres Problem: dieser verdammte Gabriel mit seinen Fragen. Klar, er ist verrückt, aber ... um ein Haar ist er Ihnen auf die Schliche gekommen. Mit anderen Worten: De facto gibt es nicht einen Wanderer, sondern drei.«

Karins Lippen waren zu zwei blutleeren Strichen verzogen.

Trotz seines selbstbewussten Auftretens wirkte Michl leicht verunsichert.

»August Darleth, Josef Horst und Friedrich Perkmann. Und jetzt«, beendete Tony seine Ausführungen, »sagt uns: Wie viele Atommüllfässer lagern in diesem See?«

»Kein einziges«, erwiderte Karin.

»Hören Sie auf, mich zu verarschen!«

»Der Atommülltransport lief gerade mal zwei Jahre lang.

1973 und 1974. 1974 wurde Darleths Kraftwerk mit besseren Sicherungssystemen ausgestattet, und eine externe Zwischenlagerung war nicht mehr nötig. Trotzdem erhielten Friedrich und Josef für ihre ›Bemühungen‹ und damit sie auch weiterhin Schweigen bewahrten, den von Juntz überlassen.«

»Solche Ammenmärchen erzählt man sich wohl gerne, um nachts besser schlafen zu können, was?«, sagte Sibylle.

»Nein. Das ist die Wahrheit. Friedrich wollte Kreuzwirt dabei unterstützen, die Schließung des Sägewerks besser zu verkraften, und Horst etwas Neues anfangen. Sie waren beide nicht habgierig, nur ehrgeizig. Der See ist sauber. Wenn Sie da heute reinspringen, finden Sie nicht ein Uranfass. Mein Vater und der Vater von Michl haben 1998 dafür gesorgt, dass sie endgültig verschwinden.«

»1998?«, brachte Sibylle hervor. »Als Erika von zu Hause weglief? Wurde sie etwa Zeugin von etwas, das sie besser nicht gesehen hätte? Wurde Erika umgebracht, weil sie durchschaut hatte, was sie taten?«

Karins Antwort raubte Sibylle den Atem.

»Erika«, sagte die Frau beinah sanft, »wurde umgebracht, das stimmt. Aber nicht von meinem Vater. Und auch nicht von Michls Vater.«

Siebenundsechzig

Elisa trug den ganzen Winter lang ein und dieselbe Jacke, und ihre Röcke waren überall geflickt. Elisa hatte nie eine Lira in der Tasche, und sie schämte sich für ihre Eltern, die nach Kuhmist stanken und trotz ihres jugendlichen Alters wie zwei Greise wirkten, gebeugt unter der täglichen Last, die das Leben auf einem Bauernhof bedeutete.

Karin hingegen besaß Schränke voller Kleider, die sie bloß ein einziges Mal getragen hatte, und ein ganzes Zimmer mit Schuhen. Ganz zu schweigen von dem Schmuck, den ihre verstorbene Mutter ihr hinterlassen hatte. Aber sie hätte alle ihre Reichtümer gegen eine Stunde, nur eine einzige Stunde jener Freiheit eingetauscht, mit der Elisa nichts anzufangen wusste.

Und: Elisa war schön.

Mit jedem Jahr wurde Karin der Unterschied zwischen ihnen beiden bewusster. Sie konnte sich schminken und mit Schmuck behängen, so viel sie wollte, aber Elisa ... Sie hatte einfach das gewisse Etwas. Wenn sie kam, war es, als hätte jemand das Licht in einem düsteren Zimmer angeknipst.

Vor allem war Elisa keine Perkmann.

Manchmal beneidete Karin auch Erika die Narrische. Als sie jünger waren, hatte Erika ihr noch Angst eingejagt. Die Tarotkarten. Die rätselhaften Sprüche. Ihre befremdliche Angewohnheit, mit den Tieren zu sprechen. Allmählich hatte sie jedoch erkannt, dass das alles nur Fassade war. Und als sie mit Elisa an einem Sonnentag im Februar 1998 in dicke

Klamotten eingemummelt heimlich auf dem Schuldach Bier getrunken hatte, war ihr endgültig klar geworden, dass Erika die Narrische in Wirklichkeit »Erika die Nutte« war.

»Freust du dich, dass du Tante geworden bist?«, fragte Elisa. »›Tante Karin‹ – klingt gut, finde ich.«

»Was sagst du da?«

»Erika und Martin.«

»Das meinst du nicht ernst!«

»So ernst wie noch nie was im Leben. Erika die Nutte, hat einen Weg gefunden, wie sie Geld verdienen kann. Und zwar dein Geld.«

»Aber ...«

»Der manische Martin hätte sich niemals freiwillig auf sie eingelassen? Ist es das, was du mir sagen willst?«, höhnte Elisa. »Soll ich dir meine Narbe zeigen? Soll ich dich an all die Male erinnern, als er wie aus dem Nichts irgendwo aufgetaucht ist, um mich zu umarmen und zu küssen?«

Es war nicht nötig. Martins Umarmungen ging Elisa aus dem Weg, indem sie eilig das Weite suchte, während Erika nur lachte und ... sich an ihm rieb?

»Aber jetzt, meine liebe Karin, bist du die Gearschte. Jetzt hast du sie für den Rest deines oder ihres Lebens am Hals. Wenn dein Vater das rauskriegt ...«

»Martin verlässt die Villa nie.«

»Erzähl doch keine Märchen! Du weißt ganz genau, dass er hin und wieder rausgeht.«

»Meinetwegen, aber er tut es alleine. Wie hätte er sich denn mit Erika verabreden sollen?«

Elisa fing an, mit den Fingern zu schnippen. *Snap. Snap.* Dann schneller, immer schneller. Eine Maschinengewehrsalve. *Snapsnapsnapsnap.*

»Bist du besoffen?«

»Ich habe dir gerade mitgeteilt: ›Wir sehen uns später.‹ In der Sprache von Martin und Erika.«

Karin musste lachen.

»Du bist verrückt.«

»Ich habe sie gesehen«, sagte Elisa ernst. »Erika, wie sie über die Mauer der Villa geklettert ist, und Martin, der am Fenster stand. Sie haben miteinander geredet. In ihrer Geheimsprache. Dieser hier.«

Wieder schnippte sie mit den Fingern. *Snap.*

»Du bist ...«

»Das Monster kann nicht sprechen, was?«

»Doch, er kann sprechen, aber ...«

Snap. Snap. Hatte sie dieses Geräusch nicht schon mal gehört? Irgendwann mitten in der Nacht?

Elisa hatte das Thema gewechselt, die Saat des Zweifels war gesät. Karin jedoch brauchte Beweise.

Vom Turmzimmer aus konnte man den ganzen Ostflügel der Villa überblicken. Einschließlich Martins Zimmer, der gegenüberliegenden Mauer, der Bäume direkt dahinter und des Torfmoors. Von diesem Posten aus begann Karin, ihrem Zwillingsbruder nachzuspionieren – und stellte fest, dass Elisa nicht gelogen hatte: Martin stand am Fenster, und Erika saß im Schutz der Bäume im Schneidersitz auf der Mauer und unterhielt sich mit ihm in dieser seltsamen Geheimsprache. Außer sich vor Zorn beschloss Karin, sich an Erika zu rächen.

Wenn es eines gab, das sie mit ihrem Vater gemeinsam hatte, dann Willenskraft. Und diese würde sie dafür einsetzen, dass Erika für ihre Taten bezahlen musste. Martin würde ihr bei ihrem Plan helfen – natürlich ohne es zu ahnen.

Sie begann, ihre familiären Pflichten weniger genau zu

nehmen, kontrollierte nicht mehr jeden Abend, ob Martins Zimmertür abgeschlossen war, ob seine Fesseln eng genug um die Handgelenke saßen. Und Martin wurde zunehmend unruhiger.

Aggressiver.

Die Gelegenheit, ihren Racheplan in die Tat umzusetzen, kam mit dem Maturaball. Karin hatte herausgefunden, dass Erika und Martin sich für den Abend des Maturaballs am See verabredet hatten. An diesem Abend würde Martins Zimmertür nicht abgeschlossen werden. Martin würde das Haus verlassen, um zu seiner Verabredung zu gehen. Er würde sehr, sehr nervös sein. Und wenn das Monster nervös war ... Elisa hatte erlebt, was passierte, wenn Martin den Kopf verlor. Er wurde wütend. Geradezu tobsüchtig. Bald würde auch Erika das erleben.

Achtundsechzig

1.

»Willst du mir damit sagen, ich bin Martins Tochter? Ich bin ... deine Nichte?«

Karin antwortete nicht auf Sibylles Frage.

Sie wandte sich an Michl.

»Was meinst du?«

Mit einem Kopfnicken stand der Mann auf, ging zu einer der Eichenvitrinen, schloss die Glastür auf, räumte ein paar Bücher von einem Regalbrett, sodass eine Stahlkassette zum Vorschein kam, und entnahm ihr einen orangefarbenen Briefumschlag, den er Karin überreichte. Die Frau holte ein vierfach gefaltetes Blatt heraus und zeigte es Sibylle.

Michl erklärte ihr, was es damit auf sich hatte.

»Das ist ein DNA-Test. Deine DNA. Einer der vielen Bluttests, die mein Vater angeordnet hat. In deinen Adern fließt kein Perkmann-Blut.«

»Das behauptet *ihr*«, sagte Tony.

»Warum sollten wir die Unwahrheit sagen?«

»Weil euer Lügenmärchen euch so wunderbar zupasskommt«, sagte Sibylle mit eisiger Stimme. »Martin hat Erika getötet, er hat das Symbol in den Schlamm gezeichnet und ist ins Haus zurückgekehrt. Horst hat gemerkt, dass irgendetwas nicht stimmt, und ist Martins Fußspuren bis zum See gefolgt, wo er Erikas Leiche entdeckt hat. Der Rest ist bekannt. Perfekt, würde ich sagen. Zu perfekt. Ihr beide geht aus der Sache raus mit blütenweißen Westen.«

Karin schlug den von Juntz auf. Zwischen den Seiten steckten weitere Fotos. Die Fotos Nummer zwei bis sechs. Erika am Seeufer, mit dem Lächeln des Kolibris neben sich.

»Nichts ist perfekt. Die Wahrheit ist nie perfekt.«

»Die Fotos«, sagte Sibylle, »warum hat man sie behalten?«

Karin verzog das Gesicht.

»Um mich zu bestrafen.«

»So wie Martin?«

»Martin ... ja, klar. Der arme kleine Martin. Martin, der Maulwurf. Martin, das *Opfer*.«

Karin stand auf. Sie hatte die Faust erhoben und wandte sich Sibylle zu.

»Und ich? Ich bin hier mit ihm eingesperrt. Ich musste mich all die Jahre um diesen Idioten kümmern. Ich musste ihn vor Erika beschützen. Ich muss das Geheimnis bewahren. Ich muss Kreuzwirt beschützen. Ich *muss* ...«

«Liebling ...«

Michl strich ihr über den Arm.

Die liebevolle Geste schien die Frau zu beruhigen.

»Die Fotos sollten mich daran erinnern, die Folgen meines Tuns nicht zu vergessen. Und mich lehren, keine weiteren Dummheiten zu begehen.«

»Und vielleicht Martin daran hindern«, fragte Tony, «noch einmal zu töten?«

»Sie meinen Elisa? Das war ein Unfall. Elisa war nicht das brave Mädchen, für das alle sie gehalten haben. Das war sie nie. Aber sie ist in diesem verdammten Bach gestorben, daher ...«

»Auch sie wurde verbrannt ...«, sagte Tony. »Das Foto, die Nummer eins: Wer hat es Sibylle zukommen lassen?«

»Wir denken«, erwiderte Karin, »dass es Martin war. Er

hat den Trubel rund um die Beerdigung meines Vaters aus-
genutzt, um es zu stehlen. Er wollte sich an uns rächen. Ein
echter Perkmann eben.«

Tony fühlte, wie das Blut in seinen Adern stockte.

»Ist er nicht sediert? Gefesselt?«

»Nicht immer.«

»Also könnte er auch rausgehen. Wenn er wollte.«

»Denken Sie an den Wanderer?«, fragte Michl spöttisch.
Tony beachtete ihn nicht.

»Wie viel weiß Gabriel?«

»Nichts. Aber das Problem von Verrückten wie Gabriel
ist, dass sie wegen ihres ewigen Gezeters Aufmerksamkeit
erregen. Auch wenn die Fässer nicht mehr da sind, so sind
trotzdem noch Spuren von Radioaktivität vorhanden, die
man im Labor sofort entdecken würde. Daher haben wir, als
er anfing, Fragen zu stellen, versucht, ihn zu kaufen, ihn weit
wegzuschicken. Doch im Guten konnten wir ihm nicht bei-
kommen. Er war unsterblich in deine Mutter verliebt. Nur,
dass er sich nicht traute, es ihr zu sagen. Aber es war offensichtlich. Und genauso offensichtlich war, dass Erika ihn
nicht mal bemerkte. Ihr Tod war ein fürchterlicher Schlag
für ihn. Er hat diese Nummer mit dem Gespenst initiiert,
wusstet ihr das? Es war seine Art ...«

»... Kreuzwirt eins auszuwischen. Warum habt ihr ihn
dann nicht getötet? Oder vielmehr: Warum habt ihr nicht
alle beide umgebracht: Gabriel und Martin? Wenn sie von
der Bildfläche verschwunden wären, hättet ihr keine Probleme mehr gehabt.«

»Wir sind keine Mörder«, erwiderte Michl. »Im Übrigen
sollten wir uns lieber an die Tatsachen halten. Wir wissen
alle, dass niemand Martin den Mord an Erika in die Schuhe
schieben kann. Es gibt keine Beweise. Nicht mehr.«

»Das stimmt«, sagte Tony, »aber wir können ein Glas Wasser aus dem See abschöpfen, es analysieren lassen und euch für immer ruinieren.«

»Es sei denn, ihr wollt als Gegenleistung für euer Schweigen den Namen von Sibylles Vater erfahren. Wir wissen, wer es ist. Wir wissen, wo er wohnt. Es besteht kein Zweifel, dass er ihr Vater ist. Wir haben einen DNA-Test, der es belegt.«

»Und was hält uns davon ab, euer Angebot anzunehmen, euch die Hand zu geben und euch trotzdem in die Pfanne zu hauen?«

»Greife nie ein sterbendes Tier an«, sagte Karin. »Das ist der einzige Moment, in dem es keine Hemmungen hat zuzubeißen. *Wirklich* zuzubeißen.«

Die Hand mit dem DNA-Test blieb auf halber Strecke in der Luft stehen.

Sib sprang von ihrem Stuhl hoch und riss die Tür auf. Bevor sie aus dem Zimmer lief, drehte sie sich noch einmal um und brüllte in den Raum hinein:

»Ihr seid am Ende! Am Ende, verstanden?«

Karin reichte Tony ihre Visitenkarte.

»Bringen Sie sie zur Vernunft, Herr Carcano. Wir geben ihr Zeit bis morgen. Danach ...«

»... werden Sie tun, was Sie tun müssen.«

2.

Draußen regnete es. Ein warmer, widerlicher Nieselregen. Rudi stand an der Tür. Als Tony an ihm vorbeigehen wollte, zeigte er auf den Mustang, der außerhalb des Grundstücks parkte.

»Schönes Auto. So was wird heute nicht mehr hergestellt.«

Die Faust schnellte wie von alleine vor.

Rudi wurde nach hinten geworfen. Er taumelte. Fiel hin.

»Okay, damit sind wir quitt«, sagte Rudi und massierte sich den schmerzenden Unterkiefer. »Aber es täte mir leid, wenn Sie es persönlich nähmen, Herr Carcano. Es war eine Art Rolle, in die ich geschlüpft bin, verstehen Sie? Ich musste das tun, was Karin und Michl mir sagten. Ich habe das fortgeführt, was mein Vater für Friedrich getan hat: Leute erschrecken, Füchse mit Tollwut infizieren ...«

»Damit niemand dem See zu nahe kommt ... Ihr könnt mich mal, du und deine scheiß Füchse!«

Rudi rappelte sich auf. Er klopfte den Staub von seiner Hose.

»Herr Carcano, ich hoffe, ich hoffe wirklich, dass ...«

»... dass Sie mich nicht umbringen müssen? Wollen Sie das etwa sagen?«

Rudi schüttelte den Kopf. Er wirkte deprimiert.

»Ich hoffe, dass Sie und Fräulein Knapp glücklich werden. Wir bleiben hier angekettet, aber ihr könnt in Freiheit leben.«

Neunundsechzig

Tony saß am Steuer. Sibylle hatte sich neben ihm in den Beifahrersitz gekauert. Es war nicht schwer zu erraten, was sie empfand.

Schmerz. Wut. Verzweiflung.

»Wir müssen reden, Sib.«

»Nein.«

»Das ist nicht meine Entscheidung, aber ...«

Sib drehte sich zu ihm um. Zornig.

»Ich habe mich schon entschieden. Wir lassen die Bombe hochgehen.«

»Nicht so. Man kann eine solche Entscheidung nicht in ...«

Sib boxte gegen das Armaturenbrett, schaltete das Radio ein und drehte die Lautstärke bis zum Anschlag hoch.

Elvis. *Hound Dog.*

Seit zwölf Jahren war dieses Lied nun schon da, in Warteposition.

Als sie das Eisacktal erreichten, drehte Tony die Lautstärke wieder herunter.

»Die Carcanos waren immer Leute mit Schwielen an den Händen. Mein Vater war Arbeiter. Mein Großvater Tagelöhner. Und mein Urgroßvater genauso. Auf mütterlicher Seite ist es nicht anders. Leute, die sich unter der sengenden Sonne den Rücken ruiniert haben, um die Felder der anderen zu bestellen. Die Carcanos lebten in einer scheiß Welt, aber sie hatten ihren Platz in der Welt. Klar, sie waren wütend, aber das war eben die heilige Wut der Carcanos. Sie

gab ihnen die Kraft, um jeden Tag einen Zentimeter weiter-
zukommen, bis zum letzten Tag.«

Tony kurbelte das Fenster herunter.

Lauwarmer Regen schlug ihm entgegen.

»Als bei meinem Vater ein Tumor diagnostiziert wurde,
gab der Onkologe ihm noch sechs Monate. Mein Vater
schaffte zwei Jahre. Ein typisches Carcano-Ende: kämpfen
bis zum letzten Atemzug. Aber zu Hause weinen? Unmöglich. Ein Carcano weint nicht. Also führte ich meine Mutter
ins Kino aus, und dort weinten wir. Weißt du noch, als ich
dir von dem traurigen Pärchen erzählt habe? Von dem Jungen und dem Mädchen, die Hand in Hand in ihren Kinoses-
seln saßen und weinten? Es hat sie nie gegeben. Das waren
meine Mutter und ich.«

Sib drehte ihm den Rücken zu.

Tony fuhr fort.

»Als *Nur wir zwei* auf die Bestsellerliste kam, lag mein
Vater im Krankenhaus auf dem Sterbebett, aber er wei-
gerte sich, meiner Mutter zuzuhören, die ihm die Kritiken
vorlesen wollte. Mein Erfolg war für ihn ein Fehler im Sys-
tem, und wenn das System den Fehler entdeckte, würde es
mich in Stücke reißen. Die Carcanos haben Schwielen an
den Händen, sie haben keinen Erfolg. Deshalb habe ich den
Mustang bestellt. Mein Vater liebte den Film *Bullitt*. Den
CD-Player habe ich einbauen lassen, weil er Elvis liebte.
Kannst du dir das vorstellen? Giuseppe Carcano hat Elvis
Presley gehört. Jeden Abend habe ich gebetet, dass mein
Vater noch einen weiteren Tag überlebt, damit ich ihm den
Mustang vorführen kann. Ich wollte, dass er kapiert, dass
ich es geschafft hatte. Es war eine Ohrfeige, kein Geschenk.
Der Mustang kam, als mein Vater schon aus dem allerletz-
ten Loch pfiff. Er war kaum wiederzuerkennen, auch wenn

sein Blick noch immer der von Giuseppe Carcano war. Ein Vater, der glaubte, wenn er seinen Sohn schlug, würde aus ihm ein anständiger Mann werden.«

»Dein Vater hat dich geschlagen?«

Sibs Stimme war leise, stockend.

»Als ich meinen Auszug ankündigte und nicht im Stahlwerk arbeiten wollte ... Du kannst dir vorstellen, was da los war. Ich ging mit jeder Menge blauer Flecken am Leib und ohne eine einzige Lira in der Tasche von zu Hause weg. In der Nacht schlief ich unter der Ponte Resia. Ich habe nie besser geschlafen, das kannst du mir glauben. Beim Einschlafen schwor ich mir, dass ich es ihm zeigen würde, diesem Arschloch. Dass Tony Carcano nicht dasselbe Ende nehmen würde wie alle anderen Carcanos.«

Tony lächelte.

»Weißt du, was meine Mutter bei der Beerdigung erklärt hat? Dass mein Vater zu seinem Vater genau die gleichen Worte gesagt hat, bevor er seinen Koffer nahm, um nach Bozen auszuwandern.«

Elvis stimmte *Love Me Tender* an.

»Mein Vater hat die Leute immer nach dem Geld beurteilt, das sie auf dem Konto hatten. Die mit Geld waren für ihn besser als die ohne. Der Mustang sprach seine Sprache: Der Preis für die Karre war viermal so hoch wie sein Jahresgehalt. Ich parkte ihn direkt unter dem Fenster von dem Krankenhaus, in dem mein Vater in den letzten Zügen lag. Ich wollte unbedingt, dass er mein vergiftetes Geschenk noch sieht. Also ging ich hoch in sein Zimmer und zerrte ihn aus dem Bett zum Fenster, um ihm den Wagen zu zeigen. Er krächzte, ich müsse ihm schon beweisen, dass es wirklich meiner sei. Daraufhin nahm ich ihn auf den Arm und schleppte ihn runter zum Parkplatz. Unten angekommen, machte ich die Tür auf und sagte: ›Glaubst du's jetzt? Das ist meiner.‹ Und dieses Arschloch antwortete doch tatsächlich: ›Okay, meinetwegen, aber der Motor ist bestimmt kein echter 486er wie der von Steve McQueen.‹ Ich machte die Motorhaube auf und zeigte ihm den 486er, dann setzte ich ihn dahin, wo du jetzt sitzt, drehte den Zündschlüssel um und ließ den Motor aufheulen. ›Wer ist hier der Versager, Papa?‹, fragte ich ihn. ›Wer ist hier der Versager, du verdammter Sturkopf?‹«

Tony schüttelte den Kopf.

»Und weißt du, was er geantwortet hat? Er sagte ...«

Siebzig

1.

Giuseppe Carcano streckte die Hand aus, die in ihrer Aus-
gezehrtheit an eine Kralle erinnerte, und sagte:

»Gib mir eine Kippe, Tonino, und dann lass uns eine
Runde drehen.«

»Du weißt doch, dass ich nicht mehr rauche.«

»Aber du weißt, wie man Auto fährt, oder?«

Tony bog in die Via Veneto. Schaltete den CD-Player ein.

»Elvis«, flüsterte sein Vater.

»Ein ganz Harter, so wie du, was, Papa?«

Das war einer seiner typischen Sprüche: Elvis war ein
ganz Harter, weil Elvis den Mut hatte, wie ein Neger vor
den ganzen weißen Scheißrassisten zu singen.

Giuseppe Carcano wedelte mit der Hand, als wollte er
»Red' keinen Quatsch« sagen.

»Hast du das wirklich geglaubt? Bei Elvis muss ich immer
daran denken, wie ich das erste Mal mit deiner Mutter
geschlafen habe. Alles andere ist was für kleine Idioten wie
dich. Zu Elvis' Zeiten haben die Leute noch Radio gehört,
und im Radio war es egal, welche Hautfarbe einer hatte, du
Schlaumeier.«

»Das bin ich also für dich, Papa: ein kleiner Idiot?«

»Ein kleiner Idiot, der nichts kapiert. Aber auch gar
nichts.«

Die Ampel wechselte von Rot auf Grün. Tony drückte
aufs Gaspedal, dass die Firestones quietschten. Giuseppes

Lachen klang, als würde der Tod von innen an seiner Lunge kratzen.

»So ist es richtig«, sagte er. »Streu der Lady Pfeffer untern Hintern, Tonino.«

»Ich hasse es«, sagte Tony und trat das Gaspedal weiter durch, »wenn du mich so nennst.«

Wieder das rasselnde Lachen.

Tony gab noch mehr Gas.

»Du weißt gar nichts«, flüsterte er. »Nichts über mich. Nichts über dich selbst. Du weißt nicht, dass ich Mama ins Kino ausgeführt habe, damit sie in Ruhe weinen kann, weil du dummes Arschloch nicht willst, dass jemand in deiner Anwesenheit weint. Weil du Angst hast. Du hast Angst vor all der Liebe, die du für sie und für mich empfindest. Der coole Macker, was? Der Steve McQueen aus der Via Resia.«

Er überholte einen Alfa. Dann einen Fiat Ducato. Der Fahrer schickte ihm eine Salve Flüche hinterher. Der Mustang röhrte. Tony hatte nicht den Mut, seinen Vater anzusehen.

Also gab er noch mehr Gas.

»Deswegen muss ich es dir erklären, Papa. Du hast dir den Tumor nur angelacht, um mich zu ärgern. Denn ich hätte mich gefreut, dich alt werden zu sehen. Ich hätte mich gefreut, dir dabei zuzusehen, wie du dir eins von meinen Büchern kaufst. Dich froh zu sehen, verdammte Scheiße, froh über das, was ich zustande bringe. Denn ich bringe etwas zustande. Ich schenke den Giuseppe Carcanos dieser Welt ein Happy End. Ich verscheuche Gespenster, lösche Hass aus. Aber du bist ein echter Kerl, du erträgst es nicht, wenn Geschichten gut enden. Du bist einer, der sich davonstiehlt, bevor dein Sohn dir das zu sagen wagt, was du Feigling schon vor Jahren zu mir hättest sagen müssen ...«

Er überfuhr eine rote Ampel. Ein grauer Toyota kam von der Seite herangefahren. Tony konnte ihm gerade noch ausweichen.

»Dass ich dich lieb habe, du Scheißkerl.«

Das Brüllen des Mustangs verwandelte sich in ein Stottern.

Er wurde langsamer.

»Ich hab dich lieb, Papa.«

Tony war nass geschwitzt. Bei der nächsten Kreuzung wendete er. Endlich fand er den Mut, seinen Vater anzusehen.

Giuseppe Carcano war eingeschlafen. Tony brach in Gelächter aus.

Eins zu null für dich, Papa.

Als sie wieder beim Krankenhaus waren, weckte Tony seinen Vater. Verwirrt bat Giuseppe ihn um eine Zigarette. Tony zerrte ihn aus dem Mustang. Ein Krankenpfleger kam mit einem Rollstuhl herbeigeeilt und überzog ihn mit einer Schimpftirade.

Als sein Vater in dem Rollstuhl Platz genommen hatte, öffnete er die Augen. Bewegte die Lippen.

»Ich rauche nicht mehr, Papa.«

Giuseppe machte ihm ein Zeichen näher zu kommen. Tony beugte sich über ihn. Der Geruch nach Krankheit stieg ihm in die Nase.

»Ich habe dir gesagt, dass ich nicht mehr ...«

Giuseppe drückte seinen Arm. Fest.

2.

»Die Zeiten«, keuchte sein Vater, »als die Carcanos klein beigegeben haben, die sind vorbei – nicht wahr, mein Junge?«

Einundsiebzig

1.

Sib wischte sich eine Träne von der Wange.

»Leute wie die Perkmanns fallen immer auf die Füße«, sagte Tony. »Sie kommen nie ins Gefängnis. Es gibt einen Skandal oder eine Pleite, Mitarbeiter verlieren ihren Job – aber Karin und Michl? Sie bleiben an Ort und Stelle, in der Krotn Villa. In Kreuzwirt wird alles vergessen. Die Leute hier sind gut im Vergessen, das weißt du auch. Sie legen sich mit niemandem an. Hauptsache, die Fassade stimmt, und es gibt keinen Streit.«

Tony griff nach Sibylles Hand.

»Ich habe mit meinem Vater streiten können. Ich hatte die Chance zu begreifen, wie viel von ihm auch in mir war. Und obwohl ich ihn verletzen wollte, habe ich verstanden, wie ich ihn glücklich machen kann. Im allerletzten Moment, aber ich hatte die Chance.«

Er lächelte wehmütig.

»Vielleicht ist das der Unterschied zwischen Kreuzwirt und Shanghai: Die einen verschließen die Augen vor der Realität, damit alles so hübsch und sauber bleibt wie es ist, während die anderen ein riesiges Fass aufmachen, aber am Ende wenigstens wissen, woran sie sind.«

325

2.

Der Anruf erfolgte um drei Uhr nachmittags. Karin ging auf und ab, sie war leicht angetrunken.

Michl ging an den Apparat.

»Was sind die Bedingungen?«, fragte er unwirsch.

Michls Gesicht verzog sich zu einer Grimasse.

»Das Erste können wir machen. Aber das Zweite ...«

Schweigen.

»Heute Abend. Einverstanden.«

Er beendete das Gespräch.

Karin nahm einen weiteren Schluck Martini.

»Und?«

»Sie haben zugesagt.«

»Ich wusste es«, sagte Karin strahlend.

»Aber Sibylle will mit Martin reden. Und Carcano möchte ...«

Zweiundsiebzig

Tony kam in den lokalen Fernsehnachrichten direkt nach dem Bericht über ein paar Schweine, die von einem Bauernhof im Matschertal weggelaufen waren, und dem Interview mit einem Stadtrat aus dem Grödnertal zum Thema Straßensicherheit in Erdrutschgebieten.

Die Kamera machte einen Schwenk vom Nachrichtensprecher auf eine schwarz gekleidete Frau, die eine Schönheit hätte sein können, wäre ihre Miene nicht so sauertöpfisch gewesen. Im Untertitel erschien der Name Giovanna Innocenzi.

»Was können Sie uns über den Skandal rund um den bekannten Schriftsteller Tony Carcano sagen?«, ertönte die Stimme des Sprechers aus dem Off.

»Es handelt sich um eine Falschmeldung«, erklärte die Journalistin aufgebracht. »Jemand wollte *Gios Perlenkiste* absichtlich in Verruf bringen, indem man uns falsche Informationen unterschob. Und eine Fotomontage, die die Wahrheit verzerrt hat.«

»Die Fotos, die den Schriftsteller sozusagen in flagranti zeigen, sind mithin ...«

Die Frau schüttelte verärgert den Kopf. Fast konnte man meinen, das Klimpern ihrer überdimensionierten Ohrgehänge zu hören.

»Es ging weniger darum, ihm zu schaden als unserer Redaktion. Wir möchten ...«

Tony drehte den Fernseher lauter.

« ... uns für diesen unerfreulichen Zwischenfall bei unseren Lesern entschuldigen. Und natürlich auch bei dem direkt Betroffenen«, schob sie widerwillig hinterher.

»Sie meinen, Tony Carcano?«

»Ja, den meine ich.«

Die Kamera hielt kurz auf Giòs säuerliches Gesicht. Tony brach in schallendes Gelächter aus.

Dreiundsiebzig

Tante Frieda hörte auf, Severinos Fell zu kämmen, als das Gesicht von Giovanna Innocenzi auf dem Fünfzig-Zoll-Bildschirm in ihrem Wohnzimmer erschien. Severino, der die plötzliche Spannung in der Luft spürte, plusterte seinen Schwanz auf und stupste mit dem Kopf gegen den Arm der Anwältin. Als die schwarz gekleidete Journalistin zu sprechen begann, sprang Tante Frieda auf, und Severino suchte das Weite. Die Zeit der Zärtlichkeit war vorbei. Er nahm es nicht persönlich. Er war schließlich ein Kater. Behände kletterte er auf das Bücherregal, streifte durch die Reihen, ließ sich auf einer *Moby-Dick*-Ausgabe nieder und schloss die Augen. Ein idealer Ort für ein Nickerchen.

Die Nachrichtensendung war zu Ende.

Tante Frieda griff zum Telefonhörer.

Keiner zu Hause. Auch an Tonys Handy schaltete sich nur der Anrufbeantworter ein.

Was hatte Tony vor? Was passierte da gerade? Warum gehst du nicht ans Telefon, Junge?

Vierundsiebzig

1.

Michl hatte sie in die Villa eingelassen. Gemeinsam gingen sie in den ersten Stock, von dort über einen langen Flur zu einer steilen Wendeltreppe, die zum Turmzimmer führte. Karin wartete dort auf sie. Sie schien erfreut, sie zu sehen. Als Sib sich ihr gegenüber setzte, merkte sie, dass Karin betrunken war.

»Das ist für Sie«, sagte die Tochter von Friedrich Perkmann und schob einen Umschlag über den kleinen Tisch zu ihr herüber.

Sib schaute nicht einmal hin.

»Wo ist Martin?«

»Martin ist nicht ...«

»Martin war die Bedingung.«

Karin zupfte ihre Frisur zurecht. So etwas wie hämische Freude glomm in ihrem Blick auf.

»Ich wollte Ihnen nur Kummer ersparen.«

Sie ließ sie allein.

Sib nahm den Umschlag an sich. Drehte ihn zwischen den Fingern. Hier drin befand sich nicht der Name ihres Vaters, sondern der Name eines Gespensts. Das würde Tony wohl nie verstehen. So wie er nicht verstand, was sie gerade tat. Daher hatte sie ihm eine Lüge aufgetischt. *Ich muss mich von Erika verabschieden. Dazu muss ich alleine sein.* Tony hatte nicht protestiert.

Gespenster sind lehrreich und grausam. Das hatte ihr der

Schriftsteller irgendwann einmal gesagt. Sib war der gleichen Ansicht. Obwohl ihre Mutter umgebracht worden war, sie also nicht im Stich gelassen hatte, würde sie die aufgestaute Wut auf Erika nicht so schnell vergessen können.

Bei dem Pakt mit den Perkmanns war es ihr nie darum gegangen, die Identität ihres Vaters zu erfahren. Ihr Vater war ein Gespenst, und sie wollte mit Gespenstern, die ihr Leben ruinierten, nichts mehr zu tun haben. Nein, sie wollte endlich Martin treffen, um von ihm zu erfahren, was in der Nacht vom 21. März 1999 wirklich geschehen war.

Vielleicht gelang es ihr dann doch, sich ein für alle Male von ihrer Mutter zu lösen, wenn sie den Schwanzabschneider ins Herz ihres Mörders stieß.

2.

Gespenster sind lehrreich und grausam. Genau das hatte Tony gedacht, während er beobachtete, wie Sibylle in der Krotn Villa mit ihrer efeubewachsenen Fassade, dem Mausoleum und dem wie ein Finger in den Himmel gereckten Turm verschwand.

Hatte Friedrich Perkmann den Turm mit dem Observatorium womöglich als eine Art Fingerzeig zu Gott begriffen?

Vielleicht. Oder auch zu dem schwarzen Nichts zwischen den Sternen. Der Schnittstelle zwischen den Welten, um mit von Juntz zu reden.

Tony war sich bewusst, dass er versuchte, die Gedanken zu verdrängen, die ihn im Wald auf dem Weg zum See befallen hatten. Als er die Wasseroberfläche nun betrachtete, die glatt und unbewegt im Licht des Vollmonds lag, war er überrascht, wie sehr er auf ein Zeichen gehofft hatte. Irgendeine Botschaft, ein Hinweis auf das Blut, das am Ufer des Sees vergossen worden war. Oder ein Echo auf den Tod an seinem Grund.

Sogar Freddys Schwanzwedeln schien zu bedeuten, dass dieser Ort einer wie alle anderen war. Vielleicht hatte der Bernhardiner recht, dachte Tony. Die Hölle war ein x-beliebiger Ort.

Er ging in die Hocke, um Freddy zu streicheln, der ihm übers Gesicht leckte.

»Bist ein guter Junge, Großer.«

Tante Frieda hatte ihn mit Anrufen bombardiert, aber Tony hatte nicht auf ihre Nachrichten auf seinem Anrufbeantworter reagiert. Ein Telefonat mit Tante Frieda drohte, kompliziert zu werden. Alles zu seiner Zeit.

Das Licht, das von der Villa herüberschien, erregte seine Aufmerksamkeit. Er hatte nicht gewusst, wie nah der See war. Nach seiner Berechnung nur achthundert Meter Luftlinie. In der Dunkelheit wirkte der Turm wie ein Leuchtturm.

3.

«Monster« hatte Karin ihn genannt. Das war böse. Trotzdem fiel auch Sib kein anderes Wort für ihn ein, als Martin plötzlich vor ihr stand. Als hätte ein ebenso grausamer wie stumpfsinniger Gott sein Gesicht modelliert.

Das Gesicht des Mannes, den Michl in das Turmzimmer mit dem Observatorium brachte, war zur einen Hälfte durch Brandnarben entstellt, während die andere Hälfte völlig unversehrt und fast identisch war mit dem edlen, stolzen Profil des strahlenden Friedrich Perkmann auf dem Hochzeitsfoto, das Tante Helga ihr gezeigt hatte.

Michl half ihm, sich zu setzen. Das blinde Auge von Martin schien unablässig auf Sibylle gerichtet.

Karins Zwilling stützte die Hände auf den Tisch. Er hatte lange, kräftige Finger. Seine Kleidung bestand aus einem dunklen Anzug und einer schwarzen Krawatte, auf der eine Anstecknadel befestigt war. Ein winziger Kolibri mit ausgebreiteten Flügeln.

»Falls ihr noch etwas braucht ...«

Michl beendete den Satz nicht. Er ging hinaus und schloss die Tür hinter sich zu.

»Du hast meine Mutter getötet.«

Keine Antwort.

»Hast du ihr Foto in meinen Briefkasten gesteckt?«

Martin rückte seine Krawatte zurecht.

»Warum hast du das getan?«

Ein Beben ging durch seinen Körper.

»Warum hast du meine Mutter getötet?«

Martin begann, mit den Fingern zu schnippen. *Snap. Snap.* In immer rascherer Folge. Begleitet von einem melodischen Pfeifen.

»Fräulein Rosa hat gesagt, du bist nicht dumm. Also spiel nicht Theater. Ich will Antworten.«

Sibylle legte ihre Hand mit dem Schwanzabschneider auf den Tisch. Die Klinge des aufgeklappten Messers funkelte in dem diffusen Licht, als wollte sie Sibylles Entschlossenheit noch einmal bestätigen.

»Koste es, was es wolle.«

»Manchmal«, sagte Martin mit knarzender Stimme, »verwechsle ich Träume mit der Realität. Und umgekehrt. Manchmal denke ich, wie heute Abend, dass es keinen Unterschied gibt zwischen dem, was ich träume, und dem, was ich sehe. Kannst du beschwören, dass dies die Realität ist? Kannst du mir beweisen, dass ich nicht träume? Oder dass wir beide nicht der Traum eines Mädchens sind, das an

333

einem Seeufer stirbt?« Martin strich sich über den zerstörten Teil seines Gesichts. »Erika war die Einzige, die keine Angst vor mir hatte. Sie hat nie ein Messer wie das da gegen mich gerichtet.«

»Wenn sie es getan hätte, würde sie noch leben. Und du wärst tot.«

»Wer sagt dir, dass sie nicht mehr lebt?«

Sibylle knirschte mit den Zähnen.

»Hör auf mit diesen Spielchen.«

»Hast du in den Pakt eingewilligt? Wie mein Vater es tat? Wie alle hier in Kreuzwirt es taten?«

Sibylle machte sich nicht die Mühe zu antworten. Sie nahm den Umschlag und riss ihn in der Mitte durch. Dann noch einmal in zwei Hälften. Die Identität ihres Vaters wurde zu einem Häufchen beschriebener Papierschnipsel.

»Ich habe in den Pakt eingewilligt, um mit dir reden zu können. Alleine.«

»Und um mich umzubringen.«

Sibylle sah ihn lange an, bevor sie antwortete.

Sibby Langstrumpf verabschiedete sich in Gedanken von Tony. Keine Zukunft den Mördern, dachte sie. Und griff nach dem Messer.

»Und um dich umzubringen.«

Fünfundsiebzig

1.

Ein Schatten trat aus der Villa.

Der Schatten lächelte. Er genoss die laue Nacht, den Vorgeschmack des Todes.

2.

»Die Toten ruhen in Frieden, die Toten wissen alles. Ich habe nicht in Frieden geruht, aber ich wusste alles. Ich wusste, was mein Vater und Horst im See versteckt hatten. Ich habe sie belauscht.«

Er lachte höhnisch.

»Sie haben mich nie erwischt. Niemand sieht den Maulwurf. Der Maulwurf ist leise. Der Maulwurf ist unsichtbar. Nur Erika hat den Maulwurf gesehen. Und gesungen. Sie hat für mich gesungen. Sie war die Einzige, die keine Angst vor diesem Gesicht hatte. Vor meiner ...«

»Verrücktheit?«

Martin nickte. Dann schüttelte er den Kopf.

»Der Maulwurf ist nicht verrückt. Der Maulwurf hasst. Er hasst, das ist alles.«

»Wen?«

»Alle.«

Martin hatte mit einer seltsam kindlichen Freude gesprochen. Sibylle stockte fast der Atem, und ihre Hand umschloss den Schwanzabschneider noch fester.

Martin schnippte seine Fingernägel gegeneinander, einen nach dem anderen. *Tick, tick, tick.* Wie ein Insekt.

»Karin meint, das Feuer hätte meine gute Seite getötet. Die böse hätte überlebt. Deswegen sei ich der, der ich bin, sagt sie. Der Maulwurf. Deswegen hätten die Flammen damals mich erwischt und nicht sie. Deswegen wäre ich alleine und sie hätte die Liebe kennengelernt.«

»Michl.«

»Seine Narben kann man nicht sehen, sie sind innen.«

»Er ...«

»Wie bei seinem Vater. Doktor Horst und seine Bücher ... Wenn du hier bist, dann, weil du den von Juntz gelesen hast.«

Er lachte. Ein zweifaches Schnipsen. *Snap. Snap.* Martin stand auf. Sibylle tat es ihm nach, ein rascher Sprung, das Messer in der ausgestreckten Hand.

Martin beachtete sie gar nicht. Er trat zum Fenster, drehte ihr den Rücken zu.

»Ich will, dass du mir von Erika erzählst«, sagte Sibylle. »Wie hast du sie getötet?«

»Erika hat diesen Moment vorhergesehen. In den Tarotkarten. Sie sagte, eine wunderschöne wütende Frau würde zu mir kommen. Und diese Frau würde böse Worte sagen, die den Maulwurf in einen Prinzen verwandeln.«

Martin drehte sich um.

»Sie war immer voller Hoffnung, Erika. Immer. Deswegen ist sie tot. Weil sie allen vertraut hat.«

»Sie hat *dir* vertraut. Und *du* hast sie getötet. Ihr hattet eine Verabredung, sie wollte mit dir zum Maturaball gehen ...«

»Zum Maturaball, ja. Singen, tanzen, lachen. So viel lachen! Erika wollte mir die Welt zeigen. Erika sagte, die Leute würden Angst vor mir haben, einige könnten mich sogar verabscheuen, aber die meisten würden verstehen dass der Maulwurf nicht mehr tot sein will, nicht mehr ständig unter der Erde. Der Maulwurf würde endlich das Licht der Sonne sehen – das hat sie gesagt.«

»Und das nicht nur bei deinen heimlichen Ausflügen aus der Villa ...«

»Das war nicht das richtige Licht.«

»Sie mochte dich gern.«

»Ja.«

»Trotzdem hast du sie getötet.«

»Karin hat alles entdeckt, sie hat unsere Gespräche belauscht. Unsere Geheimsprache entziffert. Tagelang hat sie mich vor dem Maturaball gequält. Sie wollte, dass ich wütend werde. So wie vorher bei Elisa. Sie hat die Tür offen gelassen. Dann ist sie mit Michl zum Maturaball. Aber ich bin nicht rausgegangen. In dieser Nacht habe ich die Villa nicht verlassen. Ich hatte Angst. Vor all diesen Augen. Die nur das Monster gesehen hätten.«

Martin wandte sich ab, Tränen strömten über sein zerstörtes Gesicht.

»Ich habe Erika nicht getötet.«

3.

»Diesen Platz habe ich schon immer geliebt.«

Die Stimme kam aus der Dunkelheit.

»Michl!«

»Habe ich Sie erschreckt? Das tut mir leid.«

Michl beugte sich über Freddy. Er streichelte seine Schnauze. Der Bernhardiner ließ ein zufriedenes Grunzen ertönen.

»Sind Sie mir gefolgt?«

»Ich dachte mir, dass ich Sie hier antreffen würde. Wie

gesagt, ein schöner Platz. Ich habe ihn schon immer geliebt. Er vertreibt auch die dunkelsten Gedanken.«

»Sie machen mir nicht den Eindruck, als würden Sie nachts nicht schlafen können.«

»Stimmt. Karin kann abends oft nicht einschlafen, aber auch sie leidet nicht unter Schlafstörungen, jedenfalls nicht im medizinischen Sinne.«

»Und Martin?«

»Martin ist eine simple Kreatur«, erwiderte Michl. »Er braucht nicht viel.«

»Glaubst du, dass es jemanden gibt, der seine Morde deckt?«

»Sie haben den Plural verwendet. ›Morde‹. Glauben Sie, dass Martin der Wanderer ist?«

»Tatsächlich habe ich mich gefragt, wo Sie am 21. März 1999 waren.«

Michl brach in Gelächter aus. Sein Lachen hallte nach, bis die Dunkelheit über dem Torfmoor es verschluckte.

»Ich bin mit Karin zum Maturaball gegangen«, sagte Michl. »Sie trug ein wunderschönes Kleid. Alle haben sie angestarrt. An dem Abend wurde viel geredet, wenn Sie verstehen, was ich meine.«

»Also jede Menge Zeugen. Lauter brave Leute aus Kreuzwirt, nehme ich an. Lauter Leute, die bei der Familie Perkmann tief in der Schuld stehen. Die von den schmutzigen Geschäften Ihres Vaters wussten.«

Das Lächeln verschwand aus Michls Gesicht.

»Über manche Dinge sollte man nicht scherzen.«

»Ist es so einfach, einen Menschen zu kaufen?«

»Soll das eine Frage sein, Herr Carcano? Oder spricht hier nur Ihr Schriftstellerherz, das sich von der Atmosphäre inspirieren lässt?«

»Ich bin von Natur aus neugierig.«

Horst beugte sich erneut vor, um Freddy zu streicheln. Als er sich wieder aufrichtete, hielt er eine Beretta in der Hand, mit der er auf den Schriftsteller zielte.

Freddy erstarrte.

»Werfen Sie die .22er weg!«, sagte Michl.

»Was für eine .22er?«

»Die in Ihrem Hosenbund.«

Tony gehorchte. Die .22er verschwand in der Böschung des Torfmoors.

Freddy begann, an seiner Leine zu zerren. Michl hielt ihm die Beretta gegen die Schläfe.

»Sehen Sie zu, dass er sich ruhig verhält. Die Vorstellung, einem Hund etwas zuleide zu tun, gefällt mir nicht.«

Tony kniete sich neben den Bernhardiner, streichelte ihn und redete besänftigend auf ihn ein.

»Der Pakt existiert gar nicht, oder, Herr Horst?«, sagte er, während Freddy allmählich wieder zur Ruhe kam. »Ihr Plan ist, unsere Leichen im See verschwinden zu lassen, stimmt's?«

»Die Leichen werden gefunden werden, und zwar komplett entstellt durch Verbrennungen. Es ist dafür gesorgt, dass man sie als die sterblichen Überreste von Michl Horst, Karin und Martin Perkmann identifizieren wird. Was Letzteren betrifft, so müssen sie noch nicht mal die Unwahrheit sagen. Eine Tragödie, finden Sie nicht auch?«

Tony erhob sich. Michls Pistole zielte noch immer auf ihn. Freddy winselte, aber mehr nicht. Sein Blick war mal auf Tonys Gesicht, mal auf das von Michl gerichtet.

Tony streichelte ihm erneut über den Kopf.

»Sie unterschätzen meinen Agenten. Ich habe noch einen Roman bei ihm abzuliefern, für den ich bereits einen

339

ordentlichen Vorschuss und er seine heilige Provision kassiert hat. Eine Lawine von Ereignissen wird ins Rollen kommen, und eine Menge aufgebrachter Leute wird sich auf die Suche nach meiner Wenigkeit machen. Stellen Sie sich nie zwischen einen Autor und seinen Verlag, davon kann ich nur abraten.«

Michl brach in Gelächter aus.

»Ich weiß Ihre Bemühungen wirklich zu schätzen. Aber jetzt gehen Sie, bitte. Und halten Sie die Leine von diesem netten Hündchen gut fest. Hier im Wald wimmelt es von tollwütigen Füchsen.«

Sechsundsiebzig

1.

Karin war schweißgebadet. Michl hatte sich fürchterlich aufgeregt, als er sie betrunken angetroffen hatte, und sie gezwungen, so viel Kaffee zu trinken, bis ihr schwindelig geworden war. Immerhin war ihr Rausch so weit verflogen, dass sie in der Lage war, das zu tun, was sie gerade tat: das Gefängnis in Brand zu setzen. Die Krotn Villa zu zerstören.

Als ihr Vater gestorben war, hatten sie und Michl einen Seufzer der Erleichterung ausgestoßen. Die Gefangenschaft war zu Ende. Ein Treppensturz würde auch das Monster ins Jenseits befördern, und dann wären sie endlich frei. Aber Martin hatte alles ruiniert. Er hatte Sibylle das Foto zugesteckt. Sibylle hatte begonnen, Fragen zu stellen ... und ihre Freiheitsträume hatten sich in Nichts aufgelöst.

Jetzt mussten sie nicht nur Martin verschwinden lassen, sondern auch noch das Mädchen und den Schriftsteller.

»Aber das Monster soll als Erster sterben.«

Ihre Worte hallten in der Villa wider.

Mit dem Benzinkanister in der Hand stieg sie die Treppe zum Turmzimmer hinauf.

2.

Martins Gesicht verzog sich zu einer schmerzvollen Grimasse.

»Wenn ich an dem Abend aus dem Haus gegangen wäre,

würde Erika noch leben. Aber ich habe es nicht getan. Ich blieb am Fenster stehen und lauschte der Musik, die vom *Black Hat* kam. Ich erzählte es meinem Vater, ich erzählte es Doktor Horst. Aber sie glaubten mir nicht. Ich war nur der Maulwurf, das Monster, warum hätten sie mir glauben sollen? Der Einzige, der mir glaubte, war Gabriel. Ich erzählte ihm, was passiert war, und er ...«

»... verlor den Verstand.«

»Nein, Gabriel war immer das aufgeweckteste Tier im ganzen Wald. Der Einzige, der verstanden hat, dass Tommy Sunlight unter uns ist.«

Sibylle stockte der Atem.

»Der Wanderer?«

»Der Wanderer existiert. Der Wanderer tötet. Und alle singen für ihn.«

In dem Moment roch sie es. Benzin. Und dann hörte sie es auch schon. Wie eine Explosion. Kurz darauf folgte der Rauch. Beißender Rauch. In dichten dunklen Schwaden drang er durch den Spalt unter der Tür ins Turmzimmer ein.

Sibylle drückte die Türklinke hinunter. Abgeschlossen.

»Schei ...«

Martin stürzte sich auf sie.

Der Schwanzabschneider flog aus ihrer Hand.

3.

Michl bedeckte Nase und Mund mit einem Taschentuch. Der Wind trieb den Rauch in ihre Richtung. Der Gestank war kaum zu ertragen.

Tony, der vor ihm ging, wurde von Husten geschüttelt. Freddy schaute sich um, erschrocken, am ganzen Körper bebend, aber ohne an der Leine zu reißen. Freddy wäre ihm auch in die Hölle gefolgt, niemals würde er ihn im Stich lassen. Und das erfüllte Tony mit Zorn. Er klammerte sich daran. Zorn war besser als Verzweiflung. Verzweiflung angesichts der Vorstellung, wie Sibylle sich qualvoll in den aus dem Turm züngelnden Flammen wand. Tony verscheuchte das Bild aus seinen Gedanken. Sibylle ging es gut, sie war nicht tot, und wenn er ihr helfen wollte, musste er einen klaren Kopf behalten.

Michl schubste Tony in Richtung des ehemaligen Gewächshauses, in dem mittlerweile nur noch Gartengeräte standen.

»Los, rein mit Ihnen!«

Tony trat gegen die Tür.

»Leck mich am Arsch!«

Er hörte, wie Michl hinter ihm sagte:

»Etwas theatralisch, aber bestimmt befreiend. Auf der linken Seite befindet sich ein Geländer, greifen Sie es, und folgen Sie dem Lauf.«

Eine Scheibe explodierte über ihren Köpfen. Das Feuer breitete sich in Windeseile aus.

Freddy winselte.

4.

Karin hatte mit Flammen gerechnet, aber nicht mit einer Explosion. Doch kaum war das Streichholz in die Benzinlache gefallen, hatte sie das Gefühl gehabt, eine dunkle unsichtbare Hand würde sie mit voller Wucht auf den Fußboden stoßen.

Sie rappelte sich auf und ging schwankend die Treppe in den zweiten Stock hinunter. Sie eilte den Flur entlang zur Bibliothek. Auf dem dort ausliegenden Teppich hatte Michl einen weiteren Benzinkanister abgestellt, genau nach Plan. Karin wollte mit ihrem Werk fortfahren, als sie aus dem Augenwinkel registrierte, dass der von Juntz nicht mehr auf dem Tisch lag.

Michl, dachte Karin. Michl wollte nicht, dass dieses Buch zusammen mit den anderen verbrannte. Michl hatte protestiert, als sie verkündet hatte, dass die *Unaussprechlichen Kulte* dasselbe Ende nehmen sollten wie der Rest der Sammlung.

Karin hasste dieses Buch. Doktor Horst hatte sie und seinen Sohn stundenlang gezwungen, diesen Unsinn zu lesen. Sie hasste es fast so sehr wie ihren Zwillingsbruder, der überall seine Ohren hatte. Oder ihren Vater, der zu all den Qualen ihrer Jugend seinen Segen erteilt hatte.

Hatte Michl nicht am Ende eingewilligt? Hatte er nicht gesagt, »Es ist doch nur ein dummes Buch«, und ihr einen Kuss auf die Stirn gegeben? Verraten hatte er sie, denn jetzt war das Buch weg. Und dafür, beschloss Karin, sollte dieser Judas bezahlen. Der von Juntz musste zu Asche werden.

Als sie den Flur schon wieder halb zurückgegangen war, hörte sie plötzlich jemanden ihren Namen rufen: Martin.

Karin ballte die Fäuste.

Michl hatte ihr versichert, dass die Tür des Observatoriums zu robust sei, um aufgebrochen zu werden. Dieser Idiot hatte behauptet, Martin und Sibylle würden an einer Rauchvergiftung sterben, noch bevor die Flammen sie verschlängen. Stattdessen ...

»Karin!«

Die Stimme klang anklagend. Zornig. Außer sich vor Wut.

Karin drehte sich mit einem Lächeln zu ihm um.

»Bruderherz.«

Martin blieb verwirrt stehen.

»Ich habe dich lieb, Bruderherz. Ich habe mich immer

um dich gekümmert, weißt du noch? Wer hat dir zu essen gegeben? Wer hat dich vor der Kälte geschützt? Wer hat dich hinaus ins Freie gelassen, in den Wald, bis zum See hinunter?«

Martin geriet ins Schwanken.

Sicher nicht wegen des Gewichts von Sibylle, die wie leblos über seinen mächtigen Schultern hing.

Karin breitete die Arme aus.

»Komm zu mir, Bruderherz. Lass von diesem Mädchen ab. Sie ist tot. Du kannst nichts mehr für sie tun. Sie ist schon ganz lange tot.«

»Nein, Sibylle ...«

Karin lachte. Ihr Gelächter übertönte das Prasseln der Flammen.

»Das ist nicht Sibylle, du Dummkopf. Sibylle ist ein Baby. Das ist Erika, die du getötet hast, die Leiche, die du seit vielen, zu vielen Jahren mit dir herumschleppst. Aber Erika hat dich nicht lieb gehabt, Bruderherz, nur ich habe dich lieb. Komm zu mir, lass uns weggehen. Zusammen. Ich werde mich um dich kümmern ...«

Die Flammen hatten den Benzinkanister in der Bibliothek erreicht. Ein Inferno brach los, das die Krotn Villa bis in ihre Grundfesten erschütterte.

Karin versuchte, sich in Sicherheit zu bringen, indem sie die Stufen zum Erdgeschoss hinunterhastete, doch ein grausamer, stechender Schmerz an ihren Knöcheln hinderte sie daran. Sie schrie auf. Ihre Beine trugen sie nicht mehr, ihre Knie schlugen auf dem Boden auf, ihr Oberkörper wurde durch den Aufprall nach vorne geworfen.

Mit einem Mal fiel es ihr wie Schuppen von den Augen. Karin begriff, dass sie ihr ganzes Leben lang blind und taub gewesen war. Genau wie von Juntz gesagt hatte: Der

Wanderer existierte. Und genau wie er in den *Unaussprechlichen Kulten* prophezeit hatte, war sie bei seinem Anblick auf die Knie gesunken.

Siebenundsiebzig

1.

Als sie – unter den Blicken der in Öl verewigten Ahnengalerie, die aus Friedrich Perkmann, der gnädigen Frau und Doktor Horst bestand – das Wohnzimmer der Krotn Villa erreicht hatten, befahl Michl ihm, sich umzudrehen. Tony gehorchte. Die Mündung der Beretta zeigte genau auf seinen Kopf.

»Auf die Knie!«

»So wie vor dem Wanderer?«

»Machen Sie sich nicht lächerlich.«

Tony schüttelte den Kopf.

»Tut mir leid. Die Zeiten, als die Carcanos klein beigegeben haben, sind endgültig vorbei. Wenn Sie mich schon töten wollen, Horst, dann müssen Sie mir dabei wenigstens in die Augen ...«

Tony stürmte los. Noch im Sprung sah er, wie Michls Zeigefinger den Abzug betätigte. Er schloss die Augen. Hörte das Klicken, dann den Schuss. Das Projektil zischte nur wenige Zentimeter an seinem Hals vorbei.

Freddy kläffte erschreckt auf, aber er lief nicht weg. Ein zweites Projektil platzte direkt zwischen seinen Pfoten auf, doch nicht einmal jetzt versuchte er, die Flucht zu ergreifen, sondern blieb zitternd und bebend an Ort und Stelle stehen.

Ab dem Moment war Tony nicht mehr zu bremsen. Sein Kopfstoß traf Michl mitten ins Gesicht.

Taumelnd hob dieser die Hände. Die Beretta fiel zu Boden.

Ein zweiter Schlag traf ihn in der Magengrube. Ein dritter in den Kniekehlen. Er verlor das Gleichgewicht und stürzte.

Tony ließ ihm keine Zeit zum Luftholen. Mit seinem ganzen Gewicht pflanzte er sich auf Michls Brust, stützte die Knie auf dessen Oberarme und begann, ihm methodisch ins Gesicht zu schlagen, bis seine Knöchel bluteten. Ein letztes Mal stöhnte Horst auf, dann rollten seine Augäpfel nach hinten, und er verlor das Bewusstsein.

Tony schnappte sich die Beretta und richtete sie auf Michls Stirn. Es wäre einfach gewesen. Es wäre gerecht gewesen. Vielleicht.

Das »Vielleicht« gab den Ausschlag: Tony schoss nicht.

Er erhob sich und verpasste Michl einen weiteren Tritt gegen den Oberkörper, aber er schoss nicht. Stattdessen beugte er sich über Freddy, der winselnd versuchte, den Funken auszuweichen, die wie brennender Schnee von der Decke rieselten.

Ein Krächzen ertönte, jemand rief seinen Namen.

»Carc ... Carcano!«

Rudi.

Der Wachmann war ein Anblick des Jammers. Seine Lippen waren aufgeplatzt, sein linkes Auge zugeschwollen, er atmete schwer und hielt sich die Brust. Trotzdem schleppte er sich die Treppe hinunter, vorsichtig tastend, um zu Martin zu gelangen, der die letzte Stufe zum Wohnzimmer erreicht hatte, auch er blutverschmiert. In seinen Armen hielt er den leblosen Körper Sibylles.

»Erika ...«, sagte Martin und deutete mit dem Kinn auf Sibylle. «Erika ist tot.«

Er empfand keinen Schmerz. Auch keine Wut. Noch nicht einmal Verzweiflung. Tony empfand nichts. Außer Kälte.

Er hob die Pistole.

»Sie heißt nicht Erika. Sie heißt Sibylle.«

»Sibylle ist das Baby. Sibylle kann nicht singen.«

»Du ...«

Nur dieses eine Wort kam aus Tonys Mund.

Sein Finger legte sich um den Abzug.

»Ich bin der Maulwurf«, sagte Martin. »Erika ist die Füchsin. Erika ist tot. Sibylle ist ...«

Sibylle bewegte sich.

Die Beretta blieb stumm.

Aus den Augenwinkeln sah Tony, dass Rudi direkt hinter Martin stand. In seiner rechten Hand hielt der Wachmann der Krotn Villa ein Messer, dessen spitz zulaufende schmale Klinge im Feuerschein funkelte. Tony beobachtete, wie der Mann schwankte, gegen das Geländer fiel, sich mit der einen Hand daran festhielt und mit der anderen an seine Brust fasste. Er versuchte, sich aufzurichten.

Mach schon, du Bastard, flehte Tony innerlich, und ich verspreche dir, dass ich sogar den Kratzer auf dem Mustang vergesse.

Er musste unbedingt Zeit gewinnen.

»Du bist der Mörder von all diesen Frauen«, sagte Tony, den Blick fest auf Martin gerichtet. »Wie viele waren es? Wie viele Frauen hast du getötet?«

Er erhielt keine Antwort.

»Bei jedem neuen Opfer«, versuchte Tony, Martin aus der Reserve zu locken, »hast du eigentlich Erika getötet – war es nicht so? Du hast Erika getötet, wieder und wieder. Dann bist du in ihren Kleidern rausgegangen. Du hast ihre Sachen angezogen. Wie der Wanderer.«

Das Feuer hatte sich überall ausgebreitet. Ruß wirbelte auf. Die Temperatur war unerträglich, man konnte kaum mehr atmen.

Er betete, dass Rudi sich beeilte. Dass der Albtraum endlich ein Ende hätte.

Noch immer leicht gekrümmt, das Messer in der rechten Hand, richtete Rudi sich mühsam auf.

Nun mach schon, dachte Tony.

Rudi holte tief Luft, lehnte sich weit zurück und holte so viel Schwung mit dem Arm, dass die Klinge hinter seinem Rücken nach unten zum Boden zeigte. Es sah fast so aus, als wollte er Martin mit einer Peitsche schlagen und nicht mit einem Messer auf ihn losgehen. Dann beugte der Wachmann der Krotn Villa sich gleichzeitig nach vorne und ging in die Hocke – wie ein Kind, das Steine über einen Fluss oder See flitzen lassen will.

Die Klinge beschrieb einen schimmernden Bogen, zerteilte die Rauchschwaden und durchtrennte in einer einzigen effizienten und fast eleganten Geste die Sehnen über Martins Knöcheln. Das Blut spritzte hervor, und Martins Beine gaben nach.

Mit einem erstickten Aufschrei fiel Karins Zwillingsbruder auf die Knie. Im selben Moment erhob Rudi sich wankend, und Tony sah, dass sich der Wachmann der Krotn Villa nicht etwa die schmerzende Brust hielt, sondern etwas an seinen Oberkörper presste.

Ein Buch mit einem dunklen Einband und einer spiralförmigen Prägung. Die *Unaussprechlichen Kulte*.

Martin riss die Augen auf, senkte instinktiv die Arme und ließ Sibylles Körper fallen.

Statt nach vorne zu springen und das Mädchen aufzufangen, konnte Tony nichts anderes tun, als auf den von Juntz zu starren und Rudi dabei zuzusehen, wie er trotz des Feuers, des Rauchs und des ganzen Tohuwabohus um sie herum mit dem Hemdsärmel die Spritzer von Martins Blut von dem Einband abwischte, bevor er das Buch in seinen Hosenbund steckte.

Martin, der vor ihm auf den Knien lag, murmelte etwas, das Tony nicht verstand.

Martin, dachte er, der auf den Knien lag ...

Wie ...

3.

Dem Wanderer gebührt Anbetung. Das Gesicht zu den Sternen erhoben und die Knie am Boden. Demütig, ehrerbietig. Dort, wo der Muskel stark ist, beugt er sich. Dort, wo der Wille nicht nachgibt, wird der Blick des Wanderers ihn beugen.

4.

... wie beim Anblick des Wanderers.

Tony richtete die Beretta nicht mehr auf Martin, sondern auf Rudi, der zu Sibylle vorgedrungen war, sie um die Taille gefasst und in eine aufrechte Haltung gebracht hatte. Er wirkte ganz und gar nicht mehr wie der lebendige Tote von gerade eben noch.

»Untersteh dich!«, rief Tony.

Rudi glotzte ihn an.

»Wirf das Messer weg!«, brüllte der Schriftsteller. »Zu Boden damit! Und lass sofort Sibylle los!«

»E ... rika«, stammelte Martin, noch immer auf Knien.

In Tonys Ohren klang es wie »*Kkkraka*«.

Rudi setzte die Klinge an Sibylles Hals.

»Möchtest du hören, wie sie singt?«

Zum ersten Mal erkannte Tony hinter Rudis tausend Gesichtern sein wahres Ich. Der Dorfrüpel, der lange Arm der Perkmanns, der Angelfreund, der Bekannte, mit dem man gerne mal ein Schwätzchen hält. Der Beobachter, Abwiegler, kluge Rechner. Der Räuber. Der Ermutiger, der ein neues Hobby, eine neue Freundschaft, eine neue Frisur empfiehlt. Hatte dieses Lächeln, das die vollen Lippen in die Breite zog, das so aufrichtig und harmlos wirkte, vielleicht Mirella verführt? Vielleicht. Doch mit einem Mal sah Tony hinter all den Masken nur noch das Gesicht des Wanderers.

»Möchtest du hören, wie sie singt?«

»Nein!«

Mit Sibylles Körper als Schutzschild trat Rudi auf ihn zu. Die Klinge verharrte am Hals der jungen Frau.

»Wirf die Pistole weg.«

Tony senkte die Waffe. Der Wanderer kam näher.

»Wirf sie weg, habe ich gesagt!«

Tony warf die Beretta in die Flammen. Rudi hörte nicht auf zu lächeln, das Messer an Sibylles Hals.

»*Ich bin der Freund, der von weit her kommt*«, sagte er.

Tony erkannte das Zitat, die von Juntzschen Worte.

»Ich habe eine weite Reise zurückgelegt, um zu dir zu kommen, Tony. Ich habe die Welten durchwandert. Die Schnittstellen sind mein Zuhause, die Parallelwelten mein Jagdrevier. Ich bringe Ekstase, Ruhm und ...«

»Blut«, sagte Tony.

Rudi nickte.

»So steht es geschrieben.«

Tony ging auf die Knie.

»So steht es im von Juntz geschrieben. Du bist der Wanderer. Jetzt erkenne ich es. Dir obliegt es, die Welten zu offenbaren. Offenbare mir die Welten, ich bitte dich. Sei mein Meister, mein Freund und mein Helfer.«

Rudi achtete strikt darauf, sich außerhalb von Tonys Reichweite zu halten.

»Ist das ein Trick, Carcano? Willst du den Wanderer beleidigen?«

»Offenbare mir die Welten.«

Tony senkte den Kopf und schob die Hände zwischen Oberschenkel und Waden. In dieser Haltung würde er vollkommen wehrlos sein.

Der Wanderer wandte sich um und ließ Sibylle zu Boden gleiten. Sib stöhnte auf und hob eine Hand, als wollte sie sich an Tony festhalten. Rudi versetzte ihr einen Tritt. Tony rührte sich nicht.

Der Wanderer ging einmal um Tony herum und näherte sich ihm von hinten.

Tony blieb regungslos. Rudi tastete seinen Nacken ab. Der Schriftsteller spürte, wie die Hände des Wanderers seinen Rücken hinunterwanderten. Wie Rudis Finger seine Wirbel zählten.

Mit einem Mal packte der Wanderer ihn am Schopf und riss seinen Kopf so weit nach hinten, dass seine Kehle frei lag.

Rudi hob die Klinge.

»Du weißt, dass ein Bernhardiner alles tut, um sein Herrchen zu verteidigen?«, gelang es Tony hervorzupressen, als plötzlich ein undefinierbares Geräusch hinter ihm ertönte.

Doch das schaurige Grollen kam nicht vom Feuer.

Mit einem Aufschrei drehte Rudi sich zur Seite, die Hände schützend vors Gesicht gelegt.

Aber es war zu spät. Die zentnerschwere Furie hatte sich bereits auf ihn gestürzt und ihn mit ihrem ganzen Gewicht zu Boden geworfen.

353

Sechs Monate später

Achtundsiebzig

1.

Ein eisiger Nordwind hatte die Berggipfel rings umher weiß bestäubt. Als sein Funkgerät knarzte, gab Direktor Zanon den Befehl, das Tor zu öffnen. Zügig.

Der Mustang, mit Tony am Steuer, fuhr auf den Hof. Auf der Motorhaube des Wagens prangte die Aufschrift »Pisser«, kunstvoll aufgesprayt von einem Lackierfachmann aus Shanghai. Dem Besten, hatte Tony erklärt. Dieser Schriftzug gefiel ihm einfach. Er gab dem Ganzen mehr Stil.

»Typisch Mann«, hatte Tante Friedas Kommentar gelautet.

Das Gesicht des Schriftstellers, als er aus dem Mustang stieg, den Mantelkragen zum Schutz vor dem Wind hochgeschlagen, verriet Entschlossenheit.

Auch Sibylle stieg aus dem Mustang. Im dunklen Kostüm, die Haare zu einem Pferdeschwanz gebunden. Die Augen hinter einer Sonnenbrille verborgen.

In einem letzten Versuch trat Tante Frieda auf die junge Frau zu.

»Du musst es nicht tun.«

»Ich weiß.«

Die Stimme des Staatsanwalts unterbrach sie.

»Wir können gehen.«

2.

Es gab nicht einmal ein Fenster. Nur einen Metallstuhl, der am Boden festgeschraubt war.

Auf dem Stuhl saß Rudi.

Seit er Handschellen trug, hatten sie nicht mehr aufgehört zu zittern. Sie hatten gezittert, als man ihn zum Krankenwagen brachte. Sie hatten gezittert, während man ihm die Wunden nähte, die der Hund ihm zugefügt hatte. Zweiundachtzig Stiche, so viele wie Kapitel im von Juntz.

Sie hatten gezittert, als er ihnen seine Bedingungen diktierte. Voll umfängliches Geständnis, Details zu jedem einzelnen Mord, auch zu denen, die nicht in der Anklageschrift standen und die ohne seine Aussage niemals aufgeklärt worden wären. Aber Sibylle müsse ihn besuchen kommen. Anderenfalls könnten sie gerne versuchen, das Werk des Wanderers alleine zu entschlüsseln.

Gut, sie hatten die Leichen, die er im See von Kreuzwirt versteckt hatte, dem sichersten Ort der Welt. Aber diese Leichen waren nicht die einzigen. Es gab auch welche, die Rudi nicht zum See hatte bringen können. Manchmal aus reinem Pech. Und manchmal aus Unerfahrenheit, weil er damals noch nicht begriffen hatte, dass der See von Kreuzwirt, mit all seinen Geheimnissen, das perfekte Versteck für seine Opfer war. Sie wollten die Leichen? Dann sollten sie Sibylle herbeischaffen.

Er wollte mit ihr reden, ihr von Erika erzählen.

Sie hatten vor ihm gezittert. Sie hatten seinen Befehl befolgt. Besser noch: Sibylle hatte ihn befolgt. Warum hätte sie es auch nicht tun sollen?

Niemand auf der ganzen Welt vermochte sich dem Wanderer zu widersetzen.

3.

Tony verfolgte mit, wie Sibylle den Verhörraum betrat. Der Monitor in dem Zimmer, in dem der Schriftsteller zusammen mit Anwälten, Richtern, Carabinieri und Polizisten saß, übertrug die Aufnahmen der Videokamera aus dem Verhörraum per Direktschaltung.

Tony sah, wie Sibylle auf einem Metallstuhl Platz nahm. Am liebsten wäre er bei ihr gewesen, mit Freddy an seiner Seite. Es gab nur einen Grund, warum Tony den Bernhardiner daran gehindert hatte, Rudi zu töten. Er hatte sich sogar die Schulter ausgerenkt, um ihn zu bändigen. Hätte er Freddy in seinem Furor nicht gestoppt, hätte es diese Szene hier nicht gegeben.

Auch Martin und Michl hatte er aus den Flammen gerettet. Und Sibylle natürlich. Karin hingegen war in dem Feuer, das sie selbst gelegt hatte, umgekommen.

Michl war ebenfalls tot. Er hatte sich in seiner Gefängniszelle umgebracht. An dem Tag, als er sich mit einem Bettlaken erhängte, waren er und Gabriel einander im Gefängnishof begegnet und hatten geredet. Augenzeugen hatten berichtet, dass Gabriel Michl am Ende des Gesprächs umarmt habe. Worüber die beiden sich unterhielten, blieb ein Geheimnis.

Am nächsten Tag war Gabriel in eine psychiatrische Klinik überführt worden. Trotz aller Versuche, ihn zum Reden zu bringen, hatte er sich zu seiner Unterhaltung mit Michl ausgeschwiegen. Über Tante Frieda hatte er Sibylle eine Nachricht zukommen lassen. *Danke*, stand auf dem Zettel. Statt seinen Namen darunterzusetzen, hatte Gabriel das Lächeln des Kolibris gezeichnet.

Tante Frieda legte Tony die Hand auf die Schulter.

»Sie wird es schaffen«, sagte sie.

»Hältst du dich wirklich für den Wanderer?«, fragte Sibylle, kaum dass sie mit Rudi allein im Verhörraum war. »Du bist einem Machwerk auf den Leim gegangen, das jetzt nicht mehr als ein Häufchen Asche ist.«

Rudi schenkte ihr ein mitleidiges Lächeln.

»Der von Juntz ist kein Häufchen Asche.«

»Ach, nein?«, sagte Sibylle provozierend. »Und wo ist er jetzt?«

»Die *Unaussprechlichen Kulte* führen ein Eigenleben. Das Buch wurde in tausend Sprachen von tausend Händen geschrieben. Es reist zwischen den Welten umher, verändert seine Form und schert sich nicht um die Zeiten. Woher sollte ich also wissen, wo es gerade ist?«

Sibylle machte eine rasche, abfällige Handbewegung. Dann fragte sie:

»Hat Horst dich dazu gebracht, den von Juntz zu lesen? Hat er dir das Gehirn vernebelt?«

»Horst war ein Idiot. Wie alle in der Krotn Villa. Karin war zerfressen von Eifersucht auf ihren Bruder. Elisa war neidisch auf die Macht und das Geld der Perkmanns. Sie hat alles versucht, um Perkmann zu verführen, wusstest du das?«

»Nein. Und ehrlich gesagt interessiert mich so ein Tratsch auch nicht.«

»Das war der Grund, warum der alte Perkmann irgendwann keine jungen Leute mehr um sich haben wollte. Elisa hat versucht, ihn zu küssen. Ich habe alles mit angesehen. Alles mit angehört. Ich kenne sämtliche Geheimnisse von Kreuzwirt.«

»Rudi, der Spanner.«

»Das war, bevor ich zum Wanderer wurde.«

»Und Elisa?«

»Das war Zufall. Oder sagen wir: Schicksal. Durch Erikas Tod ... bin ich ein anderer geworden. Aber erst mithilfe von Elisa habe ich begriffen, wer.«

Neunundsiebzig

1.

Sie war betrunken. Sie war komplett durch. Und noch immer hatte sie nicht genug.

Die Bank hatte ihr einen Kredit verweigert. Mit diesem Geld hätte sie ihre Bergtour aufmöbeln können. Sie hätte ein paar neue Führer engagiert, ihren Onlineauftritt verbessert. Neue Kunden gewonnen. Irgendwelche Idioten, die sie hätte ausnehmen können wie eine Weihnachtsgans.

Sie trank den Rest aus der Wodkaflasche und warf sie weit von sich. Im selben Moment entdeckte sie Rudi. Oder vielmehr: Sie sah einen Schatten im Gebüsch. Aber es war Rudi, kein Zweifel. Rudi der Spanner. Aber nicht mehr der Knabe aus Haut und Knochen, der sich immer an die Fersen ihrer Freunde geheftet hatte. *Freunde*, haha.

Gabriel der Verrückte. Karin die Papa-Tochter. Und Erika die Narrische. Wirklich eine tolle Truppe.

Elisa seufzte. Wenn der Wodka und das Gras nicht mehr weiterhalfen, gab es nur noch eins, damit es ihr besser ging. Sie zog ihr T-Shirt aus. Darunter trug sie nichts. Sie schlüpfte aus ihren Jeans, der Unterhose. Im Licht der Sterne war ihr Körper der einer Fee.

»Komm her zu mir.«

Rudi trat aus dem Dunkel.

Elisa küsste ihn. Sie presste sich gegen seinen Körper, spürte seine Erektion. Vielleicht war es sein erstes Mal, schoss es ihr durch den Kopf. Sie hatte Rudi den Perversen noch nie mit einer Frau zusammen gesehen. Sie nahm seine Hand und führte ihn zum Bach.

»Willst du mich haben?«, fragte sie.

2.

»Ich erschlug sie mit einem Stein. Sie fiel ins Wasser und ertrank. Und ich begriff, dass der Wanderer durch Erika gegangen war, um in mich einzudringen, um ich zu *werden*. Dank Erika.«

Achtzig

Die Tage um den Maturaball waren seine liebste Zeit. Die Luft vibrierte dann. War elektrisch aufgeladen. Rudi konnte es richtig spüren. Wie einen Stromstoß, der durch seinen Körper fuhr, von den Eingeweiden bis ins Gehirn. Den ganzen Tag hatte er nichts anderes getan, als den Moment herbeizufantasieren, wenn das komplette Dorf sich über den Parkplatz des *Black Hat* ergießen und Häuser, Schlafzimmer und Schränke unbewacht zurücklassen würde.

Seine Manie, in fremde Häuser einzudringen, war etwas, das Rudi nicht genau erklären konnte, aber verzichten mochte er dennoch nicht darauf. Das Kopfkissen sehen, auf dem die Hausbewohner ihr Haupt betteten, bevor sie einschliefen. Ihren Geruch riechen. Ihre persönlichen Gegenstände berühren. Glücksbringer, Fotoalben, Flaschen, leere Gläser in der Spüle, die noch den Abdruck der Lippen desjenigen trugen, der zuletzt daraus getrunken hatte. Zahnbürsten, Parfums. Ihre Kleidungsstücke anziehen. Ein anderer werden. *Sie* werden. Er wurde Frau Trina, die im Putzschrank in der Küche Pornohefte versteckte, dem einzigen Ort, an den ihr Mann sich nie verirren würde. Er wurde Hans, Trinas Mann, der in seiner Schublade unter den Strümpfen und Unterhosen SS-Devotionalien aufbewahrte.

Und er wurde zu allen Jugendlichen von Kreuzwirt.

Sich in sie zu verwandeln, erregte ihn so, dass er fast in Ekstase geriet.

Mit Karin hatte es angefangen, der ersten Frau, die Rudi

nackt gesehen hatte. Er hatte seinem Vater geholfen, Kaminholz in die Krotn Villa zu schaffen, als er sie sah. Karin hatte ihre Zimmertür offen gelassen und kämmte sich vor dem Spiegel. Nackt. Mit voller Absicht. Karin wusste, dass sie nicht allein in der Villa war. Rudis und Josefs Anwesenheit kümmerte sie nicht weiter, denn Rudi und sein Vater waren für sie nur ... Statisten. Niemand beachtete sie. Nein, Karin wusste, dass Michl im Haus war.

Für ihn hatte sie dieses Schauspiel inszeniert. Aber Rudi war derjenige, der sie sah, nicht Michl. Und er war es, der von ihr träumte. Und zwei Tage später in ihr Zimmer eindrang.

Fast hätte Michl ihn erwischt. Der Sohn von Doktor Horst gefiel Rudi. Einmal – Rudi war fünf Jahre alt – hatte Michl ihm einen Splitter unter dem Daumennagel entfernt, ohne dass es wehtat. Michl ermutigte ihn zu lesen und zu lernen. »Wenn dein Vater ein Hinterwäldler ist, heißt das noch lange nicht, dass du auch ein Hinterwäldler werden musst«, hatte er zu ihm gesagt. »Du hast die Wahl. Willst du wirklich so werden wie dein Vater?«

Michl hatte ihm Zugang zur Bibliothek gewährt. Ihm einen Schlüssel besorgt. Rudi liebte Bücher. Sein Vater hasste sie, und wenn er ihn mit einem Buch in der Hand erwischte, schlug er ihn mit dem Stock. Aber Rudi ließ sich davon nicht abhalten. Er las und lernte. Hörte zu. Wie gern lauschte er Fräulein Rosas Stimme, wenn sie Martin vorlas. In Worten lag Magie. Sein Vater verstand das nicht.

Worte konnten neue Welten eröffnen. Und sie konnten noch mehr.

Worte konnten Menschen für einen einnehmen. Worte halfen einem, mehr zu sein als der Sohn von Josef, dem Hinterwäldler. Worte waren wie das Jagdgewehr seines Vaters:

363

Man konnte mit ihnen auf jemanden zielen und ihn mitten ins Herz treffen.

Michl war ein Meister dieser Kunst. Rudi sah es mit eigenen Augen. Karin war verrückt nach Michl. Rudi störte es nicht. Er war nicht eifersüchtig. Menschen interessierten ihn nicht. Ihn interessierten nur Gefühle. Verwandlung. Karin hatte er jedenfalls fast sofort wieder vergessen. Ihm gefiel Erika. Und Elisa.

Er betete Elisa an, sie war die Schönste für ihn. Aber es war verdammt schwierig, in ihr Zimmer einzudringen. In diese Bauernkate unten im Dorf. Nur ein einziges Mal war ihm das gelungen. Sich in Elisa zu verwandeln, hatte ihn in einen solchen Zustand der Erregung versetzt, dass er aus der Bauernkate hatte hinausrennen, den Berg hochlaufen und sich in das eiskalte Wasser des Sees stürzen müssen, um zur Besinnung zu kommen.

Erika hingegen ...

Erika sprach mit den Tieren. Erika las die Zukunft. Erika besaß eine Magie, von der Elisa und Karin nur träumen konnten. Unter all den Männern und Frauen von Kreuzwirt war sie die Einzige, die *leuchtete*. Sie war genau so, wie es in jenem Buch aus dem verbotenen Teil der Bibliothek beschrieben stand. Dem mit dem Lächeln des Kolibris auf dem Einband. Erika schwebte zwischen den Welten.

Sie war *subtil*.

Aus diesem Grund hatte Rudi sich an jenem 21. März 1999 in seinem Versteck bereitgehalten. Er wollte in ihr Zimmer eindringen, ihre Kleider anziehen, seine widerspenstigen Haare mit ihrer Bürste kämmen. Er wollte *sie* werden. So leuchten, wie sie leuchtete. Rudi hätte gewartet, bis Helga das Licht ausgeschaltet und die Augen zugemacht hätte. Dann wäre er in Erikas Zimmer eingedrungen.

Erika war an dem Abend jedoch nicht in Richtung *Black Hat* gegangen, und das hatte seine Neugier erregt. Kreuzwirt hatte mehr Geheimnisse als Einwohner, und Erika war von allen Geheimnissen das am besten gehütete.

Rudi folgte ihr.

Das Torfmoor war sein Zuhause. Mit seinem Vater verbrachte er seine Tage dort, um die Fuchsfallen aufzustellen. Sie fingen sie lebend, sein Vater infizierte sie mit Tollwut und ließ sie dann wieder frei. Sein Vater hatte ihm gezeigt, wie man das machte. Man musste im Mausoleum der gnädigen Frau nur genug Fledermäuse als Futter für sie bereithalten.

Rudi folgte Erika bis zum See. Er sah, wie sie sich umschaute, hinsetzte, wartete. Dann, genau in dem Moment, als sie aufstand, um zurückzugehen, als der Wind die Musik vom Maturaball Richtung See trieb, hörte Rudi das Geräusch. Das Platschen von etwas, das ins Wasser fiel. Ein Fuchs war im Uferschlamm ausgerutscht und im See gelandet.

Füchse konnten nicht schwimmen. Das wusste er. Das wusste Erika.

Die junge Frau zögerte nicht eine Sekunde. Sie sprang in den See. Einer ihrer Schuhe blieb am Ufer zurück, er steckte im Matsch fest. Der Himmel war klar. Erika sang für den Fuchs, um ihn zu beruhigen. Ihr nasses Kleid klebte am Körper. Eine Welle von Begehren, fast schmerzhaft, durchströmte Rudi, der aus seinem Versteck trat und näher kam.

Erika bemerkte seine Anwesenheit nicht. Sie war zu sehr damit beschäftigt, den Fuchs einzufangen, der mit allen Vieren im Wasser strampelte und nach Luft schnappte. Rudi fiel zu Boden. Mit beiden Händen griff er in den feuchten Morast, so erregt wie nie zuvor. Er schaute zu Erika, die bis zu den Knien im Wasser stand. Er sah sie leuchten. Rudi zeichnete das Lächeln des Kolibris in den Schlamm.

»Erika«, rief er.

Dann begannen die Steine zu fliegen.

Einundachtzig

Rudis im Verhörraum angeketteter Körper wirkte riesig. Mit jedem Wort, das er sagte, hatte Sibylle das Gefühl, die Wände würden näher kommen und ihr den Atem rauben.

»Steine«, murmelte sie.

»Ich wusste nicht, was ich da tat, aber der Wanderer, er ja. Er führte meine Hand. Am Anfang dachte Erika, es handelt sich um einen Scherz. Sie sagte mir, ich soll aufhören. Aber das tat ich nicht. Jeder Stein, den ich warf, war ein weiterer Schritt auf dem Weg zur Lichtung. Ich sah durch Erikas Körper hindurch und hörte, wie der Wanderer zu mir sagte: ›Mach weiter, mach weiter.‹«

»Und du hast ihm gehorcht.«

Rudi nickte. Die Handschellen, mit denen seine Hände hinter dem Rücken gefesselt waren, klirrten leise.

»Durch die Steine, die ich nach ihr warf, war Erika gezwungen, weiter in den See hineinzugehen, über die Sandbank hinaus, hinter der der See urplötzlich ganz tief wird. Das Wasser war dort viel kälter, und die Kälte lähmt die Muskeln. Erika wurde erst wütend, dann begann sie, mich anzuflehen. Der Fuchs ertrank als Erster. Erika hörte auf, sich zu wehren, ihr Kopf tauchte in der leichten Dünung auf und ab, auf und ab. Vom Dunkel verschluckt. Das Tor war offen. Die Welten waren eins. Und Erika sang. Der Wanderer sang durch sie hindurch. Er rief mich. Also sprang ich ins Wasser, schwamm zu ihr hin und zog sie ans Ufer. Ich verspürte keine Anstrengung. Keine Kälte.«

Rudi hob den Blick zum Himmel.

»Erika lag bereits am Ufer, als Horst sie gefunden hat. Er hat auch hier gelogen. Als ich sie aus dem Wasser zog, kämpfte sie schon mit dem Tod, aber es hat zu lange gedauert. Also habe ich mich auf sie draufgesetzt. Ich war fast noch ein Kind und wog nicht viel, aber es hat genügt, um sie zu ersticken. Als sie aufhörte zu atmen, waren auch wir eins. Auf diese Weise wurde ich zum Wanderer. Dann ...«

Rudi stieß einen langen Seufzer aus.

»Ich nahm den Schuh von Erika an mich, den, der am Ufer liegen geblieben war. Ich wollte ihn als Erinnerung bei mir haben. Aber auf halber Strecke wurde mir klar, wie pathetisch das war. Ich ließ ihn im Torfmoor fallen. Seit damals bin ich nie mehr in irgendein Haus in Kreuzwirt eingedrungen. Ich habe die Leute nur deswegen weiter ausspioniert, weil ich ihre Geheimnisse kennen wollte, um sie damit zu erpressen. Aber das andere kam mir plötzlich dumm vor, ohne Reiz. Erika hat mich verändert, auch wenn es eine Weile dauerte, bis ich begriff, was ich tun musste, um ihren Gesang wieder zu hören.«

»Erika ...«, stammelte Sibylle leise und wischte sich den Schweiß von der Stirn, »Erika hat nicht gesungen. Sie war am Ertrinken.«

Rudi fuhr sich mit der Zunge über die Lippen.

»In der Bibliothek der Villa bin ich auf die Medizinbücher von Horst gestoßen. Ich habe lange in ihnen gelesen, bis ich begriff, wie ich vorzugehen hatte. Erst mal muss man sie zum Hinknien bringen. So will es der von Juntz. Das ist einfach, du musst ihnen nur die Achillessehne durchtrennen. Dann muss man die Wirbel zählen und die richtige Stelle finden. Den sechsten Halswirbel. Dort muss man die Klinge ansetzen. Eine schmale Klinge. Die Klinge durchtrennt die

Halsschlagader und die Luftröhre. Du muss die Wunde abklemmen, sofort, und dafür sorgen, dass kein Blut austritt. Es muss in den Lungen bleiben. Dann kannst du den Atem des Blutes hören, und sie ...«

»... ertrinken«, sagte Sibylle, »wie Erika.«

»Sie singen. Möchtest du den Gesang hören?«

»Nein.«

»Willst du nicht die Welten sehen?«

Sib stand auf.

»Du denkst, du bist ein Gott, Rudi, stimmt's? Aber in Wirklichkeit bist du nur ein Parasit. Der alle Mädchen, alle Bewohner der Krotn Villa, alle Bewohner von Kreuzwirt befallen hat. Sie ihrer Geheimnisse beraubt hat. Ihre Vergehen ausspioniert hat. Ich bin gekommen, um mich von Erikas Gespenst zu befreien, nicht, um mir das Geschwätz eines Parasiten anzuhören.«

»Wo willst du hin?«, polterte Rudi.

»Du würdest es nicht verstehen.«

Rudi brach in Gelächter aus. Sibylle hatte die Zellentür erreicht. Sie hatte die Hand schon erhoben, um gegen die Tür zu klopfen, damit man sie aus dem Verhörraum brachte. Rudi hörte auf zu lachen.

»Willst du nichts über deinen Vater wissen? Willst du nicht, dass ich dir das Geheimnis deiner Empfängnis enthülle?«

»Weißt du, wer er ist?«

»Ich kenne alle Geheimnisse von Kreuzwirt. Aber«, murmelte Rudi, »wenn du dieses Zimmer verlässt, wirst du nie in Erfahrung bringen, wer dein Vater ist. Wessen Blut in deinen Adern fließt.«

»Besser so.«

Sib schlug gegen die Stahltür. Einmal genügte. Die Tür

wurde aufgerissen. Im Flur stand Tony, der auf sie wartete. Sie lächelte ihm zu, und Tony konnte wieder Atem schöpfen.

»Ich will keine Gespenster mehr in meinem Leben«, sagte Sibylle zu dem Mann, der sich für einen Gott gehalten hatte. »Ich bin hergekommen, um mich von meiner Mutter zu verabschieden.«

Zweiundachtzig

Karin wachte auf.

Sie war verwirrt. Ihr Blick wanderte von rechts nach links. Ein Krankenzimmer. Hier und da ein Gegenstand, den sie nur schemenhaft erkannte. Neben ihr ein Monitor. Schläuche, die aus ihrem Körper führten. Sie konnte nicht sprechen, so sehr sie sich auch bemühte.

Allmählich kehrte die Erinnerung zurück. Das Feuer. Rudi, der mit einem Messer in der Hand aus dem Nichts auftauchte. Martin, der ihn angriff, um sie vor ihm zu schützen, und der dann, als er sie für tot hielt, Sibylle in Sicherheit brachte. Rudi, der hinter ihm her lief, den von Juntz an die Brust gepresst. Der Fußboden, der unter ihr nachgab. Die Schmerzen. Schließlich nur noch Blitze. Grelle Lichter.

Sie hatte eine trockene Kehle. Ihre Lippen brannten. Alles tat ihr weh. Sie versuchte aufzustehen, musste aber feststellen, dass ihre Hand- und Fußgelenke an die Bettpfosten gefesselt waren. Sie war zu schwach, um sich zu befreien.

Jemand trat in ihr Gesichtsfeld.

Edward Bukrejew schob seine Brille hoch auf die Nase und lächelte ihr zu.

»Fräulein Perkmann.«

Karin verfluchte ihn.

Aus ihrem Mund kam kein Ton.

»Ihr Gesundheitszustand ist nicht gerade optimal, Sie haben schwerste Verbrennungen erlitten. Aber mit der Zeit wird es besser werden. Immerhin sind Sie nicht tot, wie alle glauben. Sie werden so lange mein Gast bleiben, bis Sie wieder zu Kräften gekommen sind. Wir befinden uns selbstverständlich nicht in Kreuzwirt. Aber an einem ebenso idyllischen Ort. Wenn der Tag anbricht, wird eine Krankenschwester Ihnen das Panorama zeigen. Ihnen wird der Atem stocken.«

Karin versuchte, etwas zu sagen. Sie wollte wissen, verstehen. Doch je mehr sie sich bemühte zu sprechen, desto größer wurden ihre Schmerzen.

Bukrejew strich ihr über die Hand.

»Geben Sie sich keine Mühe. Ihre Stimmbänder sind geschädigt. Für immer, fürchte ich. Aber ich kann mir gut vorstellen, was Ihnen durch den Kopf geht. Ich habe eine Vereinbarung mit Ihrem Bruder getroffen, ein Geschäft unter Ehrenmännern. Es heißt, er sei verrückt, ein armer Idiot, aber tatsächlich hatte ich es mit einem äußerst kultivierten und willensstarken jungen Mann zu tun. Tüchtiger noch als der legendäre Friedrich Perkmann, wenn Sie mir die Bemerkung gestatten. Martin weiß genau, was er will und wie er es bekommt. Er war so geistesgegenwärtig, den von Juntz vor den Flammen zu retten, indem er ihn diesem Hinterwäldler abnahm, der ihn stehlen wollte. Und er war so klug zu begreifen, dass er ihn, um für sich selbst und seine geliebte Schwester ein Auskommen zu haben ... nun, mir verkaufen musste. Ich werde ihn selbstverständlich hüten wie meinen Augapfel, machen Sie sich keine Sorgen. Er ist bei mir in den besten Händen.«

Der Mann verschwand aus ihrem Gesichtsfeld.

»Ich lasse Sie beide jetzt allein.«

Er schloss die Tür hinter sich.

Martin trat aus dem Schatten hervor. Karin sah, dass er sich in einem Rollstuhl fortbewegte. Auf dem Kopf trug er eine blond gelockte Perücke. Karin schrie auf, doch aus ihrem Mund kam nur ein Gurgeln. Martin strich ihr über den Kopf. Dann überprüfte er, ob die Fesseln fest genug saßen.

Er gab ihr einen Kuss auf die Stirn.

Dank

Die Liste derer, die mir bei der Entstehung dieses Buches mit Geduld, Treue und Liebe begegnet sind, kann nur mit Alessandra beginnen, die sogar Gespenster in den Griff bekommt. Mein Dank geht außerdem an Maurizio, Michele, Piergiorgio, Luca, Francesco, Herman, Paolo, die ganze Einaudi-Familie und an Seve, der diese Worte ganz sicher laut lesen wird. Danke auch den drei Generationen Shanghaianern, die meine Erinnerungen um ihre eigenen ergänzt haben. Ob sie wahr sind oder erfunden, spielt keine Rolle. Wir anderen bösen Jungs aus der Via Resia, der Via Parma und der Via Piacenza wissen, die beste Art, die Wahrheit zu erzählen, ist die aus Shanghai: indem man hier und da ein bisschen schummelt.

Die Originalausgabe erschien 2019
unter dem Titel *Il respiro del sangue*
bei Giulio Einaudi Editore s.p.a., Turin, Italien.

Verlagsgruppe Random House FSC® N001967

PENGUIN und das Penguin Logo sind Markenzeichen von Penguin Books Limited und werden hier unter Lizenz benutzt.

1. Auflage
Copyright © der Originalausgabe by Luca D'Andrea 2019
Copyright © der deutschsprachigen Ausgabe 2019
Penguin Verlag in der Verlagsgruppe Random House GmbH,
Neumarkter Str. 28, 81673 München
Dieses Buch wurde vermittelt durch: Piergiorgio Nicolazzini Literary Agency (PNLA)

Umschlaggestaltung: bürosüd
Umschlagmotiv: © Dirk Wustenhagen/Arcangel und bürosüd
Satz: Andrea Mogwitz
Druck und Bindung: CPI books GmbH, Leck
Printed in Deutschland
ISBN 978-3-328-60025-1
www.penguin-verlag.de

Dieses Buch ist auch als E-Book erhältlich.

LUCA D'ANDREA

Luca D'Andrea
Der Tod, so kalt

Aus dem Italienischen
von Verena von Koskull
Auch als E-Book erhältlic

Der internationale Sensationserfolg

Als seine Schwiegermutter stirbt, kehrt der New Yorker Dokumentarfilmer Jeremiah Salinger mit seiner Frau in ihre Heimat in Südtirol zurück. Die Dorfbewohner des abgelegenen Örtchens begegnen dem Fremden verschlossen. Doch dann hört Jeremiah von einem bestialischen Mord, der sich dreißig Jahre zuvor zugetragen hat und der nie aufgeklärt wurde. Entgegen aller Warnungen beginnt Jeremiah Fragen zu stellen. Aber schon bald bereut er seine Neugier …

»Ein Krimi erster Güte.« *ZDF Morgenmagazin*

»Atemlose Spannung!« *NDR Kultur*

LUCA D'ANDREA

Luca D'Andrea
Das Böse, es bleibt

Aus dem Italienischen
von Susanne Van Volxem
und Olaf Matthias Roth
Auch als E-Book erhältlich

Im Kampf mit den Schrecken der Vergangenheit

Südtirol, im Winter. Marlene ist auf der Flucht, panisch steuert sie ihr Auto durch den Schneesturm. Im Gepäck: ein Beutel mit Saphiren, den sie ihrem skrupellosen Ehemann aus dem Safe entwendet hat. Er ist der Kopf einer mafiösen Erpresserbande, und Marlene weiß, dass er seine Killer auf sie hetzen wird. Da stürzt ihr Wagen in eine Schlucht. Marlene erwacht in einer abgelegenen Berghütte, gerettet von einem wortkargen Alten. Dort glaubt sie sich in Sicherheit. Bald jedoch stellt sie mit Entsetzen fest, dass von dem Einsiedler eine noch größere Gefahr ausgeht ...

»Luca D'Andrea bedient sich nicht nur geschickt der klassischen Thriller-Elemente, sondern erzählt unnachahmlich dicht. Virtuos in seiner Beiläufigkeit...«
Süddeutsche Zeitung